Never Desire a Duke
by Lily Dalton

# カメリアハウスでもう一度

リリー・ダルトン
桐谷知未・訳



ラズベリーブックス

わたしの情熱的な心の片割れである
夫のエリックに

わたしにとっての世界である
家族、あなたたち全員に

そしていつも信じることを忘れないシンディーに

# 謝辞

あらゆる作家と同様わたしも、これまでかなりの数の創作ワークショップに参加してきました。とりわけ印象に残っているのは、ある講演者が、作家は自分の作品を自分の〝子ども〟のように思ってはならない、と言ったことです。感情的に入れこみすぎて、執筆が仕事であることを忘れてはならない、と。そういう理解が役立つことはわかっていますが、わたしはやはり――自分が書いた本はどれも、自分の子どもだと思わずにはいられません。よくできた本はすべて、何かにつけて著者を心底おびえさせるものだと思います。人の親と同じように、わたしは自分の登場人物たちのさまざまな決意にやきもきし、この物語が成長したら、全体としていったいどんな作品ができ上がるのだろうと、夜も眠れないほど心配したものです。こうしてこの本が巣立つことになった今、わたしは作品とともに自分の心の一部も連れていかれるような気がしてなりません。もちろん、このすばらしくも恐ろしい過程をくぐり抜けるあいだ、わたしに我慢してつき合ってくれた家族にはとても感謝しています。

エージェントのキム・リオネッティには、格別大きな感謝を捧《ささ》げます。常にわたしの創作を信じ、正しい方向に導き、苦しみを背負った影のあるヒーローを好むという趣味をわたしと共有してくれました。

そして、初めて編集者とともに仕事をするという経験は、自分の裸の写真を彼らに送って、どうか警察を呼ばれませんように、と願うことに似ていました。ミシェル・ビデルスパックが警察官を呼ばなかったことに、とても感謝しています。ミシェルは女性の心の動きを理解してくれるだけでなく、登場人物たちが羽目を外しそうになると、良識を持って瀬戸際から引き戻してくれます。ミシェル、あなたといっしょに仕事ができて、わたしはとても幸運です。編集補佐のメガ・パレク、そしてカバーデザイナーのダイアン・ルーガーと原稿整理係のキャスリーン・シャイナーを含む、フォーエヴァー社のそのほかのみなさんも、この著者にすばらしいデビューを飾らせてくれてありがとう。

すべての作家は、著者仲間と読者のみなさんから成る支援ネットワークを持っています。この世で最も心の広い人たち、わたしにひらめきを与え、励ましてくれる人たちの名前は、ここにはとても挙《あ》げきれません。ご自身の持つ力を心得ているみなさん。みなさんに会うたびに（あるいはツイッターやフェイスブックでやり取りするたびに）、どれほどわたしが感謝しているか、お伝えできることを願っています。

# カメリアハウスでもう一度

## 主な登場人物

ソフィア・バーウィック……クラクストン公爵夫人。
ヴェイン・バーウィック……クラクストン公爵。
ヘイデン・バーウィック……ヴェインの弟。
アナベル……メルテンボーン伯爵夫人。
メルテンボーン伯爵……アナベルの夫。
マーガレッタ・ベヴィングトン……ソフィアの母。
ダフネ・ベヴィングトン……ソフィアの妹。
クラリッサ・ベヴィングトン……ソフィアの妹。
ウォルヴァートン伯爵……ソフィアの祖父。
ヘイヴァリング（フォックス）……ソフィアの幼馴染み。
レイブ・グリシャム……ヴェインの従弟。
ケトル……椿屋敷《カメリアハウス》の管理人。
ケトル夫人……椿屋敷《カメリアハウス》の家政婦。

# プロローグ

「どうした、何があった？」第四代クラクストン公爵であり、第十代レンクリア伯爵でもあるヴェイン・バーウィックは、ロンドンの屋敷の玄関扉からすばやくなかへ入った。冬の日の冷たい空気が外套《がいとう》にまといついていた。

「公爵さま」いかめしい顔をした執事がさっと会釈をして、家の中央にある壮麗な大理石の階段へ導いた。「公爵夫人が転ばれたのです。今は医者が診《み》ております」

「なんてことだ」ヴェインは詳しい説明を待たずに声をあげた。恐怖に体を貫かれ、階段を一段飛ばしで駆けのぼる。ソフィア。ぼくたちの子ども。

議会の最中に緊急で呼び出されたので、何かひどいことが起こったのはわかっていた。足が思うように動かなかった。心臓が猛烈な勢いで鼓動して、爆発しそうだった。妻のもとへ行かなければ。

公爵夫人の部屋の外には数人のメイドがいて、心配そうな表情を浮かべていたが、こちらの姿を見るとあわてた様子で立ち去った。なかから声が聞こえる。ヴェインはまっすぐ部屋に入った。

「ソフィア？」

雷に打たれたようなその瞬間、ヴェインは目の前の場面を見て取った。美しい褐色の髪をした妻が、打ちひしがれ泣き濡れた顔で体を丸め、ベッドに横たわっていた。侍女も泣きながら妻の手を握っている。医者がこちらに近づき、低い声で悔やみの言葉を口にした。

「そんな」ヴェインはつぶやいた。あまりにも大きな悲しみに呆然《ぼうぜん》として、倒れこんでしまいそうだった。

「ソフィア」ささやいて、妻のほうへ歩み寄る。

「来ないで！」妻が叫んだ。ヴェインはびくりとして立ち止まった。

ソフィアが顔をそむけ、ふたたび枕に身をうずめて、胸が張り裂けんばかりにむせび泣いた。

きっと聞き間違いだろう。ヴェインはさらに数歩近づいた。侍女が鋭い目でこちらをにらみ、さえぎるように手を上げてから、公爵夫人をなだめるために急いでベッドの向こう側に回った。

思いも寄らない拒絶に、頰を平手打ちされたような衝撃を受けた。なぜソフィアはぼくを追い払おうとする？　明らかに慰めを必要としているときに。使用人たちの慰めではなく、ぼくの慰めを。

ぼくたちの子ども。残酷な現実が、波となって何度も襲いかかった。何もかもが完璧だったのに。ふたりは幸せな結婚生活を送っていた。こんなことがどうして起こりうる？　深い悲しみが切りつけ、心がずたずたに引き裂かれた。ソフィアにはわからないのか？　ぼくだって妻の慰めを必要としている。

不意に家政婦が現れ、ごく慎重にヴェインをその場から遠ざけようとした。

「なぜこんなことになった？」ヴェインの声は心と同じくらい虚《うつ》ろに響いた。

家政婦が静かな声で答えた。「公爵さま、わたしにわかってるのは、奥さまが手紙を読まれたあと――」

「なんの手紙だ？」ヴェインはぼんやり尋ねた。

家政婦が顔を赤らめながら、公爵夫人の書き物机を示した。封筒と手紙があり、そのわきにはクリスマスにヴェインが贈った真珠の柄《え》のペーパーナイフが置かれていた。「そのあと、奥さまは悲しみに沈まれたのです」

悲しみに沈んだ？　手紙のせいで？　ヴェインは暗然としながら手で頭を押さえ、この瞬間を消し去り、悪夢から覚めることをひたすら願った。「誰からの手紙だ？　なんと書いてある？」

家政婦が目を見開いた。「存じません。もちろん、わたしは読んでおりませんから」

ところが奇妙にも、次の瞬間、家政婦は目をそらした。

「残りも話してくれ。ソフィアはどこで転んだ？　この部屋か、それとも階段か――？」

その手紙を見なくてはならない。どうしてこんなことが起こったのか理解するために。

家政婦が机のそばまでついてきた。「奥さまはその手紙を読まれたあと、旅行鞄《りょこうかばん》に荷物を詰めて、ご実家に向かう馬車を用意するようにと命じられたのです。でも、奥さまは取り乱してらしたのです、公爵さま。ひどく心を乱してらっしゃいました。急いでお屋敷を出ようと従僕を押しのけて、氷が張ってますと注意しても、お手を貸しましょうと申し出ても、聞こうとはなさらず――おいたわしいことに、玄関を出てすぐの、外の石段で転ばれたのです」絨毯《じゅうたん》に視線を落とす。「ほんとうにお気の毒でございます、公爵さま」

机の前に着くと、家政婦が気を遣《つか》って退いた。ヴェインは手紙を取り上げた。文字に目を落とし……吐き気を催させる大波が押し寄せ、すべてを悟った。まさか。嘘《うそ》だろう。その手紙は明らかに、ヴェイン宛だった。

差出人はかつての愛人――結婚前に知っていた女――で、手紙には淫《みだ》らな誘いと、親密な数々の行為を下品なほど詳しく描写した提案が綴《つづ》られていた。ソフィアは詮索好きではない。手紙をあけてしまったのは単なる間違いだろう。ときどきそういうことはあるし、これまでは気にもならなかった。すべては順調で、ふたりは幸せそのものだったからだ。ソフィアは悪気なく読み始めたに違いない。

ヴェインは手紙を握り締めてもみくちゃにした。胃が引きつり、今にも吐きそうだった。出かけているあいだに、過去が報いを与えに来た。後悔と恥辱が体を走り抜けた。自分のせいで、ふたりは子どもを失ったのだ。

頼む、ソフィアまで失わせないでくれ。ヴェインは願うだけだった。

# 1

「ジンジャーブレッドのいいにおいがするぞ！」キーズ卿が大声で言い、しょぼしょぼした青い目をいたずらっぽく輝かせた。背後のあいた扉から冬の風が吹きこみ、通りを走る馬車の音を運んできた。「それに、角の露店には宿り木が売っておった」

ぴったりしたズボンが細い腰から滑稽《こっけい》なほどずり落ちていたものの、胸に飾られたいくつもの軍の勲章は、武勇に彩られたかつての人生を物語っていた。キーズ卿はしっかり杖《つえ》に寄りかかって、背中の後ろから赤いリボンで束ねられた緑色の房を差し出し、自分とソフィアの頭上に掲げた。

「これほどの幸せと喜びが意味するものはひとつだけだな」キーズ卿が不埒《ふらち》な笑みを――あるいは、高齢の男性としてできるかぎりの不埒な笑みを浮かべた。「また、一年で最も魔法に満ちた時がやってきた」

キーズ卿が期待をこめて、手袋をはめた指で自分の血色のいい頰をつついた。

「ほんとうにね！」小柄なダンドーク伯爵未亡人がふたりのあいだに割りこんで、毛皮で縁取りされたターバン越しに笑顔を向けた。宿り木をぴしゃりとたたき、丸い葉の束を揺らす。「年老いた男たちが、ばかげた田舎の習わしに頼って、孫ほど年の離れた若い女性にキスをさせようとする時がやってきたわ」

ターバンの横についたダイヤモンドの飾りが、数本の大きな紫色の羽根飾りを留めている。伯爵未亡人が羽毛を激しく上下させながら言った。「まあ、確かに、もうすぐクリスマスですものね」

ソフィアはキーズ卿にウインクして、優しく肩に手を置き、心をこめて頬にキスをした。「いらしてくださって、とてもうれしいわ」

キーズ卿は二年前に妻を亡くしたが、最近ではレディ・ダンドークと連れ立って街へ出るようになった。ソフィアはそのことをとてもうれしく思っていた。昔からふたりのことが大好きだからだ。

キーズ卿は、クリスマスのキスを勝ち取った証拠として房から白い果実をひと粒摘み取り、満足そうに顔を輝かせた。

「もうあまり実が残っていないみたい」ソフィアは言った。「賢く使ったほうがいいわ」（クリスマスの習慣として、男性は宿り木の下に立った女性にキスをしてもいいが、そのたびにひとつずつ実を摘み取り、実がなくなればキスは許されなくなる）

キーズ卿が、もじゃもじゃのもつれた毛糸のような白い眉をつり上げた。「それじゃ、大至急、おまえさんの妹たちを捜さねばならんな」

「まったく、放蕩者《ほうとうもの》なんだから！」伯爵未亡人が愛情のこもったあきれ顔をした。

上着のボタン穴に柊《ひいらぎ》の小枝をさしたふたりの従僕が、彼らの後ろで玄関扉を閉じた。もうひとりの従僕が、キーズ卿に銀色のトレーを差し出す。老人はそこにソフィアのキスを得たしるしをのせてから、舞踏室へ向かった。宿り木の房が、杖の持ち手についた獅子《しし》の頭からぶら下がっていた。ソフィアと伯爵未亡人は腕を組んでそのあとに続き、緑の枝葉が巻きついた柱のあいだを抜けて、音楽と陽気な声が流れてくるほうへ進んだ。

十二月半ばはクリスマスのために議会が休会になるので、ロンドンに住む上流階級の人々のほとんどは、セントジェイムズやメイフェアやピカデリーなどの地区から姿を消していた。ソフィアの家族もたいていの友人たちと同じように、いつもは田舎でクリスマスを過ごすのだが、近ごろ祖父のウォルヴァートン伯爵は体が弱り、どこへ旅するのもむずかしくなってしまった。そこで、愛情深い義理の娘と三人の孫娘からなる肉親たちは、この季節をロンドンで過ごすことに決めたのだった。

しかし、きょうは祖父の八十七歳の誕生日で、ソフィアが数えたところによると、少なくとも二百人の孤独好きな社交界の人々が、冬ごもりを中断して祖父の健康を祈るために姿を現していた。どこから見ても、パーティーは成功間違いなしだった。

舞踏室では、頭上高くにつるされた涙形のクリスタルが揺れるシャンデリアや、部屋のあちこちに置かれたたくさんの枝つき燭台《しょくだい》が放つ蠟燭《ろうそく》の明かりが、触れるものすべてを美しい金色に輝かせていた。きょうの午後、田舎から運ばれてきた切りたての月桂樹と樅《もみ》の香りが、いくつもの東洋の花瓶に生けられた温室の梔子《くちなし》や月下香《げっかこう》や舌切草《したきそう》の香りとかぐわしく混じり合っている。

今夜はダンスをする予定はないが、ピアノ五重奏団が、会話と笑い声のざわめきに優雅な伴奏をつけていた。

「まあ、すてきだこと！」レディ・ダンドークが言った。「あなたが細かいところまですべて取り仕切ったと、お母さまから聞いたわよ」

「すべてがこんなにうまくいって、とてもうれしいですわ」

伯爵未亡人がソフィアの肩に腕を回して、優しく抱き締めた。「でも、ひとつだけ欠けているのはクラクストン公爵ね」

ソフィアの口もとに浮かんだ温かな笑みが凍りついた。夫の名を聞いただけで、急に部屋の壁が狭まってきたかのようだった。どれほど長く留守にしているかは関係ないらしい。ソフィアの心は、いまだにひどく傷ついていた。

レディ・ダンドークが心配そうにこちらを見上げた。「わかるわ。公爵が今夜ここにいてくれたらと思っているのでしょう。もちろん、クリスマスにも。尊敬すべきわれらが外交官がいつイギリスに戻るかについて、知らせはないの？」

ソフィアは首を振り、はっきり顔に出ているはずの心痛を伯爵未亡人に読み取られないことを願った。「もしかすると、春になるかもしれません」

できるだけあいまいに答えたが、ほんとうのことを言えば、いつクラクストンが戻るのかは知らなかった。ごくたまに届く他人行儀な手紙にそういう予告はなく、自分から尋ねる気にもなれなかった。

三人は、心地よく部屋を暖めている暖炉のそばで立ち止まった。

「八十七歳だって？」キーズ卿が大声で言った。「嘘だろう、ウォルヴァートン、おまえさんが七十を越えているはずはない。もし越えているとしたら――」手を上げて、節くれ立った指で数を数えてにんまりとする。「わたしは生きた化石だよ！」

「わたしらはまさに、生きた化石だよ。それをありがたく思わなくてはな」車椅子に座った祖父が、うれしそうに微笑《ほほえ》んだ。頰が興奮で赤らんでいる。この誕生パーティーは大部分がこっそり計画されていて、祖父は一時間前まで、小さな家族の集まりだと信じていた。心から驚いて、すっかり感激したらしかった。「みなさん、お越しくださってありがとう」

祖父のひざには、華《はな》やかなリボンで飾られた包みがいくつものっていた。中身は、ヴァージニア煙草《たばこ》やチョコレート、大好物の小種紅茶《スーチヨン》などだった。ソフィアは贈り物を集めて振り返り、鉢植えの小ぶりなイチイの枝の下に置いた。この木の飾りつけは、ドイツ生まれの亡き祖母の習慣に従って、クリスマスイブに家族が集まってやることになっていた。

わたしの家族。みんなの心配そうな目つきやさりげない質問から、自分の結婚生活がうまくいっていないことがそれとなく知られているとわかった。でも、ソフィアは家族が大好きだった。だからこそ、重大な真実からみんなを守ってきた――クラクストンが五月に外交官への就任を引き受けたとき、妻と結婚生活をすべて捨てたのだという真実から。ソフィアがかつてくるおしいほど愛した男性は、冷たくよそよそしい他人以上の存在ではなくなっていた。

しかしソフィアにとって、昔からクリスマスは自分を省みる時であり、新年は生まれ変わる時だった。多くの人たちと同じように、新年の誓いをする習慣があった。もともと、幸せを求める気持ちは強いほうだ。もしクラクストンとふたりで幸せになれないのなら、別の幸せを見つけたかった。

　一月一日までには、結婚生活の問題をきちんと解決しようと考えている。クリスマスの翌日に、テムズ川を渡ってすぐのレイスンフリートという小さな村にある椿屋敷《カメリアハウス》へ行って、好奇の目や家族の干渉から逃れてそこにこもり、ひとりで必要な手紙を書くつもりだった。

　ソフィアはクラクストンに、法律上の別居を求めようと思っていた。そうすれば、夫はこれまでどおり好きなように生きられる。本人の望むまま、自由と道楽に浸ることができる。

しかし、それと引き換えに欲しいものがあった——子どもだ。たとえそのために一時的にウィーンで夫と過ごさなくてはならないとしても、意志を貫くつもりだった。

　ふたたびクラクストンに会うことを考えるだけで、恐ろしく惨めな気持ちにさせられた。夫に会いたくはなかった——それなのに、決して頭から離れてくれない。

　きっとソフィアが会いに行けば、公爵の送ってきた私生活は大混乱に陥るだろう。わたしは望まれていない部外者になる。きっと夫はひとりかふたり、愛人を持っているはずだ。外国にいる夫たちの多くがそうであるように。今ですら、クラクストンが別の女性を腕に抱く姿をちらりと頭に浮かべるだけで、胸が締めつけられる。ここまでひどく裏切られたのだから、もう一度触れさせることなど考えたくなかった。しかし、疎遠《そえん》になってしまった夫と一時的に親密な関係を結ぶのが、どうしても欲しい子どもを授かるただひとつの方法だった。

　ソフィアはかがんで、ウォルヴァートン卿の脚に掛かった緑色の格子縞《こうしじま》の毛布を整えてやり、寒さだけでなく、周囲に集まったおおぜいの人たちとの衝突から守られるようにした。

「何か持ってきましょうか、お祖父《じい》さま？　パンチはいかが？」

祖父が青い目を輝かせた。

「ああ、頼むよ」ウインクして、もっと近づくよう手招きする。ソフィアが従うと、祖父が声をひそめて言った。「できれば、わたしの大好きなマラスキーノ（サクランボのリキュール）を少しばかり垂らしておくれ。でも、お母さまに言いつけてはならないぞ。おまえも知ってのとおり、お母さまは医者と示し合わせて、わたしから人生の喜びをすべて奪おうとしているのだからな」

祖父が本気でないことはわかっていたが、ふたりだけの冗談を交わし合うのはとても楽しかった。祖父と過ごす時間のすべてが貴重なのだから……。今夜祖父が喜んでくれたことは、この先ずっと心に残る思い出になるだろう。

「謹《つつし》んで、秘密を守りますわ」ソフィアは言って、祖父の頬に唇を押し当てた。

「どんな秘密？」褐色の髪をしたソフィアの母、マーガレッタが背後から近づいてきた。

絵に描いたような品のよい貴婦人であるマーガレッタは、その目つきや物腰の端々に心の温かさと愛想のよさがにじみ出ていた。今夜はすみれ色の絹のドレスをまとっている。すみれ色は、不幸にも四年半前に海で息子のヴィンソンを亡くしてから、自分に着ることを許している数少ない色のひとつだった。しかも、そのすぐあと、ウォルヴァートンの爵位の直系相続人である夫まで失ってしまった。

「お母さまに教えたら、秘密ではなくなってしまうわ」ソフィアは明るい声で答え、母のためにわきに退いた。「お祖父さまに、パンチを持ってくるよう頼まれたの。わたしは誰もが認めるお祖父さまのお気に入りだから、とにかく今夜はお望みどおりに運んでくるわ」

　ウォルヴァートン伯爵がソフィアに目配せした。

「あなたが戻ってくるまでに、秘密を探り出しておきましょう」マーガレッタはそう言ってかがみこみ、ついさっき娘が整えたばかりの毛布の同じ部分を整えた。

　今も美しく活気に満ちた女性であるマーガレッタに、部屋にいるたくさんの熟年紳士たちが目を奪われていた。今回に限ったことではないが、ソフィアは母に再婚する気はあるだろうかと考えた。

　ソフィアはパンチボウルのほうへ歩きながら、ときどき立ち止まって友人や知り合いと話した。招待客のほとんどはウォルヴァートン卿の古い友人だが、ソフィアのきれいな妹たち、ダフネとクラリッサがいるので、若い世代の紳士淑女もたくさん出席していた。ブロンドの妹たちは年子で、よく双子と間違われる。次の社交シーズンには、ふたりそろってデビューする予定だった。復活祭の前にすてきな求婚者が現れて、結婚市場からふたりをさらっていかないかぎりは。

　ソフィアはパンチボウルのところにたどり着き、ひしゃくで掬《すく》ってクリスタルのカップを満たした。ひしゃくをボウルに戻すと、別の手がそれを取った。手袋をはめた手に、大きなサファイアの指輪が光っていた。

「公爵夫人？」女性の声が尋ねた。

目を上げると、華やかなブロンドの巻き毛に囲まれた美しいハート形の顔があった。見たことのある顔だったが、招待客を出迎えたときに挨拶した憶《おぼ》えはない。派手なピーコックブルーの絹のドレスは金と深紅の飾りひもで縁取られ、深い襟ぐりが豊かな胸を見せつけている。ふつうなら、社交シーズンを外れた時期に催される八十七歳の紳士の誕生パーティーには選ばないような服装だった。

「こんばんは。レディ……」

「メルテンボーンよ」その若い女性があとを受け、くすりと笑った。「アナベル・エルズミアと言えば思い出すかしら？　わたしたち、同じシーズンにデビューしたでしょ」

そうだった。アナベル、レディ・メルテンボーン、旧姓エルズミア。あでやかで豊満な体つきをしたアナベルは、かつてクラクストンにすっかり熱を上げ、公爵がソフィアと婚約したと知ると、自分が公爵夫人として選ばれなかったことに対する不満を社交界じゅうの人に言って回った。そしてほどなく、とても裕福だがとても年寄りの伯爵と結婚したのだった。

「すごくすてきなパーティーだわ」伯爵夫人が横歩きでテーブルを回って、となりに立った。ぐっと体を寄せられると、独特な芳香《ほうこう》を持つ熟《う》れた果実と、東洋のスパイスが混じったようなエキゾチックな香水の香りがした。「こんなにおおぜいの人に敬愛されてるなんて、きっとあなたのお祖父さまはすばらしいかたなのね」

「ありがとう、レディ・メルテンボーン。ほんとうに、すばらしい祖父よ」

礼儀を守るため、そもそもなぜこのパーティーに出席しているのかときくのはやめておいた。一枚一枚、招待状の宛名を書いたのはソフィアだ。明らかに、メルテンボーン夫妻は招待客名簿には載っていなかった。

「まだ、メルテンボーン卿を紹介していただいてないと思いますけど」ソフィアは会場を見渡したが、ほかに知らない顔は見当たらなかった。

「たぶん、またいつかね」伯爵夫人はあいまいに答え、肩をすくめただけだった。砂糖菓子の皿から赤いシュガードロップをつまみ取り、それを崇《あが》めるように見て、くすくす笑う。

「こんな誘惑に負けるべきじゃないけど、恥ずかしいくらい衝動的な女になるつもりよ」そう言って砂糖菓子を口のなかに押しこみ、淫らなほどうっとりした表情で目を閉じて、口もとをゆるめた。「うーん」

そのあいだに、ある紳士が歩み寄ってパンチグラスにお代わりを注《つ》ぎ始《はじ》めた。しかし、シュガードロップを味わう伯爵夫人に目を奪われて、ぽかんと口をあけ、カップを取り落としてしまった。パンチが手とテーブルの上にこぼれる。レディ・メルテンボーンは、皿からもうひとつ砂糖菓子を選んでいたので、紳士の反応には気づかなかった。あるいは、気づいていたのかもしれない。すぐに使用人が現れてよごれをふき、顔を真っ赤にした男性はあわてて逃げた。

ソフィアはゆっくり深呼吸して気を落ち着け、直情的な行動をこらえた。つまり、〝そのシュガードロップを吐き出して、すぐにここから立ち去りなさい〟と伯爵夫人に命じるのはやめておいた。あれから長い時がたち、みんな大人になった。クリスマスは許しの時だ。だから、過去のことは水に流そう。

それに、冬のロンドンはかなりわびしくもある。今年は特に、並外れて霧が深く寒かった。もしかするとアナベルは話し相手を求めているだけで、たまたまほかの招待客に連れられてきたのかもしれない。孤独のことなら、ソフィアにも理解できた。どんな理由で出席したとしても、この女性がいることはたいした問題ではなかった。今夜は、唇を砂糖菓子でべたべたさせているレディ・メルテンボーンも、ほかの人たちと同じように大歓迎だ。パーティーはもうすぐ終わる。残りの時間は祖父と過ごしたかった。

「またお会いできてよかったですわ。でも、主賓《しゅひん》にパンチを持っていく約束をしているの。失礼しますね」

ソフィアは振り返ったが、不意に腕に手を置かれ、引き留められた。

「クラクストンはどうしたの？」伯爵夫人が出し抜けに言った。

パンチが揺れてはねた。ソフィアは反射的にグラスを体から遠ざけて、スカートに飲み物をこぼさないようにした。しかし頭のなかでは、夫の名をなれなれしく呼んだレディ・メルテンボーンの声が、調子外れの鐘のように響いていた。

「失礼？」ソフィアは、腕をつかむ手を鋭い目でちらりと見た。「なんとおっしゃいました？」

アナベルが目を大きくあけて微笑み、手をさっと離して白く丸い胸に押し当てた。「公爵は今夜、ここに顔を出すの？」

ソフィアは結婚生活のあいだ多くの苦しみを味わったが、ここまで侮辱されるのは――しかも祖父の誕生パーティーで――あんまりだった。

身についた礼儀のおかげで、とっさの反応を抑えることができた。ソフィアは淑女になるよう育てられた。少女のころから行儀作法を学び、非の打ちどころのない、しとやかで威厳のあるふるまいをしてきた。大人になって最初のシーズンを迎えたときも、一歩でも踏み誤ればきちんとした将来がだいなしになってしまう危ない水際を、巧みに通り抜けてみせた。家族だけでなく、自分でもそれを誇りに思っている。

怒りの衝動に負けるつもりはなかった。自制心をかき集め、やっとのことで、グラスと深紅の中身をこの女の胸もとに投げつけるのを我慢した。

まっすぐ視線を据えると、レディ・メルテンボーンが静かに応じた。「顔は出さないみたいね」

そして口もとの笑みを消し、同情するかのようにわざとらしく顔をしかめてみせた。「あらいやだ。もちろん、公爵が街にいることはご存じでしょう、公爵夫人？」

ソフィアの目の前が真っ暗になった。クラクストンがロンドンにいる？　ほんとうなのだろうか？　もし夫が、予告もせずに戻ったのだとしたら――。

怒りのわななきが背筋を走り抜けたが、どうにかうわべは冷静さを保っていた。しかしその冷静さも、レディ・メルテンボーンの露骨な満足の表情を前にして、しぼんでしまった。

目を輝かせ、唇を開いて薄笑いを浮かべ、言葉の裏にある悪意をはっきり示している。もう礼儀正しい応対をする義務はなさそうだった。しかし、ソフィアが相手に蔑《さげす》みの言葉をぶつける前に、伯爵夫人はしゅっという衣擦《きぬず》れの音とともに人込みのなかへ消えた。

入れ替わりで、妹たちが現れた。ふたりはまるで辻強盗のように飛びかかってきて、近くの暗い片隅へとソフィアを引っぱっていった。既婚女性らしく深い色合いのジェノヴァ・ベルベットのドレスを着ているソフィアとは対照的に、ダフネとクラリッサはレースとリボンで縁取られた透明感のある白いモスリンのドレスをまとっていた。

「誰があの女を招待したの？」すぐ下の妹ダフネがきいた。

ソフィアは答えた。「誰も招待していないわ」

「あの胸を見た？」クラリッサが驚きの声をあげた。

「どうして見ないでいられるかしら？」ダフネが言った。「まるで砲弾みたいに大きいんだもの。いやらしいわ。みんなが見てる。クラリッサとわたしまでね。だって見ずにはいられないでしょう」

「あのドレス！　流行を先取りしすぎだわ」クラリッサが怒りをこめて言った。「真冬なのよ。寒くないのかしら？　あれじゃあ何も着ていないのと同じだわ」

「ダフネ」ソフィアはたしなめた。「クラリッサ」

ダフネがいぶかしむような目をした。「あの女は、お姉さまに何を言ったの？」

ソフィアは声から感情を消し去った。「これといって何も」

「嘘だわ」クラリッサが言い返した。身を寄せて小声で言う。「今夜クラクストンが出席するかどうか尋ねたんでしょう」

受けたばかりの屈辱を口にされて胸が痛み、思った以上にきびしい声で応じる。「伯爵夫人がクラクストンについて尋ねたと知っているなら、どうして何を言ったのかなんてわたしにきくの？」

手がぶるぶると震えて、もうこぼさずにパンチのグラスを持っていられそうになかった。ソフィアは、グラスを近くにいた執事のトレーに置いた。すぐに従僕が現れ、それを片づけた。

クラリッサが小鼻を膨らませた。「尋ねたかどうかなんて知らないわ。そうじゃないのよ。ただ、あの女は――」

「クラリッサ！」ダフネが鋭い声でさえぎり、何かを明かそうとした妹を黙らせた。

「いいから、話してちょうだい」ソフィアは言った。「レディ・メルテンボーンは、なんですって？」

クラリッサがダフネをにらんだ。「お姉さまには知らせなくちゃだめよ」

ダフネが見るからに悲しげな様子でうなずいた。「わかったわ」

クラリッサが言った。「あの女は、ここにいるほとんど全員に尋ねて回っていたのよ」

空気は冷たいというのに、ソフィアの頬が熱くなり、頭のなかがぼんやりかすんできた。先ほどレディ・メルテンボーンと交わした会話だけでも衝撃的だったが、クラリッサの言葉にひどい屈辱を覚えた。これまで、いずれ和解するかもしれないと考えて、ことを複雑にしないよう、必死になってクラクストンの放蕩についてのうわさを家族に聞かせないようにしてきた。しかし今や、ソフィアの秘密はばらまかれ、舞踏室にいる全員の耳に届いている。

「ふしだらな女ね」ダフネが小声で言った。「クラクストンがどこにいるかなんて、あの女には関係ないわ。関係あるのはお姉さまだけよ。もちろん、妹であるわたしたちもだけど。誰かがあの女にそう言ってやるべきだわ」天使のような顔をした妹が、青い目によこしまな光をきらりとよぎらせた。「わたしにその役をしてほしい？　任せてちょうだい。だって、わたしもう――」

「あの取り澄ました表情を消してやりたくてたまらないのよ」クラリッサが口を挟み、体のわきで拳《こぶし》を固めて、拳闘家のような姿勢を取った。

「そんなことはしないでちょうだい」ソフィアはきびしく言った。「裏通りにいるごろつきみたいなことはやめて、淑女らしくふるまうのよ。その話は、わたしの個人的な問題だわ。わたしとクラクストンの。わかったわね？　お母さまや、特にお祖父さまを心配させるようなことは言わないで。お祖父さまの誕生日とクリスマスをだいなしにはしたくないのよ」

「わかったわ」ふたりが声をそろえて答えた。妹たちのまなざしには思いやりと、もっと耐えがたい――哀《あわ》れみがあった。

今の自分のような境遇にある女性がいたら、ソフィアもすぐさま同じ感情を示すだろうが、そういう気持ちを受け取る側にはなりたくなかった。この見苦しいできごとのすべてが、自分の結婚生活の危うさと、夫の放浪癖を裏づけていた。レディ・メルテンボーンの言葉はつらくはあったが、おかげでクラクストンがこちらの出す条件に同意するだろうという確信が深まった。間違いなく、夫は自由になるほうを選ぶはずだ——そして、自由になる。わたしに子どもを与えればすぐにでも。一年と五カ月前、結婚の誓いを立てたとき、ソフィアは世間知らずだった。クラクストンとともに送る人生に大きな夢をいだいて、ありったけの心を捧《ささ》げた。ところが、最も夫を必要としていたときに、その心はまっすぐ投げ返されてしまった。クラクストンは、ほんとうの意味で愛情深く忠実な夫とはいえなかった。決して心の底から愛してはくれない。わたしが求める愛しかたはしてくれない。

正直に言えば、最初はその超然とした様子——クラクストンのひどく謎めいた部分——に魅了された。ソフィアがデビューした年、由緒ある爵位を受け継いだばかりの公爵が、どこからともなくロンドンに現れた。公爵がごくまれに舞踏会に姿を見せると、希望に燃える若い女性やその母親たちのあいだに熱狂的な騒ぎが起こったものだった。

そのときには——ああ、そのときには——ソフィアはクラクストンの影のある寡黙《かもく》な表情に夢中になり、きっと結婚すれば信頼を寄せてくれると信じていた。心を捧げてくれるだろうと。

しばらくは、そうしてくれたと信じていた。ソフィアは押し寄せる記憶にめまいを覚えて、目を閉じた。あの人の微笑み。笑い声。素肌。唇。熱さ。完璧さ。

それでじゅうぶんだった。少なくとも、じゅうぶんだと思っていた。

「それで？」ダフネがきいた。

「なんのこと？」

「今夜クラクストンは顔を出すの？」

「わからない」ソフィアはつぶやくように答えた。

クラリッサがため息をついた。「タンスリー卿が、きょうの午後〈ホワイツ〉でクラクストンを見たそうよ。ヘイデン卿とミスター・グリシャムといっしょだったんですって」

ソフィアは黙ってうなずいた。それなら、レディ・メルテンボーンの言葉は確認されたわけだ。七カ月外国で過ごしたあと、夫はロンドンに戻ってきた。わたし以外の誰もが知っているらしい。思っていた以上に、虚ろで悲しい気持ちにさせられた。ここまで軽《かろ》んじられたことに、ほんとうなら怒る——いいえ——激怒すべきだろう。あるいは、社交界のおおぜいの妻たちと同様、愛人の腕のなかでその不公平を忘れるべきだろう。確かに、そうできる機会がなかったわけではない。

ちょうどそのとき、暖炉のそばに立っている背の高い紳士に目が留まった。元気よく身ぶり手ぶりを交えておしゃべりしているエイムズリー三姉妹の頭越しに、こちらをじっと見つめている。ヘイヴァリング卿、田舎で育った子ども時代のあだ名は〝フォックス〟だ。この人はずっと以前から、自分を待っているべきだったと言ってソフィアをからかっていた——そして何度か、今でもソフィアを待っているとほのめかしたこともあった。

フォックスがブロンドの頭を少し傾けて、口の動きだけで言った。〝だいじょうぶかい？〟

当然、クラクストンについてのレディ・メルテンボーンの無遠慮な質問を、フォックスも耳にしているはずだった。きっとうわさ好きのエイムズリー姉妹がたった今、その話を事細かに分析しているのだろう。ソフィアは屈辱に顔を熱くしたが、それでもフォックスが気持ちを思いやってくれたことには心から感謝した。夫には、そんなことさえ期待できはしない。

とはいえ、不貞を働く気にはなれなかった。ソフィアはフォックスに向かってうなずいてい礼儀正しく微笑み、妹たちのほうに視線を戻した。快楽を追い求める社交界に身を置いているのだから、その世界に幻想をいだいてはいない。それでもソフィアは、幸せな結婚生活を送る両親のもとで育った。両親は、心の底から深く愛し合っていた。自分も同じものを手に入れられると信じたのは間違いだったの？

クラリッサがソフィアの腕に手を当てて、やんわりと尋ねた。「お姉さま、クラクストンと正式に別れるつもりだという、みんなの話はほんとうなの？」

そのとき、蠟燭の明かりが揺らめいた。まるで玄関扉が大きくあいたかのように、凍《こご》えるような空気が部屋に吹きこんだ。冷気がソフィアの素肌に襲いかかり、首の後ろのうぶ毛が逆立つ。舞踏室のあらゆる会話が静まったが、なんともいえない密《ひそ》やかな熱気が急激に膨らんでいった。

妹たちの目が、ソフィアの肩越しの一点に釘づけになった。

「まあ、驚いた」ダフネがささやき声で言った。

クラリッサの顔から血の気《け》が引いた。「お姉さま――」

ソフィアは肩越しに振り向いた。その瞬間、黒髪の端整な見知らぬ人の、大胆不敵な青い目にとらえられた。

もちろん、ほんとうの意味で見知らぬ人というわけではなかった。しかし、似たようなものかもしれない。クラクストンだ。

ソフィアの胸が、たくさんの思い出であふれ返った。しかしそれは、すばやく冷たい静けさのなかに沈んでしまった。ソフィアはなんのためらいもなく、貴婦人として求められる応対をした。大理石の床を歩いていき、舞踏室にいるあらゆる人々の視線を感じながら、キスで不実な夫を出迎えたのだ。

# 2

「お帰りなさい、クラクストン」ソフィアがヴェインの頰に軽くキスをしてささやいた。そしてすぐに、祖父にパンチを持っていく約束をしたからという口実で、招待客の波のなかに姿を消した。

「お帰りなさい、クラクストン」ヘイデン卿、ヴェインのふたつ年下の弟が、気取った甲高い声で物まねをした。

従弟《いとこ》のレイブ・グリシャムが、すでにヴェインが予測していたことを、皮肉っぽく言い表した。「公爵夫人は、きみに会えて大喜びしてるようだな」

ヴェインはふたりを無視して、ソフィアを追いかけていった。背が高いヴェインとは対照的にソフィアは小柄だが、舞踏室を進んでいく妻の通り道をたどるのは簡単だった。なぜなら……そう、ソフィアは輝いていたからだ。ダイヤモンドをちりばめた櫛飾《くしかざ》りが、流行の形に整えられたミンクブラウンの髪を美しく飾っている。それは、ヴェインが宝石職人ガラードに作らせた婚約の贈り物だった。

ソフィアの髪には、いつも魅了された。多くの若い女性は最近の流行に従って髪を切っているが、ソフィアの髪はピンを外すと豊かなウェーブを描いて腰のところまでこぼれ落ちる。ほどかれた髪を見る特権を手にしていたのは、それほど昔ではなかった。とらわれの恋人として、畏敬《いけい》と崇拝《すうはい》をこめてその髪に触れたものだった。今でも目を閉じれば、その香りと肌触りを思い出すことができた。

ソフィアに目を留めたときから、体じゅうの筋肉が痛いほど張りつめ、今もゆるんでいなかった。時間と距離が妻への欲望を鎮めてくれないかと願っていたが、どうやら愚かな考えだったらしい。ソフィアの前では、いつも愚か者になってしまう。

自分のそばから逃げ去る前にちらりと見えた姿からして、妻は離れていたあいだにますます美しくなったようだ。とはいえ、それも当然ではないか？　取り決めによる婚約に先立って顔合わせの席が設けられ、叔父《おじ》宅の応接室で初めてソフィアを見た瞬間、息をのむほど惹《ひ》きつけられた。緑色の目といたずらな天使の微笑みに、ひと目で恋に落ちたのだとさえ思っていた。

もちろん、そのことは妻に話していない。幸せにあふれた新婚当時でさえ。そういう危険な細部は、自分の胸にしまっておいた。話してしまえば、信じがたいほどの苦しみと痛みにさらされることになっただろう。

当時、ヴェインは二十八歳、ソフィアは二十一歳だった。父親が早すぎる死を迎えたせいで、ソフィアの社交界デビューが遅くなった。ヴェインは、これほどたぐいまれなすばらしい贈り物を授かるとは思っていなかった。自分はソフィアにふさわしい男ではないが、新たに得た爵位と財産と領地はふさわしいといえそうだった。驚いたことに、ソフィアも同じくらいヴェインに魅せられたらしかった。しばらくのあいだは。

あのときは、あまりにも簡単にあきらめてしまった――しかし今回は違う。ソフィアが逃げ出してさらに高い壁を築くのを許すつもりはない。妻を見て、よりを戻す決意がさらに固まった。まるでその決心を感じ取ったかのように、人込みがふたつに分かれてヴェインの通り道を作った。ちょうどそのとき、ソフィアの輝く髪が見えなくなった。ウォルヴァートン卿の図書室へ続くアーチ道へ向かったようだ。

「公爵」誰かの小さな手が腕をつかんだ。

ヴェインは目の端で、ちらちら光るブロンドの髪と鮮やかな青い絹をとらえた。戸口を見据えたまま、慇懃《いんぎん》な挨拶の言葉をつぶやき、そのまま歩き続ける。しかし、背後にわき起こったくすくす笑いとささやき声は聞き逃さなかった。クラクストン公爵の跡継ぎとして、もうずっと昔にうわさ話には慣れてしまい、それを受け流すことを学んでいた。

ヴェインは扉の前に立ち止まって、なかをのぞいた。この部屋からは、古きよきものと安らぎのにおい、木と煙草と本のにおいがした。庭のランタンのほのかな明かりが窓から射しこみ、ソフィアの姿を浮かび上がらせている。妻はウォルヴァートン卿の飾り棚の前に立って、ほっそりした首を後ろに反らし、空《から》になったグラスを唇から下ろしたところだった。

ヴェインは咳払《せきばら》いをした。

ソフィアがくるりと振り返った。突然の動きに、スカートがさらさらと音を立てた。暗がりのなかでは、エメラルド色のベルベットの身ごろが黒く見えた。高い襟が、喉と胸もとの白い肌をすばらしく引き立てている。

「クラクストン」ソフィアが抑えた声で叫んだ。目を丸くして、指先で湿った唇を軽くぬぐう。明らかに、そのしぐさのなまめかしい魅力には気づいていないようだった。「びっくりさせないで」

ヴェインは多くの人をびっくりさせてしまう。亡き父もそうだった。背丈のせいか、黒い髪と浅黒い肌のせいか、物腰のせいか、そのすべてが組み合わさったせいかはわからない。ただ、自分の声を聞いて妻がたじろぐ様子は好きではなかった。

手を触れたこともないはずの祖父の酒を、気つけにあおる必要があるほどソフィアを追い立てたできごとは何か？

もちろん、軽蔑《けいべつ》している夫の思いがけない帰国だ。

それについて妻を責めることはできなかった。七カ月前の自分を振り返ってみれば、ヴェイン自身もその男を軽蔑せざるをえない。そう、まるでろくでなし――いや、それより悪い、臆病者のようなふるまいをした。妻のそばを離れるべきではなかった。ふたりのために、もっと懸命に闘うべきだった。

ソフィアと婚約する前のヴェインは……恐ろしく堕落《だらく》していた。わかっているのは、ソフィアの愛がすっかり自分を変えたということだけだった。ソフィアが惜しみなく与えてくれた愛が魂に触れ、かつての生活のよごれを消し去ってくれた。妻には、忘れて葬ってしまうべき過去の詳細を打ち明けたことはない。悲劇の余波にさらされている今、子どもができたとわかったあのとき、ヴェインがどれほど大きな贈り物を与えられた気がしたか、ソフィアには決して理解できないだろう。

そしてあの恐ろしい二月の午後、妻はヴェインに背を向けた。

一年近くたった今、また背を向けている。ソフィアがクリスタルのデカンターを持ち上げ、半分パンチが入ったグラスに少しだけ酒を注いだ。「お祖父《じい》さまに」

瓶にふたをしてグラスを取り上げると、暗がりを抜けてこちらへ向かってきた。ヴェインが行く手に踏みこまなければ、わきを通りすぎていただろう。スカートがヴェインのズボンをかすめたが、体が触れる前にソフィアが立ち止まった。妻の顔に触れてキスをして、香りと味を確かめずにいるには、自制心をかき集めなければならなかった。できれば部屋に押し戻して、錠を下ろしたかった。

「今夜は、ぼくと家に帰ってくれ」ヴェインは欲望にかすれた声で言った。

この言葉を口にするのがどれほどむずかしかったか、ソフィアは気づいているだろうか？たった今、短剣を手渡し、すでにひどい傷を負った心を刺すよう促したことに？ソフィアに許され、受け入れてもらう価値のある男になるために、心を強く持とうと懸命に努力してきたことに？

ソフィアが目をそらした。「今夜は、ここに泊まる支度を整えてしまったから」

ぐさりとヴェインを刺したあと、慎重にわきによけ、少し先へ進んでから、くるりと振り返った。

今回は、しっかり目を合わせる。「でも、あなたはレディ・メルテンボーンを招待すればいいでしょう。ここに来ていて――知っていると思うけど――あなたのことを尋ね回っていたわよ」

ソフィアは人込みを抜けて進み、無数の目が自分に注ぐ好奇のまなざしを避けた。両手が震えた。骨の髄《ずい》までぐらぐらと揺れていた。たった今、ほんとうに夫に対して、別の女性の腕のなかで夜を過ごすようにと勧めたの？　もしかすると、もっと頻繁にマラスキーノを飲むべきかもしれない。

頬を火照《ほて》らせながら、コリント式の円柱の陰にすべりこんだ。舞踏室の北側と南側に並ぶ六組の円柱のうちの一本だった。ひんやりとした石膏《せっこう》に背中を預け、落ち着くために息を吸う。ここなら、ときおりティーテーブルと厨房《ちゅうぼう》をせわしなく行き来する使用人と、名高い政治家で敵対者同士だった小ピットとフォックスの虚ろな目をした胸像以外、誰も邪魔する者はいなかった。

クラクストンに衝撃を与えたとまではいえないが、明らかに夫は目を丸くし、ほんのわずかだが唇を開いた。冷静でいつも自制を失わない夫にとって、その反応は衝撃を受けたときのものにかなり近いだろう。交わした言葉の重さからは逃れられなかったが、夫をびっくりさせたことに満足を覚えたのは確かだった。

〝今夜は、ぼくと家に帰ってくれ〟

ほんとうにそんなに簡単だと思っているの？　何カ月も冷たい別居生活を送ったあとで、

あっさり許して忘れるとでも？　愛人のひとりが飢《う》えた鮫《さめ》のように祖父の誕生パーティーという水域をぐるぐる回っている今は、許す気にも忘れる気にもなれなかった。この先もなれないだろう。こんなふうにおおやけに妻の体面を傷つけるなんて、いったいどういう夫なの？　ただ、正直になるなら、自分にも非があることを認めなくてはならなかった。

あのおぞましい手紙を見たあと、家で待って夫にきちんと立ち向かっていたら、どれほど違う結果になっていただろう？　子どもみたいに取り乱して家を飛び出し、氷の張った石段を駆け下りたりせずに？　それでもきっと、泣いたり怒ったり気持ちが傷ついたりはしただろうが、子どもは失わずに済んだかもしれない。たぶん、互いを失うこともなかっただろう。

何日もたったあと、ようやくクラクストンが酒のにおいと打ちひしがれた男の表情をまとってそばにやってきて、あの手紙を書いた女優との情事を率直に打ち明けた。しかし、ごくまじめな力強い口調で、その関係はソフィアと婚約する前、ふたりが出会うずっと前に終わっていたと断言した。そして、手紙は情事が現在も続いているかのような言い回しで書かれているが、別れて以来戯《たわむ》れたこともなければ、口をきいたことすらないと誓った。

ソフィアは夫の言葉を信じた。しかしそれでも、事件のいまわしさは残り、ふたりのあいだには今までにない不信の空気が漂った。ソフィアは慰めを求めて、母と妹たちの温かな腕のなかに逃げこみ、思いきり泣いて悲しみを癒した。しかし、手紙の存在や、それが招いた問題のことは決して口にしなかった。クラクストンは友人たちとともにロンドンを離れ、インヴァネス近くの狩猟小屋へ出かけてしまった。数週間後に戻ってきたが、それは貴族院の議席に対する義務があるからだった。ソフィアは母に強いられて、自分も家に戻ったが、たいていはひとりぼっちで過ごすことになった。クラクストンは、議会に出席していないときにはクラブの席に着いていた。少なくとも、ソフィアはそう考えていた。ヘイヴァリング卿が明かしたところによると、セント・ジェームズにあるいくつもの賭博場で、夜のあらゆる時間帯に夫を見かけたそうだ。ごくたまに家に戻ってくるクラクストンの目や物腰には、酒と失意にますますおぼれていくしるしが見て取れた。

そのすべてを、許せたかもしれなかった。時が過ぎても子どもを失った苦しみは消えなかったが、兄と父を相次いで亡くしたときの苦痛と同じように、少しずつ和らいではいった。夫には、ただ話しかけてほしかったのだ。悲しいよ、と言ってくれれば、わたしも悲しいわ、と言えたかもしれない。そして夫の胸に抱かれたかもしれない。それが、何よりも求めていたことだった。しかし間もなく、うわさを耳にするようになった。親しい友人たちがお茶やカードの席で、ソフィアが知りたがるだろうと考え、重々しい態度で話して聞かせた。夫がひとりかふたりのいかがわしい女性とともにいるのが目撃されたらしい、と。

いつもの社交界のたわいないおしゃべりだと考え、ソフィアはできるかぎり受け流そうと努めた。しかしある朝早く、クラクストンが例のごとく夜遊びから帰ってきたとき、ソフィアは夫の服を拾い集めたメイドと行き合った。ふたりのあいだの床に、夫の上着のポケットから、異なる種類の〝レター〟が落ちた。ていねいに折りたたまれ、紙の封筒に入れてある避妊具《フレンチ・レター》。聞いたことはあったが、実際に目にするのは初めてだった。哀れなメイドがソフィアに問いつめられて、そのいまわしいものがなんなのか知っていることを認め、用途を明かした――男性が女性を身ごもらせないようにする道具だと。

苦しみと怒りに駆られ、自分を抑えることができなかった。クラクストンが死んだようにぐっすり眠っているあいだに、ソフィアは部屋に忍びこんだ。そして、結婚後初めてのクリスマスにもらった真珠の柄のペーパーナイフでそのいやらしいものを刺し、ベッドの頭板に刃を打ちこんで、夫が目を覚ましたとき頭上にぶら下がっているようにした。ふたりの関係は、その後さらに冷えこんでいった。

五月にクラクストンが、外交官に任命されてライヘンバッハに送られることになり、別れの挨拶もそこそこに発《た》ったときには、むしろほっとしたほどだった。あとから来てほしいとさえ言われなかった。ほどなく最初の手紙が届き、次の手紙も届いた。それらは特徴的な手書き文字――力強く優雅なペンの運びと、凝った渦巻き模様を使った書体――で書かれ、赴任先が変わってトプリッツになり、最終的にはライプツィヒになったことを知らせてきた。外住まいや周囲の環境、交渉や条約や戦争については、ごく簡単に触れてあるだけだった。外交官の夫が出席した舞踏会や晩餐会《ばんさんかい》や酒宴については、何も書かれていなかった。そういう手紙は、ハノーファー出身の陽気な男爵夫人が代わりに書き、社交的な女主人らしい調子で、夫がじゅうぶんにもてなされていることを請け合った。

クラクストンの愛人だろうか？　それはわからなかった。もう何もわからなかった。

わかっていたのは、ロンドンにいる自分は、パークレーンにあるクラクストンのぜいたくな屋敷で、同じくらいぜいたくな使用人の列にかしずかれ、静けさのなか毎朝ひとりで目覚めるということだった。公爵の馬車が、街じゅうどこへでも行きたいところへ運んでくれた。引きも切らず、招待状が届いた。訪問客も絶えなかった。どこの応接室や店でも、公爵夫人として熱烈に歓迎された。会計士は何も言わず勘定を支払ってくれた。

けれども、ソフィアは毎晩、詐欺師《さぎし》になったような気分でベッドに入った。唯一の連れは、どこへ行ってもついて回るうわさ話だった。一年ほど前に夫となった男が美女に目が高く、放蕩者で、ならず者であることを称《たた》えるうわさ話。ソフィアはひとり残されてそれに耐え、どうにか最悪の部分が家族の耳に届かないようにしてきた。

〝今夜は、ぼくと家に帰ってくれ〟

いいえ、そんなに簡単に和解はできない。ソフィアはゆっくり息を吸った。

どのくらい長いあいだ、円柱の裏に立っていたのだろう？　クラクストンに追ってきてほしいわけではないけれど、でも――。

夫は追いかけてくるはずでしょう？

ソフィアは慎重に、招待客の頭と肩のあいだから、自分が来た方向をのぞいた。口のなかが乾いてきた。クラクストンは去ってしまったのだ。

衝撃が体を駆け抜け、唇と指先に痺《しび》れるような感覚が残った。わたしは妻として、追いかけるに値しないほどどうでもいい存在なのだろうか？　それより、夫はわたしがけしかけたとおり、別の女性と夜を過ごすつもりなのだろうか？　不意に、クラクストンが、ぼんやりした目つきの豊満なレディ・メルテンボーンと絹のシーツの上で絡み合っている姿が目に浮かび――。

「ソフィア」

「やめて！」ソフィアは叫び、いきなり頭を振り向けたので、巻き毛が自分の鼻に当たって跳ねた。

クラクストンが悪魔そのもののような姿でこちらを見下ろしていた。顔がほんの数センチの距離にあった。冷たい液体が手袋に染みこみ、手のひらを湿らせた。夫の手がソフィアの手を下から包んでグラスを支えた。思いも寄らない親密なしぐさに、はっと息をのむ。

「やめて？」クラクストンが、片方の黒い眉をつり上げてきき返した。

「〝待って〟」ソフィアは応じた。「〝待って〟と言ったのよ」

待って、クラクストン。いろいろな問題があるというのに、自分のなかの女がため息をついた。

じっくり見ると、クラクストンは完璧に整った顔立ちをしているわけではなかった。それでも、不完全な部分がすべて合わさって、人を惹きつけずにはおかない容貌《ようぼう》を作り出している。そういう意味ではクラクストンは美男子だが、常に最新流行の服を着ているような人好きのするめかし屋たちとは似ても似つかなかった。クラクストンの魅力は、謎めいた雰囲気と強烈な個性に、並外れた背丈と広い肩幅、運動選手のようにしなやかな筋肉が組み合わさったものだった。

ソフィアは背筋を伸ばして胸を張り、少しでも夫と対等に向き合えるようにした。いつも、子どもになったかのように感じさせられるのがいやでたまらなかった。

「手袋が染みになってしまったよ」クラクストンが静かに言って、ちらりと視線を落としてから、また目を合わせた。

ソフィアの息が止まった。すぐそばに立たれ、こんなふうに興味をこめてじっくり眺められると、息ができなくなる。クラクストンは肩を円柱にもたせかけ、拒絶など恐れたことのない放蕩者らしく自信たっぷりに、こちらの視線を釘づけにしていた。腹立たしくてならなかった。わたしのほうは、夫の関心を引くことさえできないというのに。

「ええ、手袋が染みになってしまったわ」ソフィアは言い返した。「あなたが驚かせるからよ」

クラクストンがちらりと顔をしかめた。「今夜二度めのようだな」

そして次の瞬間、唇の端を小さく引き上げ、少年のような微笑みを浮かべた。ソフィアの心臓が、まるで喜んで主人を出迎える猟犬のように、胸のなかで飛び跳ねた。クラクストンの笑顔を見ると、いつも心臓がこんなふうに反応してしまう。でも、わたしは気立てのよい猟犬ではない。人間の女性だ――ふたりが離れ離れになっていた、つらい期間を忘れてはいない。

「いいえ、三度めよ」ソフィアはとげとげしく言った。「一度めは、前触れもなく現れたとき。七カ月も留守にしていたのよ、クラクストン。先に知らせるべきでしょう」

夫がすばやくソフィアの手からグラスを取り上げ、近くの棚にのせた。「そんなにびっくりさせるつもりはないんだ」

こちらが意図に気づく前に、ソフィアの指先をつまんで濡れた手袋を手から外す。冷たい空気が素肌を包み、背筋がぞくりとした。クラクストンは片方の手で手袋を上着のポケットに押しこみながら、もう片方の手の指先をわずかに曲げて、ソフィアの手をそのまま握っていた。

官能的に唇をすぼめて言う。「だめになった手袋のことなら、喜んできみを気に入りの店に連れていって、新しいものを買ってあげるよ」

ソフィアは困惑してクラクストンを見つめた。よりを戻そうと言っているの？　何カ月もの冷えたやり取りと別居のあとで？　その場に立って目を見開き、夫はどういうつもりなのだろうといぶかることしかできなかった。大きな手に包まれた自分のむき出しの手は、小さく頼りなく見えた。邪悪なわなの上に舞い降りた、疑うことを知らない小鳥。さらに、クラクストンが指を曲げてソフィアの手をしっかりつかみ、持ち上げて——。

「クラクストン——」ソフィアは突然の親密なしぐさに戸惑って、警告の声をあげた。

「すぐにでも。大急ぎで」クラクストンがソフィアの指先に唇を押し当てた。しっかりと目を合わせたまま言う。「あすの朝はどうかな？」

手首の下側へと唇が動くと、温かな心地よさが広がった。クラクストンが素肌に鼻を押し当て、まるでソフィアが魅惑的な香りを発しているかのように、息を吸いこんで目を閉じた。

ばかげた甘美なわななきが、つま先から太腿《ふともも》の後ろを駆けのぼった。

クラクストンがソフィアの目をのぞきこんだ。「きみのひとことで、そうさせてくれるなら」

どんなひとことですって？　快い刺激に半分うっとりとして、なんの話をしていたのかさえ思い出せなくなる。

続いて手のひらの中央にキスをされると、体じゅうにけだるい快感が送りこまれ、長いあいだ眠っていた欲望が目覚めた。

無意識に、クラクストンのほうへ体が揺らいだ。夫であり恋人でもあると信じていた男性を、あまりにも長いあいだ待ち焦がれ、求め、欲しがっていた裏切り者の体。夫の肩の向こうから、小ピットとフォックスの胸像が見ていた。無表情なふたりののぞき魔。円柱の反対側からは、音楽と笑いと話し声が聞こえた。ソフィアとクラクストンは、ちょうど人目には触れない影のなかにとどまっていた。このひとときの密やかな空気のせいで、キスにいっそうぞくぞくさせられた。

いっそうぞくぞくさせられたですって？　何を考えているの？

子どもを失って以来、夫はわたしになんの気遣いも見せてこなかった。神聖な結婚の誓いにそむいて、わたしを捨てた。なのに今になって……今になって誘惑しようというの？　怒りで頬が熱くなった。

さっと手を引き離す。「あなたがロンドンに戻っていたことを、わたしい以外の誰もが知っていたわ」

クラクストンがじっとこちらを見つめて、口もとから笑みを消した。「たぶん、事前に知らせると、きみが逃げそうで心配だったからだ」

「逃げたりしないわ」ソフィアは必要以上に大きな声で言い返した。

「いや、きみは逃げているよ、ソフィア」クラクストンが青い目をきらりと輝かせた。「今夜はもう二回、十五分と時間を置かずにね。ぼくがびっくりさせることと、きみが逃げることについては、かなりいい勝負ではないかな」

先ほど図書室では、雌ライオンのような気分になれた。あのときばかりは、若い妻にも政敵にも常に優位に立ってきた男に対して、優位に立つことができた。なのに、なんてことだろう！　クラクストンは間違いなく、自分の罪を忘れさせるには、官能的な目つきと親しげな愛撫《あいぶ》だけで事足りると考えているのだ。

「会いたかった」クラクストンがソフィアの唇に熱いまなざしを注ぎながら身をかがめた。意図は明らかだった。夫はキスをするつもりだ。させるかどうか決めるのに、ほんの一瞬しかかからなかった。

決心はすぐについた。

ソフィアは夫の胸に手を当てて押しのけた。「ほんとうにわたしが、そんな未熟な戦いしかできないと思っているの？」

「戦いだって？」クラクストンがむっとした。

ソフィアは後ずさりした。「わたしが哀れなくらい純情な娘で、あなたに温かいまなざしをちらりと向けられればすぐさま、自分の人生とベッドにもう一度あなたを迎え入れるとでも思っているの？」

クラクストンが謎めいた表情をした。「純情な娘という部分はともかく……もう一度きみの人生に迎え入れてもらいたいという希望は持っているよ」胸の前で腕を組み、ゆっくり顔を近づける。「きみのベッドにも」

すでに熱くなっていたソフィアの頬が燃え上がった。

しばらく間を置いてから、クラクストンが促した。「どうした、ソフィア？」

「どうもしないわ。ただ――」憤りでしわがれた声を出す。「そのどちらについても、今夜あなたと交わした短い会話のあいだに、どういうわけで希望が持てるようになったのかと考えていただけよ」

「いとしい人」クラクストンが首を傾け、低く辛抱強い声で、まるで理不尽なことを言い出した女を諭《さと》せばいいと思っているかのように語りかけた。「ぼくから先に告白するなら、イギリスを離れたとき、ぼくたちの結婚生活はまだ足場がしっかり固まっていなかった。確かに状況を考えると、すべてはぼくの責任だ。でも願っていたのは、今夜もし――」

「その願いは間違いよ」雌ライオンが戻ってきた。そう簡単に負けはしない。「あなたからは、こんなやりかたより、もっと多くを求めているの」

立ち去ろうとすると、クラクストンが行く手をふさぎ、影のなかへ連れ戻した。

触れはしなかったが、こんなに近くに立っていれば、触れているのと同じだった。「さっき、図書室の外で、なぜレディ・メルテンボーンについて、けしかけるようなことを言ったんだ？　ぼくが結婚したのは彼女ではない」クラクストンが所有を主張するかのように、ソフィアの体に視線を這《は》わせた。「ぼくが結婚したのはきみだ」

間違いなく、夫の言葉とそぶりは、ふたりの関係を確かめて和解するための前戯を意図している。しかしレディ・メルテンボーンの名を口にされると、バケツで顔に冷水を浴びせられたかのように、簡単には忘れられない腹立たしい現実を思い出した。

「それこそが」ソフィアはパンチのグラスに手を伸ばした。「まさに問題なのよ、公爵」

クラクストンが顔をしかめた。記憶に焼きついている冷たい光が、青い目に戻ってきた。

「いったいなんの話だ？」

「物陰でこっそり奪うキス？　誘惑の甘い言葉？　いろいろなことが起こったあとで、こんなに長い時間が過ぎたあとで――あなたが差し出せるのはそれだけなの？」ソフィアは鋭い笑い声をあげた。「わたしはあなたの妻なのよ、クラクストン。夢見る少女ではなくてね。もうそんな段階は通り越したわ。もっとましなやりかたを考えるべきでしょうね」

一時間後、ヴェインはほかの紳士たちとともに、ウォルヴァートン伯爵の書斎から出てきた。伯爵の誘いで、選ばれた数人がしばらくのあいだ会話と煙草と酒につき合っていたのだ。パーティーはお開きになり、舞踏室にはすでに誰もいなかった。社交シーズンなら、舞踏会や夜会は朝まで続くが、時計の鐘は九時ちょうどであることを示していた。五、六人の紳士が、帽子と外套を身に着けて夜のなかへ出ていった。外では、御者が彼らを家へ運ぶために待っていた。

「お休み、フォックス」ヴェインは横に立っている男に向かって、できるだけ愛想よく言った。

しかしほんとうは、ヘイヴァリング卿の顔を拳で殴ってやりたくてたまらなかった。このソフィアの幼なじみは、パーティーのあいだ絶え間なくヴェインに辛辣《しんらつ》な言葉を浴びせたり、険悪な目を向けたりしていたからだ。相手が押し殺した声で言った。「きみにとっては、ヘイヴァリング卿だよ」

従僕から帽子を受け取り、夜のなかへ消える。

ヴェインは頰を引きつらせたが、自分を抑えた。あの男に軽蔑されるのは当然だが、嫉妬《しっと》深い心は、ヘイヴァリングがなんらかの形で妻の保護者の役を務めているらしいことに腹を立てていた。明らかに、あの男の顔を殴っても、ソフィアを取り戻す努力が水の泡になるだけだろう。そこでヴェインは、妻の祖父のほうを振り返った。

以前から伯爵を尊敬していたが、おそらく亡き父とのぎくしゃくした関係のせいで、そういう敬意をはっきり表現することにずっと躊躇《ちゅうちょ》があった。ウォルヴァートン卿は夜じゅう温かくもてなしてくれたが、その目に不信があるのをヴェインは見逃さなかった。いちばん上の孫娘の結婚生活が抱える問題は秘密ではないうえに、ゆゆしい失望を招いているようだ。

伯爵を寝室へ連れていくためか、従僕が近づいてきた。

「ウォルヴァートン卿、少しお話があるのですが」ヴェインは言った。

伯爵が手を上げて押しとどめると、従僕が退いた。

ウォルヴァートン卿が首を傾けた。「なんだね、クラクストン?」

ヴェインは不意に喉の渇《かわ》きを覚え、咳払いをしてからなんとか話し始めた。「言い訳をする気はないのですが、ぼくは公爵夫人との結婚生活で過ちを犯しました」

「確かにそうだな」

「妻とやり直したいんです」

「わたしは病気で家に閉じこもっている老人だよ、クラクストン。きみが結婚生活をおろそかにしているといううわさがわたしの耳に届いているとすれば、それは広く知れ渡っているということだ」伯爵が、こちらをひるませるほど落ち着いた態度で言った。「きみが今からどれほど雄々しい努力をしようとも、すでに遅すぎるかもしれんな」

高齢で車椅子に乗っていても、物腰は堂々としている。ヴェインは鞭打《むちう》ちの罰を受ける少年のような気分になった。恥ずかしいどころではなく、恥じ入っていた。

「そうでないことを祈っています」ヴェインは静かに答えた。「知っておいていただきたいのは、ぼくがこれまでと変わらず公爵夫人を大切に思っているということです。結婚当初よりも、今のほうがより深く」

口にしたのは紛れもない真実だった。時間と距離が、それを証明したのだ。

ウォルヴァートン卿が両手の指先を合わせて、にこりともせずにうなずいた。「それなら、大急ぎで得意の外交手腕を発揮して、地面にひれ伏したほうがいい。これは、きみが交渉に臨《のぞ》んだ和解のなかで、最もむずかしいものになるだろう」ヴェインの目をじっと見る。「玄関扉から入ることを許されればの話だがね」

「ありがとうございます、ウォルヴァートン卿」

「わたしに礼を言う必要はない」伯爵が鋭く切り返した。「もしソフィアがきみとの別居を求める決意をするなら、わたしはあらゆる面で孫娘を支えるつもりだよ」

ヴェインの息が止まった。別居。頭のなかでささやいたことしかない言葉を声に出されると、新たに不愉快な現実が浮かび上がった。

ウォルヴァートン卿が続けた。「醜聞などどうでもよい。この街の人々が何を考えているかを気にかけるには、わたしはあまりにも年寄りで、あまりにも頑固だからな。人生の終わりに差しかかった今、ただひとつの願いは、死ぬ前に孫娘たちが幸せを見つけてくれることなのだよ。わたしの死後、爵位は甥《おい》が継ぐだろう。どこから見ても、卑《いや》しむべき放蕩者だ。あの男には品位というものがない。すっかり悪徳におぼれてしまっている。孫娘たちの安らかな将来を確保するためにできるかぎりの手配はしたが、わたしが逝《い》ってしまえば、あの子たちの人生は大きく変わるに違いない」眉間《みけん》のしわを深くする。「言うまでもないが、クラクストン、きみがもっとうまくやってくれることを期待していたのだがね」

ヴェインは頭を下げた。「ご期待に応えることを誓います」

「ソフィアは階上《うえ》にいる。左側の三つめの寝室だ」

伯爵が手ぶりで従僕を呼び、ふたりは暗い廊下の奥へ姿を消した。ヴェインは階段をのぼりながら、来《きた》るべき対決に向けて自分を奮い立たせた。

ソフィアの部屋の扉をたたいたが、返事はなかった。ノブを回してなかをのぞくと、部屋は暗く、誰もいない。そうか――ソフィアは妹たちの慰めを求めているはずだ。この屋敷の上階を探索したことはなかったので、不案内ななわばりに入りこんだ気がしたが、扉から扉へと移動して、ようやく聞き覚えのある女性の声を耳に留めた。残念ながら、低い話し声と厚い扉のせいで、姉妹がヴェインを殺す計画を立てているのかどうかはわからなかった。扉をノックする。

「どうぞ」

もちろん入りはしなかった。おそらく母親か使用人だと思っているのだろう。

「クラクストンだ」と告げる。

あわてふためいたようなささやき声が起こり、誰かが部屋を駆け回っているかのような、ばたばたという音も何度か響いた。

ほどなく、扉が少しだけあいて、ダフネの鼻と口の一部がちらりと見えた。こちらをにらむような目も。「何かご用?」

# 3

「ミス・ダフネ」ヴェインは軽く会釈した。「夜遅くにお邪魔して申し訳ないが、公爵夫人を捜しているんだ。きみといっしょにいるのかい？」

「姉はあなたと話したくないんですって。だから帰って」

「とても重要なことなんだ」

「あなたにとっては重要かもしれないけど」別の声が答えた。クラリッサだ。「公爵夫人は、もう話す段階は越えてしまったみたいよ」

ヴェインはどう応じようかと考えながら、自分が話しかけている相手についてあれこれ思い起こした。ふたりの少女はかつて、ヴェインをうっとりと見つめ、なんでもないひとことにも喜んでくすくす笑ったものだった。ソフィアと結婚したあと、姉妹を連れてピクニックに行ったり、バークリースクエアへパイナップルアイスを食べに行ったりしたこともある。静かな日曜の午後には、ふたりにうまくおだてられて最新のダンスステップをいっしょに練習したり、男性はどんなものを美しく魅力的だと思うのかとしつこくきかれたりした。ヴェインの答えはいつも同じだった。明るい微笑み。ふたりに、これほどの軽蔑と嫌悪をこめて話しかけられたことは一度もなかった。

ヴェインはもっと優しい声を出そうと努めた。「お姉さまを守ろうとしていることはよくわかっているよ。だが、話したくないとしても、ソフィア自身の口からそれを聞きたいんだ」

ダフネの頭の上からのぞきこむと、ピンクのドレッシングガウンを着たクラリッサが、大きな四柱式ベッドのそばに立っているのが見えた。クラリッサはピンクが大好きだ。ダフネはもちろん、どんな色合いのピンクも嫌っている。

クラリッサが毛布に覆われた仰向《あおむ》けの体のほうにかがみこみ、妹らしい心配の表情を浮かべた。「お姉さま。さあ、さあ。泣くのをやめて」

泣いているのか？　ヴェインの心臓が止まった。いや、少なくとも止まったかに思えた。階下で先ほど会ったときには、悲しそうな様子もなく、あんなに気の強いところを見せていたというのに。

クラリッサが続けた。「クラクストンが来たわ。話をしたい？」さらに身をかがめ、枕のそばに耳を当てる。それから起き上がって、こちらをにらんだ。「残念ですけど、わたしがさっき言ったとおりよ。あなたとは話したくないんですって。お姉さまは気が高ぶっているのよ、わからない？　どうかお帰りになって」

「気が高ぶっている？」ヴェインは動揺して、おうむ返しに言った。「ソフィア？」

肺が締めつけられた。ふたりのあいだにこれほど深い溝を作ってしまった責任の大半は自分にあるが、わずか三メートルしか離れていない場所に立って、こんな思いをさせられることには耐えられなかった。「そこをどいてくれ」

ダフネが扉を押して、ヴェインを閉め出そうとしたが、ぐっと押し返して後ろへ下がらせ、難なくなかへ入った。

　ベッドのほうに大股で歩いていくと、顔をめがけて枕が飛んできた。すばやく腕を振って払いのける。「ソフィアはぼくの妻だ」

「あなたのふるまいからして、そうは思えないわ。お姉さまに近づかないで」クラリッサが怒りに目を燃え上がらせて叫んだ。「放蕩者！」

　ダフネがヴェインの背後から上着の後ろ裾をつかみ、ずるずると足をすべらせながらついてきた。「女たらし！」

　ガリヴァーがリリパット人に襲われたとき、どんな気分だったかが初めてわかった。

「ソフィア」ベッドにたどり着き、クラリッサの体をかわしてソフィアの肩に触れた――が、その肩は手の下でつぶれた。クラリッサがあわてて逃げ、ヴェインは上掛けをぐいとめくって、その下には枕しかないことを知った。

「ソフィアはどこだ？」ヴェインは歯を食いしばって言い、ふたりのほうを振り返った。

　クラリッサがあざ笑った。「あなたには何も教えないわ」

「野蛮人！」ダフネがこちらにブラシを投げつけた。それはヴェインの胸の中央に当たって、絨毯の上に落ちた。ちくしょうめ。

「きみたちはふたりとも、頭がおかしくなったのか？」ヴェインは険しい声で言った。

「そうかもしれないわね」クラリッサが腹のあたりで両腕を組んで言った。「人は誰かを心から心配しているとき、頭がおかしくなることもあるわ。どんな気分がするか、あなたには想像できるの、クラクストン？　自分の夫と結婚生活を大きな誇りにしていた女性が、絶え間ないうわさと当てこすりにさらされ続けることになったら？」

「想像できるわけないわ」ダフネが言った。「できるなら、お姉さまにこんな屈辱を味わわせるはずがないもの。わたしの未来の夫が、こんなふうに恥をかかせたり、惨めな気持ちにさせたりしないことを祈るだけよ」

ふたりの言葉は、自分でも認めたくないほど胸に応えた。しかし、この子たちに許しを請うつもりはなかった。

ヴェインは戸口へ戻った。「きみたちがぼくに腹を立てる気持ちはわかるよ。それも当然だ。でも、きみたちに対して弁解はしない。きみたちのお姉さま、ぼくの妻と仲直りをするまではね。ぼくの告白を聞くのはソフィアだけだ――そしてぼくに許しを与えるのも、ソフィアだけだ」

姉妹が黙ってこちらを見つめた。

「お願いだ。頼むよ。妻と会わなければならない。話さなければならないんだ」

ヴェインの言葉のなかの何かが、ふたりの女らしい心に訴えたらしかった。姉妹が見るからに態度を和らげ、目にきらめく涙を浮かべた。

「ほんとうに、お姉さまと仲直りしてくれる？」クラリッサが、緑色の目で懇願するように尋ねた。

「ソフィアがどこにいるかを教えてくれれば、そうするよ」
「まったく、クラクストン」ダフネがやんわりとたしなめた。「どうしてこんなに長くかかったの？」
「頼む、教えてくれ」
「お姉さまがあなたに絶対に見つからないと思った場所よ。椿屋敷《カメリアハウス》へ行ったの」

椿屋敷。ヴェインの最良の——そして最悪の——子ども時代の思い出の場所だった。ヴェインとヘイデンは、ロンドンの外れで母とともに暮らしていた。そのあいだ公爵である父は、メイフェアと呼ばれる別世界に住んでいた。

実際、幼いころの思い出のなかに父は登場しない。十歳のとき、母が亡くなってすぐ、事前になんの知らせもなしに背の高いきびしい顔つきの男が現れ、ヴェインとヘイデンを連れ去った。この人でなしが父親だとわかったのは、墓地の門の外に駐《と》まった立派な馬車に、クラクストンの紋章が描かれていることに気づいたからだった。しかし、馬車のなかにいた男は、葬式のあいだじゅう、一歩もそこから出ようとはしなかった。

クラクストン。ヴェインはその名を憎むようになった。今まさに、自分が名乗っている名を。

降りしきる雪が馬車のランプに照らされ、窓の外で渦を巻いていた。暖かい時期には、夜のロンドンの通りはまだ四輪馬車や二輪馬車《ハンサム》や荷馬車で込み合い、舗道《ほどう》には歩行者がひしめいている。しかし今夜は、冬の支配下にあった。露天商でさえ、通りから消えていた。家と呼べる場所がある者はみんな、今はそこにいて、朝まで暖炉やストーブのそばから離れない。ところがソフィアは、最愛の人たちが住む暖かで心地よい場所を去った。どうしてもヴェインから逃げたがっているもうひとつの証拠だ。

椿屋敷について、ソフィアに話したことはなかった。どうしてあの小さな所有地のことを知ったのか、なぜヴェインから逃げるのにそこを選んだのかはわからない。子ども時代の家に足を踏み入れることを考えると、無数の思い出が押し寄せてきた。クリスマスも間近だ。それはいつも、ヴェインたち家族にとって特別な季節だった。

刻一刻と、鼓動が速くなった。どんな戦線で経験したものよりずっと大きい不安に似た何かが、胃のなかで渦巻いた。ソフィアに言わなければならないこと、告白しなければならないことすべてを予期して、神経が張りつめていた。

女たらし。放蕩者。少なくとも、ヴェインに対するこの非難については、疑う余地はない。驚くまでもないことだ。ただ、後知恵ではあるが、今になって結婚生活の最も暗い日々を思い起こしてみると、あまりにも大きな怒りと心の痛手にすっかり消耗していたのだとわかる。ソフィアと子どもを失い、一時期は昔の悪徳に染まってしまった――賭博、深酒、そして昔の愛人たちとの交際。数週間のあいだ、ヴェインは危険な断崖の縁を歩いていた。最終的には、踏みとどまって退いた。それでも……結婚の誓いを破りはしなかったが、特に重んじようともせず、いかがわしい環境で目撃されてもかまわずにいた。

だとしたら、もしかすると、椿屋敷でふたりが和解するのはふさわしいことなのかもしれない。過去の過ちを認めなければ、ソフィアと新たな未来を築く望みは持てないのだから。

ヴェインは一時間以上、さまざまな思いを頭に巡らせていた。そのあいだに馬車はテムズ川を渡り終え、モーブレーの渡し船を降りて、眠りについたレイスンフリートの村を抜けた。そしてようやく最後の角を曲がり、丘の上の暗い影に向かって芝生の道をのぼっていった。ヴェインは手袋をはめた手で、馬丁《ばてい》が馬車の扉をあける前に自分で取っ手を回し、すでに雪に覆われている舗道に降り立った。不意に一陣の風が外套をとらえ、冷気が体に染み渡った。

馬丁が御者台から降りて走ってきた。「ご指示は、公爵さま？」

「ここで待っていろ」風の音がますますやかましくなり、大声で叫ばなくてはならなかった。「三十分もかからないはずだ」

家は暗く見えたが、私道にはもう一台馬車が駐まっていて、御者は厚い外套と毛布の下で体を丸めていた。ソフィアは着いたばかりに違いない。十五年以上も閉めきられていた住まいには、常勤の使用人は置いていなかった。妻と侍女は、馬車を村の馬預かり所に行かせる前に、屋敷のなかを点検しているのだろう。

ここなら、来客と出くわすこともなければ、家族に立ち聞きされることもないはずだ。ソフィアはどこにも逃げられない。ヴェインの話を最後まで聞くしかない。そのあとで、いっしょに家へ戻るか、ヴェインがひとりで立ち去るかだ。ロンドンの住まいには、夜会服から着替えて、鍵を取るために立ち寄っただけだった。ヴェインは石段の上にたどり着き、礼儀としてノックしようとした。しかし、凝った形の真鍮《しんちゅう》の取っ手をひと押しすると、扉が開いた。思いも寄らない到着で妻を驚かせたくはなかったが、よく考えると、自分に対して扉に錠を下ろされるのもいやだった。ヴェインはなかに入った。

小さなオイルランプが、サイドテーブルの上で光を放っていた。ヴェインは手袋を外して上着のポケットに押しこみ、ランプを持ち上げて暗闇の奥が見通せるようにした。あたりには床の磨き粉の香りが漂っていた。てっきり黴《かび》と腐敗のにおいがすると思っていたのだが……。ケトルという名の夫妻が母のためにこの家と土地を手入れしていて、高齢にもかかわらず今でもヴェインの雇用下にあった。しかし、ふたりは村に住んでいる。給料は払っているものの、実際に働いてくれているとは思ってもいなかった。

ヴェインの立っているところから、居間の火明かりが見えた。到着を知らせるなら今だと気づき、口を開いて挨拶しかけたところで、話し声が聞こえてきた。

女と男の。

体じゅうの筋肉が張りつめた。ヴェインは近づき、慎重に、なかのふたりからは見えない場所にとどまった。

「あなたはとても美しい」男がつぶやくように言った。「まるで女神だ」

「こんなこと、いけないわ」女がささやいた。

ヴェインの血が凍りついた。その瞬間、今夜ソフィアは自分とともに椿屋敷を出ることはないのだと気づいた。妻がここに来たのはヴェインから逃げるためだけでなく、愛人と過ごすためだった。ヘイヴァリングか？

「お願い」かすれ声の哀願。

「それはどっちの意味かな？」男がささやいた。

服だか毛布だかが騒々しく擦《す》れ合《あ》う音がして、淫らな行為であることをはっきり示した。うめき声に続いて、湿ったキスの音がした。

女らしい喘《あえ》ぎ声が言った。「わからない。考えられないわ」

「あの男にぼくたちの邪魔をさせてはいけない。今、ここでは」

ヴェインは戸枠をつかんで、怒りを、胸にこみ上げる稲妻のように激しい暴力への衝動を抑えようとした。自分の目で見なくてはならない。ソフィアが別の男の腕のなかにいる場面を、永遠に記憶にとどめるのだ。そうして初めて、愚かにも心にいだいていた小さな希望を踏み消すことができる。

長椅子が、恋人たちの姿をさえぎっていた。ヴェインはランプを手で覆いながら、静かに近づいた。反対側の床には、クッションが雑然と置かれていた。どっしりした暖炉にぽつりと小さな火が燃え、衝立《ついたて》が周囲の明かりをほの暗くかすませている。それでも、ふたつの人影が揉《も》み合《あ》っているのが見て取れた。男が上にのしかかるように寝そべっている。

女が喘いだ。「お願い、やめて」

「本気じゃないんだろう」

「いいえ、ほんとうよ。これ以上は無理だわ」

「さあ、かわいい人——」

これを聞いて、ヴェインは冷静さを失った。

「彼女から離れろ」大声でどなり、ランプを高く上げる。

ソフィアが悲鳴をあげた。両腕と両脚をばたばたさせて、ドレスの袖とペティコートを引き戻そうとする。

「ちくしょうめ」恋人が叫んだ。

ふたつの顔がこちらを見上げた。ソフィアではない！

その顔の持ち主は——。

レディ・メルテンボーン。

ぽかんと口をあけ、目を見開いて、髪をぼさぼさに乱している。そのとなりには弟がいた。

ヴェインの最初の反応は、安堵だった。次に怒りがわいてきた。

「ヘイデン」ヴェインはどなりつけた。

弟が立ち上がり、シャツの裾をズボンに押しこんだ。「なんてこった、クラクストン」

酔っぱらってよろめく。「ぼくを卒中で殺す気なんだな？　いったいここで何してる？」

「おまえが大きな過ちを犯すのを止めているんだよ。この女性は結婚している」

弟が手で顔をこすった。「社交界の半分はそうだよ」ろれつの回らない口調で言う。「そして、社交界のもう半分と関係を持つのさ……その……妻や夫がいない人たちとね」何度か目をしばたたく。「ちぇっ、どうも筋が通らないな……でも……兄さんなら……ぼくの言おうとしてることがわかるだろう」

弟のヘイデンは、昔から向こう見ずだった。子ども時代のほとんどを学校で過ごし、ほかの少年たちとともに育った弟は、いまだに絶え間ないばか騒ぎの日々を送り、その過程で傷心の女たちや、賭博の借金や、中途半端な事業活動をあとに残していった。ふたりは何年ものあいだ離れて暮らしていたので、つい最近まではほとんど他人同士のようなものだった。七カ月前、ヴェインがヘイデンを大陸に呼び寄せ、対処する時間のない外交上の細かい仕事を、補佐の随行員として手伝ってもらうことにした。こうしてふたたび親しくなったが、困ったことに、軽率な弟は常に醜聞のどまんなかに足を突っこまずにはいられない。この先ヘイデンが身を落ち着けてまともな人生を送る気になるのかどうか、ヴェインにはわからなかった。

ヴェインはランプを小さなテーブルの上に置いた。「もしこの貴婦人が既婚というだけでは足りないなら、彼女がイギリスじゅうで指折りの無分別な女でもあることを心得ておくんだな」自分ほどよくそれを知る者はいない。

「そんなの嘘よ」レディ・メルテンボーンが出し抜けに言った。それからくすくす笑い始めた。「いやだ、もう。ひょっとしたらほんとうかもね」両手を頭の上に伸ばして、クッションのなかにふたたび倒れこむ。横にあった瓶がひっくり返り、どすんという虚ろな音とともに床に転がった。この女はすっかり酔っぱらっている。

ヴェインが公爵になったとき、社交界の世話焼きたちは、あの手この手でアナベルと結婚させようとした。美しくはあったが、ヴェインには、中身がなく退屈に思えた――わかったのは、ソフィアがその正反対だということだった。のちに、ソフィアとの婚約が発表されると、アナベルは裏切られた女のようにふるまった。この女性の愛情を得ようと特に努力した憶えはなかったが、アナベルのほうはいつまでもヴェインに執着して、みずからの言動が自身や夫の名誉を傷つける可能性などお構いなしだった。

ヘイデンが長椅子に座りこんで、黒い髪を指でかき上げた。「まあ、気休めになるかどうかはわからないけど、キス以上のことはしてないよ。あとはほんのちょっと……その……まあ、そういう細かいところを話す必要はないだろう？　この女性には、今夜初めて会ったんだ。どこかのろくでなしに捨てられたと言って、泣いてたんだよ」

「あなたのことよ、クラクストン」レディ・メルテンボーンが影のなかからなじった。「あなたがわたしを捨てたんだわ」

ヘイデンがさっと顔を振り向けた。「なんだって？　くそっ、気づかなかった。クラクストン？　ぼくはてっきり――」

ヴェインは弟をにらんだ。「いいや。そんなことはない。絶対にだ」

「よかった。まあ……なんにしても……」ヘイデンがふたたび体の力を抜いた。「ぼくは、この女性を慰めようとしただけさ」

「ズボンを下ろしてか？　情けないやつめ。ここは母さまの家だぞ」ヴェインは炉棚の上に大きく浮かび上がっている父の肖像画から目をそらした。この肖像画は、子どものころには飾られていなかった。おそらく母の死後に掛けられたのだろう。そう、父がやりそうなことだ。母に属していたほんの小さな領域すら、自分のものだと主張するために。「母さまの思い出をこんな形で踏みにじるとは、どういうつもりだ？」

ヘイデンが身をすくめた。「そのときは、すごくいい考えに思えたんだよ。ちくしょうめ、三本めをあけるべきじゃなかったな」

床では伯爵夫人が仰向けに寝転んだまま、両手で顔を覆い、半分脱げてしわくちゃになったドレスに包まれていた。「もうおもしろくもなんともないわ。今何時なの？」

「あなたを家に送り届ける時間だよ」ヘイデンがヘシアンブーツをはこうとしたが、左足用のブーツに右足を入れてしまった。弟はうなったりぶつぶつ文句を言ったりしながら間違いを正すと、上着とクラヴァットを拾い上げ、ふらつきながらヴェインの横を抜けた。「さあ、おいで、伯爵夫人」

「気をつけろ、そこに――」ヴェインは警告したが、遅すぎた。

弟が、先ほど転がった空《から》の瓶を踏みつけた。叫び声とともにひっくり返り、両足を頭の上に振り上げるようにして、床に倒れる。

「ヘイデン？」ヴェインはかがみこみ、弟が気絶していることを知った。「くそっ、くそっ、くそっ」めちゃくちゃにしておいて兄に後片づけをさせるとは、いかにもヘイデンらしい。

「その人、死んだんでしょ？」伯爵夫人が身を起こしてきいた。

「死んではいない」

「それはついてないわね。だってすぐにでも家に帰らないと、メルテンボーンに見つかって、その人は撃ち殺されるわ。そっちのほうが、ずっといやな死にかたでしょ。ああ、どうしよう。すごく遅い時間なのよね？」レディ・メルテンボーンが小さく鼻をすすり始め、それから泣き出した。「来るべきじゃなかった。いったい何を考えてたのかしら？」ふたたびどさりと床に身を投げ、うめき声をあげてから、絹のオーバースカートを顔にかぶる。もつれたペティコートからむき出しの脚が突き出ていた。

まったく。かわいそうだとは思ったが、今夜はこういうことすべてに我慢がならなかった。妻はいったいどこにいる？　ロンドンに戻って、大急ぎで妻を捜さなければならない。

「すぐに戻ってくる」ヴェインは大声で言って、伯爵夫人がスカート越しに聞いていることを願った。「外しているあいだに、身だしなみを整えておいてください」

ヘイデンの両腕をつかんで、玄関まで引っぱっていき、馬丁を呼ぶ。それからふたりがかりで、気を失った弟を、馬車が待っているところまで運んだ。

ヴェインは扉を閉めてから、レディ・メルテンボーンを連れてくるつもりで、家のほうに戻り始めた。

「出発しますか、公爵さま？」風のなかで御者が叫んだ。ヴェインはくるりと振り返った。いやはや、真っ暗だ。馬車の側灯がぼんやり見えるだけだった。

「いいや」ヴェインは叫び返し、手ぶりでとどまるように合図した。

「しませんか？」御者がきいた。

「いいや」

男が、了解のしるしにうなずいた。御者台に戻り、手綱を手に取る。ぴしりと鞭が鳴り、「ハイヨー」のかけ声とともに、馬車が動き出した。

「待て」ヴェインはどなり、馬車に向かって突進した。「いいや、と言ったんだ。行くなと」しかし風がその声をさらい、家のほうに運び去った。馬車はそのまま走り続け、夜のなかへとぼんやり消えていった。ヴェインは横すべりして足を止め、暗闇に向かって大声で悪態をついた。ゆっくり振り返り、こちらに目を釘づけにしている使用人たちを無視して、玄関のほうへ大股で歩く。たった今起こったできごとの不当さに憤然としながら、戸口で大きく息を吐いた。

レディ・メルテンボーンとふたりきりになってしまった。

しかし、それもすぐに終わる。あの涙もろいふしだらな女を急いで馬車に乗せ、目立たないように家に帰し、安全な自宅で暖かくしているはずのソフィアを見つけることを願おう――たとえ、扉に錠を下ろされ、話すことを拒まれたとしても。

まったく。史上最悪の惨めな夜になってしまった。うんざりだ。疲れきった。もうやめにしよう。少なくとも、あしたの朝までは。

なかに入ると、レディ・メルテンボーンはヴェインが出ていったときと同じ姿勢のまま、今ではいびきをかいていた。

ヴェインは身をかがめて、伯爵夫人の肩を揺すった。「レディ・メルテンボーン、起きてください」

まっすぐ座らせてから、身のまわりのものを集め始める。上靴、マント、縫い取り飾りのついたストッキング。レディ・メルテンボーンが泥酔した様子でようやく立ち上がり、スカートを撫《な》でつけた。ぼさぼさの巻き毛が顔を縁取っている。

それから、ろれつの回らない口調で言った。「パーティーのとき、話しかけたのに知らんぷりされて、すごく怒ってたのよ」

「申し訳ない。そういうつもりではなかったんです。あなたに気づかなかったようだ」ヴェインは慎重に言葉を選び、適度な距離を置くようにした。「今朝ロンドンに戻ったばかりで気が急《せ》いていたし、妻と夜を過ごしたかったんです。妻もここに来ていると思っていた。そうでなければ、出かけてはこなかったでしょう」

「まあ――」伯爵夫人がきれいな顔をくしゃくしゃにしてこちらをにらみ、さっと手を振って黙らせようとした。「しーっ！」

「喜んで黙りますよ」ヴェインはぶつぶつと言ってから、もっと大きな声で促した。「さあ、早く。ドレスのボタンを留めてください」

ヴェインの頭のなかで、時計が大砲の音のようにやかましく時を刻んだ。外の使用人たちはどう思っているだろう？

レディ・メルテンボーンが、顔に掛かった髪を払いのけた。「あなたの弟さんは、わたしをすごくきれいだと言ってくれたわ。それでわたし……あの人があなただったらいいな、って思ったの。あなたたち、そっくりに見えるもの」くすくす笑って、袖が肩からずり落ちても気づかないのか、気にしないのか、もう少しで片方の胸が見えそうになっている。「とにかく、ブランデーを飲んでいて、明かりがうんと薄暗ければね」

ヴェインは背を向けて、食いしばった歯の隙間《すきま》から息を吐いた。

「急いでください」ぶっきらぼうに促す。「かなり雪が降っている。もっとひどくなる前に、出発しなければ」肩越しにちらりと振り返って、伯爵夫人が前身ごろのボタンを留めているのを確かめた。

「お願い、クラクストン、メルテンボーンには言わないで」伯爵夫人が髪を撫でつけた。「あなたはだいぶ前から、かなり夫にいやな思いをさせてるし――」

ヴェインは歯ぎしりをした。「そんなはずはない」

「――それに夫は、ほんのちょっとしたことでも気を高ぶらせるのよ」

ほんのちょっとしたこと？　ヴェインは先ほど、ソフィアが愛人とともにいると考えていたときの自分の反応を思い起こした。自分のなかで爆発した感情を。そう、気を高ぶらせたという表現はそのときの気持ちに近いかもしれない。

「メルテンボーン卿に言っても、ぼくたちに何ひとついいことはないでしょう。特にぼくにとってはね」今夜はすでに一度、放蕩者と呼ばれている。同じような非難をさらに受けたくはなかった。ソフィアとのあいだに危うい問題を抱えているときに。

「こんなことを言うのは、すごくばかみたいかもしれないけど、わたし、ほんとうに――」

レディ・メルテンボーンがしゃくり上げた。「ほんとうに、夫を大事に思ってるのよ。年寄りだし……あなたじゃないんだけど」

ソフィアも同じような相反《あいはん》する気持ちをヴェインにいだいている可能性はあるだろうかと、考えずにはいられなかった。愛と反感。そういう感情がありうることは、誰よりもよくわかっていた。もしソフィアがほんの少しでもヴェインを大事に思っているとすれば、すべてが失われたわけではない。とにかく妻を見つけたかった。ふたりのあいだのわだかまりを解き、先へ進めるように。

「ぼくではない？」ヴェインはつぶやき、驚きに目を閉じた。「あなたはぼくのことなど、ごく表面的にしか知らないだろう。メルテンボーンがこれほどの裏切りを受けるのにふさわしいどんな悪いことをしたのか、ぼくには想像できない。ただ——なんと言った、アナベル？　年寄りだというほかに。あなたは夫に忠誠を誓った。同じ年齢になったとき、あなたはどんなふうに慈《いつく》しまれたいと思っているんだ？」

ヴェインは肩越しに伯爵夫人を見て、反応をうかがった。レディ・メルテンボーンはしばらく表情を変えずにじっと座っていたが、息を吸うたびに胸の角度が一度ずつ高くなっていった。

「あなたが別の女を選んだあと、あの人と結婚するほかにどうすればよかったというの！」

ヴェインはすばやく顔をそむけ、こんな立場に自分を置いたヘイデンを呪った。背後から、鼻をすする音と押し殺した泣き声が聞こえてきた。まったく。伯爵夫人が本格的に泣き出したら、耐えられそうになかった。

「もうそのことを話すのはやめよう」ヴェインは希望をこめた声で言った。「大急ぎで、できるだけ慎重に、あなたを街に帰さなくてはならない。そして、今夜起こったことはすべて忘れてしまえばいい」

「そうね」レディ・メルテンボーンが同意した。「もしかすると……もしかすると、夫は何時間も前に寝ていて、わたしがいないことにさえ気づいてないかもしれないわ」

「きっとそうだろう」ヴェインはしびれを切らしつつあった。「急いでくれ。馬車が待っている」

「公爵？」レディ・メルテンボーンが問いかけた。

ヴェインは振り返った。「なんだ？」

伯爵夫人が腕のなかに飛びこんできた。ヴェインはよろよろと後ずさった。重なり合って倒れそうになったが、どうにか両腕の下をとらえる。次の瞬間、レディ・メルテンボーンが小さく飛び上がって、唇をとがらせ、ヴェインの唇を奪おうとした。さっと顔をそむける。

「ああ。頼むからやめてくれ」ヴェインは歯を食いしばりながら笑った。笑ったのは、あまりにも疲れていたから、そしてまったく違う形で終わるはずだった今夜が、ひどくばかばかしい展開になっていたからだ。

「あなたを誘惑しようとしてるんじゃないわ、ほんとうよ」レディ・メルテンボーンがまくし立てた。ブランデーの甘ったるい香りがヴェインの鼻孔《びこう》を満たした。両腕をヴェインの肩に巻きつけ、大きな乳房を胸に押しつける。「ただ、今夜のあなたがとってもすてきだったから。わたしがずっと思ってたとおり、とってもすてきだったから」

「やめるんだ」

レディ・メルテンボーンがまた飛び上がり、つま先立ちになって跳ね、キスしようとした。

「お礼を言わせて、いとしい人」

「お礼は必要ない。頼むから――」

床に転ばせてやろうかと考えたが、それは紳士らしくないふるまいだろう。ヴェインは息を吐いて、じっとこらえた。間違いなく、家までは長く寒い道のりになるだろう。どう見ても、御者といっしょに御者台に乗るしかないからだ。話し相手を失った伯爵夫人が、馬車のなかで眠ってくれることを祈るだけだった。

「伯爵夫人、きちんと服を着てくれませんか」ヴェインは急き立て、レディ・メルテンボーンの両腕をつかんで、どうにか自分の足で立たせようとした。「ほら、見てくれ。偶然、あなたのストッキングがぼくの手のなかに――」

背後で息をのむ音がした。

ヴェインはくるりと振り向いた。伯爵夫人は木の柵に絡まる蔦《つた》のようにしがみついたままだった。

ソフィアが帽子と襟巻とロングコートに身を包み、手に旅行鞄を持って、戸口に立っていた。

# 4

「そこから動くな」クラクストンがどなった。

ソフィアはぴたりと立ち止まった。一瞬、夫の声の大きさに啞然《あぜん》とした。夫婦間がぎくしゃくしているあいだも、クラクストンにどなられたことは一度もなかった。威圧的な命令が、稲妻のように体を貫いた。ソフィアはゆっくり夫のほうを振り返った。まだあの女を、ネックレスのように首からぶら下げている。

レディ・メルテンボーンが叫んだ。「屈辱だわ！　奥さんが来るなんて」

とはいえ伯爵夫人は、ちっとも屈辱を覚えているようには見えなかった。むしろ、料理人が背を向けた隙に夕食の鱈《たら》をこっそり食べている、いたずらな猫のように見えた。ソフィアは、伯爵夫人のぼさぼさに乱れた髪と、むき出しの両脚、そこかしこに置かれたクッションに目を留めた。ひっくり返ったブランデーの瓶。夫の両手から垂れ下がっているストッキング。またもや、すっかり頭に血がのぼってしまった。

これほど悲惨な状況がほかにあるだろうか？

椿屋敷には、ひとりになるために来たというのに。クラクストンにもう一度会って別居を求める前に、考えを整理したかったからだ。孤独の代わりに得たのは、夫が不貞を働いているという明らかな証拠だった。それは思っていた以上に、ソフィアの心を傷つけた。

互いの腕のなかにいるふたりを目《ま》の当たりにしてしまい、悲鳴をあげたい気分だった。何かを、できればクラクストンの頭にぶつけて壊してやりたい。アナベルの髪を、むしり取ってやりたい。吐き気がした。悪夢から別の現実へ目覚めることができたらいいのに。クラクストンが今とは別人のようで、わたしの心が粉々に壊れてしまう前の現実へ。

「たった今思い出したんだけど、クラクストン」ソフィアは、一語ごとに声を大きくして、冷たく言った。「もうあなたの言うことを聞く必要なんてないわ」

クラクストンが悪態をついて、レディ・メルテンボーンを自分の体から引き離し、上靴とストッキングを夫人の手に押しつけた。次にマントを拾い上げ、首のところで留めてやる。あらゆる動き、あらゆる触れ合いが、どれほど耐えがたいかなどお構いなしに、ソフィアの心をさらに打ち砕いた。

クラクストンが伯爵夫人の腕をつかんで引っぱりながら、大股でわきを抜けた。

レディ・メルテンボーンが金切り声で言った。「痛いわ、いとしい人」

クラクストンが手を離した。「それなら、もっときびきびと歩いてくれませんか」玄関扉をぐいとあける。「それに、ぼくのことを〝いとしい人〟なんて呼ばないでくれ」

夫が振り返って、鋭い目でソフィアをにらみ、歯を食いしばって言った。「そこから動くな。きみとぼくは話をする必要がある」

「話したくなんかないわ」ソフィアは旅行鞄の取っ手を握り締めた。ふたりの頭に革の鞄を投げつけてやりたいという激しい衝動を覚えた。「何を言っても、こんな状況を解決できるはずないでしょう」

ソフィアはレディ・メルテンボーンをにらんだ。クラクストンの腕に寄りかかり、両手で手首をつかんで、頬を火照らせ目を輝かせている。

クラクストンが小鼻を膨らませて目を閉じ、見るからに腹立たしげな表情をした。もちろん、ひどく怒っているのだろう。気むずかしい妻に密会を邪魔されたことを怒っている。見つかってしまったことを怒っているのだ。「すぐに戻ってくる」

ソフィアはその場に立って、クラクストンが愛人を夜のなかへ連れ出すのを見ていた。七カ月前、わたしは夫に見捨てられた。今になって、失ったものの大きさをふたたび味わわされていた。

玄関扉は少しだけあいたままになっていた。冷たい風と雪片が舞いこんだ。

「まさか。そうはさせないわ」

ソフィアは駆けていって、扉をばたんと閉じた。


「かしこまりました、公爵さま。奥さまをお宅までお送りします」御者が了解のしるしにうなずいた。

婚約前は、ヴェインが密やかな行動を取るときには、使用人たちが最大限の慎重さを発揮してくれた。さまざまな女性たちとともにぜいたくな楽しみを味わうあいだ、彼らを雨や霧、みぞれや雪のなかで待たせていた。しかし今、霜に覆われた帽子をかぶる馬丁たちの姿を見て、ヴェインは深い後悔の念に駆られた。雇い主の気まぐれで、こんな不快な目に遭わせるべきではなかった。

「馬車に乗っている女性は、ぼくの奥方ではない」ヴェインは言わずにはいられなかった。「奥方――公爵夫人――は、家のなかにいる」

ヴェインはさらに、少なくとも自分に関しては、今夜ここで何ひとつ不都合なことは起こっていないと叫びたい気分だった。しかし、使用人に向かって自分を弁護してもしかたがない。

男が目を丸くした。「また昔の生活に戻られたんですか?」

ヴェインは悪態をつきたい衝動を抑えた。「いや、おまえは誤解している」それから正確な住所を教えた。

「かしこまりました、公爵さま。大急ぎで向かいます」男が襟巻で顔の下半分を覆って、手綱《たづな》を取った。

馬車ががたごとと遠ざかっていくと、ヴェインは振り返って家に戻ったが、玄関扉には錠が下りていた。突風が外套を通り抜け、背筋に震えが走った。

ヴェインは取っ手を握った。「ソフィア」

「帰って」ソフィアが叫んだ。八センチの厚みがある扉のせいで声がくぐもって聞こえた。

扉上部のアーチの両端に彫りこまれた二体の天使が、頭上にしゃがんで、ひどく苛立《いらだ》たしい浮かれた表情でこちらを見下ろしていた。ヴェインはにらみ返したが、正直なところ、なんの役にも立たなかった。

「頼むからドアをあけてくれ」

ソフィアが大声で応じた。「馬車に、乗って、帰って！」

「話をするまではだめだ」

返ってきたよくわからないごちゃごちゃした言葉が、拒絶であることだけはわかった。ヴェインは背を向けて暗闇を眺め、腰に当てた拳を固めた。

ここは丘の上の見晴らしがきく場所だが、下の谷間にあるレイスンフリートはまったく見えなかった。ますます濃くなっていく冷たい霧が、あたりを真っ暗にしていた。古い記憶が頭の隅をつついたが、自分を現在に引き戻し、急速にかじかんできた手に手袋をはめる。

一瞬、ヴェインの心が揺らいだ。もしかするとやはり自分は、ソフィアの尊敬と愛を求めるには値しない、あまりにもゆがんだ、あまりにも混乱した魂の持ち主なのだろうか。もしかすると、ウォルヴァートン卿が言ったように、もう努力しても遅すぎるのかもしれない。

まるでそれに答えるかのように、結婚式当日のソフィアの姿が頭に浮かんだ。式のあいだ、羽根とレースの頭飾りの下からこちらを見上げ、はっとするほど純粋な喜びの表情を浮かべていた。それから、スコットランドへ新婚旅行に行ったときの姿もよみがえってきた。ソフィアの目は生き生きとした緑色に輝いて、髪は湿り、透き通るほど薄いシュミーズが妖精のような体に貼りついていた。ふたりは湖で、裸同然になってふざけ戯れた。しかし何よりも、訪れた教区牧師に見られてしまったことに気づいた瞬間、ソフィアの顔に浮かんだ狼狽《ろうばい》の表情が最高だった。

ヴェインは決意を固め、とどまっている馬車のほうへ大股で歩いていった。

ソフィアは霜で覆われた窓ガラスをこすって目を凝らし、馬車が霧と雪のなかへ消えていくのを眺めた。驚いたことに、クラクストンはほんとうに行ってしまったのだ。こちらが求めたとおりに。それを知っても、さらに惨めになっただけだった。

こうしてソフィアは、惨めな気持ちと、つい先ほどレディ・メルテンボーンの腕のなかにいる夫を見たときの記憶とともに、ひとり残された。窓から目をそむけ、静まり返った玄関広間を見渡す。悲嘆に暮れて思いきり泣く以外、することは何もなかった。

突然、夜じゅう内に秘めていた感情がどっと喉にこみ上げ、止まらなくなった。涙をこぼしてしゃくり上げながら、口に手を押し当て、先ほどの衝撃の舞台へ戻った。しかし、戸口ではっと身をこわばらせた。

クラクストンが暖炉のそばの椅子に座って、手袋をはめた両手の指先を合わせ、帽子をひざの上にのせて、こちらを見つめていた。外套に包まれた肩と漆黒《しっこく》の髪の上で、氷の結晶がきらめいている。

「やあ、いとしい人」夫が言って、目に危険な光を浮かべた。

胸を波打たせている。まるで、錠の下りた家に入ってこの場所にたどり着くためにたいへんな努力を要したかのようだった。もし馬車を帰してしまったのなら、今夜は夫とふたりで残されることになる。かっと頭に血がのぼった。

「よくも！」ソフィアは近くのテーブルから小さな立像をつかみ取り、頭の上に振りかざし――。

「やめろ」クラクストンが立ち上がった。美しい黒髪と輝く青い目、完璧な落ち着き。「それはぼくの曾祖母《そうそぼ》のものだ」

ソフィアはもう少しで、その家宝を投げつけるところだった。これを壊せば夫の冷静な仮面にひびが入るのかどうか見てみたい。外国でイギリスを代表する者として王室に選ばれたのも当然だ。クラクストンは自制のかたまりのような男なのだから。しかし、ソフィアは立像を元の場所に戻した。どちらにしても、クラクストンの曾祖母に恨みはなかった。あるのはクラクストン本人にだけだ。手の届くところには、ほかに投げるものが見つからなかったので、長椅子を回って夫に向き合った。

「わたしのことを、いとしい人なんて呼ばないで」ソフィアは息巻いた。クラクストンに飛びかかって拳でたたいてやりたいという衝動を、やっとのことでこらえる。今も、レディ・メルテンボーンの香水のにおいが夫の体にまといついていた。それは鼻孔に入りこみ、抑えようがないほど怒りをかき立てた。「あなたはずっと前にそう呼ぶ権利を失ったのよ。そもそも、どうしてここにいるの？」

クラクストンが、〝スコットランドだからさ〟と聞こえるような言葉をぼそぼそとつぶやいた。

「なんですって？」ソフィアはきき返した。

「ぼくが図太い男だからさ」クラクストンがうなり声で言った。

「いったいどうやって入ったのよ？」ソフィアはまだかぶっていたベルベットの帽子のつば越しに夫をにらんだ。ロングコートも手袋も、まだ身に着けていなかった。

クラクストンが狼《おおかみ》のような笑みを浮かべて、両手の手袋を外した。夫がとどまるつもりだとわかって、さらに苛立ちが募った。「知りたいだろう？」

自分自身に認めるのすらむずかしかったが、この瞬間、ソフィアは胸の痛みを覚え、怒りより悲しみを感じた。夫は一メートルも離れていない場所に立ち、とても背が高く、男らしく、さっそうとして見えた。どれほど分別を働かせようとしても、心はわずかながらも懸命に、夫をならず者ではなくかつて愛した人と認めたがっていた。

「ひどい人ね」ソフィアは叫んだ。「ここにいてほしくないわ」

クラクストンが暗闇のなか、威圧するような姿で目の前に立ちはだかった。かつて知っていた人の顔を持つ他人。「今夜ここに来たのは、きみを捜すため――」

「それで、お供に愛人を連れてきたの？」

クラクストンは目に怒りをひらめかせたが、落ち着いてゆっくり話した。「やめてくれ、ソフィア。レディ・メルテンボーンは煩《わずら》わしい蚋《ぶよ》みたいな女だよ。今も昔も、ぼくの愛人だったことなど一度もない」

「それなら、ただの戯れなのね」

「違う」

「わたしをどれほどの大ばかだと思っているの？」ソフィアは叫んで、さっと腕を振って周囲のクッションと瓶を示した。「この目で証拠を見たのよ」

「いいや、きみは見ていない」背後の小さな火明かりに照らされ、広い肩が顔を含むすべてに影を投じていた。「きみの妹たちに、きみがここに来ることを教えてもらったんだ。だが到着してみると、伯爵夫人がヘイデンといっしょにいるのを見つけた」

妹たち！　ほんのちょっとした秘密さえ守れないなんて。ロンドンに戻ったら、どうやってお仕置きをしてやろうか。それでもまだ、与えられたパズルのいくつかの断片がうまくはまらなかった。

「ヘイデン卿といっしょだったって言った？」ソフィアはわざと大げさに目を開いて部屋を見回し、影のなかや長椅子の後ろをのぞいた。「ヘイデン卿はどこ？　きっとあなたが現れたのと同じ魔法で消えたんでしょうね？　魔法使いの一家に嫁いだとは気づかなかったわ」

クラクストンが、冷静さを保とうとするかのように目を閉じた。「村を抜ける途中で、弟の馬車とすれ違ったはずだ。ばかな御者が指示を聞き違えて、ふたりいっしょに乗せる前に出発してしまったんだ」もう一度目をあけてこちらを見る。「気づかなかったかもしれないが、伯爵夫人はかなり酔っていた。弟もな」

それを聞いて、ソフィアは身を震わせた。信じたかったが、だまされて笑いものになるのは絶対にいやだった。馬車とすれ違った可能性はある。あたりは真っ暗だったし、別のことで頭がいっぱいだったからだ。ヘイデンのことはあまりよく知らない。二年のあいだ外国で過ごし、ここ七カ月は外交官となった公爵の随行員を務めていたので、ヘイデンがロンドンに戻ったのはごく最近だった。それにもかかわらず、すでに遊び人という評判を得ている。たぶん兄によく似ているのだろう。もしかすると、考えているよりもっと汚《けが》らわしいことがあったのかもしれない。兄弟で愛人を共有しているとか。

「何を信じればいいのかわからない」ソフィアは叫んでクラクストンに背を向けた。今は夫の顔も、一見まじめそうなその表情も見たくなかった。

しかしクラクストンが正面に回って、まっすぐ顔を向けさせた。不意に夫の目に、燃えるような情熱が宿った。

「ぼくを信じろ」食いしばった歯のあいだから激しい口調で言う。「ぼくをだ、ソフィア。真実を話しているんだから」

「無理よ」ソフィアは叫んだ。感情をあらわにする夫に動揺していた。でも、盲目的に夫の嘘を信じる哀れな妻にはならない。

「妹たちに聞くだけで、ぼくの話は確かめられるだろう」

「妹たちがすべてを説明できるわけじゃないわ」ソフィアは言った。「だって――だって、レディ・メルテンボーンのことだけじゃないもの」

クラクストンがうなずいて、さっと手首を返して上着のボタンを外し、ベストの腰のあたりに拳を当てた。「ぼくがきみを傷つけたことはわかっている。だから、今夜きみを追ってここに来た。きちんと誤解を解きたいと思ったからだ。言わなくてはならないことを、すべて言ってくれ。すべてだよ、ソフィア。夜が明ければ、そこまでだ。今夜以降は、もう弁解はしない」

　長い時間が過ぎるあいだ、ソフィアは暖炉の前を行ったり来たりしていた。いったん言葉を口にしてしまえば、取り消すことはできなくなる。ずっと胸に秘めてきた言葉。母や妹たちにさえ、打ち明けたことはなかった。

「何もかもあなたのせいというわけではないわ。わたしがあそこまで世間知らずではなくて、結婚にあそこまで非現実的な期待をいだいていなければ、いろいろなことにあんなに傷つきはしなかったでしょうから」目を閉じて、なんとか言葉を口にする。「すべてはレディ・ダーチから始まったのよ」

　クラクストンが不意に息を吐いたので、ソフィアは目をあけた。夫が唇を固く結んで目をそらした。身に覚えがある証拠だ。胸に刺すような痛みを感じ、ソフィアは勢いづいた。

「あれは、結婚式当日の朝だったわ」

　ソフィアは長椅子に腰を下ろし、顎《あご》の下のリボンをほどいて帽子を脱いだ。不意に喉に当たるサテンがざらざらした縄のように感じられ、息苦しくなってきたからだ。

「レディ・ダーチのことは憶えているでしょう」ソフィアは夫の顔をじっと眺め、あらゆる反応を読み取ろうとした。「結婚式に出席していたわ。とても美しい未亡人よ」

　クラクストンは動かなかった。ただ耳を傾け、少し青ざめた顔で顎をこわばらせている。

ソフィアはもう止まらなかった。「式のあと、全員で朝餐の席に移動する前に、ほんの数分だけふたりきりになったの。レディ・ダーチはご親切にも、あなたと結婚するわたしはとても幸運だと請け合ってくれたわ」ひとこと発するたびに、勇気がわいてきた。長いあいだ胸にしまっていた秘密をようやく話せることが気持ちよかった。

クラクストンが無表情に目を閉じた。ソフィアが何を言おうとしているのかわかっているからに違いない。

「親しい間柄だった経験から、あなたが愛人としてすばらしい満足を与えてくれることを知っている、って。あなたはそういう方面に恐ろしいほどの才能を見せる、って。寝室だけじゃなく、馬車のなかや――」ここで息継ぎをして、先を続ける勇気を奮い起こす。「――庭でも。情熱をかき立てられさえすればどこでもね」

クラクストンの頰から血の気《け》が引いた。ソフィアの心臓が痛いほど激しく鼓動した。しかし、子どもを失ったあと、そして夫に見捨てられたあとも心痛で死にはしなかったのだから、ここでやめるわけにはいかなかった。

「ソフィア――」クラクストンがしわがれた声で言った。

ソフィアは片手を上げて黙らせた。「レディ・ダーチは話しているあいだじゅう、微笑みを浮かべていたわ。でもたぶん、あなたがわたしと結婚して、悲嘆に暮れていたんでしょうね」まっすぐクラクストンの目を見る。「だから、その不愉快なできごとは忘れようとしたの」

夫が両の手のひらをこちらに差し出した。「きみと婚約したあとは、あの未亡人とひとことも口をきいていない。誓うよ」

ソフィアはうなずいて、両手で帽子のリボンをもてあそんだ。「信じるわ、クラクストン。あのときもそう信じたわ。だから、そのことは言わなかったの。レディ・ダーチについては、あなたを許したのよ。結婚したとき、あなたが未経験だと思っていたわけではないし」

「それならなぜ？」クラクストンが静かにきいた。「なぜ今になってそれを話す？」

ソフィアは目をしばたたいた。「結婚して、あなたの妻になって、わたしはとても満足したわ。満足しただけじゃなく、幸せだった」その言葉を口にすると声がかすれ、続けるには咳払いをしなくてはならなかった。「それがほんとうだということは、あなたにもわかるでしょう。あなたも、幸せだったんじゃないかしら？」

「ああ、幸せだった」クラクストンが答えた。

「でも、レディ・ダーチの言葉が、常に頭の片隅に引っかかっていたんだと思うわ。いやらしいささやき声みたいに。それで、女優からのあの手紙をうっかり開封したとき、過剰に反応してしまったのよ」

クラクストンが顎を引きつらせた。

ソフィアは目を閉じて、先を続けた。「子どもを亡くしたあと、あなたは出かけてばかりいるようになったわ。とりわけ夜に。わたしとの結婚生活を惨めに思っているみたいだった。もうわたしのことなんて、たいして好きではないみたいに」

「それは違う」クラクストンが首を振った。「絶対にそんなことはなかった」

「そのあと、あのフレンチ・レターがあなたのポケットから落ちたのよ」

「昔の戦友が、ふざけて渡したんだよ」夫は落ち着いた声で言ったが、指のつけ根が白くなるほど強く炉棚をつかんでいた。「男同士の下品な冗談だ。きみは見るはずではなかった」

ソフィアは眉をひそめ、視線をひざに落とした。「それは、ポケットに入っている不都合なものを妻に見つかったときに、あらゆる夫が口にする言葉じゃないかしら」

「真実だよ」

「わかってほしいのは、そのときまでには数えきれないほどのうわさが耳に入って――」

「うわさだろう」クラクストンが押し殺した声で言った。

「ハイドパークに停《と》めた馬車のなかで、あなたがレディ・バンバーと暇をつぶしているのを見かけたとか」

「彼女は――古い友人なんだ」クラクストンが白くなるほど唇を引き結び、小鼻を膨らませた。「暇をつぶしていたんだ。話していただけだ。ほかに何も――」

「ミセス・バーク。レディ・ディクソン」

クラクストンがまばたきをして、歯を食いしばった。「頼むから――」

「もちろん、ほかにもたくさんうわさはあったわ。それは、あなたが外交官の任務を引き受けたあとも止まらなかった。ここでひとつひとつ話して、あなたが否定して釈明するのを聞くこともできるけれど、頭も心もすべてにうんざりしているのよ」ソフィアは小さく肩をすくめた。

「うんざりしているのは、うわさに、それともぼくに？」

ソフィアは夫をまっすぐ見つめた。「わかっているのは、昔の子守、ミセス・ハドソンがよく言っていた、あらゆるうわさにはわずかな真実が含まれているという言葉だけよ」

「ぼくが非難に値するかどうかを……ことわざで判断するのか？」夫が目を見開いた。

「わたしの考えかたからすると、とても賢明なことわざだわ。たぶん結婚したときのわたしは世間知らずだったんでしょうけど、今はもう違う」ソフィアは口調を和らげた。「それに、そういうことはどれも、たいして重要ではないの。うわさや、その女性たちや――」

「重要ではない？」クラクストンがしわがれた声できいた。

「ええ」自分の言葉に夫が動揺するのを見て、満足を覚えるべきなのかもしれないが、そうはならなかった。夫の表情をうかがいながら、自分が年齢にそぐわないほど年を取り、ものを知りすぎたような気がしていた。「いちばん重要なのは、夫としてそばにいて、何も心配しなくていいんだよ、と言ってほしかったときに――」

「ああ、わかっている――」その瞬間、夫の青い目が暗く虚ろになった。「子どものことだね。あれは――」

「あなたはわたしを見捨てて、わたし抜きの生活を送り始めたわ。子どももわたしも、あなたにとってはなんの意味もなかったかのように」

クラクストンが何か言おうとして、口を開いた。

ソフィアは長椅子から立ち上がった。帽子をそこに置き、つやつやしたリボンが床に垂れるままにして、絨毯のへりを歩く。「そのことで、あなたを許せるようになるとは思えない。もうすぐクリスマスなのに、そんなことを言うのはおかしいしひどいけれど、それが真実なの。まるで割れたガラスの破片みたいに胸に突き刺さっていて、その痛みが消えることは永遠にないと思う」

クラクストンが歩み寄った。「ソフィア――」

「やめて」ソフィアは後ずさりして首を振った。「まだ話は終わっていないわ」

ここまで来たからには、残りを言うだけの力を奮い起こすつもりだった。選択の余地を残してくれなかったのは夫のほうなのだから。

「あなたがいなかったあいだ、わたしはひとりで考えながら、長い時間を過ごしたわ」ソフィアは胸を張って、決意を示した。「今夜ここに来たのは、それが理由よ。あなたに会ったあと、心を決める必要があるとわかったの。きっとみんながいろいろな意見を言うでしょうね。母や、妹たちや、祖父が。わたしはひとりになって、じっくり考えて、自分のことは自分で決める必要があったの。いろいろな方向に引っぱられることなく」

クラクストンは石のように顔をこわばらせていたが、ありがたいことにとにかく黙ってこちらの話を聞いていた。

「そんなときに、ここであなたがレディ・メルテンボーンとふたりでいるのを見つけたのよ。今夜すでに、家族や友人たちの前であなたの居場所をみんなにきいて回って、わたしにひどく恥をかかせた人と。しかも、お祖父《じい》さまの誕生パーティーでね」ソフィアは肩をすくめた。「たとえ彼女があなたの愛人ではないとしても、頭からあの場面を消すことはできそうにないわ。わたしはそういう妻ではないの」

クラクストンは何も言わなかった。ただそこに立って、目に熱い炎を燃やしていた。

「また同じような誤解や困難があって、溝が生まれてしまうのは時間の問題だわ。今のところ、わたしたちの関係を元に戻す方法はないと思う。わたしが言おうとしていることはあなたにとって衝撃かもしれないけれど、ほかに解決策を思いつかないの」

夫の目のなかの炎が消え、代わりに冷たい光が宿った。

ソフィアの心臓は激しく打ち、息もつけないくらいだった。挑むようにじっと見つめられ、一語一語を口にするのにたいへんな勇気を必要とした。

「わたしのことをほんの少しでも気遣ってくれるのなら、クラクストン、わたしと……そう、わたしと別居してちょうだい」

ソフィアの唇からこぼれた言葉を聞いたとたん、地面が口をあけ、ヴェインは地獄の燃える裂け目に落ちていった。そこは、よく憶えているなじみの場所だった。どういうわけか、炎に包まれながらも音が聞こえた——静寂のなかで自分が鋭く息を吸いこむ音が。

「だめだ」

考えられるのはそれだけだった。だめだ。絶対に、だめだ。

「そう言うだろうと思ったわ」ソフィアが静かに応じて、両手を見下ろした。「でも、あなたの同意と引き換えに、差し出せるものがあるの」

「やめてくれ、ソフィア――」ヴェインはなぜか不意に、妻が言おうとしていることを悟った。自分の承諾を得るために、差し出そうとしているものが何かを。

「子どもよ」

ヴェインは目を閉じた。「ちくしょう」

ソフィアが咳払いをした。「それと――子どもと――引き換えなら、別居に応じてくれるでしょう」

長いあいだ、ヴェインは無言で怒りに燃えていた。

「男の子か？」食いしばった歯のあいだから言う。「跡継ぎか？」

ソフィアがまつげを伏せて、頬に影を落とした。そのしぐさには、いつも苦しいほど心をそそられた。「子どもよ」きっぱりと言う。「性別はどちらでもいいわ」

ヴェインは、クラクストンの血筋を守る義務は特に感じていなかった。しかし、確かにソフィアの子どもが欲しいと強く願っていた。初めての子どもを失ったことですっかり打ちのめされ、あれから毎日子どものために嘆き悲しんでいた。妻の愛情を失ったことを嘆くのと同じくらい深く。

そして今ソフィアは、ヴェインが世界で最も欲しがっているふたつのもののうち、ひとつを差し出している。息子か娘を、もうひとりと――自分と引き換えに。本能は、妻に駆け寄ってひざまずき、いまわしい提案を取り下げてくれるよう懇願しろと命じた。妻を二階に運んで、愛撫が返ってくるまで愛せ、と。

しかし、それさえ拒まれるかもしれないという恐怖で体が動かず、ヴェインは何もしなかった。代わりに、喉から苦痛と怒りがあふれてきた。

「ほかに選択の余地はあるのか？」ぶっきらぼうにきく。

「お祖父さまの弁護士によると、わたしが望めば、あなたの協力がなくても別居はできるそうよ。だから、あなたが選べばいいわ。子どもを作って別居するか……作らないで別居するかを」

「あらゆる法的な拘束力を持つ正式な別居か」ヴェインはささやき声で言った。

「夫婦間の義務の完全な解除よ」

「考えなくてはならないな。状況からすると、子どもを作るべきではないかもしれない」ヴェインはさりげなく肩をすくめてみせ、次の言葉で、自分が傷つけられたのと同じくらい深くソフィアを傷つけようとした。「どちらにしてもぼくたちは醜聞の種になりつつあるんだから、単純に離婚したほうがいいのかもしれない。完全にきみから自由になる。そして、別の誰かと結婚して子どもを作る」

「離婚？」ソフィアがきき返し、目を丸くした。「でもわたしは不貞を働いていないわ」

議会は規則として、妻の不貞を証明できる夫だけに離婚を認めていた。例外はごくまれだった。

「ぼくだってそうだ」ヴェインは歯ぎしりして言った。「でも、きみにとって真実は重要ではないんだろう。きみについて、何か淫らな逸話をでっち上げればいいだけだ。数は多ければ多いほどいい。それを何度も繰り返せば、真実と変わらなくなるんだろう、ソフィア？そうすればぼくたちは離婚して、互いとすっかり縁が切れる」

「クラクストン」ソフィアが屈辱をあらわにして叫んだ。

「だったら、スコットランド式の離婚はどうだろう。夫の不貞を訴因とすることができるよ」ヴェインはその案についてじっくり考えるふりをして、指で唇を軽くたたいた。「インヴァネスに、家を建てるための地所がある。ひと月ほど、そこに住んでいたことにすればいい……そう、きみが送りこんだ代理人が、地元のふしだらな女を見つけて、ぼくの愛人だと――」

「別居でじゅうぶんだと思うわ」ソフィアが冷たく言い放った。「ぜんぶこけおどしでしょう。あなただって、わたしと同じくらい子どもを欲しがっているはずよ。醜聞や汚らわしい離婚ではなくてね」

ヴェインは、暗がりに向かって苦々しい笑い声を響かせた。もちろん、妻の言うとおりだった。ソフィアの子どもが欲しい。そうでなければ子どもなどいらない。すっかり急所を握られている。

今夜は何ひとつ計画どおりに進んでいなかった。椿屋敷に来たのは、ソフィアが口にした非難のひとつひとつに対して事実を打ち明け――もちろん、婚約前のできごとであるレディ・ダーチの件は除いて――結婚への忠誠を疑わせたことについて許しを請うつもりだったからだ。しかし同じ罪でも、ソフィアの無垢《むく》な唇でその詳細を描写されると、考えていた以上に、まったく弁解の余地がないものになった。いったいどうしてこんなにもひどい失態を演じて、すっかり妻に軽蔑されるほど信頼を損なってしまったのだろう？　どうすれば妻の苦痛を取り除いて、ふたりの世界を元に戻せるのか、見当もつかなかった。同時に、ソフィアに対してひどく腹を立ててもいた。長いあいだこれほどの希望をいだいてきたのだ。裏切られたような気分にならずにはいられない。

ソフィアがすばやく窓のところへ行き、カーテンを押しあけて暗闇を眺めた。きっとヴェインを見なくても済むようにだろう。

「なんて惨めなクリスマスになってしまったのかしら」ソフィアが言った。

クリスマス。ヴェインの母はいつも、クリスマスを特別なものにしてくれた。公爵夫人エリザベスが住んでいた当時は、椿屋敷は緑樹と温もりと明かりに包まれ、今ふたりを取り囲んでいる寒々しい洞穴のような建物とはまったく違っていた。

母が亡くなったあと何年ものあいだ、ヴェインはほんとうのクリスマスを知らなかった。父がそういう風習を過度に感傷的で無粋《ぶすい》だと考え、この行事を祝わなかったからだ。成長して軍の将校になってからは、ときおりクリスマスの舞踏会や晩餐会に出席したが、お開きになったあとはひとりで自室に退いた。

最近の記憶で、家族の一員となって周囲に溶けこめたと感じた唯一のクリスマスは、ウォルヴァートン卿の田舎の領地でソフィアとその家族たちとともに過ごした去年のクリスマスだった。それはすばらしい思い出になった。あのときから、どうしてここまで何もかもがばらばらに壊れてしまったのだろう？

ヴェインはソフィアを見つめた。誇らしげに立ち、顔を上げて背筋を伸ばし、遠く手の届かない存在であるかのようだった。どこからともなく、ヴェインの胸のなかで炎が赤々と燃え始めた。とても激しく熱い欲望から生まれた炎。もう一度ソフィアを自分のものにするために、できることはなんでもしなくてはならないとわかっていた。心の奥底からの欲求を和らげるために。せめて最後にもう一度だけでも。

「わかった」ヴェインはつぶやくように言った。「きみの要求に応じるよ」

ソフィアは肩越しにちらりと振り返ることすらせず、じっと動かなかった。「たぶんそうしてくれると思ったわ」

外から、屋敷を打ちつける風の音が聞こえた。壁と床がきしみ、窓ががたがたと鳴った。「きみが主導権を握っているようだから」ヴェインは言った。「次はどうするのか教えてくれないか？」

# 5

「朝一番でロンドンに戻りましょう。あなたにはクラブで寝泊まりしてもらいたいわ」

ヴェインは炉棚にひじを突いて、指先で鼻筋をつまみ、ずきずきする頭痛を鎮めようとした。妻はぼくを、自分が所有する家から放り出そうというのか？

「それならどうやって」ヴェインは険しい口調できいた。「きみを身ごもらせるんだ？」

長いあいだ、ソフィアはこちらに背を向け、黙って立っていた。振り返って、今ならまだこの断崖から引き返せると言うつもりだろうか？　ほんとうは別居を望んでいないのだと？

しかし、ぼく自身、取り返しがつかないほど信頼関係が壊れてしまった状態で、ソフィアに考え直してほしいと思っているのか？

ソフィアが振り返った。突然の動きに、深紅のロングコートの腰から下が開き、ペティコートのレースと刺繍《ししゅう》が施された緑色の上靴がのぞいた。「あなたがいつ訪問するかについては、話し合って決めましょう」

ベルベットの高い襟までしっかりボタンを留めてはいたが、ソフィアが今ほど魅惑的に見えたことはなかった。今ほど美しく落ち着き払って見えたことはなかった。そのせいで憎みたくなるくらいだった。

「でもまずは」ソフィアが言った。「書類を作成して、取り決めをすべて書いておきたいの」

ヴェインは驚いて目をしばたたいた。「ほかにどんな取り決めがあるんだ？」

「わたしがシルヴェントン・プレイスとその領地からの収入を保持すること。あの所有地は、結婚したときにわたしが持っていたものだから――」

ヴェインはうなり声で同意した。

「それから、子どもは生まれたらわたしといっしょに暮らし、わたしと家族で育てること」

その言葉に、ヴェインは頭の後ろを棍棒《こんぼう》で殴られたような気がした。

「だめだ」首を振ってどなるように答える。「それには同意できない。全面的には」

「同意するはずよ」ソフィアがろうそくの明かりの端をふわふわと移動しながら、静かに言った。

ヴェインは泥のなかを引きずられ、体を四つに裂かれるような気がした。

「きみの頭のなかでは、何もかもがすでに解決しているんだろう？」うなり声で言う。

ソフィアが低い声で応じた。「考える時間がたくさんあったのよ」

ヴェインは首を振った。「もう一度言うが、ぼくは同意できない」

「それなら、ひとつひとつ解決していきましょう」ソフィアが長椅子の端を回った。

「お好きなように」ヴェインはそっけなく言った。

ソフィアがクッションの上から旅行鞄と帽子とオイルランプを拾い上げ、きびしい旅に備える女性のように背筋を伸ばした。「もしほかに何もなければ、とても疲れたから休みたいの」

しかしソフィアは立ち去らなかった。その場に佇《たたず》んで、こちらを見つめている。

「何を期待しているんだ？」ヴェインはぶっきらぼうに言った。「お休み《グッドナイト》、と言ってほしいのか？」

よい夜《グッドナイト》どころではない。ひどい夜だ。

ソフィアがヴェインを上から下まで眺めた。まるで欠けた部分を見つけたかのように、唇を引きつらせる。「あなたからは何も期待していないわ、クラクストン。もう長いあいだずっとね」

ソフィアがこちらをにらみつけてから、廊下へと姿を消し、階段をのぼっていった。一歩ごとにランプの明かりが暗くなっていき、とうとうヴェインは深い闇のなかにひとり残された。目に入るのは消えかかった火だけだった。妻の足音が徐々に小さくなり、最後に扉を閉じる音が聞こえた。

その音は、ヴェインのはらわたを締めつけた。完全な静けさのなかでようやく、自分が何をしたかを悟った。これまでに愛したただひとりの女性との、正式な別居に同意したのだ。

戦場では、圧倒的な武力を前にしたとき、敵にばらばらにされるよりも自分の頭を撃ち抜くほうを選ぶ男たちがいた。先ほどの恐ろしい一瞬、ヴェインもほとんど同じようなことをして、敗北に身をさらすより夢を握りつぶすほうを選んだ。人生や戦争において臆病者になったことはないはずだが、妻の魅惑的な緑色の目に浮かぶ軽蔑のまなざしに向き合ったとき、気弱な少年のように逃げ出してしまった。

ヴェインは悪態をついてから、炉棚の上に掛かった肖像画に向かって言った。「さぞ満足でしょうね？」

描かれた顔が蔑みの冷笑で答えた。生前の父がよくそうしていたように。もちろん、この肖像画を見るほかの人は、たいていの要人の肖像画がまとっているのと同じいかめしい風貌にしか目を留めないだろう。しかし、ヴェインには見えた。画家は、鋼のような青い目の奥底にある、暗い光をとらえていた。おそらく、ポーズを取るたびに耐えがたいほど傲慢にふるまったのだろう。そう、確かに見えた。先代の公爵が、生きるものすべてに対していだいていた侮蔑的な態度が。

ヴェインはひとつずつ戸棚をあけ、何か、なんでもいいから強くて感覚を麻痺させてくれる酒を探した。普段は、飲みすぎることはなかった。酒が駆り立てる無謀さや口の軽さを信用していなかったし、常にしっかり自制を保っていたかったからだ。

今夜は違う。今夜はとことん飲みたかった。しかし、探してもそんな楽園は得られなかった。ワイン貯蔵室には錠が下りているはずだし、鍵は村にいるケトル夫人が持っているだろう。代わりに、今の時点ではたいして欲しくないもう一台のランプと油の予備を見つけた。

ランプで行く手を照らしながら、ソフィアが歩いた道筋をたどり、自分が正当な持ち主である部屋、主寝室の扉の下から弱々しい明かりが漏れていることに気づいた。ソフィアの香水の香りを嗅《か》ぎ取《と》れそうだった。ベルベットがなまめかしく素肌をかすめる音さえ聞こえそうだった。寒さのなかに置き去りにされた野獣のような気分がした。ベッドで、妻のとなりにいるべきときに。妻のすぐそばにいながら閉め出され、どうして一瞬でも眠れるだろう？今も恥ずべき欲求が体を燃え上がらせているのに？　しかし、主寝室に踏みこむ代わりに、ヴェインは少年のころ使っていた部屋を探ることにした。

何もかもが懐かしかった。羽目板や石のひとつひとつが思い出に刻みこまれていた。昔読んだ本があった。描いた絵もあった。子どものころ自分の手で彩色したおもちゃの兵隊まであった。当時ヴェインが残していったまま、窓のそばのテーブルで待ち構えていた。しかし、シーツや枕はどこにもなかった。ベッドにはマットレスすらなく、むき出しの縄が張られているだけだった。別の部屋も——ソフィアがいる部屋は除いて——見てみたが、結果は同様で、快適に夜を過ごす望みは薄くなった。ヴェインは居間に戻った。

あまり恵まれていない環境で夜を過ごしたことなら何度もある。冷たい地面や硬い石、ぎいぎいときしむ湿った板の上。どれも、父の汚《けが》らわしい金《かね》で与えられたベッドよりはましだと信じていた。

長椅子は狭く、身長より優に三十センチは短かったが、数時間ならじゅうぶん間に合うだろう。

ソフィアは、何度も失敗したあとどうにか火をつけることができ、暖炉から数歩下がった。生まれたときから使用人たちの熟練した手助けに頼ってきたので、前回自分で火をおこしたのがいつだったか思い出せなかった。その作業をうまくやり遂げたことで、いくらか満足を覚えた。火をおこせるなら、将来もひとりで生きていけるはずだ。

強い風が家に吹きつけ、鎧戸《よろいど》をがたがたと鳴らした。洞穴のような部屋は、羽目板と厚いカーテンと壁掛けできちんと断熱されていたが、夫の冬空のような目と同じくらい冷え冷えとしていた。火のおかげで、どうにか寒さに耐えられた。それでもソフィアは体に両腕を回し、惨めに自分を抱き締めて、もう二度と暖まれないのだろうかと恐れていた。

クラクストンはソフィアの要求に応じた。勝ち誇るか、少なくとも満足を感じるべきなのに、そうは感じなかった。

背後には、上質なシーツと厚いベルベットのカーテンで整えられた古風なすばらしいベッドが置かれていた。カーテンを完全に閉めるのはやめておいた。万が一古い家が火事になって自分のまわりで燃えていても、気づかない恐れがあるからだ。眠りで何もかも忘れたかったが、疲れ果てていたにもかかわらず、時間が過ぎるごとに、頭のなかでもつれた考えがますます膨らんでいくばかりだった。

ほんの少しではあるが、椿屋敷で、このなじみのない部屋にひとりでいることをありがたく思った。生まれて二十二年のあいだ、人生の大きな決断が家族の話し合いで決まらなかったことは一度もなかった。両親、あるいは祖父、あるいはおしゃべりなふたりの妹、あるいはそのどれかの組み合わせ。これまでずっと、自分の進む道を決めようとするさまざまな意見を絶えず浴びせられ、それを歓迎すると同時に、疎《うと》ましく思ってもいた。

ふたりの別居の件に祖父が関わっているとクラクストンに言ったのは、少し大げさだった。

別居の可能性や、弁護士の関与について伯爵と話し合ったことはない。ロンドンに戻ったら、その知らせに祖父も、もちろんほかの家族も衝撃を受けるだろう。

家族の反応を思い浮かべる気にはなれなかった。みんながわたしを愛してくれているのは確かだ。何があっても支えてくれることを疑いはしなかった。それでも、いくら秘密にしようと、クラクストンと正式に別居すれば、自分と身内の者たちに多少なりとも社会的な不名誉を与えることになる。クラクストンがパーティーや舞踏会や晩餐会に招待されたとしても、ソフィアや家族は誰ひとりいっしょに招待されはしない。

自分の家族にはそういう嵐を乗りきる度量があると信じてはいたが、妹たちの来《きた》るべきシーズンをだいなしにしたくはなかった。恵まれた結婚に将来がかかっている若い女性にとって、あらゆる醜聞は災いの元になりうる。ダフネとクラリッサがどれほど美しく魅力的で、求婚者がどれほど夢中になったとしても、親や忠告者が不名誉のにおいを嗅ぎつければ、結婚の申し込みは控えられるだろう。

幸い、クラクストンはもう一度子どもを作ることに同意してくれた。すべてが計画どおりに進めば、醜聞が広まるのを一年……もしかするとそれ以上遅らせることができる。身ごもるまでに何度試さなくてはならないのかと考えて、頬が熱くなってきた。今でも、ふたりの愛の行為がいつもかき立てていた感情から、どうやって自分を切り離せばいいのかわからなかった。

ソフィアはフランネルのナイトドレスを着て、ベッドを温める器具に石炭を詰め、真鍮の皿を元に戻してから、大きな羽毛マットレスの上に乗った。床がきしみ、幽霊の足音のように響いた。その点では、クラクストンが屋敷のなかにいることで安心できた。

心が夫の名前をささやいた。手でシーツをつかみ、唇からため息を漏らす。

だめ。ここまで追いつめたのはあの人なのよ。

でも……こんなに孤独を感じたことがあったかしら。

悲しい考えが浮かぶと同時に、涙があふれてきた。

古い屋敷のしんとした存在感が、ソフィアを包みこんだ。それは判断を下したり、ソフィアの考えや、恐れや、動機を分析しようと努めたりはしなかった。そして、いくら理性を働かせようとしても、あのクラクストン――この世でいちばんひどい男――がとなりにいてくれたらと思ってしまうソフィアを、叱りはしなかった。


数時間後、ヴェインは起き上がって両手で顔をこすった。朝の冷え込みで、吐いた息が白く見えた。すばやく向こうの窓に目をやると、ガラスは霜で完全に覆われていた。

よく眠れなかった。

夜明け前のどこかの時点で、火が燃え尽きた。それだけでなく、頭のすぐ上に位置する長椅子の脚がいきなり折れた。急に長椅子が動いたので、頭のてっぺんを肘掛けに打ちつけてしまった。どちらの状況も、元に戻す努力をするには疲れすぎていたので、早朝の残りの時間は、不快なほど寒い部屋で眠りと覚醒のあいだをさまよい、絶えず世界が一方に傾いていていることを意識していた。

さらには、前夜ソフィアとのあいだに起こったいまわしいできごとが、夢のなかでもずっと続いていた。夢というより悪夢だ。恐ろしいことに、自分はまったく自分ではなく、むしろ父になっていた。泥酔して死人のように眠れたらよかったのだが……。胸にこれほど深い穴があくより、強烈な頭痛で目覚めたほうがずっとましだった。

クラヴァットだけ外して服を着たまま寝たので、現実の世界に出ていくには、長椅子から起き上がって、少しよろめきながら玄関広間を抜け、扉を開くだけでよかった。ひと息で、肺が凍りつきそうになった。

時計をちらりと見ると、驚いたことに、すでに正午をとうに過ぎている。

霧と雪が、予想もしなかったほど分厚く田舎の村を覆っていた。見えるのは近くの生け垣のてっぺんだけだ。ひと晩で一メートル以上雪が積もったらしい。太腿まで雪に埋もれる気にはなれなかったので、氷が張ったポーチの端に立ち、ズボンのボタンを外した。そして、家の壁にはめこまれた真鍮の飾り板に向かって用を足した。クラクストンの紋章が描かれた飾り板に。ヴェインはにやりとした。少年のころは、こういう反抗的なふるまいをすることに、かなり大きな喜びを覚えたものだった。

なかに戻り、まずは長椅子を直した。それから厨房を探って、もう一度火を焚《た》くために薪《まき》の予備を見つけ出そうとした。廊下の角を回ったところで、ソフィアとばったり行き合った。妻の姿が、砲弾のように胸を撃ち抜いた。

ソフィアは身をこわばらせて唇を開いたが、何も言わなかった。まるで、同じようにヴェインの姿にはっとしたかのようだ。襟の高い藍色のドレスを着たソフィアの顔は小さく青白く、疲れで目のまわりがくすんでいた。髪は濃い色の波となって肩のまわりに垂れかかっている——すべてがあまりにも美しく、ヴェインのはらわたが欲求で締めつけられた。

この家にいるソフィア、過去の思い出をささやきかける素朴な環境にいるソフィアは、別の誰かになったかのようだった。もっとすばらしい誰かに。ああ、触れたくてたまらない。

「おはよう」ヴェインは半分つぶやくような、半分うなるような声で言って、その日最初の競技に勝とうとした。〝正式な別居を求める最も洗練された配偶者〟を決める競技だ。取り決めに従って将来のある時点で子どもを作るつもりなら、せめて友好的に話をする仲でいたほうが、きっとうまくいくだろう。

ソフィアは挨拶を返さなかった。「ポンプは凍っているけど、いくらか雪を溶かしたわ。顔を洗いたいなら、たらいがあるわよ」

流し場の扉を示してから、厨房のあいた扉のなかへ歩いていく。影のような冬の女神。これからも永遠に知りえない人。

ヴェインは顔を洗った。洗い終えたあと、たらいの上に掛かった小さな鏡で自分の姿をじっと見た。乱れた髪と荒々しい目をした暗い顔の男が見つめ返した。なんてことだ。恐ろしい表情をして、父そっくりではないか。もう一度ばしゃばしゃと顔に水をはねかけてから、両手の濡れた指で髪をかき上げた。

ヴェインはふたたびソフィアのそばに行った。奇妙なほど離れがたかった。じきに妻はヴェインの人生から永遠に立ち去り、仲介人や法律の後ろに隠れてしまう。恥ずかしいことに、この最後の時間が与えてくれるなんらかの交わりやなんらかの思い出を、不意に驚くほど激しく切望していた。ふたつの細長い窓が、厨房を弱々しい冬の光で照らしている。かまどが心地よい熱を発していたので、ヴェインは立ち止まって、水のせいで凍えた両手を温めた。

わきへ退くと、ソフィアが火格子の上にかがんで、金属のティーポットのなかをのぞいた。

「お茶があるわ。あいにくそれだけよ」

ヴェインはやましい喜びを覚えながら、ソフィアに見とれ、今の姿を記憶に焼きつけようとした。炎の輝きが、マホガニー色の髪に赤い筋を描いている。飾り気のないドレスの簡素なラインは慎ましく見せるためだろうが、ヴェインはかえってそそられた。それはウエストの細さを強調し、高く豊かな胸を魅惑的に引き立てていた。

ヴェインはあのドレスに隠された体と、かつて秘めやかな夫婦のベッドでその体が与えてくれた悦《よろこ》びを憶えていた。朝一番の光に照らされた裸体の記憶は、今やふつふつと煮えたぎっている激情を呼び覚ますのにじゅうぶんだった。もう二度と自由に触れることはできないとわかると、さらに欲求が高まった。

しかし、言葉は口にされ、決断は下された。円満に別居の手続きをし、自分と関わりのない世界でソフィアが幸せを手に入れられるようにして、少しはまともな人間であることを示さなくてはならない。そのくらいの恩は受けているのだから。

まったく。たいした殉教者《じゅんきょうしゃ》じゃないか。ヴェインは自分にうんざりした。

ソフィアは、ヴェインを手伝おうとはせずに、かまどのそばを離れた。ヴェインはカップを見つけて茶を注いだ。恋にのぼせ上がった愚か者のように妻のあとをふらふらついていくほかに、何かすべきことが必要だった。

「わたしをにらみつけなくてもいいでしょう」ソフィアが低い声で言った。

その非難にヴェインは驚いた。「にらみつけてなんかいないよ」

とはいえ、ふたりが置かれた状況を考えれば、にらみつけるべきかもしれない。ソフィアを憎んでもいいのではないか？　いや、それはできない。ぼくたちはふたりとも傷ついているのだから。

ソフィアが、ヴェインの手にしたカップをあてつけるようにちらりと見た。「お茶に対してそんなに不機嫌になるとは思えないから、あなたを不機嫌にしているのはわたしに違いないわ」

「きみのせいでもお茶のせいでもないよ」ヴェインは手で顔をこすった。「よく眠れなかったんだ」

「わたしもよ。でもあなたをにらみつけてはいないわ」

ヴェインは小さな笑みを浮かべてみせた。「いや、にらみつけているよ」

ソフィアが何か辛辣な言葉を返そうとするかのように口を開いたが、同じくらいすばやく閉じた。ため息をつき、こわばった表情と姿勢をゆるめる。頰がほんのり赤く染まった。

「ああ、クラクストン、言い争うのはやめましょう」ソフィアが憂鬱《ゆううつ》そうに息を吐いた。

「わかった」ヴェインは高いスツールに腰かけた。「やめよう」

「いがみ合っていたら、私的な場でも、公的な場でも、威厳を損なう以外に何もいいことはないわ」

ソフィアの柔らかな声の調子は、いつも心を和ませてくれる。ヴェインは確実に返事をしてもらうことだけを目的として、意味もなく答えた。「まったく賛成だ」

「うまくやっていけないことがわかった夫婦は、わたしたちがいちばん最初というわけではないでしょう。冷静になって、感情を抑える時だわ」

どこからともなく記憶がよみがえってきて、ヴェインははっとした。情熱のひととき、ヴェインの肌にひたむきに押し当てられたソフィアの唇。抱き締めた幻のような裸体。広げられた柔らかい太腿。

不意にズボンがきつくなり、ヴェインはスツールの上で身動きした。

うなり声で言う。「いつも冷静でいるよう努力するよ」

「わたしもそうするわ」ソフィアが不意に息を吐き――安堵のせいか苛立ちのせいかはわからない――部屋を見回してから、最後にかまどに注意を向けた。「小さな火しかおこさなかったの。すぐにでも出発するから、そんなに大きい火を焚いてもむだでしょう」

「外は見たかい？」ヴェインはいぶかりながら尋ねた。

森が屋敷の裏を取り囲み、白い冬空に染みのように浮き立って見えた。離れ家と厩《うまや》があり、庭の端には石壁に囲まれた墓地がある。すべてがほとんど雪で覆い尽くされていた。

墓地。母がそこに眠っている。母の死後、父はこの上なくみすぼらしい恥ずべき墓石を置かせた。ヴェインは自分が手配できるようになってすぐに、もっとずっと公爵夫人にふさわしい霊廟《れいびょう》を作らせた。これまでは多忙な生活のせいで、なかなか母の墓所を訪れることができなかった。もしかするとほんとうは、遠ざかっているための理由を探していたのかもしれない。

今の自分を、優しく穏やかだった母はどう思うだろう？　深く失望するだろうと考えずにはいられなかった。母親として愛と努力を傾けたにもかかわらず、息子が父親そっくりに育ったことに。

「もちろん、見たわ」ソフィアは横に立ったが、自分たちのあいだに数十センチの距離を置いていた。それでもヴェインの体は反応して、あらゆる筋肉が張りつめた。無頓着《むとんちゃく》を装って、カップを持ち上げる。

ひと口茶を飲んで、むせ返った。

「どうしたの？」ソフィアが眉をひそめてきいた。

「ああ——なんでもない」ヴェインはもごもごと言った。喉の奥に貼りついたかすが、これまでに飲むはめになったどんな茶よりもひどい代物だったことは言いたくなかった。戦場や、通り沿いの低級な宿屋で飲んだ茶のほうがましなくらいだった。

ソフィアが唇を噛《か》んだ。「自分でお茶をいれることはめったにないから、分量を間違えたんだと思うわ」

分量？　カップの中身がほんとうに茶なのかどうかさえよくわからない。明らかに、ソフィアは厨房を切り回す技能を持っていないようだ。もちろん、ソフィアほど身分の高い若い女性のあいだでは、ありがちなことだった。彼女たちに期待されているのは、隙のない判断力によって献立を決め、働き手がそろった厨房に指示を与えることで、実際に料理をすることではないのだから。

ソフィアが旅行鞄の上にかがみこんだ。ふたたびまっすぐ立ったときには、厚い灰色の襟巻を持っていた。それを肩に掛け、首に巻きつける。それからほっそりした両手に手袋をはめた。

「何をしているんだ？」妻の意図ははっきりしているのに、ヴェインは愚かにも尋ねた。肩の筋肉がぴんと張りつめた。

「村へ行くのよ」ソフィアが帽子をかぶって顎の下でリボンを結んだ。「もしかすると、ここから見えるほどひどい状況ではないかもしれないわ。人が活動していれば、通りの雪も除《の》けられるでしょう。きっと誰かが馬と馬車を貸してくれて、わたしたちをロンドンに運んでくれるわ」

ソフィアの言葉は、少なからずヴェインの心をかき乱した。ロンドンに戻れば、妻はヴェインから完全に離れて、家族の保護下に入ってしまうだろう。そしてウォルヴァートン卿が介入してくる。避けられないこととはいえ、まだ覚悟ができていなかった。

ちくしょう、どうしてだ？　ぼくは臆病者のように妻を見捨て、妻は決して許さないとすでにはっきり口にした。早く別々の人生を送り始めたほうが、どちらにとってもいいはずだ。特に、自分にとっては。もう一年近く女性とベッドをともにしていないから、ロンドンに戻ったらすぐにその問題を解決するつもりだった。なにしろ、ソフィアは結婚の誓いからぼくを解放したも同然ではないか？　その種の衝動が和らぎさえすれば、ぼくの住む世界はふたたび正常になるだろう。そう信じられればの話だが。

どちらにしても、ちらりと外を見るだけで、どこへも行けないのは明らかだった。昨夜の嵐は並外れて激しかったのだ。

「ここはロンドンではなくて、レイスンフリートだ」ヴェインは言った。「村が働き手を集めて賃金を払い、通りの雪を除けることはないだろう。住民が自分たちの努力で雪を掘って家から出たとしても、川の浮氷のせいで、渡し船もほかの川船も運休しているはずだよ」

「渡し船以外にも、ロンドンへ行く道はあるでしょう？」ソフィアが眉をひそめ、声に切実さをにじませた。「陸路で橋にたどり着ける道は？　郵便馬車は走っているはずだわ」

「こういう並外れた嵐のときは走らない。特にレイスンフリートでは。そんな無茶な努力を強いるには、村はあまりにもちっぽけだからね。たとえ北へ通じる道路がこんなに深い雪のなかで見分けられたとしても、舗装されていないから凍った泥沼のようになっているよ。残念ながら、どんな移動をするのも危険すぎる。きみだけでなく、馬にとっても。馬車の旅を引き受けてくれる者を見つけられるかどうかも疑問だ。ここの人たちは、事態がよくなるまで待つのさ」

これを聞いて、ソフィアが目を伏せた。明らかに、あと一分でもヴェインとともに過ごすと考えるだけで惨めになるようだった。また少し、妻に対する気持ちが冷えていった。

ヴェインはカップを置いた。「ぼくだって、ここにいたくないのはきみと同じだ。でも、ひどい雪が収まるまでここにとどまったほうがいい。ぼくたちが互いの存在に悩まされるのも、あと一日か、長くても二日だろうからね」

ソフィアは襟巻を外さなかったが、旅行鞄に手を伸ばしもしなかった。「ここであなたとクリスマスを過ごすつもりはないわ」

「きみにとっては驚きかもしれないが、ぼくだって特にきみと過ごしたいわけじゃないさ」ヴェインは戸口のほうへ後ずさりした。「でもクリスマスは六日先だ。間違いなく、それまでに天気は回復するだろう。とりあえず、ぼくは居間の暖炉で火を焚くつもりだよ。あそこには、古いがおもしろい本がある。暇をつぶすにはいい」

ソフィアが小さくうなずいた。「ええ。そうしたいなら火を焚いて」

数分後、ソフィアは雪に覆われた正面の芝地に立ち止まり、最後にもう一度振り返った。

椿屋敷が、縦仕切りのついた広い窓からこちらを見返した。小尖塔に、屋根窓と欄間窓《らんままど》、そして煙突。エリザベス朝様式のおとぎの家だ。夏になったら、色彩にあふれる自然のままのテラス式庭園が、森までずっと続く様子が見られるのだろうか。できればこの家と土地を隅から隅まで探索してみたかったが、どうしてもこれ以上クラクストンのそばにはいられなかった。

分別ある心が、ふたりの関係は完全に終わったのだと告げているさなかには……。せめて、かつてふたりが分かち合ったたくさんの思い出を懐かしんでいなければよかった。それはまるで気さくな優しい幽霊のようにつきまとい、頭をぼんやりさせ、クラクストンの妻としての人生がどれほど耐えがたかったかを、一瞬とはいえ忘れさせるのだ。

どれほど痛みを覚えたとしても、すばやく傷から包帯をはぎ取り、一刻も早く自立した女性としての新しい役割を担ったほうがいい。わたしの現在と将来の幸せは、そこにかかっている。ロンドンに戻ったら、家族の慰めを求めて、祖父の弁護士の助言を受け——そしていちばん重要なのは、一時的にふたたびクラクストンと親密な関係を持つためにきちんと心の準備をすることだ。今でさえ、それを思い描くと、ひとりでに高まる興奮と欲望を感じずにはいられない。でも、単純に惹かれる気持ちだけで、過去を消せはしない。

ソフィアは向き直って、よろめいた。ブーツの下の雪が不意にへこみ、距離や方向を示すものがほとんどない一面の真っ白なまばゆい世界を前にして、少しのあいだ頭が混乱した。しかしありがたいことに、波打つように丘をくだるなめらかな帯状の部分を見分けることができ、高い位置に作られた私道だとわかった。あれをたどれば村に着くはずだ。

ソフィアは両腕に旅行鞄を抱えて歩き始め、足を高くすばやく上げて、ドレスの裾とストッキングが雪に絡まないようにした。

しかし、どうにもならなかった。一歩ごとに雪がすぐさま沈んでへこみ、ひざの上まで埋まってしまう。

ああ、なんて寒いのかしら。特にスカートのなかが。もしかすると、《アッカーマンズ・リポジトリー》誌で読んだ、スペイン産の子羊《こひつじ》の毛で作られた女性の下着（決して縮まないという保証付！）を冬物の衣類に加えるのは、それほど悪い考えではないかもしれない。でも、こうやって早足で進めば、三十分もかからずに村に着けるだろう。そこで宿屋を見つけてお茶を飲み、ぜひとも必要な焼きたての温かいロールパンをたっぷり食べて、我慢ならない夫のことは忘れよう。

ざく、ざく、ざく。一歩ごとに旅行鞄が重くなっていった。ざく、ざく、ざく。まだ橋にさえたどり着かない。寒さがブーツと羊毛のストッキングに染みこみ、足どころかお尻までかじかんできた。ソフィアは立ち止まって、喘ぎながら息を吸い、自分の窮状を見定めようとした。

いいえ。ソフィアは自分に言い聞かせた。レイスンフリートまで歩くという決意は、向こう見ずな愚行ではなかった。村までは遠くない。それでも、この私道は、人をひとつの場所から別の場所へ効率よく移動させるためというより、訪問客に家のすばらしい眺めを見せつけるために敷かれているようだった。

ソフィアは目を凝らして、霧と雪の向こうをじっと見た。放牧地とあの細い小川を横切れば、公道に出て、もっと早くレイスンフリートに着けるだろう。

私道よりも放牧地のほうが雪が深かったが、どうにか小川にたどり着いた。近づいてみると、思っていたほど細くないことがわかった。土手がかなり急な坂となって、下の凍った石だらけの川底に続いている。女性用のブーツのなめらかな底革は、田舎を散歩するには適していたが、このようなでこぼこの地面、とりわけそれが雪に覆われているときには理想的とはいえなかった。それでも、退却を宣言するつもりはなかった。そんなことをすれば、惨めな小旅行になってしまった時間が、少なくともさらに十分延びるだろう。

ソフィアは旅行鞄を石だらけの川辺に落とし、そろそろと土手をくだり始めた。

# 6

「ソフィア?」ヴェインは一歩ごとに苛立ちを募らせながら、玄関広間を横切った。寝室にも、厨房にも、家のどこにも、ソフィアの姿が見えなかった。妻は消えてしまった。ほかにどこを捜せばいいのかわからず、もしや外へ出たのかというありえない考えを払いのけるために、意を決してポーチに立った。まさか、何も言わずに出ていくはずはないだろう。

ソフィアはすぐに見つかった。放牧地に深紅の点がくっきり浮いていたからだ。

「冗談だろう」ヴェインは叫んだ。吐く息が空気を曇らせた。

こんな悪天候のなか出発するとは、無謀すぎる。ヴェインに告げもせず、さよならを言う礼儀さえわきまえずに……。ちくしょう。腹が立ったが、考えられるのは、連れ戻さなくてはならないということだけだった。

大急ぎで追いかけ、半分ほど放牧地を進んだところで、ソフィアの悲鳴が聞こえた。腕を大きく振り動かしたかと思うと、妻が視界から消えた。

喉に吐き気を伴う恐怖がこみ上げ、いつかの破滅的な転倒の忘れられない場面がよみがえってきた。ヴェインは全速力で走り出し、小川の縁で足を止めた。ソフィアが手足を伸ばして仰向けに倒れ、空に向かって目を見開いていた。ロングコートとスカートがめくれ上がって、ストッキングをはいた脚が靴下留めのところまであらわになっている。

死んでしまった。今回はソフィアが死んでしまった。ヴェインから逃げる決心をして、今回は自分の美しい首を折ってしまったのだ。

ヴェインは大あわてで土手をすべり下りた。氷と石と土が崩れ落ちた。

しかし、そばにたどり着くまでには、ソフィアは体を起こしてスカートを撫でつけていた。

「何も言わないで」ソフィアがむっつりとつぶやいた。

ヴェインは外套を着ていたことに感謝した。そうでなければ、胸のなかで心臓が爆発した紛れもない証拠を妻に見られていただろう。息ができなかった。一瞬、自分のほうが死んだに違いないと思った。できれば、ソフィアの両腕をつかんで頭のてっぺんからつま先まで調べ、怪我《けが》がないかどうか確かめたかった。ごくりと唾《つば》をのみ、度を越した反応を抑えようと努める。

「まったく、ソフィア」ヴェインはしわがれ声で叫んだ。「ほんとうにどこも怪我しなかったのか?」

「まったくだいじょうぶよ」ソフィアが苛立たしげに答えた。

「こんな天気のなか、出かけるべきじゃなかったんだ」

「わたしはしょっちゅう歩いているわ。晴天じゃない日でもね」

ヴェインはどなりつけたい気持ちを懸命にこらえた。「ぼくに何も言わずに出ていくべきじゃなかった。もし見つけなかったら、どうなっていたと思うんだ?」

「ううっ」ソフィアは聞きたくもない説教をされているいたずらな子どものように、両手を耳に押し当てた。「見つけなければよかったのに」

「さあ、行くぞ」ヴェインは顔をしかめながらヘシアンブーツのかかとを凍った地面に押しつけ、手を伸ばした。

ソフィアは手助けの申し出を無視した。代わりにかがんで旅行鞄を持ち上げたが、ぱっとふたがあき、横向きに落としてしまった。隙間から、すみれ色のレースで縁取られたクリーム色の何かが、そそるようにちらりと見えた。ソフィアがはみ出した衣類を押しこんで、留め金をしっかり掛けた。「ご親切にしていただく義理はありません」

ヴェインは手を引かなかった。「こんな状況で、手助けを申し出ない紳士がいると思うか？」

ソフィアがふんと鼻を鳴らした。「あなたは手助けを申し出たけれど、わたしはお断りしたのよ。いいから、行って」手袋をはめた両手で、小さく追い払うようなしぐさをする。思い出せるかぎり、ここ最近、誰かに追い払われたことなど一度もなかった。

「ばかなことを言うな」ヴェインはできるだけ尊大な口調で言った。

「ばかなことなんて言っていないわ」見開いた目を縁取る濃い色のまつげが、白い肌に映《は》えた。「それに付き添いは必要ないの。だからそもそも、あなたに付き添いを頼まなかったのよ。あなたの務めは終わったわ。そう決めたんじゃなかったの？　わたしが思うに、それが〝別居を求める〟という意味だし、わたしたちが別々の道を行くということでしょう。だからどうぞ、あなたの道を行って。わたしも自分の道を行くから。少なくとも、合意書を作成するまではね。そうしたら、わたしたちは合意に基づいて……その……」ソフィアが息を吐いた。

「合意に基づいてどうするって?」ヴェインは妻をもじもじさせようとして意地悪く尋ねた。そのとおりになって満足だったが、ソフィアは山嵐のように憤然とした。

「いいから放っておいて」叫んでこちらに身を乗り出す。「家に戻ってちょうだい。わたしはこのまま村へ行くわ」

「〝言い争うのはやめましょう、クラクストン〟はどうなってしまったんだ?」ヴェインは数オクターヴ声を高くして、ソフィアの声音をまねた。

「言い争いを始めたのはわたしじゃないわ」ソフィアが指を突きつけた。「あなたでしょう」

妻の頑固さに、頭がずきずきした。「ぼくが見つけたときのきみがどんなだったか、わかっているのか? 首の骨を折ったかと思ったんだぞ。転ぶことをなんとも思っていないふりなんてしないでくれ。まるであのときのことを忘れ――」

「憶えているわよ。どうもありがとう」ソフィアが叫んだ。荒涼《こうりょう》とした冬景色を背にしたソフィアの顔は怒りであでやかに燃え、頬はラズベリーのように赤く、目はぎらぎらと輝いていた。いきなり腹を蹴られたかのように、ヴェインは欲望に打たれた。

「言っておくけど」ソフィアがつんけんしながら言った。「わたしはスケートするみたいに坂を下りていて、最後は転ばないようにわざとお尻をついてすべり下りたのよ。わたしにできるいちばん優雅な踊りというわけじゃないけど、見ている人がいるとは思わなかったんだもの」

ソフィアが手に旅行鞄を持って、慎重に凍った川底を歩き始めた。優美なブーツが氷をさくさくと砕く軽い音がした。そのまま小川の反対側まで進む。ヴェインから遠ざかり、レイスンフリートへと向かう道を。

妻がぶつぶつと言った。「卵の殻じゃないんだから、ちょっとぶつかったり、寒さに襲われたりしただけで壊れやしないわ」

そうか、よかった。だったら、体をつかんで揺さぶり、分別をたたきこんだあと、気絶するまでキスしてやりたいという激しい衝動を覚えたことを、それほど後悔するのはやめよう。くそっ、それにしても、キスしたくてたまらない。

寒い天気に関わる何かと、ロングコートと襟巻と帽子に包まれ、この上なく麗しく見える妻の姿が、すでに胸のなかでくすぶっていた炎を燃え立たせた。決してあけることが許されない小さな贈り物が、鼻先で揺れているかのようだった。きっと、ここ七カ月と二日と五時間、修道士のような生活を送ってきたせいだ。ソフィアにふさわしい男になるため――。

ヴェインは歯を食いしばった。もうそれも無意味だった。決して許されない過ちを犯したのだ。事実上、結婚の誓いから解放されたのだし、ロンドンに戻ったらすぐに愛人を持つことにしよう。ことによるとふたり――どちらも褐色の髪と緑色の目をした、ソフィアに似ている女たちだ。それが、妻に対する幻想を打ち砕き、忘れるために必要なことだとすれば。

それでも、まだ引き下がりはしない。ソフィアがこんな状況にいるのを見つけたからには。

わざとすべり下りただって？　冗談じゃない。ヴェインはあとを追った。体重をかけると、ソフィアが歩いたときよりもかなり大きく騒々しく氷が砕けた。

ソフィアがくるりと振り返って、傲慢な女王のようにこちらを見た。美しく堂々とした公爵夫人。以前からずっと、そう思っていた。「ねえ、クラクストン、あなたの夫らしい気遣いは立派だわ。でも、お忘れでなければ、昨夜の時点でわたしは自立した女性になったの。そういうわけで、ここから先は、自分の問題は自分で解決させていただきたいわ」

また雪がかなり激しく降り始めていた。「ソフィア――」

「さようなら」ソフィアがふたたび背を向けた。

ヴェインは黙ってその場に立ち、妻が小川の土手をのぼるのを見ていた。数十センチのぼってはすべり落ち、足掛かりを求めてもがき、またすべり落ちる。数えきれないほどこれが繰り返され、とうとう、ソフィアの失敗を眺めているおもしろさも尽き果ててしまった。

ヴェインは石だらけの川辺を越えて進み出ると、妻の手から鞄をつかみ取った。

「あっ――やめて！」ソフィアが叫んだ。

手の届かないところに鞄を持ち上げる。

「きみの体力ではこの離れわざは成し遂げられない、というわけではないよ」ヴェインは身をかがめて、ソフィアとまっすぐ向き合った。「むしろ、邪魔な鞄がきみの努力をだいなしにしているんだ。実用的でない服装もね。気づいていないかもしれないが、ますます寒くなって、また雪が降り始めている。これ以上遅くなるのは危険だ」

ヴェインは革の鞄を土手の上まで投げた。それはどすんという音とともに着地した。「これでいい。さあ、行こう」

手を差し伸べる。

「あなたとは行かない――」ソフィアが手を押しのけようとした。ヴェインはその機会をとらえて、妻のひじをつかんだ。

「いいから、のぼれ」

腕を取って導き、自分の前に引き寄せて、半分押して半分持ち上げるようにしながらのぼらせる。ヴェインのほうがはるかに背丈も体重も上回っているから、すべりやすい坂でもふたりの体をしっかり支えることができた。そのあいだじゅうソフィアはどなったり文句を言ったりしていた。ヴェインは顔をしかめてはいたが、触れるたびに喜びを覚えたのは否定できなかった。ペティコートと羊毛で着膨れしてはいても、疎遠になってしまった妻は、めったに手に入らない甘美な砂糖菓子だった。雪のなかに押し倒して、舐《な》めて含んで味わいたくなるような。服の内側に唇と両手で触れ、〝別居〟という言葉の意味を思い出せなくなるまで愛撫したくなるような。

しかし、悲しいかな、そんなことは起こらなかった。平らな地面にたどり着くとすぐに、ソフィアは鞄を取り戻し、頬をピンク色に染めて勢いよくそばから離れ、雪が積もった公道を歩き始めた。

ソフィアはいつまでも苦しめ続けようとする夫に腹を立てて、猛然と立ち去ったが、クラクストンは長い脚でたやすく歩調を合わせた。そして何も言わずに鞄を奪い取り、その重さからソフィアを解放した。今回は、引き返すように求めはせず、横を歩いている。夫のブーツは雪の上でも歩きやすそうだった。長いあいだ、ふたりは無言で地面を踏みつけていたが、やがてソフィアは沈黙に耐えられなくなった。昔から、じっと黙っているのが苦手なのだ。

「あなたのヘシアンブーツがうらやましいわ」思いつくままに話し始める。「もしかすると、これから何カ月か田舎にこもるのもいいわね。男性の服とブーツを身に着けて、冒険を求めて野原を歩こうかしら」

夫は何も言わず、ただ凍った地面をやすやすと進み続けた。公爵になる前、クラクストンは軽竜騎兵連隊の大佐だった。おかげで社交界の貴婦人たちは、公爵に関するロマンチックな空想をかき立てられた。ソフィアもその例外ではなかった。

力強い大股の足取りと、規則的な呼吸に、クラクストンの身体能力が見て取れた。ソフィアは懸命に足並みをそろえようとし、同じくらいたやすく歩いているふりをした。

さらに唇から言葉があふれてきた。ふたりのあいだの気まずい沈黙を破るくだらない話題なら、なんでもよかった。「もしかすると、パイプを吸うようになるかもしれないわ」

クラクストンがうなった。「きみはパイプを吸ったりしない」

「吸いたければ吸うわ」もちろんそんなつもりはなかったが、夫をぎょっとさせるためだけに言ってみた。「別居が成立したら、やりたいことをなんでもするつもりよ」

「たとえば、いつもヘイヴァリングといっしょに過ごすとか？」クラクストンが低く鋭い声できいた。

「まさか」ソフィアは答え、その非難に驚いた。「なぜ？　あの人があなたに何か言ったの？」

クラクストンが、うなりと笑いの中間のような声を発した。横顔を向けて、雪景色をじっと見つめている。明らかに、フォックスがクラクストンに何か言ったらしい。それを知ってもうれしくはなかったが、驚きはしなかった。ヘイヴァリングは昔からソフィアを守ろうとしてきた。子どものころからずっとそうだったが、四年半前に兄のヴィンソンが亡くなってからはさらにその傾向が強くなった。フォックスとヴィンソンは親友同士で、同じ大学に通い、大陸を巡る卒業旅行にもいっしょに行った。もちろん、ヴィンソンが命を落とすことになる宿命的な旅にも。さらにそのあと、ソフィアの父まで亡くなった。フォックスが実の父親よりも慕っていた人が……。もしかすると、子どものころのフォックスは、ふたりの将来になんらかの期待をいだいていたのかもしれないが、結局ソフィアはクラクストンと結婚した。ヘイヴァリングはこれまでも――これからも――友だち以上の存在にはなりえない。公爵の不機嫌そうな横顔からすると、そうではないと信じているらしく、悲しい気持ちにならずにはいられなかった。

「あなたはどうするの、クラクストン」ソフィアは声を落として尋ねた。「わたしから自由になったら？」

クラクストンはこちらをじろりとにらんだが、しばらくたってから答えた。「まだ、先のことはあまり考えていない。外交官の任務として許されれば、ジャマイカに行くかもしれない。ヘイデンがあそこに土地を持っているんだ。自由民が働いていて、ぼくも投資している。ずっと、自分の目でその土地を見てみたかったからな」

「ジャマイカという響きは、はるか遠くに感じられるわ」ソフィアはつぶやくように言った。「異国情緒にあふれていて、今の天気と比べるとすばらしく暖かいんでしょうね」

クラクストンがその場所をとても気に入って、戻ってこないとしたら？　もう二度と会えず、込み合うロンドンの通りですれ違うこともないとしたら？　そう考えると胸が締めつけられたが、もしかすると単に寒さのせいかもしれなかった。

「昨夜、よりによってここに来たのはどうしてだ？」クラクストンがきいた。

氷が割れて、木々の上で弾けた。好奇心の強い黒丸鴉《こくまるがらす》がふたりのそばに舞い降りて、枝から枝へ軽《かろ》やかに飛んだ。

ソフィアは襟巻を引き上げて、顎先まで覆った。「会計簿にあった教区への寄付記録を見て、この領地について地所管理人に尋ねたの。家は魅力的に思えたし、ロンドンに近くて人目につかなそうだったから」肩をすくめる。「何週間か前に、管理人のケトル夫妻に手紙を書いて、クリスマスの翌週に滞在するつもりだと伝えたの。昨夜は衝動的に、少し早めに来ることに決めたのよ」

家がある程度整えられているように見えたのは、そういうわけだった。ケトル夫人は手紙を受け取ってすぐに、できるかぎりの準備を始めてくれたのだろう。

「ぼくが着いたとき、きみはいなかった」クラクストンが言った。「いるとばかり思っていた」

クラクストンがレディ・メルテンボーンを抱いていた場面が、鋭い痛みとともに頭のなかによみがえった。ソフィアはまばたきでその記憶と苦痛を追い払った。

「侍女がクリスマスを家族と過ごせるように、家に送っていったの。あの子は雇われたばかりだし、まだ子どもで、家を恋しがっていたから。わたしのほうも、ひとりになりたかったのよ」会話を、昨夜のできごとほど感情を揺さぶらない話題のほうへ導く。「あの屋敷はすてきね。どうして使える状態にしておかないの？」

「誰もここには来ない」クラクストンが抑えた声で言った。「母が亡くなってからは」

「お母さまはイタリアで亡くなったのかと思っていたわ」

ソフィアはすぐに、その言葉を口にしたのが大きな間違いであることに気づいた。夫の鋭いまなざしが、胸に突き刺さった。

「イタリア」虚ろな声が答えた。「いや、違う」

両親に関する質問をすると、クラクストンはいつもはぐらかし、ごくあいまいにしか答えなかった。誰もが自分ほど幸せな子ども時代を過ごしたわけではないのだ。ソフィアはそう気づいて、夫の秘密を尊重し、詮索はしなかった。しかし結婚前に、とある集まりで、ずんぐりした既婚婦人が、亡き公爵夫人にはそう遠くない過去に醜聞があったとほのめかしていた。ソフィアがしつこく尋ねたので、母はしぶしぶうわさ話を教えてくれた。クラクストン公爵夫人は、何年も前に夫とふたりの幼い息子を捨てて愛人のもとへ走り、その後イタリアで亡くなったということだった。

「ぼくの知るかぎりでは、公爵夫人がイタリアを訪れたことはない」クラクストンが無感動な表情で前方を見つめた。「ぼくが物心ついたときからずっと、母はここに住んで、ぼくとヘイデンを育てていた」

ソフィアは決まり悪さと恥ずかしさで頬が熱くなるのを感じた。うわさ話が原因となって結婚生活でさまざまな困難を経験したというのに、醜聞から拾い集めた情報をそのまま口にするような愚かなまねをすべきではなかった。夫の反応からすると、事実でさえない情報を。軽率にも、夫が心を寄せるなんの罪もない人の思い出を傷つけてしまった気がした。ちらりと横を見ると、クラクストンは顎を引き締め、唇を固く閉じていた。

「ごめんなさい、クラクストン。こんなことを言うべきではなかったわ」

「たいしたことじゃないさ」

ソフィアはもっと無難な話でふたりのあいだの緊張をほぐそうと、口調を和らげて言った。

「村人の多くは、あなたを憶えているでしょうね」

「そうでないことを願おう」クラクストンが眉をつり上げた。「子どものころ、ぼくと弟はとんでもない悪童だった。きっと今でも疎ましく思われているに違いない」

そのあと、ふたりはまた口をつぐんだ。レイスンフリートの外れにたどり着いていた。ソフィアは絶望にのみこまれた。見晴らしのきく場所だったので、川の一部が見えた。川面が大きな白い浮氷で覆われている。二艘の渡し船が波止場につながれていた。村はどうかといえば、クラクストンの予測どおり、道路は雪で埋もれていた。動いている馬車や荷馬車や人間はどこにも見えなかった。ほとんどの煙突から、煙が立ちのぼってはいたが。

「どちらの道？」ソフィアはきいた。ここまで来たからには、椿屋敷の静けさと暗がりのなかに戻りたくはなかった。

クラクストンが苛立った表情で、広い路地を指さした。両側に並んだ小さな家々の戸口は、雪の吹きだまりでほとんど覆い隠されていた。

「宿屋だ」クラクストンがそっけなく答えた。「どんな天気だろうと、村人たちはなかに集まっているはずだ。貸し馬車屋もいる。だが、きっとここから出る手段は見つからないよ。ぼくと同様きみにも、誰も出ていくつもりがないこと、ここまで来たのはまったくのむだだったことがわかるだろう。気をつけろ。そこの舗道は――」

遅すぎた。ソフィアは足を踏み外し、太腿まで雪にはまりこんだ。

「――一段低くなっている」

ソフィアはあまりの不快さに叫び声をあげた。まだ冷気が入りこんでいなかった場所が、いきなり凍えた。スペイン産の羊毛の下着。そう、ロンドンに戻ったらすぐに五着買おう。今それが手もとにあったなら、五着いっぺんにはいただろう。ロングコートとスカートが、腰のあたりで見苦しい水たまりのように広がっていた。

クラクストンが立ち止まり、臆面もなく満足そうな表情を浮かべた。「公爵夫人、お手を貸しましょうか？」

「いいえ、けっこうよ」ソフィアはぴしゃりと言って、懸命に両脚を引き抜いて、前へ進もうとした。脚が体についてこなかったので、前のめりに倒れ、前腕から雪のなかに沈みこむ。

空気を求めて喘ぎながら、苛立ちに叫びそうになったが、惨めな様子を見せて夫を喜ばせたくはなかった。そもそも村まで行くと言い張ったのはわたしなのだから。

大きな手が両肩をつかみ、体を起こした。クラクストンが旅行鞄をソフィアの両腕のなかに押しつけた。

「持っていろ」と命じる。

そして前置きもなく、両腕でソフィアを持ち上げ、胸に抱きかかえた。スカートとブーツから雪が落ちた。

「きみはとんでもなく頑固だ」クラクストンが言い、雪をかき分けて路地を進んだ。

すぐ鼻の先で官能的な唇が不機嫌そうに動く様子は、目を閉じないかぎり無視はできなかった。

「たいていの人に対しては、そんなことないわ」ソフィアは目を閉じずに、むっつり答えた。

クラクストンは今朝、ひげを剃《そ》らなかった。黒くつやのあるひげが、男らしい曲線を描く顎に影を投じている。愛を交わしながらこの無精ひげで素肌をたどられたときの悦びを思い出した。朝になるとときどき、体に残る擦れ跡を、若い侍女の好奇のまなざしから隠さなくてはならなかった。

「普段から、手助けを頼むのはそんなにむずかしいことなのか？」

「いいえ、ちっとも。いらないのはあなたのだけよ」

クラクストンが片方の黒い眉をつり上げた。「こんなに意固地なきみを見たのは初めてだな」

外套を通して伝わる夫の体温がソフィアを温め、こうして腕に抱かれるのがどれほどすばらしかったかを思い出させた。かつてもこんなふうに運ばれたことがあるが、場所は公道ではなかった。秘めやかなふたりの寝室で、そしていつもベッドに向かってだった。ソフィアの心臓が早鐘を打ち始め、かつてはどれほど幸せに満ちていたか――どうしてそれがもう二度と手に入らないのかを思い起こした。なぜなら、この男は悲嘆に暮れているわたしを見捨てたからだ。やましそうに振り返りさえせずに。わたしと亡くした子どものことなど、心に留めてもいないかのように。

つららで覆われた鮮やかな看板が、宿屋に着いたことを示していた。足跡があり、木の階段は雪かきされていた。

「これが自立ということよ」ソフィアはもがきながらクラクストンをひじで押したり蹴ったりして、腕から逃れた。すばやく雪のなかを歩いて夫から遠ざかる。心地よい温かさと力強さが失われたことに、体が文句を言った。「ほんとうに長いあいだ、あなたがいなかったんだもの。それを学ぶしかなかったのよ」

「自立だって？」クラクストンが暗い声でつぶやき、後ろからついてきて、旅行鞄の取っ手をつかんだ。「ぼくの手助けがなかったら、きみはこの宿屋にたどり着けなかったはずだ」こちらをにらむ。「ついでに言っておくと、どういたしまして」

それでも、ソフィアは胸にしっかり鞄を抱えたままでいた。

「お礼の言葉を期待しているの？」不意にこみ上げてきた涙をまばたきで押し戻す。

家では勇気を奮い起こせず、面と向かってさよならを言わないで済むようにこっそり出てきた。ところが、クラクストンがそれを無意味にしてしまった。でも、今度こそ、さようならだ。その瞬間の重大さに、激しい感情がぐっと喉にこみ上げてきて、うまく息ができなかった。こんなふうに顔を合わせることは、しばらくはないだろう。すべてが変わってしまうことに、夫は気づいていないのだろうか？　それとも、どうでもいいと思っているの？

ソフィアにとって、ふたりきりで時を過ごすことがもうないという事実は、衝撃的だった。別居の詳細——条件や支払い義務や取り決め——が仲介人を通して交渉され、決着するまでは。最後のひとときくらい、ふたりで分かち合った幸せな時間に敬意を表して、優しい言葉をかけられないの？

ソフィアは力いっぱい鞄を引き戻したが、クラクストンが手を離さなかったので、知らずにその手を自分のほうにぐいと引き寄せてしまった。夫が驚いて目を丸くした。

確かに、ソフィアはひどく理不尽な子どもじみた態度で、過剰に反応していた。今となっては、それでもかまわなかった。頭が苦痛と怒りでわき返り、もう寒さすら感じなかった。

クラクストンはきちんとした別れをしたくないの？　かつてふたりは愛し合ったというのに。

クラクストンが顎を引きつらせた。「この小旅行は、まったくの愚行だった。家を離れたのは間違いだったと認めるんだな」

まさに永遠の別れを告げようとしているこの場所で、こんなにも強情な態度を見せられて、ソフィアは冷静さを失った。鞄を取り戻したら、宿屋のなかに入ってクラクストンを閉め出し、夫のことは忘れるよう胸に言い聞かせよう。

「もちろん、間違いだったわ。わたしは愚かで浅はかな女だもの。ありがとう、公爵。紳士として、わたしのあらゆる失敗を指摘してくれて」ソフィアは皮肉をこめて言った。「しかも、無力な小さい妻よりずっと大きく力強い男でいてくれて」

ぐっと後ろに身を引いて取っ手を奪おうとしたが、それでもクラクストンは離さなかった。それどころか、歯を食いしばってしっかり押さえた。

「ソフィア——」警告するような声で言う。

「でも、わたしはもうあなたの妻ではないわ」ソフィアは思いきり鞄を引っぱった。「事実上、じきに妻ではなくなるわ。だって、あなたはわたしにだけでなく、イギリスじゅうにはっきりさせたんだから。世界のどこでも、とにかくわたし以外の誰かといるほうがいいってことをね」もう一度引っぱる。「だからあなたはちっとも紳士じゃないし、当然わたしの英雄じゃないし、だから、何についてもあなたにお礼を言うつもりはないわ」

一瞬、耳に聞こえてくるのは、風と氷が割れる音と自分の言葉のこだまだけになった。

「紳士じゃないと言ったか？」クラクストンが抑えた声で言った。

夫がすごみのある表情をして取っ手を強く引っぱり、旅行鞄とソフィアをとらえた。ソフィアは鞄といっしょに前へ倒れこみ、勢いよく夫にぶつかっていった。あいだにある鞄が不意に体を押しとどめる。クラクストンの顔は数センチの距離にあった。ソフィアの心臓が激しく高鳴ったが、それは恐怖のせいではなかった。怒りと苦痛のなかで、今も必死に隠そうとしている惹かれる気持ちのせいだった。

「今までそのことに気づかなかったのか？」クラクストンが憤然として言った。

ぐいと下へ押してソフィアの手から鞄をもぎ取り、地面に放る。そして歩み寄った。

「触らないで」ソフィアは喘いで、階段のほうへ退き、夫から逃げようとした。しかしクラクストンは突進して距離を縮め、両手でソフィアの顔をとらえた。

「ちくしょう、きみはぼくの頭をおかしくさせる」クラクストンがうなり声で言って、目に青い炎を燃え上がらせた。

ソフィアは夫が指を握り締めるのを待った。自分に一瞬の平和や喜びももたらさなくなった厄介で煩わしい妻の首を、道のまんなかでへし折るのを。

クラクストンが唇と唇を重ねた。

ソフィアはびっくりして、夫の両手をつかみ、押しのけようとしたが……。

そうはしなかった。

クラクストンの唇に向かって喘ぎ、吐息を吸いこむと、すぐさま切望していたあらゆるものを思い出した。ふっくらした下唇。無精ひげの生えた肌のざらざらした感触。クラクストンだけの、すばらしい味と香り。体のありとあらゆる部分が、欲求で弾けた。両手で腰を抱かれる。ソフィアは夫の上腕をつかんだ。クラクストンがうめき、唇をむさぼった。

まわりの世界が、渦巻く欲望のなかへ消えていった。ソフィアはふたりの足もとで雪がざくざくと音を立てているのをぼんやりと意識した。ふたりは踊り、揉み合い……クラクストンの手が――ソフィアの手が――髪と服に、素肌に絡みついた。

「クラクストン」ソフィアはささやいた。

夫がしわがれ声で応じた。

何カ月もの怒りが激しいうねりとなって、体のなかで爆発し、キスを原始的な何かに変えた。ソフィアはクラクストンの唇を噛んだ。夫が軽く噛み返し、次の瞬間、舌をソフィアの口に差し入れて撫でつけた。意識が遠ざかって、熱烈な悦びと、さほど悪くない苦しみに満たされる。

苦しみ。

ソフィアは息をのんで、両手をクラクストンの胸に当て、ぐいと押しやった。

クラクストンが、半ばまぶたを閉じたぼうっとした目でこちらを眺めた。頬は熱っぽく赤らみ、両腕を体のわきで曲げ、まるで初めて見る女を前にしたかのようだった。

「なんてことだ」クラクストンがかすれた声を漏らした。

ソフィアは膨れてひりひりする唇に指先で触れ、両脚をぐらつかせながら、心の底から夫の意見に同意していた。ふたりはこれまでに数えきれないほどキスを交わしていたが、こんなにすばらしいキスは初めてだった。

そのとき、ソフィアの頭の上にある別の何かが、クラクストンの注意を引きつけたようだった。わずかに顔を振り向け、鋭い目つきをする。一瞬ソフィアは、自分たちが観客を集めていたのかと考えた。背後にレイスンフリートの村じゅうの人々が立っていて、ぽかんと眺めたり指さしたりしているのかと。

クラクストンが、喉を詰まらせたかのような奇妙な声を発した。どことなくソフィアの名前のようにも聞こえた。夫がソフィアを突き飛ばし――。

世界が傾いた。

肩と頬が雪にたたきつけられた。夫の体が、ソフィアを闇のなかに包みこむ。

「クラクストン！」ソフィアは混乱して喘いだ。夫の体重と、鼻に押しつけられた外套の下襟のせいで息ができなかった。薪の煙とスパイスの混じったクラクストンの香りが、鼻孔を満たした。すさまじい寒さが服を通して染みこみ、背中を凍えさせた。雪で素肌がかじかんだ。「何をしているの？」

クラクストンがうなり声で答えた。「あそこから誰かが――」

パーン、という音があたりに響き渡った。覆いかぶさったクラクストンが、全身の筋肉をこわばらせた。

「誰か？」ソフィアはもがいて、雪の重みで木の枝が折れるか何かしたのか、目で確かめようとした。でも——。

「伏せていろ」クラクストンがうなって、手のひらでソフィアの額を押さえ、しっかり体で体を包んだ。パーン。一瞬ののち、雪のシャワーがふたりの上に降り注いだ。

　クラクストンが声を発すると、胸の振動が伝わってきた。「向こうの壁まで走らなくてはならない」

　ソフィアは不意に気づいた。あんな破裂音を立てるのは木ではない。銃だ。誰かがわたしたちに向かって発砲している。

「誰がわたしたちを殺そうとしているの？」

「わからない」

　扉がばたんと閉じる音と、女の叫び声が聞こえた。「クラクストン。ああ、クラクストン。あの人があなたを殺すわ」

　あの声。聞き覚えのある声。雪を踏む足音がした。クラクストンが顔を上げ、横を向いて宿屋のほうを見た。身の安全のためには夫の下に縮こまっているほうがいいとわかっていたが、誰が叫んでこちらに走ってくるのか見たいという好奇心には勝てなかった。ソフィアは両ひじを突いて身を起こした。

「ちくしょうめ」クラクストンが言って、頬をソフィアの頬に押しつけた。

　レディ・メルテンボーンが、青い絹のドレスと弾む胸とブロンドの髪というみごとな姿で、跳ねるようにこちらへ駆けてきた。

「この人を殺さないで」伯爵夫人が両腕を高く振り上げて叫んだ。

そのままクラクストンに体当たりして、ソフィアの上から押しのける。同時に、別の人影が混乱のなかに飛びこんできた。ヘイデン卿が、宿屋の戸口から勢いよく現れたのだ。上着もまとわずにシャツの裾を翻《ひるがえ》し、両手にピストルを持っている。ソフィアは身を低くして這うように回りこみ、その姿をよく見ようとした。ヘイデンがブーツをどすどすと鳴らしながら、長い脚で木の階段を下りた。細い顔に収まる充血した虚ろな目で、中庭を見渡す。クラクストンより少し長い髪が風に乱れ、荒々しく危険な雰囲気を醸し出していた。

「クラクストン、あなたの弟よ」ソフィアは、となりでもがいているかたまりに向かって叫んだ。「あなたを殺そうとしているわ！」

雪の上を後ずさろうとしたが、ペティコートのひだのせいで脚がもつれた。いくつもの窓から村人が顔をのぞかせ、目を丸くしてぽかんと口をあけていた。湯気を立てるマグを手に持っている者もいた。

なかから男の声が叫んだ。「窓はだめだ。お願いだよ、だんな。ガラスを壊さんでくれ」

「ぼくはクラクストンを殺そうとなんてしてない」ヘイデンがしかめ面でどなった。

ふたたび銃声が静寂のなかに響き、遠くの地面を弾いた。

ヘイデンが振り返って、ピストルを宿屋の上階に向けた。「メルテンボーン卿がクラクストンを殺そうとしてるんだ。隠れろ」

# 7

ソフィアは不意に後ろから引っぱられ、向きを変えさせられた。子どものように夫の胸に抱え上げられて運ばれ、石の壁の陰に下ろされる。

「怪我は?」クラクストンが眉をひそめて小鼻を膨らませ、荒々しく尋ねた。ソフィアの頬に手を当てて、自分の目をのぞかせる。

「ないわ」

「ほんとうに?」クラクストンが両手で肩と腕と胸、お尻と脚までまさぐった。ソフィアは親密な手の感触に息をのんだ。「ときどき、撃たれてもわからないことがある。あとになるまで痛みを感じないことがあるんだ」

ふたたび頬に手を当てられたので、ソフィアはその手をつかんだ。「怪我はしていないわ、クラクストン」

夫がうなずき、親指の腹で頬をそっと撫でた。優しいしぐさを見せながらも、目に怒りを湛《たた》えている。「ここにいろ。壁の裏に」

しかしクラクストンが立ち去ってすぐに、ソフィアは腹這いで壁の角まで進んだ。夫が心配でならなかった。どれほど惨めな思いをさせられようと、死んでほしいとは思わない。

レディ・メルテンボーンはまだ路地のまんなかに横たわり、雪に顔をうずめて泣いていた。

コートもマントもまとっていない。昨夜ウォルヴァートン卿の誕生パーティーで着ていたあのドレスだけだ。ヘイデンが伯爵夫人をかばう位置に戻って、二丁のピストルの撃鉄を起こして身構えていた。ヘシアンブーツのかかとで伯爵夫人をつつく。

「おい、あなた」大声で言う。「起き上がって、あの壁の裏に隠れなよ」

クラクストンが、つい先ほどのソフィアの宣言を打ち消すかのように、英雄そのものという様子で、一度も歩調をゆるめずにまっすぐレディ・メルテンボーンのところへ行き、その両腕をつかんだ。ぞくぞくするような眺めであることは否定できなかった。夫が助けようとしているのが、あからさまに夫を愛人にしたがっている女だという嘆かわしい事実を除けば。

「あの野郎がまた撃ってくるぞ」ヘイデンが警告して、武器を持ち上げた。上階の窓の暗い内側から、古風な三角帽子とたるんだタータンズボンを身に着けた小柄な男性が見えた。片方の手でピストルを、もう片方の手で陶器の水差しを振り回している。

「わたしの妻を寝取るつもりだな？」メルテンボーン伯爵が、ろれつの回らない口調でわめいた。

ヘイデンが引き金を引いた。パーン。武器が反動で揺れた。伯爵の三角帽子が回転しながら落ち、はげ頭があらわになった。もう一発の銃声――メルテンボーン伯爵が撃ったピストルの――がすぐあとに響いた。

クラクストンのブーツの数センチわきで、白い雪が扇状に飛び散った。

「クラクストン」ソフィアは叫んだ。もしかすると悲鳴をあげたのかもしれない。あのキスの記憶を残して、今夫が死んでしまったら、わたしはどうしたらいいのだろう。

レディ・メルテンボーンは人形のようにぐったりしたままだった。公爵が肩に担ぎ上げ、ソフィアがかがんでいる場所まで運んできた。ヘイデンがピストルで窓を狙いながらついてくる。

そのとき、宿屋のなかから、がしゃんという大きな音が聞こえた。男たちの集団が、腕を振り回しながら伯爵の上に覆いかぶさった。悪態が路地じゅうに響き渡った。最初はやかましかったが、とらわれた者がなかへ引っぱりこまれると、徐々に静かになった。

レディ・メルテンボーンが、クラクストンの脚に両腕を巻きつけてすすり泣いた。「あなたは命の恩人だわ」

ヘイデンが悪態をつき、ぐるりと目を回してあきれ顔をした。

クラクストンが伯爵夫人の体を引き離して、まっすぐ立たせた。ぐいと押して、まるでジャムだらけの手と顔をした子どもを母親に引き渡すかのように、ソフィアのほうへ導く。アナベルは、歯をがちがちと鳴らして震えていた。ソフィアはこの女の体に腕を回す気にはなれなかったが、身を遠ざけなければいくらかこちらの体温が伝わって、ひどい風邪を引くこともないだろうと考えた。

クラクストンが弟を冷ややかな目でにらんだ。「なぜメルテンボーン卿がぼくを殺そうとするのか、きいてもいいか？」

ヘイデンがもじもじと足を動かし、ピストルの銃身を袖口で磨いた。「ああ……その、伯爵は、昨夜自分の妻が、兄さんと逢《あ》い引《び》きしたと信じてるからさ」

ソフィアの心臓が止まった。束の間ではあっても、反射的にヘイデンの言葉を信じたからだ。

「それはおもしろい」クラクストンが憤りをこめて言った。「伯爵の妻と逢い引きをした記憶などまったくないな」

「細かいことはいいじゃないか」ヘイデンのくすくす笑いは不安げな響きを帯びていた。ピストルを腰のホルスターに収める。「幸い、何もかもうまくいった。ぼくたちはみんな、まだ生きてる」

ソフィアは肩の力を抜いた。ヘイデンの答えは、昨夜のクラクストンの話を裏づけるものだった。それが気になるわけではないけれど。ふたりはもうすぐ別れるのだから……。そうでしょう？　なぜクラクストンはあんなキスをして、すべてを混乱させてしまったのだろう？

公爵がヘイデンのクラヴァットをつかみ、弟を石の壁にたたきつけた。

「あうっ」ヘイデンが叫び、見るからに痛そうに目をつぶった。

「お願い」レディ・メルテンボーンが泣き叫んだ。「わたしのことでけんかしないで。あなたたち兄弟でしょ。家族でしょ」

ソフィアは、笑い出したいような奇妙な衝動を覚えた。

クラクストンがヘイデンをまっすぐ見据えてどなった。「そんな偽りを、ぼくの妻の前で、たいした問題ではないと言うのか？　メルテンボーンは公爵夫人を殺すところだったんだぞ」

ヘイデンが降伏のしるしに両手を頭のわきに上げた。「昨夜、あそこの宿屋で目を覚ましたら、メルテンボーン卿が顔にピストルを突きつけて、兄さんはどこにいるときいてきたんで、すぐに誤解を正す気にはなれなかったんだよ」

「楽な逃げ道を選んで、別の人間に後片づけを任せるやりかたは、いかにもおまえらしいな」クラクストンがうなって、弟から手を離した。「公爵夫人に謝れ」

ヘイデンが、しわくちゃになったベストの前身ごろをぐいと引いて整えた。ソフィアの目を見て言う。「心の底からお詫《わ》びします、公爵夫人。失礼なことをするつもりじゃなかったんです。決して嘘じゃありません」

ソフィアはうなずいた。まじめな口調に聞こえたし、謝罪を受け入れるのが正しいように思えたからだ。

「顔にピストルを向けられたことはないわ」ソフィアは応じた。「そんな経験をすれば、一瞬、真実をめぐる優先順位が変わってしまうかもしれないわね」

それでも、ヘイデンが誤解を正さなかったせいで、ソフィアの結婚生活に関わる苦難がさらに複雑になった。いくら雪に埋もれているとはいえ、間違いなく村じゅうが、うわさで持ちきりだろう。

ヘイデンがクラクストンに向かって言った。「いったいなんでここに来たんだ？　椿屋敷にとどまっていればよかったのに。ブランデーが底を突けば、事態は収まるはずだったんだ」

四人は小さな中庭を横切って、宿屋のほうへ向かった。ソフィアはクラクストンと並んで歩いた。レディ・メルテンボーンが両腕で自分の肩を抱き、足を引きずってついてきた。戸口から入ると、窓のところに群がっていた村人たちが奥の壁のほうへ後ずさりして、静かなさざ波のように軽く頭を下げたりひざを曲げたりした。どちらのほうが、より恥ずかしいだろう？　夫とその弟と、妻を寝取られたと叫ぶ伯爵が入り乱れる銃撃戦を目撃されたこと？　それとも、その少し前に、クラクストンとの場所柄をわきまえないキスを目撃されたこと？

ソフィアは目をしばたたいて、暗い室内に目を慣らそうとした。休憩室には、ごくふつうの動きとざわめきが戻っていた。入ったときは気まずかったが、燃える薪とエールとジンジャーブレッドが交じった香りに五感をくすぐられた。そして部屋の暖かさにも。暖炉と窓の上には、クリスマスの緑葉が飾られていた。宿り木が部屋の中央のシャンデリアを囲んでいる。不思議なことに、その木製の照明器具の下に、ひどく地味な少女が不格好なマントをまとって、頑なな表情で座っていた。部屋は村人たちで混雑していたが、少女のまわりの誰もいない空間はつらい事実をはっきり物語っていて、ソフィアは一瞬、自分の苦しみを忘れた。

上階から、どなり声とばたばたと何かをたたく音が聞こえ、メルテンボーン卿を落ち着かせようという努力がまだ続いていることがわかった。クラクストンが絨毯の上にソフィアの旅行鞄を置き、それ以外の前置きもなく、ヘイデンからピストルを取り上げた。「すぐに戻ってくる」夫がピストルを手に、階段をのぼっていった。ヘイデンが義務にまつわることを何かつぶやき、あとに続いた。

「なんとまあ！　先代の公爵さまにそっくりじゃのう」しわだらけの老人が驚いた声で言った。

「気味が悪いほどさね」別の老人が応じた。

「まったく」

「似てるのは、見た目だけにしてもらいたいものじゃな」

きびきびしているが優しげな表情をした女性が暗がりから現れ、お辞儀をした。「公爵夫人でいらっしゃいますか？」

「ええ」

女性が温かな笑みを浮かべた。「あたしはストーンの女房です。亭主とあたしで、この安宿をやってます。公爵夫妻にお越しいただけるなんて、ほんとうに光栄に存じますわ。村じゅうが、この三年、新しいクラクストン公爵のご訪問をわくわくしながらお待ちしてましたの」

「ありがとう、ミセス・ストーン。ここはとてもすてきな宿屋ね。ジンジャーブレッドのおいしそうな香りもしているわ」

宿屋の女将《おかみ》が、林檎《りんご》のように頬を赤くして言った。「クリスマスを楽しむには、冬将軍を部屋のなかに入れないようにしないとね」

「こんなにひどい雪は、ほとんど見たことがないわ。この村に来たのは、きょうロンドンへ出発できるかどうか知りたいと思ったからなんだけれど」

「あら、まさか、奥さま」女将が皮肉っぽいくすくす笑いを漏らした。「駅馬車が道路を走るにはあまりにも雪が積もりすぎてますし、川には一面に氷が張ってますよ。氷上祭りにはまだじゅうぶんじゃないけど、安全のために渡し船を出さないでおくくらいにはね。三年前の悲劇のあとは、誰も出かけたがらなくなったんです」

「どんな悲劇だったの？」

ストーン夫人がまじめくさった顔をした。「地元の渡し船の船長が、最後にもう一回石炭を運ぼうと考えたんですよ。でも、氷のかたまりがあってね。渡し船は粉々になって、沈んじまったんです。船長とまんなかの息子が亡くなりました。家族にとっても、もちろん村のみんなにとっても、そりゃあつらいことでしたよ」

「ええ、そうでしょうね、わかるわ」ソフィアはつぶやいた。「なんて恐ろしいのかしら」

クラクストンから逃げたいとどれほど強く望んでいても、自分の都合や満足のために誰かの命を危険にさらすつもりはなかった。つまり、少なくともあとひと晩は、レイスンフリートにとどまるしかなさそうだ。

ストーン夫人がさらに続けた。「レイスンフリートが雪に閉じこめられるのはこれが初めてじゃないし、最後でもないでしょう。だから、できるかぎり準備を整えてますよ。火のそばに座って、雪解けを待つしかないとしてもね」

状況がはっきりしたので、ソフィアは案内されるまま、布張りされた肘掛け椅子のほうへ向かった。椅子には華やかな青いマントが掛かっていた。昨夜目にした憶えのある衣装だった。ストーン夫人が楽しげにふんと鼻を鳴らして、そのマントを暖炉から少し離れた場所にある小さめの古びた椅子の上に放った。

「宿り木がお祝い気分を高めてくれるわね」ソフィアは言った。「暖炉の上にはリースも掛かっているわ」

宿屋の女将がクッションを整えた。「年寄りのなかには、クリスマスイブ前に緑葉を飾ると悪運を招くと言う人もいるけど、あたしは気にしません。レイスンフリートの運は、これ以上悪くなりようがないんだから」皮肉っぽく笑い、横目でこちらを見て、額にしわを寄せる。

明らかに、レイスンフリートの運についてもっと尋ねてもらいたがっているようだったので、ソフィアはそうした。

ストーン夫人がエプロンの前で両手を握り締めた。「不作や失業。誰に起こってもおかしくありません。きっといいほうに向かうと信じてるけど、わびしいクリスマスを過ごす人もいます。でも、これだけはお伝えしておきますよ」小声で続ける。「もし公爵さまが椿屋敷をあけて、きちんと使用人を雇うことになされば、家事手伝いにうってつけの人たちは山ほどいますからね」

「必ず公爵に伝えておくわ」ロンドンに戻れば、いつでもクラクストンに手紙を書くことができる。自分の言葉にどれほど影響力があるのかはわからないけれど。

ソフィアはふたたび部屋の中央に視線を向けた。シャンデリアの下には、まだあの少女が腕を組んで座っていた。「あの娘さんは、いつから宿り木の下に座っているの？　きっと、どこかのハンサムな若い男性のキスを待っているのよね？」

「あれはシャーロットです。かわいそうな子」ストーン夫人がため息をついて、首を振った。「孤児院で育ったんだけど、大きくなりすぎてもういられなくなって、住むところがないんです。うちの流し場でちょっと働いてもらって、厨房に寝かせてやってます。でも、いつまで置いてやれるか、わかりませんねえ」

シャーロットの頰にはみごとな茶色の髪がだらりと垂れかかり、身に着けているペティコートはすっかり擦り切れていた。しかし少女は堂々と胸を張って椅子に座り、その顔は誇りと決意を絵に描いたかのようだった。少女に関するすべてが、ソフィアの胸を揺り動かした。

「どうしてもキスが欲しいのかしら？」

「キスだけじゃないと思いますよ」ストーン夫人がウインクした。「夫が欲しいんです。正確には、あそこにいる長いブーツをはいた、脚のひょろ長い農夫がお目当てなんですよ。やもめで、ぜひとも母親が必要な子どもをふたり抱えてます。ただ、ここに来てから二時間、一度もシャーロットのほうは見てません。残念なことに、ほかの男たちもね」

「これでは、シャーロットはがっかりしてしまうわね」

ソフィアが腰を下ろすと、ストーン夫人が温かいマグを両手のなかに押しつけてから、わきのテーブルにジンジャーブレッドの皿を運んできた。ソフィアは紅茶のかぐわしい湯気を吸いこみ、ジンジャーブレッドを味見した。ロンドンの屋敷で働く料理人のレシピより、スパイスの配合でまさっているようだ。頭上から、クラクストンの大声が聞こえてきたが、何を言っているのかはわからなかった。

レディ・メルテンボーンが近づいてきて、ソフィアに刺すような視線を向けた。ふうっと息を吐いてから粗悪な椅子に座り、腕を大げさに振ってマントをまとう。そして小さなビーズの小物入れから鏡を取り出し、自分の姿を見つめて、頰をつねったり、唇をすぼめたりした。とはいえ、アナベルは鏡を見ているのではなく、わたしを見ているのだ、とソフィアは気づいた。見つかったことを知った伯爵夫人が、目をそらした。

ソフィアは椅子に座ったまま、身を乗り出した。「あなたは既婚女性なのよ。伯爵夫人でしょう」声をひそめ、アナベルだけに聞こえるようにする。「世間の人があなたとメルテンボーン卿のことをどう思うか、どう言うか、気にならないの?」

「もちろん気になるわ。わたしがこの人たちの注目を浴びたがっていたとでも思うの?」アナベルが、宿屋とそのなかにいる人々を手で示しながら、嚙みつくように言った。「伯爵は、お酒を飲むと、誰より分別のない乱暴な人になるの。わたしにすごく腹を立ててるけど、わたしだって同じくらい夫に腹を立ててるのよ——でも……でも……ああ、こんなこと、あなたに話したくないわ」

伯爵夫人がくるりと椅子の向きを変え、唐突に会話が終わったことを示した。ソフィアもそのほうが都合がよかった。ほかにこの女に言うべきことはなかったからだ。少なくとも、宿屋にひしめく村人たちの耳に入れるべき話はない。そこでソフィアは茶を飲んで満足することにして、苛立ちを胸に納め、村人たちの活気に満ちたおしゃべりに耳を傾けた。

「伯爵かどうかなんて関係ないよ。人を撃たせるわけにゃいかないね」若い女性が言って、いくつかに分けたトランプの山を数え上げた。

「そりゃそうさ」ゲームの相手が同意した。「通りに殺し屋がいちゃ困るよ。こんなにクリスマスが近いってのに」

ソフィアは暗い気分でため息をつき、最初から認めるべきだったことをようやく認めた。クラクストンから逃げるためにレイスンフリートへ行こうと性急に決めたのは、ほんとうに愚かだった。しかし、祖父の健康状態が落ち着かないこともあり、クリスマスまでには絶対に帰りたかった。これが祖父の最後のクリスマスになってしまったら？　こうしている今も、悪いほうへ向かっていたら？　そう考えると耐えられなかった。あと六日ある。冬の嵐が、そんなに長くわたしをここに閉じこめることはないだろう。

「おかわいそうな公爵夫人」ひとりの女性がささやいた。しかし声が大きくはっきりしていたので、ソフィアにも聞き取れた。「あんなに若くてきれいなのに、あそこに座ってる、公爵さまのあばずれ女に我慢しなくちゃならないなんて」

誰かが鋭い声でしーっと言って、その女性を黙らせた。

ソフィアはカップをぎゅっと握り締めた。おかわいそうな公爵夫人。わたしのことだ。アナベルは気づいていないようで、となりの女性に小声で何か言っていた。女性がアナベルをにらみ、ふんと言ってテーブルの反対側に移動した。

アナベルは少しも動じず、部屋全体に向かって問いかけた。「誰か、女性の髪をきちんと整えられる人はいるかしら？」

ソフィアは自制心をかき集めて、どうにか座ったままでいた。突然、アナベルの髪を思いきり強く引っぱって〝整えて〟やりたいという激しい衝動に襲われた。

階段を下りるブーツの音が聞こえてきた。村人たちはふたたび静まり返った。まずヘイデン、次にクラクストンが現れた。暗がりから現れた、しなやかなふたりの巨人。

公爵の目が部屋を探り、ソフィアを見つけてぴたりと止まった。ソフィアの心臓が跳ね上がり、口のなかがからからに乾いた。

どうしてあのキスを忘れられるだろう？　あの情熱の瞬間が、死に至る病のように体に染みこんでしまったのではないかと思うと怖かった。ふたたびクラクストンの姿を見たとたん、体を襲った急激な興奮――それと頰に広がる熱さ……間違いなく、体の別の部分にも広がった熱さを、ほかにどうしたら説明できるだろう？　クラクストンは何も言わずに、ピストルの取っ手を弟に向けて返した。

公爵の後ろの暗い階段から、男たちの集団が現れた。公爵家の御者や馬丁たちだ。彼らは乱暴なメルテンボーン卿に付き添っていた。伯爵を隅の椅子に座らせ、ふたりがその場に残って見張りに立つ。どちらの使用人もしわくちゃの服を着て、たいへんな夜を過ごしたあとの疲れた表情をしていた。どうやら、ゆうべ椿屋敷への旅を引き受けた者は誰も、村から出られなかったようだ。

そのあいだに、伯爵夫人は気の合う友人を見つけていた。大きなラッパ形補聴器を耳に当てている村の老婆《ろうば》だった。

「きのうの夜は、夜会服のまま、ここで寝なくちゃならなかったのよ」アナベルが絹のオーバースカートを持ち上げた。どうにもならないほどしわくちゃになって、解けた雪の筋がついている。「手を貸してくれる侍女さえいないんだから」

「なんとおっしゃいましたかのう？」老婆が叫び、身を乗り出して、金属の管の広がっている部分をアナベルの口に近づけた。

隅の椅子から、アナベルの夫が甲高い声で言った。「だったら、おまえの居場所である家にじっとしている方法を学べばいい」

アナベルががっくりとして、片手を額に当てた。苦しげな低いうめき声をあげる。

クラクストンがいちばん年上の御者に話しかけた。「おまえがここにいるということはつまり、川は凍っていて、渡し船は運休しているんだな？」

ソフィアは椅子にぐったり沈みこんだ。自分の不運な状況が、またもや確かめられるのを聞きたくはなかった。

「そのとおりです」年配の御者が、帽子の下から疲れた顔をのぞかせてうなずいた。「メルテンボーン卿の馬車が最後に到着したあと、わしたちは誰も、帰途につくことは許されませんでした。渡し船が、途中で氷に閉じこめられるといけないからです。きのうの晩、わしたちはみんな厩で馬たちといっしょに寝ました。もちろん、ヘイデン卿とメルテンボーン夫妻は、身分の高いかただから、二階の部屋を使われました。宿屋の夫婦はとても親切にしてくれました」

「ふむ、それでは」クラクストンがうなずいて、ソフィアに意地の悪い満足そうな目つきを向けた。「氷が解けるまで待つほかに、することは何もないということだな。とりあえず、できれば厩を見て、馬がきちんと世話されているかどうか確かめておきたい」それからソフィアに言った。「ぼくが戻るまで、ここにいられるか？」

ソフィアは持ち上げたマグ越しにうなずいた。「ええ。ジンジャーブレッドがあるから」

むしろストーン夫妻の宿屋にならあしたまで、必要ならあさってまでもいられる。

外の雪のなかで交わしたキスが、ふたりきりになったときに起こりうることを暗示しているとすれば、どうにかしてもう二度とあんなことがないようにしなくてはならない。ああいうキスは、女をとりこにする。クラクストンのような男のとりこになるほど悪いことはほかにない。決して女のとりこにはならないのだから。もう思い知ったのではなかったの？　熱烈に夫を愛したが、最後には、自分の愛が夫をつなぎ止めるにはじゅうぶんでなかったことを知った。もう一度同じ間違いを犯すような愚かなまねはしたくない。

クラクストンが戻る前に手配を整えておいたほうがいいので、ソフィアはカップを置いて立ち上がった。部屋の奥に、ストーン夫人と同じエプロンを着けた男性が座っていた。あの人に頼んでみるのがいいだろう。

宿屋の亭主は、少なからず驚いた表情でソフィアを見た。おそらく、クラクストン公爵夫人が丘の上の壮麗な屋敷よりも込み合った煙っぽい村の宿屋のほうを選ばなければならないどんな事情があるのか、想像もつかないのだろう。

「あいにく公爵夫人、うちには三部屋しかありませんで、今はぜんぶ埋まっております。レディ・メルテンボーンがお部屋を共用してもいいとおっしゃるなら――」

「それはだめだわ」ソフィアは答えた。どうしたらいいかわからず、背を向ける。

アナベルが目の前に立っていた。「そんなにここにとどまりたいなら、わたしの部屋を使っていいわよ」片方の細い眉をつり上げる。「わたしがクラクストンといっしょに家に戻るから」

ソフィアはあんぐりと口をあけた。怒りで髪が逆立ちそうだった。あたりを見回し、伯爵夫人の恥知らずな提案が誰にも聞かれなかったかどうか確かめる。聞かれていたとは思わなかったが、部屋の誰もがふたりを見つめ、けんかが始まるのを待っているかのようだった。

「度が過ぎるわよ、アナベル」ソフィアは押し殺した声で言った。

伯爵夫人がかわいらしく目をしばたたいた。「健全なユーモアの感覚を持つ公爵夫人には、お目にかかったことがないわ。結婚すると同時に失ってしまうの、それとも、そういうふうに生まれ育つの？」

不意にストーン氏が近づいてきて、軽く会釈した。「お話し中、失礼します、公爵夫人。メルテンボーン卿が、今夜は休憩室で眠ってもいいと申し出てくださいました。公爵夫人がお部屋を使えるようにとのことです。それでよろしいでしょうか、奥さま？」

ソフィアは、部屋の向こうにいる伯爵のほうをちらりと見た。伯爵が首を傾けて微笑んだ。

「ご遠慮なく、公爵夫人」

見張り役をしているふたりの馬丁が、おもしろがってくすくす笑った。

突然、誰かが暖炉の明かりをさえぎり、ソフィアたちの上に影を落とした。

「そんな取り決めには、当然ながら同意できないな」クラクストンがすごみのある低い声で言った。「ぼくとしては。公爵夫人は、ぼくとともに椿屋敷に戻る」

「かしこまりました、公爵さま」ストーン氏が甲高い声で答え、軽く会釈して、できるかぎりすばやくその場から退いた。

クラクストンの怒りのまなざしに、ソフィアは息もつけずにいたが、夫が乱暴に会話に割りこんできたことに腹を立ててもいた。

「わたしは命令どおりに動くあなたの所有物じゃないのよ」ソフィアは歯を食いしばって言った。

クラクストンが身をかがめ、ソフィアの頬に息を吹きかけるようにして言った。「書類が作成されて署名を済ませるまで、ぼくはまだあらゆる意味できみの夫だ。この宿屋に部屋を取って、ぼくに恥をかかせないでくれ」

「避けたかったのが、恥をかくことだとしたら」ソフィアはむせぶように言った。「とっくに手遅れだと思うわ」

しばらくしてから、扉の近くで宿屋の女将が、パンとチーズと焼いた二羽のホロホロ鳥が入ったかごをソフィアに手渡した。クラクストンがストーン氏に、使用人たちの部屋と食事を引き続き確保してくれるよう頼みに行った。それが終われば、出発の準備は整う。ソフィアは泣きたいような気分だった。宿屋はとても暖かくて、やっと両足の感覚が戻ってきたばかりだというのに。

そのときになって、シャーロットがもう宿り木の下に座っていないことに気づいた。今は、数分前にソフィアが空けた椅子に腰かけている。その後ろにはレディ・メルテンボーンが、小さな櫛を手にして立っていた。

「それじゃ、いいわね、ミス・シャーロット。わたしがあなたの髪を、ピンできれいなカールに整えてあげる。やりかたをのみこめば、次はあなたがわたしの髪を整えられるでしょ。若い女性はみんな、祝日にはきれいな髪にしてもらうのが当たり前なのよ。わたしたちだって、例外じゃないわ」

シャーロットは、恐怖と喜びの中間のような表情を浮かべていた。「ありがとうございます、奥さま。できるだけがんばってやってみます」

アナベルがシャーロットの髪を櫛でとき分けた。「わたしが子どもだったころ、父はわたしと三人の妹たちのために侍女を雇ってくれなかったの。むだな出費だと言ってね。だからわたしたちはみんな、お互いの髪の整えかたを学んだのよ。今のわたしはとっても甘やかされた女だから、侍女をひとりじゃなくてふたり持ってるの。ひとりはわたしの髪と毎日のお化粧を、もうひとりは衣装と二匹の犬を世話するのよ。ああ、わたしのわんちゃんたち！今は、ダイヤモンドとパールのことは考えられないわ。考えたら泣いてしまいそう」目をそっと押さえる。少しして、アナベルは落ち着きを取り戻した様子で続けた。「髪を整えるのはとっても簡単よ――ほんとに――ぜんぶをきちんと分けるやりかたさえ覚えればね。ピンが足りればいいんだけど」

クラクストンが、ソフィアとストーン夫人のところに戻ってきた。

「少し待って」ソフィアは言って、かごをクラクストンに手渡した。旅行鞄の上にかがみこむ。それから、伯爵夫人とシャーロットに歩み寄った。

「レディ・メルテンボーン、足りないかもとおっしゃっているのを耳にしたものだから」ソフィアは小さな箱をアナベルに差し出した。伯爵夫人が櫛ですいたり分けたりするのをやめて、目を見開き、口をぽかんとあけてこちらを見つめた。「余分がたくさんあるのよ」

シャーロットがうれしそうに小さく息をのみ、クリスマスキャンドルのように顔を輝かせた。

「ありがとうございます、公爵夫人」勢いこんで言う。「奥さまも伯爵夫人も、なんてご親切なんでしょう」

アナベルがソフィアをじっと見据えたまま、箱に手を伸ばした。その目は涙でいっぱいだった。

「ええ」震える笑みを浮かべる。「ほんとうにご親切に」

ソフィアはクラクストンのところへ戻った。夫がソフィアの腰のくびれに手を当てて、戸口へ導いた。表面上、思いやりのある夫を演じるためだろう。しかしちらりと目を向けただけで、顎がこわばっているのがわかった。ソフィアが宿屋に部屋を取ろうとしたことに、まだ怒っている証拠だ。

ヘイデンが首に襟巻を巻きながらついてきた。

「どこへ行くつもりだ？」クラクストンがソフィアの鞄を手に取った。

「いっしょに」ヘイデンが答えた。「椿屋敷へ。あっちならもっとたくさん部屋があるし、思ったより兄さんが怒ってる場合を除けば、誰もぼくを銃で撃とうとはしないからな。迷惑はかけないと約束するよ」

「おまえはすでに迷惑をかけている。ここにとどまって、自分が取り散らかした後始末をしろ」

ヘイデンが早口で何か言ったが、クラクストンは言い争いが始まる前に、扉を引いてしっかり閉じた。

外に出て、ソフィアから手を離す。まるで、たった今腐った果物に触っていたことに気づいたかのようだった。

「自分の目が信じられない」クラクストンが嚙みつくように言った。「今度は、レディ・メルテンボーンと仲よくなったって？　しかも宿屋に部屋まで取って？　ふたりでぐるになって、ぼくに恥をかかせるつもりか？　本気なのか、ソフィア？」

「部屋を取るのが道理にかなったことに思えたのよ。わたしたちの現在の状況を考えると」

「ぼくたちの〝現在の状況〟だって、まったく。それを好転させるつもりはないんだろう？」クラクストンが帽子をかぶり、蔑みの表情を浮かべながら雪に覆われた階段を下りた。

「ふたりきりになったとき、どんなことが起こると恐れているにしろ、心配するな。二度と起こらないから」

「どういう意味？」

「どういう意味かはわかっているだろう」クラクストンが険しい声でつぶやき、一歩ごとにブーツで雪を踏みしめながら遠ざかっていった。

もちろんソフィアにはわかっていた。クラクストンは二度とわたしにキスしない。

「ええ、けっこうよ」ソフィアは背中に向かって叫んだ。「それがいちばんだわ。ちっとも楽しくなかったし」しかし裏切り者の心は、嘘をついたことを大声で謝っていた。

クラクストンは笑い声をあげたが、歩調はゆるめなかった。

雪が強い風に運ばれ、路地全体に斜めに吹きつけていた。ソフィアは重いため息をついて、クラクストンのブーツが踏み固めた足跡をたどって歩き始めた。夜になるのが怖かった。これからの時間は、凍りついた沈黙のなか、部屋に閉じこもって過ごすことになるに違いないからだ。

　クラクストンは路地の外れまで行ってようやく立ち止まり、ソフィアを待った。もどかしそうに顎を引きつらせている。

　そのとき、古風な橇《そり》を大きな黒い荷馬に引かせた男性の姿が、椿屋敷の方向から見えてきた。馬が歩を進めるたびに、鈴の音がしゃんしゃんと耳に心地よく鳴り響いた。男がクラクストンに向かって「おーい！」と叫び、手綱を引いてくるりと向きを変えた。クラクストンは男と言葉を交わしたあと、ソフィアのほうにやってきた。

「こちらはミスター・ケトルだ。ぼくたちがレイスンフリートに到着したことを知って、奥さんといっしょに屋敷へ行ったそうだ。ぼくたちを捜しに来て、親切にもきみを丘の上まで送っていこうと申し出てくれた」

　近づいてみると、橇にはひとり分の座席しかないことがわかった。

「あなたはどうするの？」ソフィアはクラクストンを見た。

「行ってくれ」夫が無表情に応じた。「むしろひとりになる時間が欲しいんだ」

　胸がずきんと痛み、ソフィアはすぐに余計な心配をしたことを悔やんだ。

　数分後、ソフィアは温かい毛布にくるまれて橇に乗っていた。ケトル氏が鞭を軽く打つと、橇がぐらりと前方へ動き、雪の上をすべるように進み始めた。馬の鼻から白い息が勢いよく吹き出た。別の状況だったなら、この経験を楽しめたかもしれない。しかし、これほどの落胆と孤独を感じたことは一度もなかった。

曲がり角で、ソフィアは上体を乗り出して背後のクラクストンを捜したが、降りしきる雪のなかに立つ黒い影しか見えなかった。こんなふうに混乱したくはないのに！　本気で離れていてほしいのなら、どうして夫をあとに残してくることで、こんなに惨めな気持ちになるのだろう？

# 8

ヴェインにひとりで考えこむ時間はあまりなかった。ケトル氏が、公爵夫人を無事に送り届けたあと、すぐに橇で戻ってきたからだ。しかし、橇に乗りはしなかった。この大きな体で乗ろうとすれば、徒歩での十五分を節約するだけのために、ぎこちなく両ひざを耳にぶつけるようにして座らなければならない。だから、妻が宿屋に部屋を取ろうとして恥をかかせたこと——しかもブーツが脱げるほどのキスをしたあとで——について腹を立てる代わりに、ケトル氏と並んで歩き、領地に関していろいろなことを話し合った。それはありがたい気晴らしになってくれた。

しばらくそうやって時を過ごしたあと、ヴェインは玄関広間に足を踏み入れた。

この二十年、人生においても戦線においても、人類が差し出す最悪の場面に、ほとんど動悸さえ覚えずに何度も向き合ってきた。しかし今、古い屋敷の戸口でブーツの雪を落としながら、ヴェインは体じゅうを低くざわめかせる震えを懸命に鎮めようとしていた。すぐにでも振り返って逃げ出したいという衝動を。

予想していたとおり、小柄な女性が暗がりから、過去からこちらへ駆けてきて、両手を丸々とした頬に押し当てた。

目に涙をあふれさせて叫ぶ。「公爵さま。あなたなのですね」きらきらしたまなざしで賞賛するように、頭のてっぺんから足の先までじっくりヴェインを眺める。「すっかり立派になられて」

数えきれないほどの思い出が恐ろしい勢いで押し寄せてきたので、ヴェインはのみこまれないように急いで防御を固めた。

そう、間違いなくケトル夫人だ。粉々になった子ども時代のたくさんのかけらと同じように、ヴェインが置き去りにした女性。しかし、この人を忘れたことはなかった。

会わずにいたあいだに、ケトル夫人の髪は白くなり、ほぼ確実に三十センチは背が縮んでいた。一瞬、ケトル夫人が抱き締めるつもりなのではないかとヴェインはおびえた。そんなことをされたら心がばらばらに砕け、子どものように泣き出してしまうに違いない。

「あらいやだ！」ケトル夫人が叫んで、急にまじめな顔になった。「わたしったら、身のほどを忘れて」

この上なく厳粛な態度でひざを曲げてお辞儀をしてから、顔をしかめてよろめく。こういう身ぶりをすることに居心地の悪さを感じているのは明らかだった。

母の家庭では、きびしい礼儀作法はほとんど求められなかった。ヴェインが思うに、クラクストン公爵夫人の家政婦と、あらゆる仕事をこなす侍女の役も務めたこの女性は、忠実な使用人というだけでなく、最後には母のいちばんの親友でもあったのだろう。ヴェインは、ロンドンの屋敷にいる使用人たちには最大限の礼儀正しさを求めていたが、ケトル夫人とその夫はそういう制限から除外してもいいと考えていた。

ヴェインはケトル夫人を優しく助け起こした。「ぼくも、あなたに会えてとてもうれしいよ」

ケトル氏が妻の背後に姿を現した。頑固なこの男は、橇を裏に回して、いつもどおり使用人用の扉から入ると言い張ったのだ。かつては巨人のように大柄だったが、今では年をとって腰が曲がっている。ヴェインの外套と帽子と手袋を受け取り、従僕の役を務めてくれた。ソフィアも、帽子とロングコートを脱いだ姿で出迎えた。

「最後にお会いしたとき、ヴェインさまは十六歳だったんですよ」ケトル夫人がソフィアに言った。その瞬間、人生の二本の道、過去と現在がぶつかり、ヴェインは息もつけなくなった。家政婦がすすり泣き、ハンカチで鼻をかんだ。

十六歳。その少年のことはほとんど思い出せなかった。今では千歳も年をとったような気分だった。

ケトル夫人が、すばやく落ち着きを取り戻して微笑んだ。「主人とわたしは、ずっと公爵さまのお戻りを待ってました。ずっと前に村に住むようになりましたが、ここ数年はふたりの年寄りにできる範囲で、お屋敷の準備を整えてたんです。あなたさまが戻られることを願って、ベッドにも清潔なシーツを敷いてました。公爵夫人からこちらへいらっしゃるというお手紙を受け取ったときは、ほんとうにわくわくしましたよ。でも、奥さまが――あなたさまも――クリスマス前にいらっしゃるとは思ってなかったんです。こんなに質素なしつらえで、お許しいただけるといいんですけど」

「じゅうぶんすぎるくらいだよ」ヴェインは請け合った。

ケトル夫人がほっと息を吐いた。「もっと早くうかがえなくて申し訳ありません。村の両端に、お産の近い母親がふたりいるんです。ほんの数日も置かずに、レイスンフリートにはひとりじゃなくてふたりも新しい住民が増えるんですよ。たぶん、クリスマスに間に合うわね」

ケトル夫人は昔から村で産婆の役を務めていて、今もそれを続けているらしい。ケトル夫妻自身は子どもに恵まれなかったのだが。

夫人が両手を組み合わせて、身を乗り出した。「だから、主人もわたしも、ついさっきおふたかたのご到着を知ったばかりなんです。マーティンデールの家で夜を明かしたんですよ。だって、昨夜のうちに赤ん坊が生まれると思ってましたからね。でも、そうはいかなかったわ」

ケトル氏がくすくす笑った。「子どもは自分が生まれたいときに生まれてくるのさ」

「確かにそうだな」ヴェインは応じたが、その話題についてはほとんど何も知らなかった。

ふと気づくと、ソフィアがこちらに微笑みかけていた。きっとこの場面を、領主と忠実な使用人のうれしい再会、喜びと思い出のひとときだと考えているのだろう。そのとおりではあるが、ヴェインの帰郷には、それよりもっと複雑な感情が絡んでいた。これまで一度も戻らなかったことには理由があった。

「こちらへ、公爵さま」ケトル夫人が腕を差し出した。「奥さま」

ケトル夫人が居間へ導いた。暖炉のわきに小さなテーブルが置かれ、その上に、ふたをかぶせた料理の皿がいくつかのっていた。火が部屋を暖め、食欲をそそるおいしそうな香りがしている。

「これはどうしたんだい？」ヴェインはきいた。

ソフィアが横に並んで立った。「ミセス・ケトルが夕食を運んできてくれたの」

ヴェインはずっと前から、軍人としての訓練によって、何日も食べずにいることに慣れていた。すばらしい香りを嗅いだせいで、今になってようやく、自分がどれほど空腹だったかに気づいた。前回食べたのはいつだった？　おととい？　ドーヴァーに降り立ったときには、ソフィアとの再会に胸を膨らませるあまり、食事をとるのを忘れていたのだ。それがずっと続いていた。そして昨夜はロンドンで、世界がひっくり返るような事態が起こり、食べ物のことを頭に浮かべる余裕がなくなってしまった。

「それに、見て」ソフィアが言い添えた。「クリスマスを祝う飾りつけもしてくれたのよ」

ほんとうだ。炉棚の上には緑葉のリースが飾られていた。部屋に掛かった肖像画や絵画の上からも同じような小枝が生えている。背後から、きしるような音が聞こえた。ヴェインが振り返ると、ケトル氏がシャンデリアの下に置いた椅子にのぼろうとしていた。手にした鎖から、大きな丸いものがぶら下がっている。柊と赤い林檎と蔦と、いまいましい宿り木で作られたものだ。

「キスの大枝がないと、クリスマスっていう気分がしないでしょう？」ケトル夫人がうれしそうに手をたたいた。

〝キスの大枝〟

ヴェインは目を見開いて、急いで言った。「面倒なことはしなくていいよ」

「とんでもない」ケトル氏が言った。「お若いかたがたを、またお屋敷にお迎えできてじつにうれしい。おっと――」椅子の上でよろめき、両腕を振って姿勢を保とうとする。

「お手伝いして」ソフィアが促した。

「気をつけてくれ」ヴェインは進み出て椅子を支え、ケトル氏のひじをつかんだ。「だがほんとうに、わざわざやらなくてもいいんだよ」

「クラクストン」ソフィアがやんわりとたしなめ、人差し指を唇に当てた。

鎖が固定されると、ヴェインは老人を助け下ろした。

「うまくいったぞ！」ケトル氏がにんまりした。全員が視線を交わし合い、長い沈黙が流れたあとで、ケトル氏が言った。「わしがこんなに骨を折ったのが、むだだったとは言わんでくださいよ」

ケトル夫人が期待に顔を輝かせた。

それから不意に、ソフィアがヴェインに歩み寄った。褐色の髪は、蠟燭の明かりで絹のようにつややかに見えた。頬を濃いピンク色に染め、目を明るくきらめかせている。

「クラクストンはときどき、とてもお堅くなるの」ソフィアがからかうような口調で言った。

あざけりの言葉に、胸の内の激しい動揺を抑えきれず、ヴェインは片方の眉をつり上げてソフィアをぐっとにらんだ。お堅いだって？　今、頭のなかにある明らかにお堅くない考えを、聞かせてやりたいものだ。ぼくをもてあそぶようなことを言うべきではない。宿屋の外であれほど情熱的なキスをしたあとで、ヴェインとまわりじゅうに、キスなどなんの意味もないと教えるようなことを。酔っぱらった男の銃弾で、危うく命を失いかけたというのに。

ヴェインは喉から低いうなり声を漏らした。

「ただのキスよ」ソフィアがそっけなくささやいた。

なんて腹立たしい女だ。

ソフィアはケトル夫妻のためにこうしているのだ。早くも妻の心をとらえた愛すべき夫婦を喜ばせるために。妻の心を失ってしまったぼくのためではなく。

ヴェインは視線を落とし、ソフィアのとても柔らかくみずみずしい唇から、冬用のドレスの浅い襟ぐりの上に少しだけのぞいている女らしい鎖骨《さこつ》の曲線までたどった。ソフィアは、雪のなかで交わしたキスが、ヴェインの内にひそむ荒々しい獣《けもの》を目覚めさせたことを知らないのだろう。その獣は今も欲求に駆られてほえている。もし知っていたら、こんなことは頼まないはずだ。こんなに挑発的に近づき、ヴェインの影の内側に立ちはしないはずだ。

耳の奥にどくどくと脈の音が響き、背筋の筋肉がこわばった。指先でソフィアの頬に触れ、ごく軽く愛撫する。それから顎を持ち上げ、かがみこんで、唇と唇を触れ合わせ、先ほどとはまったく違うキスをした。抑制された、上品な、苦しいほどに甘い――。

そしてほとんど始まる前に、終わってしまった。

ソフィアが後ずさりして、まるで手袋をはめたまま礼儀正しく握手しただけであるかのように、口もとをほころばせて笑った。

「ふたりとも、ありがとう」ソフィアが声高に言った。「何から何まで考えてくださって」

「すばらしいわ！」ケトル夫人がため息をついた。「なんてロマンチックなのかしら」

「最高に楽しいクリスマスだな」ケトル氏が言った。

ヴェインはさりげなく身を遠ざけるソフィアを見つめ、鼻から息を吐いた。冷たく拒まれたことに、体が不満で燃え上がった。ケトル夫妻がいなければ、手を伸ばして腕のなかに引き戻すのだが。

「おふたかた、どうぞテーブルにお着きください」ケトル夫人が微笑んだ。「ご結婚の発表を新聞で読んでからずっと、公爵さまと奥さまのためにお食事を用意するのが、わたしのいちばんの夢だったんですよ」

そう言って、ロマンチックとしか表現できないほど仲よく並んだふたつの皿のふたを持ち上げる。

「もっと上等なものを考えていたんですけど、これで我慢していただかなくちゃなりません」ケトル夫人が両手を組み合わせて、自分を卑下《ひげ》するように目を落とした。「もちろん、ロンドンの垢抜《あかぬ》けた料理人のぜいたくなお食事とは違うんですが、兎《うさぎ》のシチューは胃を温めてくれるし、次の日まで持つほど力をつけてくれますからね。さあ、座ってくださいな、公爵さま」

ヴェインはソフィアを見た。じっとこちらを見返している。

ソフィアがささやき声で言った。「礼儀正しくふるまうつもりなら、ミセス・ケトルが用意してくれた食事を楽しみましょう」

「初めて意見が一致したな」ヴェインは妻に座るように身ぶりで示し、あとに続いた。暖炉の火が背中と肩を温め、すぐにくつろがせてくれた。しかし、ソフィアが慎重に椅子をずらしてもう数センチふたりのあいだに距離を置いたことを、見逃しはしなかった。

ケトル夫人がテーブルクロスのしわを伸ばしたり、料理についてあれこれ気を遣ったり、ふたりのグラスにボルドーワインを注ぐよう夫に命じたりした。

「それからおふたりに一杯ずつ、ニーガス（ワインに湯・砂糖・レモン・ナツメグを加えた飲み物）もありますよ」テーブルにもうふたつグラスを置く。

「ミセス・ケトル、ここまでしてくれる必要はなかったのに」ヴェインはそう言いながらも、喜びで頬が紅潮するのを感じた。ケトル夫人も、褒《ほ》め言葉に喜んで顔を赤らめた。夫人は昔からすばらしく料理じょうずで、ヴェインにとって、ソフィアが出てこない夢想といえば、その料理が第一だった。

横にはソフィアが、こぢんまりと優雅に座っていた。その近さにヴェインの血が騒ぎ、あらゆる感覚が刺激された。しかし、それだけではなかった。ソフィアが自分の妻であることが誇らしかった。隣に座って、ケトル夫妻の素朴な贈り物に心から感じ入ってくれていることが。

ソフィアの小さな手が腕に触れたとき、ヴェインははらわたを締めつけられるような何かを感じて、妻の要望を聞く前にその意志に従いそうになった。ソフィアが首を傾けて、霜が複雑な網目模様を描く窓のほうにヴェインの視線を向けさせた。そこではケトル氏が、無言で不安そうな顔をしていた。

「じきに暗くなるわ」ソフィアが密やかな声で言った。「ふたりに家に帰るよう言ってちょうだい」

そうだ。気づくべきだった。

ヴェインは立ち上がった。「すばらしい食事の贈り物にすっかり気を取られて、時間と外のひどい天候を忘れていたよ。あなたたちは村へ戻ったほうがいい」

これでまた、ソフィアとふたりきりになる。避けがたいことに対してよこしまな期待をいだくべきではなかったが、いだかずにはいられなかった。

ケトル夫人がいかにも忠実な使用人らしく、エプロンの前で両手を組み合わせた。「公爵さま、わたしどもは、おふたかたがご滞在のあいだはここにとどまってお世話できるよう、ちゃんと準備してきましたから」

温かなまなざしは変わらなかったが、かすかな不安に眉をひそめ、唇を結んでいる。ヴェインは子どものころを思い出し、その表情をたやすく読み取った。

「とんでもない」ヴェインは答えた。「ぼくたちよりも、ふたりの若い女性とこれから生まれる赤ん坊のほうがあなたを必要としているんだ。それに、ぜひとも橇を使ってくれ」

「ああ、公爵さま」ケトル夫人が深い敬意をこめてお辞儀をした。「若い妊婦たちのことを考えてくださって、ありがとうございます。でも、わたしの第一の義務と忠誠心は、あなたさまと親愛なるお母さまの思い出とともに、ここにあるのです。手が必要になればあちらの家族が呼びに来るでしょうし――」

「おまえ、公爵さまに逆らうでないよ」ケトル氏が窓のそばから静かに言った。

一瞬、家政婦は夫の叱責《しっせき》にむっとしたようだったが、そのあと不意に笑みを広げた。

「わたしとしたことが、何を考えていたのかしら？　公爵さまと奥さまはまだ新婚ですもの、もちろん静かな場所をお求めなのよね。だから椿屋敷にいらしたんでしょう？　ふたりきりになるために」

ヴェインは、ソフィアとの仲がそんな状態ではなくなってしまったことに激しい後悔を覚えた。ソフィアのほうは、唇を噛んで、テーブルのごちそうに新たな関心を向けていた。

「忘れないうちに」ケトル夫人がエプロンの下から小さな鍵輪を取り出し、細い真鍮の鍵を選び出した。「こちらはリネン室の鍵、その横のこちらは――」ちらりといたずらっぽい笑みを浮かべる。「――地下貯蔵室の鍵です。ボルドーワインをもう一本、それともマデイラワインをお飲みになる場合に備えてね。あとは屋根裏部屋やら何やらの鍵ですよ」ヴェインは手を伸ばしたが、ケトル夫人はソフィアに鍵を渡した。

こうしてあっという間に、ヴェインは、疎遠な関係の妻とふたたびふたりきりになった。

長いあいだふたりは黙って食べ、それぞれが自分たちの食べ物をばかばかしいほど小さく切り、かすかな音さえ立てずに噛んで、まるで摂政皇太子殿下その人の御前《みまえ》に座っているかのように、最高の行儀作法を見せていた。

「このシチューはおいしいわね」ソフィアがつぶやいた。

「ほんとうに」

「それに、わたしたちが黙りこくっているのは、まったくばかげているわ」ソフィアが言って、小さなレーズンケーキをふたり分切った。

ヴェインは食べ物を噛む途中で動きを止めた。「なんだって？」

ソフィアが大きいほうのひと切れをヴェインの皿にのせた。「別れる計画でいるとしても、話はできるはずだわ」

別れる。何度聞いても不快な言葉だった。まるでナイフの腹でたたかれたように、ヴェインはたじろいだ。

「どんな話だ？　取るに足りない無意味な話か？」意図していたより不機嫌な声になってしまった。

ヴェインは、いつもとても表情豊かなソフィアの顔をじっと観察した。妻は何ひとつ隠しごとをしなかった。事実を誇張したり、ヴェインが聞きたがっていることだけを言ったりはしない。子どもを亡くしたとき、ヴェインはその正直さを避け、妻が自分をどう思っているかに向き合おうとしなかった。きっと自分と同じくらい軽蔑しているに違いないと思ったからだ。しかしここ数カ月は、その正直さを求めるようになった。今はそれが欲しかった——

ふたりで交わす本物の会話が。

ソフィアが首を傾けてから、うなずいた。火明かりがマホガニー色の髪と頰の柔らかな丸い曲線にちらちらと反射した。「礼儀正しい会話には価値があるわ」

「ぼくにとってはない」

ソフィアが身構えるように肩を後ろへ引き、ふんと鼻を鳴らした。「いいわ。もし話したくないのなら――」

怒らせてしまったと知って、危うくヴェインは衝動的に妻の手を握って引き寄せ、ひどい形で中断された先ほどのキスをやり直しそうになった。しかし、自分にその権利はない。昨夜ふたりが出した結論のあとでは。

「そうは言っていない」ヴェインは答えた。ソフィアのほうに体を傾け、椅子の背に腕を預ける。「無意味な話はしたくないと言っただけだ」

「それじゃ」ソフィアが期待をこめて話し始めた。「わたしは馬が好きだし、あなたもそうでしょう。馬のことを話さない？」

「いやだ」

ソフィアが顔をしかめ、緑色の目を燃え上がらせた。「そんなにぶすっとしなくてもいいでしょう。あなたが話題を選んでちょうだい」

おいしい食事と上等のワインが、人に新たな展望をいだかせる力は驚くほどだ。ヴェインはこれまで、ソフィアの別居の要求に従わなければ、紳士として失格になってしまう、あるいはソフィアを失望させてしまうと信じきっていた。しかし、別の方法があるはずだ。ふたりの必要と目的にかなう取り決めが。ヴェインはソフィアを失いたくなかったし、折り目正しい小さな妻は醜聞を求めていないだろう。こんなにも強く守りたいと望んでいる縄張りをあきらめ、あっさり歩み去っては、交渉人の名がすたる。

「ぼくたちの結婚生活について話そう」

ソフィアが濃い色のまつげを伏せて、頬に影を落とした。ヴェインはこのしぐさが好きだった。この小さな動きがどれほど魅惑的か、本人は知らないのだろう。ソフィアがケーキの中央をフォークでつついた。「ほかに言うべきことがあるのかどうか、わからないわ」

決定的な妻の言葉に、ヴェインの胸が締めつけられた。いや、言うべきことはたくさんある。どうにか自分を奮い立たせて、それを口にすればいいだけだ。

あしたの朝には氷が解けて、今朝始まったところへ戻り、別居へ向けてまっすぐ進んでいくこともありうる。ぼくは愚かだったかもしれないが、頭が鈍いわけではない。現在の状況を打ち破って、ソフィアに妻としてそばにいてほしいのなら、犠牲を払うべきなのは自分だ。騎兵は、出陣を拒めば戦いに勝てない。

ヴェインは息を吐いた。緊張で喉が詰まり、咳払いをする。「きみに、自分のことを少しばかり説明しなくてはならないと思うんだ。ただし、言い訳ではないよ。軽はずみな決断やふるまいについて言い訳するつもりはない。でも、昨夜のぼくたちの会話は早々に終わってしまったし、きみはぼくの妻として、もっと多くを知る資格があるような気がするんだ」

「反対はしないわ」ソフィアが肩をこわばらせ、目に警戒の色を浮かべたまま言った。

「いいかい」ヴェインは小さく微笑んだ。「ぼくは普段から、あまり説明が得意なほうではない。簡単には出てこないんだ。何年もかけて、鼻持ちならない高慢な男になったからね」

ソフィアがとても小さな笑い声を漏らした。ヴェインの冗談に驚いたようだ。しかし、目を合わせたのはほんの一瞬だった。

ソフィアの微笑み。もう一度見たくてたまらなかった。かつては太陽の光のように、魂をはぐくんでくれたものだった。妻が微笑むのをやめたとき、ヴェインの魂はしおれてしまった。とにかく、もう一度ソフィアを微笑ませる存在になりたかった。ぼくはばかではない。もう一度妻の愛情を得たいのなら、信頼を取り戻す必要があった。

ヴェインは言った。「陸軍の将校として、命令は質問抜きで実行しなければならなかった」

ソフィアが皿にフォークを置いた。「ええ」

「そしてもちろん、公爵になってからは、ロンドンのあらゆるおべっか使いが訪ねて来て、ぼくの新しい親友になろうとした」

「そうでしょうね」

ヴェインは部屋を見回した。なじみ深い羽目板や梁《はり》のひとつひとつを。「ぼくとヘイデンがここに住んでいたのは、ずっと昔のことに思える――」

「あなたは、お母さまやお父さまのことをあまり話してくれなかったわね」ソフィアがどこかためらいがちに応じた。「話したくないみたいに見えたわ」

ヴェインはうなずいた。クリスタルのグラスを唇に当て、ニーガスをぐっと飲み干す。そして長いあいだ黙って座ったまま、けだるさが手足に行き渡り、話を続けられるくらい感覚が麻痺してくるまで待った。

「母のエリザベスは、優しく愛情深い人だった」母の名を口にするだけで、完全には癒えていない傷がふたたび開いた。「突然の病が、母を襲った。数日のうちに、母は亡くなってしまった。ケトル夫妻が、ぼくと弟の大きな慰めになってくれた。ぼくはじつに無邪気に、ふたりを代わりの家族のようにして、このまま人生を送っていけると思っていた」ヴェインはにやりとしてみせ、つらい思い出に軽さを与えようと試みた。空《から》のグラスを手のなかで回し、クリスタルガラスがとらえた火明かりを、輝くダイヤモンドのようにソフィアの肌に映してみる。「ふたりはいつもここにいた。毎日だよ。自分たちは子どもを持っていなかったしね」

「あなたをとても大切に思っているのが、見ていてわかるわ」ケトル夫妻のことを口にすると、ソフィアの表情が和らいだ。

ヴェインは、一日分の無精ひげでざらつく頬を手でこすった。「もっと早く戻ってくるべきだった。こんなに長く放っておいたのは間違いだった」

「続けて」ソフィアが静かに促した。

「母の葬式が執り行われた朝、馬車が私道をのぼってきた。馬丁と乗馬従者と、もちろん御者がいて、全員がきちんとしたみごとな仕着せを着ていた。あれほど豪華なものは、生まれてから一度も見たことがなかった。ヘイデンが叫んでいたのを憶えているよ。ぼくたちの大好きな母さまに敬意を表するために、王さまご自身がお見えになったんだ、と」ヴェインは炉棚の上の肖像画をちらりと見た。鼻から息を吐き、怒りのかすかな震えを抑えようとする。

「でも、もちろん、それは王さまではなかった」

横でソフィアが姿勢を正し、ひざの上で両手を握り締めた。

「お父さまだったのね」ささやき声で言う。

ヴェインはしばらくじっと黙ってから、先を続けた。「あとになって初めて気づいたのは、幸せな楽園だと考えていた家、椿屋敷が、母の監獄として使われていたということだった。父は何年も前に、なんらかの裏切りを働いた罰として母をここに追放したんだ。父はそういう男だった。絶え間ない猜疑心《さいぎしん》に取りつかれているかのようにふるまい、常に存在しない罪や不実について近しい者たちを責め立てた。許しというのは、父には理解できない言葉だった。母にはその仕打ちから守ってくれる家族も保護者もいなかったから、父の意のままここにとどまり、残りの人生を貧困に近い状態で、ほとんど閉じこめられて過ごした」

ソフィアがささやいた。「そんな目に遭うほどの罪って？」

「父は、馬車で屋敷を離れる前に、ぼくとヘイデンに言った。母はあばずれ女だと」

ソフィアが突然の怒りに顔を上気させた。「母親に対するそんな口ぎたない非難の言葉を、子どもに聞かせるべきじゃないわ。特に、母親がもうこの世にいなくて、自分を弁護できなくなったあとで」

「わかってほしい。母は決して――」ヴェインは言いかけたが、不意に声がかすれた。

「もちろん、そんなはずないわ」ソフィアがきっぱりと言った。

「母は優しくて愛情深くて、ぼくとヘイデンを大切に育ててくれた。愛人と逃げてイタリアで亡くなったというわさは、すべて父が言い始めたことなんだ。耳を傾けてくれる人を見つけるたび、父が不自然な逸話を何度も何度も繰り返しているのを、ぼくは聞いた。ぼくが反論すると——いや、ぼくはその後、二度と反論しなかった」

あのときの鞭打ちで、ヴェインは三日間寝込むことになった。まるでヴェインの顔から父の残酷さを読み取ったかのように。まるで知っているかのように。妻の優しい気質と、恵まれない者に対する思いやりにはいつも感心させられた。しかし、その気持ちを受ける側になるのは、あまり居心地のいいものではなかった。

「あなたはまだ子どもだったのに」ソフィアがつぶやいた。

ここでやめるわけにはいかなかった。自分のことを説明しなくてはならない。父のことではなく。ただ、ひとつを説明しなければ、もうひとつも説明できないのだ。

「それほど長いあいだ子どもではいられなかった。当然、父の言うあばずれ女に育てられたぼくは、父の目にはあらゆる面でまったく欠陥だらけだと見なされた。レイスンフリートから引き取られて数日のうちに、ヘイデンは全寮制の学校へ送られ、その後何年も弟には会えなかった」

「あなたはどうなったの？」

「公爵はぼくを領地から領地へ、あるいはふと行きたくなった場所ならどこへでも連れ回し、みずから選んだ家庭教師たちに学ばせることを好んだ。ぼくは公爵となるにふさわしい完璧な教育を受けた。しかし、父自身が、ぼくを男として教育する義務を引き受けたんだ。自分と同じような男にするために」

「自分と同じような男」ソフィアは眉をひそめて目に恐怖の色を浮かべ、おうむ返しに言った。「それはどういう意味、クラクストン？」

ヴェインは慎重に言葉を選んだ。ソフィアには理解してもらいたかったが、父親に吹きこまれた悪徳の真の重大さを明かしたくはなかった。

「つまり、初めて売春宿を訪れたとき、ぼくは十一歳にもなっていなかったということさ」

「ヴェイン」

話し終えるまで、ソフィアの目を見ることはできなかった。今はまだ。「つまり、父は暴力と流血をとてもおもしろがったから、できるだけ大柄で残忍な使用人たちを選んで金《かね》を払い、ぼくと拳闘の試合をさせて友人たちと観戦したということさ。ぼくは徹底的にたたきのめされた。成長して力と怒りをじゅうぶんに蓄えて、逆にそいつらを徹底的にたたきのめすまで」

ソフィアが首を振った。

腕に手を置かれたが、ヴェインは席から立ち上がった。触れられることに耐えられないような気がした。こんなふうには触れられたくなかった。

「ぼくがこっそりレイスンフリートへ行ってケトル夫妻を訪ねていたことを知ったとき、父はぼくを鞭打った。ぼくが想像するに、自分という非の打ちどころのない高貴な人間よりも、卑しい田舎の使用人と過ごすことを選んで侮辱したという理由だろう。ケトル夫妻を罰するために、父はふたりを解雇して、屋敷を閉めきった」

火が揺れた。燃えさしが火の粉を散らす。ヴェインは部屋が冷えてきていることに気づき、火かき棒を手に取って、曲がった先端で火床のくすぶっているかたまりをつついた。その場を離れる前に、薪をもう一本足す。

「だから、今まで戻ってこなかったんでしょう？」ソフィアがきいた。「責任を感じていたのね。クラクストン、あなたのせいじゃないわ」

「同情はやめてくれ」ヴェインは低い声で答えた。「そのときまでには、ぼくはすでに父そっくりになっていたんだ」

「そんなこと、信じないわ」

「残りを話せば――」目を上げてソフィアの目を見る。「――信じるさ」

「それなら話して」

ヴェインは顔から血の気《け》が引くのを感じた。残っていたワインを空のグラスに注ぐ。「いやだ」

ソフィアが大きな目に真剣なまなざしを浮かべて、こちらを見つめた。

ヴェインはふたたび椅子に腰を下ろした。「そういう……堕落した生活を送っていると、ある時点で衝撃的なことが衝撃的でなくなるんだ。かつて意味のあったことが、無意味になった。振り返ってみても、ここで過ごしたときのことがほとんど思い出せない。子どもだったころ、少年だったころのあの日々が。その子は、もうぼくが知らない誰かになった」

「あなたはそのときと同じ人間だわ。ただお父さまに傷つけられて――」

「ぼくができるだけ遠回しな表現で説明しようとしているのは、椿屋敷を離れたあと、ぼくの時の過ごしかたは、勉強だろうが気晴らしだろうが、成長して陸軍に入隊したあとでさえ、将来のことは何も考えず、自分の生きかたが誰を傷つけようと気にもしなかった男のものだったということさ」

「そう」ソフィアがぽつりと言って、ひざの上で組んだ両手に視線を落とした。

ヴェインはワインを飲み干した。「ぼくたちの結婚生活に割りこんできたのは、そういう向こう見ずな過去、あるいはその残骸なんだ。そのことは、すまないと思う」

長い沈黙の時が過ぎた。

「ありがとう」ソフィアが言った。

ヴェインはひるんだ。「いや、礼など言わないでくれ。そういうつもりで話したわけじゃ――」

「でもやっぱり、お礼を言うわ」ソフィアがまじめな顔で言った。「理解したかったし、今は理解できたと思う」ヴェインはその表情が気に入らなかった。かつての自分を哀れむような表情が。理解と許しが欲しかった。同情ではなく。

苛立ちが衝動をあおり、ヴェインはソフィアの手を握って身を寄せた。「過去のふるまいで千回地獄に堕《お》ちてもしかたがないが、聖なるものすべてと、母の名にかけて、きみと結婚してから別の女性と親しい関係になったことは一度もないと誓うよ。それに、ちくしょう、ぼくは別居も、もちろん離婚もしたくない」

ソフィアが目を丸くして大きく息を吸い、ヴェインと同じくらい強く手を握り返した。

「このまま結婚生活を続けて、子どもを持ちたい」

自分の声が耳に響いてやっと、その言葉を口にできたことがわかった。これまでの人生で、一度にこんなにたくさん話したことはなかったし、ましてやここまで自分の心をあらわにしたこともなかった。裸で見苦しい姿をさらしているような気分だった。ソフィアは尻込みするだろうか？　すべてをこちらの顔に投げ返すだろうか？

ソフィアが手を離していきなり立ち上がり、窓のところへ行った。カーテンをつかんで外をのぞく。

「考える時間が欲しいの」

ヴェインの心が暗闇に沈んでいった。それは期待していた答えではなかった。

「ぼくたち両方にとって最良の解決策に思えるのに、なぜだ？」ヴェインはきいた。

「よくわからないのよ。今はもう」ソフィアがわきを通り過ぎて暖炉のほうへ行き、炎を見つめた。「詳しい事情を話してくれたことには感謝しているわ。おかげで、理解して許せるようになるかもしれない。でも、それでふたりの将来が変わると信じられるほど、わたしは単純じゃないわ」

ヴェインのなかの傷ついた獣が、歯を嚙み鳴らした。怒りと屈辱に体が熱くなる。「きみに心をさらけ出したのに、むだだったわけだ」

「やめて」ソフィアがささやいて振り返り、体のわきで両手を広げた。「お願い、やめて。そんなことは言わないで。でも、クラクストン、わかってちょうだい。きのうの晩、わたしは自分の結婚生活が終わったことを嘆き悲しんだわ。わたしの頭のなかでそれは、心の一部といっしょに死んでしまったの。以前わたしたちがいた場所に戻れるかどうか、わたしにはわからない。これからはうまくいくという保証はないわ。ふたりの人生にもう悲劇や試練は訪れないと信じたいけれど、それは無邪気な考えでしょう。もう……もう二度めは耐えきれそうにないの」

「同じ間違いは二度と犯さない。もう二度と、きみのそばから離れない」

「今のあなたはそう言うでしょうし、心からそう信じているんだと思うわ。でも、わたしにはわからない」

言うべきことをすべて言ったにもかかわらず、ふたりはまた、別れるかどうかの瀬戸際を漂っていた。ヴェインの告白が、妻をさらに遠ざけてしまった可能性は高い。いくらソフィアがそうではないと言っても。

ソフィアは、クラクストンの表情が読み取れなかった。少し前にちらりと見えた感情は、どこかへ消えてしまった。ふたたび冷静な外交官に戻って、条約を結ぶ方法を探している。

夫がたやすく静かにひとつの顔から別の顔へ切り替えてみせたことに、ソフィアはうろたえた。しかしそのおかげで、自分も同じようにふるまって、自分の利益をしっかり主張しなくてはならないことを思い出した。

「でも、今はすべてが変わった」クラクストンが穏やかな口調で言って、青い目でソフィアを刺し貫いた。「ぼくたちは理性的に話し合っているし、少なくともぼくは、結婚生活を早い段階で混乱に陥れてしまった自分の過ちを認めている。ものごとが以前のような状態に戻るのを許しはしない。ぼくはその場にいたいんだ」

「その場に？　どういう意味？」

「息子——あるいは娘——の人生のなかに。きみが子どもの教育に自分の家族を参加させたがっているのは理解できる——でも、わかってほしいんだ、ソフィア——」クラクストンがすごみのあるささやき声で言った。「ぼくはそこから閉め出されはしない」

ソフィアは夫の口調に苛立った。命令できる立場ではないはずだ。主導権を握っているのはわたしなのだから。別居を進めたいと思えば、夫が同意してもしなくても、進めることができる。ただ、子どもが欲しいのなら、協力してもらう必要があった。

ああ、クラクストンが海峡の向こう側にいれば、これほど混乱することもなかったのに。目の前に座ってこんなふうに見つめられると、呼吸を奪われ、そもそも別居を求めようとしたあらゆる理由がかすんでしまう。

「それじゃ……」クラクストンが鋭いまなざしをして言った。「どうすれば、別居の要求を取り下げるよう説得できる？」

夫の声の何かが、ソフィアの背筋をぞくりとさせた――自分の結婚生活のために闘う意志を固め、勝者となるまでその針路からそれるつもりのない男の固い決心。そう気づいても、不快には思わなかった。しかし、ふたりが幸せな結婚というものをまったく違う形でとらえていることにも気づいてしまった。ソフィアは、病める時も健《すこ》やかなる時もふたつの心が永遠に結ばれているような、愛の物語が欲しかった。でもクラクストンは、わたしをとどまらせるために、夫としての忠誠と正しいふるまいを差し出している……そのふたつは同じというわけではない。もっと多くを求めずにはいられなかった。もちろん、自分たちの住む社会では、理不尽なのはわたしのほうだ。

問題がひとつ残っている。子どもが欲しかった。子どもがいれば、別居してもしなくても、この夫婦関係になんらかの意味が感じられ、結婚によって得た名前の所有者であることを実感できる。それにもしかすると……もしかすると、生まれてくる子どものおかげで、夫婦仲をどうにかしようともっと努力できるかもしれない。息子もしくは娘が父親との関係を築き、指導を受けられるように。

ソフィアを納得させるために、公爵にできることがあるだろうか？　ひざまずいて愛を告白する以外に？　それが絶対にありえないことはわかっていた。ありえたとしても、それは見当違いで、わたしをなだめるために口にされる言葉にすぎない。

ソフィアは向き直り、確信を持って言った。「あの人たちの名前を知る必要があるわ」

クラクストンが眉をつり上げた。「誰の名前だって？」

「あなたの愛人たちの名前よ。結婚前からの情婦たち。それから結婚後に交際した女性すべて」

クラクストンが唇をゆがめ、目を見開いた。「なぜなのかさっぱりわからないな。結婚の誓いは破らなかったと言っただろう」

「それは信じるわ。でもあなたも言ったとおり、あなたの過去の残骸がいまだにわたしたちの将来に影響を与えているのよ。名前を教えてもらいたいのは、疑いや嫉妬のせいでも、復讐《ふく しゅう》できるようにするためでもないの。名前を取り下げるのなら、二度と驚かされたり、待ち伏せされたりしたくないというだけ。どういう気持ちになるか、あなたにはわからないでしょうね。ほんとうに、不快なものよ。頭に雷が鳴り響いて、顔から血の気が引いて、部屋にいる全員、おしゃべりを聞いていなかった人たちまでが、何か恐ろしくまずいことがあったらしいと気づくの。クラクストン公爵夫人が、お腹を蹴られたような顔をしているから」ソフィアは羊毛のスカートに当てた手をぎゅっと握り締めた。「それから、惨めな沈黙の余波が広がっていくの。ささやきと哀れみと、ああ、いやだ――笑い声まで聞こえる。そういう場面を喜ぶ人もいるわ」

「わかるよ」クラクストンが静かに言った。「父とともに部屋に入るたびに、同じことが起こった。父は数えきれないほどの夫婦関係を破滅に追いやった。自分自身のものだけでなく」親指で上唇をなぞり、考えこむときのしぐさをする。「ただ、人々は決して笑わなかった。その勇気はなかったんだ」

「わたしは、あなたやあなたのお父さまほど恐ろしくは見えないんでしょう」

クラクストンが顔をしかめた。「しかし、彼女たちの名前を言えと?」

夫は険悪な顔つきをしていたが、ソフィアはあとへ引くつもりはなかった。もちろん、昔の愛人の名前を知ると思うと吐き気がしたが、自分と子どもを攻撃から守れる力と自信を手に入れないかぎり、結婚生活を続けるための取り決めをして、罪のない無垢な子どもをこの世に送り出すことはできない。

クラクストンは常にそばにいて、公爵らしいひとにらみでみんなを黙らせるわけにはいかないだろう。なんらかの外交的な義務を負ったり、ジャマイカやどこか別の国へ行ったりして、ふたたび不在にすることもあるだろう。そしてわたしは以前と同じように、飢えた鮫とともにあとに残される。以前と同じ状態で、ロンドンとあの社交界に戻るのはいやだった。

「声に出して名前を言ってほしくはないわ」ソフィアは隅の小さな書き物机のところへ行き、引き出しを探って、羽根ペンとインクと紙を取り出した。「書いてちょうだい」

テーブルにのったいくつかの皿をわきによけ、クラクストンの前に筆記用具を置く。

「書きたくない」クラクストンが頑なに言った。胸の前で腕を組み、羽根ペンを手に取るのを拒む。

ソフィアは身を引いた。「それなら、あなたとわたしのあいだに、これ以上何も進展はないわね」

「これしか方法がないのか？」クラクストンが疑わしげに尋ね、白い紙を見下ろした。

「これしかないわ」

クラクストンがソフィアの手から羽根ペンを取った。

「いいだろう。お望みのままに」唇を固く結んで、上着のポケットからペンナイフを出し、巧みにペン先を整える。ソフィアはインクの瓶を振って、何度か試したあとようやくふたをねじってあけた。

「ほんとうに、これがきみの望みなんだな」夫がじっとこちらをにらんだ。

「そうよ」

「きわめて異例なことだ」クラクストンが息巻いた。「文明化された環境で、ここまでとんでもない要求に応じる領主がいるとは、とても考えられない」

ソフィアは上体をかがめて両手をテーブルに置き、夫の目をまっすぐ見つめた。「わたしたちは疎遠になった夫婦で、いっしょに雪にとらわれてしまったのよ。いつまでここに閉じこめられることになるのか、わからないでしょう。非文明的なことやとんでもないことをすべき時があるとすれば、それは今だわ」

クラクストンが目をしばたたいてから、息を吐いた。額と上唇に汗をかいてさえいた。こんなに落ち着きを失うほど、たくさんの名前があるのだろうか？　どうやらそうらしい。羽根ペンを持ち上げ、先をインクに浸したが、そのまま瓶のなかへペンを放り、明らかに苦しげな表情で、どさりと椅子に背中を預けた。

「まったく、ちくしょうめ」夫がどなった。「全員を思い出せるわけがない。ほとんど二十年の——」

「黙って！」ソフィアは口走り、手ぶりでそれ以上言わせないようにした。その先を聞きたくはなかった。「それなら、社交の場でわたしが出くわすかもしれない女性たちに限定してちょうだい。舞踏会とか、カードルームとか、買い物に出かけたときとか、そういう状況で」

「まったく、ソフィア」クラクストンがしわがれ声で言った。「これまではぼくを嫌っていたかもしれないが、この先はぼくを軽蔑するはずだよ」

「言ったでしょう、これは個人的な感情や、わたしがあなたを好きかどうかには関係ないのよ」ソフィアはクラクストンだけでなく、自分を納得させるために言った。「将来わたし自身とあなたの子どもを、どれほど不快な状況であっても威厳を持って守るために、準備を整える必要があるの」

「ぼくの子ども」夫が静かに言って、目を閉じた。深く息を吸う。「ぼくの子ども」

その厳粛な口ぶりを聞いて、昨夜までソフィアがほんとうに生き生きと心に描いていた子どもの姿が、用心するよう自分に言い聞かせている最中にもかかわらず、またぱっとよみがえった。

来年のクリスマスまでには、自分の子どもを持てるかもしれない。

とうとう、クラクストンは説き伏せられたようだった。両ひじをテーブルに突いて、両手で顔をこする。顎はこわばり、目の下は黒ずんで、不意にひどく疲れて見えた。

ふたたび羽根ペンを手に取る。ソフィアは一瞬、かわいそうに思った。夫はひどく苦しげで真剣な表情をしていた。まるで、心からソフィアを喜ばせたがっているかのように。ペン先が紙の上で動き、藍色のインクが流れて、ひとつの名前を形作った。そしてふたつ。三つ。四つ。ソフィアは目を閉じたが、かりかりという音は続き、永遠に止まらないように思えた。

ついに、クラクストンが書くのをやめた。

「追加で名前を書くのに、もう一枚紙があるかな？」

# 9

ソフィアは目を丸くした。「まさか、冗談でしょう」

クラクストンが険悪な目でこちらをにらんだ。「ぼくだって冗談だと思いたいさ。でもきみが無理に書かせたんだから、驚くのは自業自得だ」

「その紙を渡して」ソフィアは手を伸ばした。

クラクストンが目をすぼめた。「ちょっと待ってくれ。もうひとり思い出した」

大げさな身ぶりで、リストの一番下にもうひとつ名前を殴り書きしてから、ソフィアに紙を渡す。「メリークリスマス、いとしい人」

「これでぜんぶというのは確かなの？」

「ああ、確かだ」

ソフィアは顔からあらゆる感情を消して、大きく息を吸った。紙に記された情報から距離を置いて、知っている名前を見ても取り乱さないことが重要だった。ほぼ間違いなく、見ることになるだろうから。

子どもを持つという目的のために、ほんとうに許して忘れるつもりなら、感情的な反応を抑えることを学ばなくてはならない。

ソフィアは紙を見た。夫の手で書かれた最初の一連の文字を目で追う。そして次。それぞれの名前が心に刻まれるたびに、頭のなかで危険な火薬庫が小さな爆発を起こした。ひとつごとに、どんどん大きくやかましく破壊的になっていく。ソフィアは目を見開いた。唇から荒い息が漏れた。

ヴェインは低い声で悪態をついた。「こうなるとわかっていたんだ」

自分の目の前で、愛らしいソフィアが、赤く目を光らせ鼻から炎を吹き出すドラゴンに姿を変えた。少なくとも、ヴェインの目にはそう見えた。そして、こんなに美しい妻を見たのは初めてだった。

「見下げ果てた男ね」ソフィアが叫んだ。

そのときヴェインは、これまでに得たはずの足がかりをすべて失ったことをはっきり悟った。一瞬、やましさを覚え、罪を深く悔いた。しかしそのあと、身の内からふつふつと怒りがわき起こってきた。勢いよく椅子から立ち上がり、ソフィアの目の前まで行く。「きみは無理やり名前を書かせて、結婚生活を維持するにはこれしか方法がないと言った。なのに今、ぼくを見下げ果てた男と呼ぶのか？」

「そうよ」ソフィアがののしって、荒々しくリストを振ってみせたので、紙がばたばたと音を立てた。「この貴婦人たちは、ひとり残らず知り合いよ。ミセス・ペティジョン。毎週火曜の午後、お茶とカードの席でとなりに座っているわ。レディ・ガトコム。シーズン中ずっと、祖父のとなりのボックス席でオペラを観ているわ」

「こんなばかげた行為に同意したのが信じられない」ヴェインはつぶやいた。

「レディ・ノールト――」

「それをよこせ」ヴェインはリストに手を伸ばし――。

「だめ！」

ソフィアが身をよじり、ヴェインの手の届かないところに紙を遠ざけた。ヴェインは妻のウエストを腕でとらえて引き寄せた。ソフィアが両ひじと背中で押しのけようとして、尻を――くそっ、あの丸く心地よい尻を――ヴェインの股間にぴったり密着させた。こちらが気づくのと同時に、ソフィアも気づいたようだった。

息をのんですばやく顔を向け、腕を背中の後ろで曲げて、リストを渡すまいとむだな努力をする。ヴェインは両腕でソフィアを胸に抱き締め、背後を探って――。

「クラクストン！」

わざと体に触れる。ヴェインは喉の奥で低くよこしまな笑い声をあげた。

――だがそれも、妻の手首を……手を探り……そのなかにいまいましいリストがしっかり握られていることに気づくまでだった。

「それを放せ」ヴェインはうなり声で言って、指でソフィアの握った手をこじあけようとした。

「いやよ」

「それは燃やすことにする」

長いあいだ、ふたりは火のそばでこんなふうに絡み合いながら、押したり引いたり、親密なダンスを踊っていた。ソフィアが触れた体を震わせるのが感じられ、そのあと甘く……ゆっくり……腕のなかに身を預け、もたれかかった。降伏の小さなため息が唇から漏れた。

「この名前を読むのがどれほどつらいか、あなたにはわからないわ」ささやき声で言う。

ソフィアの降伏によって、ふたりの揉み合いは抱擁に変わった。丸く柔らかな乳房が、ヴェインの胸に押し当てられた。瞬く間に、頭がぼうっとしてきた。このまま放したくなかった。今の乳房の位置がとても気に入ったからだ。しかしヴェインは腕の力をゆるめ、両手を背中に回して、もっと優しく抱いた。欲望の霧に包まれながらも、頭のどこかで、ソフィアをこの場にとどまらせたいなら、何かなだめるような言葉を口にしなければならないと気づいた。

「つらい思いをさせるつもりじゃなかった」ヴェインは言った。それはほんとうだった。

「きみが無理強いしたんだ」

「わかっているわ、クラクストン」ソフィアがつぶやき、濃いまつげの下からこちらを見上げた。湿った唇を開く。絹のような髪が背中に垂れかかり、ヴェインの両手をかすめた。

ヴェインは身をかがめて顔を近づけた。「ソフィア」

妻がため息をついて、体の力を抜いた。

ぼんやりした頭の片隅で、ヴェインはソフィアを腕に抱き上げて二階へ運ぼうかと考えた。いや、まだ早すぎる。しかし、近いうちに必ずそうする。手のひらでソフィアのわき腹を撫で上げ、ドレスの生地の手触りを味わう。顔を傾け、キスをしようと――。

「ふん！」ソフィアが叫び、ヴェインが手を離した瞬間、飛び退った。

まさしく〝ふん〟だ。ヴェインは手を広げたまま立ち尽くし、バケツで顔に冷水を浴びせられたような気がしていた。

ソフィアがさらに数歩離れてから、くるりと振り返り、こちらを指さした。「ならず者！」叫びとうなりの中間のような声を漏らす。それから紙を手のなかでもみくしゃにして、こちらに投げつけた。その弾丸はヴェインの額に当たって跳ね返った。ソフィアはさっと背を向け、部屋を出ていった。

しかし、すぐに戻ってきた。冷酷な目つきでこちらをにらみ、ヴェインが気絶したまぬけのように立っているあいだに、紙を拾い上げ、ふたたび立ち去る。

少しあとで、主寝室の扉がばたんと閉じた。

ヴェインは椅子に座りこんだ。親指と人差し指で鼻筋をつまみ、ここ三十分のばかげた展開に低く皮肉な笑い声を漏らす。ただ、ソフィアの願いをかなえてやろうとしただけだ。勝利への道がちらりと見えた気がしたが、何かが足りなかったらしい。いくら女性経験が豊富でも、妻の扱いかたについては何もわかっていなかったようだ。

ソフィアのみずみずしい体の記憶が、心に焼きついて離れなかった。ヴェインは喉もとのクラヴァットを引っぱって外した。手のなかでくしゃくしゃに丸め、もう少しで火のなかに投げこみそうになる。しかし自分を抑え、長椅子の上にタイを放った。その長椅子の上で、また長く孤独な夜を過ごすのだろう。妻をなだめすかして、さらにキスを奪うこともなく。

あの体から一枚ずつ服をはぎ取って、裸で立つ妻を飢えたまなざしで見つめることもなく。妻と愛を交わすこともなく。

ソフィアとどなり合ったり言い争ったりすることでさらに欲望がかき立てられることに気づき、ヴェインは戸惑っていた。以前、オーストリアで狩りをしていたとき、雄《おす》の狼が高い石壁でつがいの雌と隔てられてしまった場面に出くわした。雄は雌の声に引き寄せられて、歩き回ったり、うなったり、荒い息をついたりしながら、なんとかそばへ行こうとしていた。ヴェインは狼の切羽詰まった様子を哀れに思って、門をあけてやった。今のヴェインは、その狼にかなり似た気持ちになっていた。ただ、ソフィアとのあいだを隔てているのは、自分で作った壁だった。

少なくとも、慰めとして、大きく切られたケトル夫人のレーズンケーキが残っていた。ヴェインは喉もとのシャツのボタンを外し、ズボンから裾を引き出した。フォークを手に取り、たっぷりとしたひと口分を切る。

そのとき、ソフィアが悲鳴をあげた。

腹を立てているような悲鳴ではなく、おびえた悲鳴だ。ヴェインはフォークを置いてすばやく立ち上がり、もう少しでテーブルをひっくり返しそうになった。

主寝室にたどり着くと、ソフィアは短いコルセットとシュミーズだけという姿で扉のすぐ内側にしゃがみ、両手で口を覆っていた。ナイトドレスが置かれたベッドに、じっと視線を据えているようだ。

「どうした？　怪我をしたのか？」ヴェインは部屋に入った。

こちらに目を留めると、ソフィアは腕のなかに飛びこんできた。一瞬ヴェインは妻の体の感触にくらくらして、言われていることが頭に入ってこなかった。柔らかな乳房が胸に押しつけられ、曲げた太腿が腰にぴったり巻きついている。ああ、その記憶。不意に押し寄せる情欲。あらゆる理性的な考えが消し飛んでしまった。

ソフィアがベッドについて何か叫んでいる。そう、そうだ。妻をベッドに連れていきたい。

ソフィアがヴェインの体から飛び退り、腕をたたいた。

「クラクストン」と叫ぶ。「部屋に動物がいるのよ」

「動物？」ヴェインはぼんやりきき返した。ぼくのことか？「どこに？」

ソフィアがヴェインの後ろにかがんで、奥の隅を指さした。「言ったでしょう。ベッドの下だと思うわ。ものすごくすばやい動きで、壁から飛び降りたの」

「どんな動物に見えた？」ヴェインは示された方向へ進んで、低くかがみ、必要なら自分の手で殺すつもりで身構えた。ソフィアが数歩後ろからついてきて、シャツの裾をつかんだ。

「大きな鼠《ねずみ》みたいなの。白くて、黒い斑点があったわ。それに歯」自分の口を指さす。「鋭い歯をしていたわ」

ヴェインはベッドカバーを持ち上げ、木枠の下の暗がりをのぞいた。鏡のように明るいふたつの目が見返した。

「ただのオコジョじゃないかな」

「血に飢えた動物だわ！」ソフィアが叫んだ。

「確かに。もしきみが兎や縞栗鼠《しまりす》ならね」

ヴェインはベッドの端から毛布を取ったが、羊毛の布はかさばりすぎると判断して、上着を脱いだ。服を前にかざして、ベッドの角を回る。

ソフィアは扉のところまで後ずさりして、安全な場所から見ていた。獰猛《どうもう》なうなり声が、隅にいる動物から――そしてクラクストンからも聞こえてきた。夫が木の収納箱を床の向こうへ押しやった。足を踏み鳴らし、悪態をつき、這いずり回る。

しかしとうとう、丸めた上着を両手でつかんで立ち上がった。上着の中身が激しく動いている。

「燭台を取ってくれ」さっと頭を振り向けて命じる。「大きいやつだ」

「燭台？　なぜ？　まあ、だめよ」ソフィアは顔をしかめた。「取らないわ。その動物を傷つけないで」急いで駆け寄る。

「傷つけないで？」クラクストンが目を丸くした。

「悪さをしようとしたわけじゃないわ」ソフィアは祈るかのように顔の前で両手を握った。

「助けてあげて。お願い」

「少し前まで、怖がっていたじゃないか」そしてヴェインにまとわりついていた。ヴェインはもう一度〝うっかり〟動物を放してしまおうかと考えた。

ソフィアがくるりと目を回してあきれ顔をした。「少し前まで、うなったり、歯をむいたりしていたのよ」

ヴェインは、歯を鳴らしうなり声を発して暴れている荷物を持ち上げ、慎重に体から遠ざけた。「今はしていないというのか？」

「窓から外へ出してちょうだい」ソフィアは手を振ってカーテンのほうを示し、クラクストンが助けに来てくれたことにどれほど感謝しているかは考えないようにした。

夫は苛立たしげな声を漏らしたが、言われたとおり、厚い深紅のカーテンをひじで押しあけた。それから、ぴたりと動きを止めた。

「窓はもうあいている。先にあけておいたのかい？」

「どうしてわたしがそんなことをするの？　外は凍えるほど寒いのよ」ソフィアはクラクストンのあとについていき、冷たい突風が感じられるほど近づいた。たちまち両腕のうぶ毛が逆立った。窓は八センチ近くあいていて、厚い霜で白く縁取られていた。隙間から、夜の暗闇をまっすぐのぞきこむことができた。

「昨夜あいていなかったのは確かかい？」

「用心していなかったわけじゃないけど、見なかったわ」昨夜の部屋はひどく寒かったが、冬のカントリーハウスとしてはふつうだった。カーテンが動いたり、石やガラスでさえぎられていない風の音が響いたりすれば気づいたはずだ。「あいていた様子はなかったもの」

クラクストンが隙間のほうへ身をかがめ、上着を暗闇に向けて放ってから、袖をつかんで中身がなくなった服を引き戻した。手のつけ根で窓から霜をたたき落とし、細い窓枠をつかんで閉じる。一連の動作で、リネンのシャツがぴんと張り、肩の広さと筋肉の力強い収縮があらわになった。ソフィアはごくりと唾をのんだ。気づかなければよかったのに。その眺めが、とても長いあいだ体の奥深くに抑えこんできた激しい欲求のようなものを呼び覚まさなければよかったのに。あの体のあらゆる部分に触れたことがあった。あらゆる膨らみやくぼみを憶えていた。

「たぶん、閉まってはいたが、きちんと固定されていなかったんだろう」ソフィアが淫らな考えをいだいているとは思いもせずに、クラクストンが言った。

そしてこちらに振り返った。頬は赤らみ、青い目は霜のように冷たく魅惑的だった。クラヴァットを外してシャツの襟を開き、喉もとの引き締まった金色の肌を見せて、たくましい胸の上部をじらすようにのぞかせている。

ソフィアの口のなかが、からからに乾いてきた。クラクストンはほんとうに美男子だ。これほどの人はほかに誰も思いつかない。

夫が何かしゃべり続けるあいだ、ソフィアはその場に釘づけになっていた。

「風の方向が変わったか、霜の重みに引っぱられるかして、あいてしまったのかもしれない。それで動物が――」

クラクストンが目を合わせて、はっとした。重石をつけられたかのように、視線を落とす。

「ああ、ソフィア」ささやき声で言う。「相変わらず、すばらしく美しい胸をしているね」

ソフィアがちらりと下を見ると、先ほどの騒ぎのせいで両胸がコルセットからはみ出て、今ではシュミーズの上部に包まれているだけになっていた。乳首が部屋の寒さにぴんと立って硬くとがり、薄手の生地の下からはっきり見えている。

ソフィアは息をのみ、両手で胸を覆った。

クラクストンのまなざしが熱を帯びた。「よければ、代わりにぼくの手を使わないか?」

〝だめ〟と叫ぶべきだった。出ていくように命じて、痛烈な言葉を浴びせるべきだった。しかし、うろたえて体が痺れたようになり、声が出てこなかった。

クラクストンが目を閉じて顔をゆがめ、食いしばった歯のあいだから息を吐いた。ふたたび開いた目には、捕食動物のような鋭い光が宿っていた。ソフィアが結婚当初から、愛を交わすときの前触れのようなものと認識していた光だ。素肌が隅々まで活気づいて、まわりの世界は消えて行き、女と男だけがあとに残った。

理性はどう考えても拒むべきだと主張したが、体は受け入れるようにと懇願した。キスしてほしかった。いいえ、それよりずっと多くのことをしてほしい。ズボンの前の大きな膨らみが何かを示しているとすれば、クラクストンもキス以上のことをしたがっているはずだ。

不意に夫が、長くたくましい手足と燃え上がる情熱を持つ戦士そのものという姿で、こちらに迫ってきた。黒い髪が額に垂れかかっている。黒いまつげに縁取られた青い目は、賛美するような光を湛え、ソフィアをぞくぞくさせた。

「出ていけなんて言わないでくれ」クラクストンが手を伸ばしてむき出しの腕に触れ、指先を素肌にすべらせた。部屋の冷気のなかで、そのかすかな温かい愛撫が、体じゅうにわななきを送りこんだ。

ソフィアはその場に立ちすくんでいた。舌で下唇を湿らせる。

「ぼくがどれほどきみに触れたがっているか、わからないだろうな」クラクストンの声がうっとりとさせ、ソフィアの心が信じたがっている約束をささやいた。手が頬を包む。

「もう一度、ベッドできみを抱かせてくれ」

突然の熱に浮かされて、夫の手のひらに顔を振り向け、素肌に触れる長い指の抑えた力強さと、ざらりとした温もりを味わった。とてもなじみ深いけれど、どこかよそよそしかった。とても喜ばしいけれど、近づきがたかった。体のあらゆる部分が溶けて、月を崇める波のように、クラクストンのほうへ押し流されそうだった。

「女に懇願したことは一度もない」クラクストンが激しい口調で言った。「当然といえば当然だが、きみがその初めての女になる」

そして最後の女だ。夫はわたしのものであるはず。ほかの誰のものでもなく。

ソフィアの胸が不意にはち切れそうなほど膨らんで重くなり、クラクストンの愛撫を請い求めた。脚のあいだが湿ってうずき、満たされたくてたまらなくなる。

「きみに懇願しているんだ」クラクストンがささやいた。「ここにいてもいいと言ってくれ」

手をソフィアの頭の後ろへ持っていき、うなじを包んで抱き寄せる。そして顔を見つめ、まなざしで刺し貫いた。

「ソフィア、ここにいてほしいと言ってくれ」

ソフィアはベッドのほうをちらりと見て、そこでクラクストンに体を開く自分を想像した。すでに夫の体の重みを感じていた。

力強い奪いかたを。

肌のぴりっとした味を——。

しかし、マットレスの中央には、夫の愛人の名前で汚されたリストがのっていた。頭のなかに、鮮やかな色で描かれたいくつものよく知る顔がよみがえった。クラクストンはこれをその全員と分かち合ったのだ。この激しい感情を。最後には、その感情はなんの意味も持たなくなっていたに違いない。夫は女性たちを捨てたのだから。わかっているのは、わたしもまた捨てられるかもしれないということ。わたしの名前も、たくさんの名前のひとつとして、あのリストに載るかもしれない。

まだ、それに立ち向かう勇気は奮い起こせなかった。心には、今も多くのわだかまりがあった。

体を巡っていた炎が弱まり、揺らいで消えた。瞬く間に部屋はひどく寒くなり、肌に触れるクラクストンの手は粗くなじみのないものに思えてきた。ソフィアはたじろいだ。

「お願い」ささやき声で言う。「出ていってほしいの」

クラクストンがソフィアの頭の後ろで指を曲げ、ひと房の髪をつかんだ。身をかがめ、吐息でこめかみをかすめるようにして言う。「そのいまいましいリストを欲しがったのはきみだ。ぼくじゃない」

そして手を離した。横をかすめて廊下へ出ていくとき、激しい敵意が伝わってきて、ソフィアは身を縮めた。

戸枠をつかんで、クラクストンのブーツの音が階段を下りていく音に耳を澄ます。二階からでも、夫がぶつぶつと何か言う声が聞こえた。居間を歩き回って、悪態をついている。ソフィアの胸が締めつけられた。がしゃんという大きな音がした。

「せめて、いまいましいワイン貯蔵室のいまいましい鍵くらい、渡してくれてもいいだろう!」クラクストンがどなった。

心が、夫のもとに行くようにと懇願した。しかしソフィアはベッドに歩み寄って、リストを手に取り、ひとつひとつの名前を声に出して読んだ。落ち着きを取り戻すと、もう一度戸口まで行って扉を閉め、後ずさりした。

翌朝、窓から外をのぞいて、奇跡的に天気が回復する兆しはないとわかると、ソフィアはケトル夫人に渡された鍵の束を持って、二階の収納室とリネン室の場所を捜した。

ふたつの部屋で、クラクストンのベッドを整えるために必要なものを見つけた。羊毛のしっかりした敷きマットレスと、その上に敷く柔らかい羽毛マットレス、そしてもちろんシーツ。古くはあったが、すべてきちんとしまわれ、よい状態が保たれていた。今は親切な行いをするのがいちばんだ。ここ二日間のできごとが、三日めにどうなるかを暗示しているとすれば、夕方までには、ふたりは殺し合いを始めかけているだろう。ふたりともクリスマスまで生き残れはしない。

あと五日ある。ソフィアはまだあわててはいなかった。じきに天気はよくなり、優しく心強い家族のもとに戻れると楽観的に考えていた。そのときまで、以前とは違うクラクストンとの新たな関係をはっきりさせるために全力を注ぐことにしよう。それが正式な別居を進めることを意味するのか、まだよくわからなかった。ソフィアの考えかたとしては、それはすべて自分自身と、かつて自分が結婚とクラクストンにいだいていた感情と期待から抜け出す能力にかかっていた。

作業を終えると、ソフィアは階段を下りた。階下はまだほとんど闇に包まれていた。霜が窓を覆い、外からの弱々しい冬の光をいっそう薄暗くしている。ソフィアもクラクストンも、ふたりしかいないときに貴重な蠟燭や油をむだにする習慣はなかったし、ここでランプをともすつもりはなかった。なんといっても、わびしい明かりは今の気分にぴったりなのだから。

昨夜ふたりのあいだであんな結末を迎えたあと、クラクストンとまた顔を合わせることには少なからず不安を感じた。もう少しで降伏してしまうところだった。そうしなかったことで、夫はどれほど腹を立てていたことか。正気を取り戻してよかった。誤った情熱に駆られてベッドをともにしても、すでに複雑になっている問題をさらに複雑にするだけだ。ソフィアの両親が分かち合っていたような愛がない場合、結婚生活をうまく運ぶには、一時的な情熱ではなく、長続きする互いへの尊敬と共通の目的を基盤とするべきだろう。ソフィアとクラクストンは、まだそういう尊敬に値する関係を築けていなかった。現在進行中の交渉で、少しでも力を保持したいのなら、別居についての決断をするまで子どもを身ごもるべきではない――その決断をするのは、ロンドンに戻るまで待ったほうがいいような気がした。

でも、ああ、ロンドン。昨夜の眠りは途切れがちだった。クラクストンのリストに書かれた名前が、明け方まで教会の鐘のように頭に鳴り響いていたからだ。真実が胸に突き刺さった。傷つき、裏切られた気分だった。クラクストンだけではなく、あの紙に書かれた知り合いの女性たち全員に。どうしたら、街の生活に戻って、女性たちの顔をまっすぐ見ることができるだろう？　道で出くわすたびに、その女性たちとクラクストンの両方を、大声でののしりたいという衝動に負けることなく。

それでもソフィアは今朝、苦しみを乗り越えて進もうという決意を新たにした。気持ちの問題はともかく、自分のほうから夫に無理強いしたのだし、夫は立派にも、ソフィアをなだめたい一心で、愛人の名前を書き出すことに応じてくれた。クラクストンが結婚生活を維持したいと願っていることは、もう疑っていなかった。おそらくソフィアと同じ理由だろう。ふたりとも子どもがほしいのだ。

ふたりで先へ進むつもりなら、夫の感情には限界があるという現実と折り合いをつけなければならないだろう。つまり、もっと具体的には、あの女性たちの誰とでも、いや全員とでも、絶望に陥ったり涙を流したりせずに、晩餐会や内輪の集まりにさえ同席できるようになるべきだ。

昨夜クラクストンに言ったとおり、ふたりが疎遠になってしまったのは女性たちのせいではなく、夫のとどまる能力を、妻を愛する能力をソフィアが疑っているせいだった。もし心から愛していたのなら、わたしを置き去りにはしなかっただろう。昔の生活や別の女性たちとの交際——限られたものであっても——を求めようとはしなかっただろう。クラクストンが退屈を覚えたり、ふたりのあいだに新たな困難が生じたりするのは時間の問題のような気がした。そしてふたたび、夫はわたしをなんらかの形で置き去りにするだろう。別の女性か、別の外交上の任務か、何か別の生活を理由にして……。身分の高い男性、とりわけ放蕩にふけった過去を持つ男性に対して、これまで非現実的な期待をいだきすぎていた。両親は幸せな結婚生活を送ったけれど、社交界では恋愛結婚はまれだ。男性は、慎重に行動しさえすれば、やりたいことをなんでもできるという理解とともに育つ。頭ではそうわかっていても、折り合いをつけるのはやはり苦痛だった。

　だから、子どもじみているかもしれないが、夫の本性を憶えておくために、折りたたんだリストをお守りとしてコルセットのなかに押しこんだ。別居の要求を最終的に取り下げるのなら、将来的な自分たちの結婚生活が、恋物語ではなく正直さと真実に基づいたものであることを忘れないほうがいい。社交界の多くの結婚と同じように、自分たちの結婚も、恋愛関係というより協力関係であるべきなのだ。もしかすると、いつかは友人同士にすらなれるのかもしれない。

　唯一の望みは、雪に閉じこめられて果てしない時間をともに過ごすあいだに、クラクストンがどこかしら輝きを失ってくれることだった。いまだにこれほど公爵に魅了されていては、危険すぎる。近いうちに、夫がだらしなくくしゃみをして袖で鼻水をぬぐったり、お腹のガスを爆発させたりしてくれることを祈ろう。あるいは、未亡人や孤児について心ない意見を口にしたり、子犬やひよこや子猫が大嫌いだと打ち明けたりしてくれないだろうか。もちろん、以前はそういういやらしい癖を見せたことはなかったが、今のソフィアは目を皿のようにして欠点を探そうとしているから、いずれはっきりしてくるに違いない。

ただ辛抱強く待っていれば、夫は不愉快な真の姿をあらわにするだろう。クラクストンその人――ほかの人と同じ、ただの男――を見て初めて、心を危険にさらすことなく、新しい段階の親密さへ思いきって進むことができる。

居間の戸口で、ソフィアは薄暗い朝の光のなか、ふたつのことに目を留めた。ひとつめは、クラクストンのブーツの片方が〝キスの大枝〟の中央から逆さまにぶら下がっていること。ふたつめは、第三代クラクストン公爵の肖像画が炉棚の上から消えていること。その肖像画は逆さまになって、奇妙にゆがんだ形で隅に放り出されていた。ソフィアはもっとよく見ようと部屋に足を踏み入れた。描かれた顔の中央に、クラクストンの足くらいの大きさの裂け目ができていた。昨夜すさまじい音がした理由が、これでわかった。

背後でごそごそと身動きする音がした。振り返ると、公爵がシャツとズボンという姿で、上着一枚にくるまって長椅子に寝そべっていた。奇妙なことに、両足が少しだけ頭より高い位置にある。長椅子の脚が一本折れているからだ。ストッキングをはいた足が端から三十センチ以上突き出していたので、ひどく寝心地が悪そうで、少しだけ滑稽に見えた。

これを見てソフィアは、自分が主寝室で快適に過ごしていたことを心から申し訳なく思った。無防備な夫の顔を見たいという欲望に駆られて、起こさないように静かに近づく。

神のはからいでソフィアの一日が気分よく始まるとすれば、クラクストンは許せないほどだらしない姿をしているはずだった。眠りのせいで腫れぼったくむくんだ顔をして、よだれを垂らしているに違いない。すごくたくさんのよだれを。ひどければひどいほどいい。しかし不運なことに、一滴も垂らしてはいなかった。以前からよだれを垂らす人ではなかったが、人は望みを持つものだ。

ソフィアは思わずため息をついた。眠っている夫は普段より若々しく、少年のころを思わせる顔をしていた。それでも、二日間ひげを剃っていない顎には、成熟の証《あかし》が影を落としていた。

夫が今にも目を覚まして、うっとり見つめているソフィアに気づきそうだったので、そばを離れて厨房へ行き、ケトル夫人が持ってきてくれたロールパンを温めた。ポット一杯の茶をいれてから、皿にパンをのせ、最後の仕上げに食料貯蔵室で見つけたマーマレードと蜂蜜《はちみつ》の小さな皿を用意する。それからすべてを居間に運び、皿をクラクストンのわきのテーブルに置いた。

クラクストンは息を吐いて身動きしたが、目はあけなかった。それでいい。好きなだけ眠っていてかまわない。茶のカップを持って部屋に戻り、午前中は読書をして過ごすことにしよう。その前に、肖像画を片づけることにした。そうするのが良心的なことに思えた。これが壊されたのは、少なくとも部分的には、ソフィアがクラクストンを苛立たせたせいなのだから。

ソフィアは額縁をつかんで持ち上げた。

「燃やしてしまえ」

振り返ると、クラクストンが眠そうな目と上気した顔をして、こちらを見ていた。ソフィアの体の内側が溶けていった。髪を乱して半ばまぶたを閉じた夫は、なんて魅惑的なのだろう。ソフィアはまばたきをして目をそらし、惹かれる気持ちを心のなかで振り払った。

「屋根裏部屋に持っていこうと思ったの」ソフィアは言った。「キャンバスは修理できるかもしれないわ」

「修理？」クラクストンがつぶやき、クッションの上に身を起こした。顔をしかめて言う。

「なんのために？」

「いつか、家族の遺品を壊したことを後悔するわよ。ほかにお父さまの肖像画はあるの？」

「たぶんそれが最後の一枚だ」クラクストンがよこしまな笑みを浮かべ、ほかの肖像画も同じ方法で処分したらしきことをにおわせた。

「でもクラクストン、お父さまに対するあなたの気持ちはともかく、お母さまは明らかに、それなりの敬意を払うべきだと信じていらしたのよ。そうでなければ、家に肖像画は飾らないはずだわ」

クラクストンが眉をつり上げた。「母が肖像画を飾ったと思うのか？　そうじゃない。ぼくが十歳まで父の顔を知らなかったことには理由がある。おそらく、母が亡くなったあと、この家を閉めきるときに父が自分で飾ったんだろう。あの人でなしならやりかねないさ」抑えた口調だったが、声は憎悪でざらついていた。両手で顔をこする。「きっとあいつはあとになってここへ来て、椿屋敷が母のものであったあらゆる痕跡《こんせき》を、大量のごみを扱うみたいに一掃して、いまわしい自分自身の絵を壁に掛けたのさ。母の肖像画を探してごらんよ、ソフィア。見つからないだろう。父が母の肖像画や細密画をすべて処分したんだ。だからぼくは同じ方法で報いるために、できるだけのことをしてきた」足を下ろして座り、ブーツに手を伸ばす。「あいつは、母の墓に小便をかけるも同然のことをしたんだ」

ソフィアは夫の粗野な言葉に顔を赤らめた。「お父さまのしたことを推測しているだけみたいに聞こえるわ。そういうことが起こったとき、あなたはここにいなかったの？」

クラクストンが立ち上がり、火かき棒の助けを借りて、〝キスの大枝〟からもう片方のブーツを外した。「ああ。そのときまでにはいなくなっていた」

「いなくなっていたって、どういう意味？」

「父がケトル夫妻を解雇したと知ったとき、ぼくは立ち去った」クラクストンが片方の長い脚で釣り合いを取り、ブーツを引き上げた。「陸軍に入隊したんだ」

「そのときいくつだったの？」

「ん？　ああ、十六歳だった」

ソフィアは肖像画を下ろした。「クラクストン、お父さまが亡くなる前、最後に話したのはいつだった？」

「直接という意味か？　代理人を通してではなく？」

「そう、顔を合わせて話したのはいつ？」

クラクストンが長椅子を回って、窓から外をのぞいた。「十六歳のときだ」

ソフィアは衝撃を受けて、ぽかんと口をあけた。「ずっと、爵位のあるほかの紳士たちと同じように、将校の地位をお金で買って入隊したんだと思っていたわ。誰もあなたの名前に気づかなかったの？」

「ああ、もちろん名前については嘘をついたのさ。そしてまっすぐインドに送られた。公爵が雇った男たちがぼくを見つけ出すのに三年かかったよ。そのときまでには、上官がぼくに、初めての将校の地位を買ってくれていた。ときどき、そういうことがあったんだよ、ソフィア。あのいまわしい人でなしの名前ではなく、功績に基づいてね」クラクストンが笑った。「すべてを知って、公爵は激怒のあまり、ぼくをその地に残しておけと命じた」しばらくじっと黙りこむ。「それから父は、万が一ぼくが死んだときのために、ヘイデンを学校から家に呼び戻した。それを知ったとき、ぼくは弟に悪いことをしたと、ひどく後悔した」

じっと見つめていると、クラクストンが背を向けて、力強く揺るぎない姿勢を取った。しかし、ソフィアは別の姿を心に描いていた。誇り高い少年の姿を。肖像画の男がその少年にもたらした苦しみを、和らげてあげたくてたまらなかった。抱擁やキスでそれをしてあげることはできなかったので、唯一の理にかなった答えを返した。

「そう、それなら、このおぞましいものは燃やしてしまいましょう」

クラクストンは、いまわしい肖像画についてはもうひとことも言いたくないかのように、窓の外を見つめ続けていた。あるいはもしかすると、ヘイデンのことを考えているのかもしれない。

ソフィアはふたたび額縁をつかんで破れたキャンバスを持ち上げ、憎むべき顔を炎のなかに放りこもうとした。

そのとき、絵の裏に白い長方形のものが貼りつけられているのを見つけた。一片の羊皮紙。いいえ、封筒だ。年月によって黄ばんで脆《もろ》くなっている。ソフィアは額縁の下端を床に下ろし、もっとよく見えるように破れたキャンバスを後ろに傾けた。封筒の表には、美しい文字で名前が書かれ——。

「クラクストン、見て」ソフィアは額縁を壁に立てかけた。「あなたの名前が書かれた封筒があるわ」

クラクストンが窓から振り返り、疑わしげな目を向けた。

ソフィアは額縁に挟みこまれていた封筒を引っぱって外した。クラクストンが途中まで歩いてきて、ソフィが手にしたものを見た。

そして表情を和らげた。「それは母の字だ」

「あけてみて」ソフィアは促した。

クラクストンは受け取ろうとしなかった。「きみがあけてくれ」

「何か私的なことが書かれていたら？」

「きみはぼくの妻だ」クラクストンが静かに答えた。いまだに眠そうなまなざしが、意図せずにソフィアを誘惑した。「きみに読ませたくないどんなことを、母が書くというんだ？」

きみはぼくの妻だ。その言葉が心に焼きつき、呼吸を奪った。ソフィアは高まる胸の鼓動を落ち着かせてから、親指を封印の下にすべらせた。封筒のなかから、折りたたまれた紙を取り出す。

「あら、手紙ではないのね」開いた便箋《びんせん》を裏返し、微笑む小妖精と渦巻き形の文字がクラクストンに見えるようにする。「なんなのか、わたしにはわからないわ」

クラクストンが慎重に便箋をちらりと見た。少しあとで、顔に安堵が広がり、口もとにかすかな笑みが戻った。「これは宝探しの手がかりだ」

「宝探し？」

クラクストンが息を吐き、頬をさらに少しだけ上気させた。うなずいて言う。「母はよく、ぼくと弟のために手がかりを書いた。言ってみれば指令さ。たいていは四つか五つの任務や試練があって、ぼくたちは家のなかや、野外や、ときには村まで行って、それをやり遂げなければならなかった。すべての手がかりを見つけて、なんであれ必要なことをやり遂げると、褒美《ほうび》をもらえたんだ」

「それなら、この手がかりには、次の手がかりや何かを見つけるための指示が書かれているの？」

「そうだ」クラクストンがまた便箋をちらりと見た。すばやく。それから目をそらした。「隅に、その一と書いてある。これはいちばん始めの指令だ」

「クラクストン」ソフィアはこみ上げてくる興奮に口もとをゆるめた。「お母さまの伝言を見つけたなんて、すばらしいわね。もう少しで燃やすところだったことを考えると」

「ただの子どもの遊びだよ」クラクストンが、暖炉の向こう側の薪箱のそばから穏やかな声で言った。

ソフィアの心は好奇心でざわめいた。「でも、やろうと思えば、第二の手がかりや何かを見つけられるんじゃないかしら？」

「どうかな」クラクストンがしゃがんだ。たくましい太腿で体を支え、消えかけた火の上に大きな薪を置く。重い木が燃えさしと灰に加えられると、火の粉が渦巻き状に立ちのぼった。

夫は、ソフィアのように熱意ある反応を示さなかった。「長い年月がたっているんだ。きっと母は、ぼくとヘイデンを忙しくさせておくために指令を書いて、そのまま忘れてしまったんだろう」

「でも、どうしてお父さまの肖像画の裏から出てきたのかしら？　お母さまが生きていらしたあいだは飾られていなかったと、あなた自身が言っていたのに？」

「ぼくは――ぼくにはわからない」クラクストンが眉をひそめた。

「ヘイデンの名前がないのも不思議ね」

クラクストンが肩をすくめた。「いつもいっしょにやったわけじゃないからな」

「二十年よ」ソフィアはささやくように言った。「クリスマス間近の今、お母さまの書いた手がかりを見つけるなんて、まるで魔法みたいだわ。ねえ、クラクストン、指令を読んで、次にどこへ行くべきか見てみましょうよ」

クラクストンが口もとをかすかにゆるめて、首を振った。「言っただろう、ソフィア。ぼくはもうそのときの少年ではないんだ。母が別の誰かに書いた伝言を探すようなものさ」

ソフィアの胸に優しい気持ちがこみ上げた。「あなたは、お母さまがあなたの生きかたにがっかりしたはずだと思っているかもしれないけど、それは間違いだわ。母親は無条件に子どもを愛するの。許すのよ」

「でも、妻は許さないのか？」

不意に熱を帯びた夫のまなざしにうろたえて、ソフィアは便箋をひらひらと振った。「あなたとわたしの話ではなくて、お母さまの書いた手がかりの話よ。それに、ほかにどうやって時間をつぶすの？」懇願するように言う。気をそらしてくれる活動がどうしても必要だった。

「時間をつぶす方法ならいくらでも思いつくよ」クラクストンがつぶやいて、すぐ後ろに立った。「きみが受け入れるのを拒んでいるだけだ」

淫らなほのめかしに、頬がかっと熱くなった。しかし、コルセットと心臓のあいだに挟んである紙が、そんなにたやすく親密な関係に戻る覚悟はできていないことを、すぐに思い出させてくれた。リストの名前を頭に浮かべても何も――怒りや苦しみを――感じなくなったら、覚悟ができたということだ。

「そちらに協力するつもりはないわ。お願い、クラクストン、この二日間は、気持ちが激しく動きすぎてくたくたなの」ソフィアは顔にかかった髪を後ろに振り払った。「もう少し時間が必要だということをわかってほしいわ。だから、ゲームをするのがいちばんいいと思うのよ」

「別居を進めるつもりか、それとも考え直すつもりか？」クラクストンが不意に激しい口調できいた。

「わからないわ」ソフィアは声を大きくした。「それに、その問題についてせき立てるのはやめてちょうだい」

ちょうどそのとき、玄関から力強く扉をたたく音が聞こえてきた。クラクストンがくるりと振り返った。

「ああ、やれやれ、助かったわ」ソフィアは小声で言った。

「聞こえたぞ」クラクストンがうなった。

扉のほうへ一歩進み、シャツをズボンのなかに押しこんで、袖と襟を引っぱって整える。

「どうだい」指で髪をすきながら尋ねた。「領主として、人前に出ても恥ずかしくない格好をしているかな？」

「身のまわりの世話をしてくれるきちんとした従者のいない領主としては、上々よ」

「それを言うなら、きちんとした妻もな」

ソフィアは玄関に向かう夫を見つめた。最後の言葉が、こちらを傷つけるために口にされたことはわかっていた。

長椅子から落ちていたクラクストンの上着を拾い、椅子の背に掛ける。それから念入りにクッションの位置を整えた。扉が開く音と声が聞こえた。どんな来客であれ、クラクストンといっしょに部屋に入ってくる人を歓迎しようと待ち構える。

ところが、クラクストンはひとりで戻ってきた。

「誰だったの？」ソフィアはきいた。

「村から来た若者だ。ミスター・ケトルに言われて、ぼくたちがいつでも使えるように馬と橇を運んできた」

「ミスター・ケトルは、なんて気がきくのかしら」

「まあ、どちらにしてもぼくたちの馬と橇だからな」

「それはそうだけど。その若者に、一シリングあげたでしょうね」よく考える前に口からすべり出てしまったその言葉は、母が父に話しかけていたときの口調に似ていて、心がかき乱された。

「ゲームを仕掛けるのはやめてくれ、ソフィア」クラクストンが抑えた声で警告し、ソフィアの背筋をぞくりとさせた。「きみがぼくの妻であろうと、なかろうと」

「ゲームを仕掛けてなんかいないわ」ソフィアは答えた。「あなたがほのめかしているようなゲームはね。わたしが言っているのは、急いで結論を出す理由はないということよ。わたしたちはもしかすると別れるべきかもしれないし、そうでないかもしれない。答えを知っているわけではないけれど、今この時点で決めなくてもいいでしょう」

「たぶんきみの言うとおりだろう」クラクストンが険しい声でつぶやいた。「ぼくたちがともに楽しいクリスマスを過ごすことなど、ありえないからな」

「そういう言いかたは公平じゃないわ。クリスマスを盾《たて》に取らないでちょうだい」

「もう学んでもいいころだろう。ぼくは公平には戦わない」クラクストンがティーポットを持ち上げた。ふたを取り、なかをのぞいて、疑わしげににおいを嗅ぐ。

「ただのお茶よ」ソフィアは言った。

「ああ、恐れているのはそれさ」クラクストンが応じた。

「どういう意味？」

クラクストンがこちらにかがみこみ、意地悪な笑みを浮かべて言った。「この苦い水を捨てて、新しい茶をいれるつもりだという意味さ」

自分のお茶が、自宅のメイドのメアリーがいれたお茶ほどおいしくないのはよくわかっている。でも、夫はわたしの努力を苦い水と呼ぶの？　ソフィアは愕然《がくぜん》として顔をゆがめたが、手がかりのほうに注意を戻した。

「クラクストン、〝邪悪な暗い幽霊の部屋〟ってどこにあるの？」

夫がティーポットを置いて、首を傾けた。「今、なんて言った？」

# 10

「お母さまが書いたことを読みもしなかったの？」ソフィアは憤然として便箋を持ち上げた。「〝邪悪な暗い幽霊の部屋〟よ。すべて大文字で書かれているわ。まるで正式な名称みたいにね。邪悪な、暗い、幽霊の、部屋」

「話してしまったら、きみを殺さなければならない」クラクストンが危険なほどハンサムな顔でぶらぶらと近づいてきた。「むしろ、今すぐ絞め殺したいような気分だが」

ソフィアは夫に冷ややかな視線を投げた。「なんですって」

「まさに、家族の秘密なのさ」

「それで？」ソフィアは急き立てた。「話してちょうだい」

「きみのすぐ目の前にある」クラクストンが片手を炉棚に置いた。

「居間が〝邪悪な暗い幽霊の部屋〟？」ソフィアは不満げに言って、落胆とともに便箋を下ろした。「あまりおもしろくないわね」

「そうかい？」クラクストンが手を炉棚の右側へ動かした。そこの壁は羽目板で覆われていた。指先で、装飾的な縁取りの細い部分を押す。かちりと音がして、人ひとり分の壁が外れて内側へ動き、奥の暗い空間があらわになった。

「秘密の抜け穴ね」ソフィアは叫んだ。「それとも、司祭の隠れ部屋（十六～十七世紀、カトリックが禁じられていたころに聖職者を隠した場所）？」

「〝邪悪な暗い幽霊の部屋〟さ」クラクストンがからかった。それからもっと芝居がかった調子で言った。「勇気があるなら入ってごらん」

「わかった！　最初の晩、ここを通って家に入ったのね」

夫の苦笑いがすべてを告白していた。なんて愉快なのだろう！　もちろん、最初の晩にはそうは思わなかったが、今は素直に楽しんでいた。

「あなたが先に入って」ソフィアは言って、ランプをともして夫に渡した。「あとからついていくわ」

ああ、ダフネとクラリッサにここを見せてあげられたらいいのに。妹たちもソフィアと同じくゲームや冒険が大好きだし、クラクストンよりふたりといっしょに行くほうがずっといい。いや、それは必ずしも真実ではないけれど、そう考えるのが正しい気がした。

「どうしてぼくが先なんだ？　怖いのかい？」クラクストンが少し意地悪く問いかけ、よこしまな表情を浮かべた。

狼のようなまなざしを向けられると、ソフィアの体に興奮の小さなわななきが走った。

「用心しているだけよ。今の状況を考えると、あなたがわたしを殺したがっても驚きはしないもの」あるいは、誘惑しても。「壁のなかに閉じこめられたくはないわ」

「そのほうが何かと便利じゃないかな？」クラクストンが悪魔のように微笑んだ。それから暗闇に足を踏み入れ、姿を消した。ソフィアはあとを追ったが、すぐさま夫の肩にぶつかった。「気をつけろ、ここに階段がある。かなり急だ」

クラクストンが手でソフィアのひじの上をつかんだ。ソフィアは暗闇で導いてくれることに感謝して、それを許した。抜け穴の空気はひんやりとして、肌寒かった。とても狭かったので、体を寄せ合うようにして横歩きで進むしかなかった。背が高くたくましい公爵が、暗闇のなかですぐとなりにいる。その体はとても心地よい熱を発して、ソフィアをそばから離さなかった。ほんの一メートルほど進んだところで、少しだけ広い場所に着いた。仕上げの粗い部屋で、小さな扉がある。おそらく家の外へ続いているのだろう。

「ここだ。〝邪悪な暗い幽霊の部屋〟だよ」クラクストンが身をかがめた。まっすぐ立てば頭が低い天井にぶつかってしまうからだ。鼻から煙のように白い息を吐いている。「間違っているかもしれないが、ゆるんだ石を探せばいいんだと思う。ただ、あまり期待しないでくれ。何も見つからないかもしれない」

クラクストンが背後に立ち、ランプの明かりを壁に向けた。夫の服や体がかすかに触れるたびにそれを強く意識しながら、ソフィアは冷たい石とモルタルに両手をすべらせ、がたつきや欠けた部分を探した。胸の鼓動が速くなり、好奇心で弾けそうだった。

「ここだと思う」クラクストンが低く官能的な声で言った。半分抱くようにソフィアに腕を回し、指先で顎の高さに位置する石を押す。長方形の石が動き、こすれるような柔らかい音がした。「きみが主役を務めてくれ」

ソフィアは石の端をつかんで、慎重に引き出した。クラクストンがあいた空間をランプで照らした。

なかには、最初のものとそっくりな封筒が置かれていた。

ソフィアは喜びに息をのんだ。「なんてすてきなの。過去からの声を聞くみたいね、クラクストン。あなたのお母さまの。背筋がぞくぞくするわ。あなたもでしょう?」

「ああ」クラクストンが静かに答えた。「そうだな」

「あなたが取らなくていいの?」ソフィアは尋ねて、肩越しにちらりと振り返った。夫はキスできるくらい近くに立っていた。

「きみが取れ」クラクストンが微笑まずに言った。「ぼくはほかのことをしたいと言ったのに、次の手がかりを探すと言い張ったのはきみだ。きみが取るのがふさわしいだろう」

ソフィアはクラクストンの言葉を受け流して、なかに手を伸ばした。石をもう一度はめこんだあと、ふたりは居間に戻った。ソフィアは火の温かさを求め、腹立たしいほど魅力的な夫とのあいだにふたたび少し距離を置けたことにほっとした。

封筒を見下ろす。「弟といっしょにゲームをしていたとき、お互いに競い合ったの? それともぜんぶの手がかりを集めるために協力したの?」

クラクストンが長椅子の横にしゃがんで、下の折れた脚を確かめた。「気分しだいだったな。その日、互いといっしょにいるのが耐えられるかどうかだ」

「ねえ、クラクストン、宝探しをしましょう。手がかりをぜんぶ集めて、宝を手に入れるのよ」

ヴェインは長椅子の脚がない側を持ち上げ、外れた脚をもう一度固定した。椿屋敷に着いてから、これを修理するのは二度めだ。「説き伏せてみろ」

「そんな必要はないはずよ」ソフィアが驚いて目を丸くした。まるで、すぐに同意しないヴェインはまぬけだと言わんばかりだった。

「昨夜あんなふうに追い出されたあとは」ヴェインはぶつぶつと、しかし友好的な雰囲気が続くよう軽い調子でつぶやいた。「きみのどんな願いも聞く気にはならないな」

ソフィアがまつげを伏せて頰に影を落とし、顔を赤らめた。「わたしではなくて、自分自身のためにやればいいわ。お母さまが手がかりを書いたのよ。年齢には関係なく、このゲームをやり遂げるのはすばらしいことだと思うわ。お母さまへの敬意のしるしとして」

ヴェインは飾り房がついた肘掛け椅子に座って、両脚を伸ばした。「きっとたいへんな苦労をしたあげく、次の手がかりがなくなっているか、処分されていることを知るだけさ。二十年もたっているんだ。ここへ来て、いっしょに座らないか」貪欲《どんよく》な目で自分のひざをちらりと見る。「そのことについて話し合おう」

「わたしがほんとうにそこへ行って、あなたのひざに座るとでも？」ソフィアが言い返したが、怒りはなく穏やかな声だった。

「提案したい別の宝探しがある。きみとぼくとベッドが絡んでくるゲームだ――この時点でぼくがやり遂げたいと願っている任務はそれだけさ」

この言葉で、笑みを浮かべさせることができた。真っ赤に染まった頰に釣り合う、驚きをこめた大きな笑みだった。

「わたしはこちらのゲームがしたいわ」ソフィアが言って、封筒を手のなかでひらひらと振った。

ヴェインは肩をすくめた。「男は希望を持つものさ」

ソフィアが封筒をちらりと見た。「もう第二の手がかりを見つけたのよ。試してもみないで、次の手がかりが存在するかどうかがどうしてわかるの？」

「どんな褒美がもらえるというんだい？　石みたいになったペパーミントのかけらか、しなびたオレンジか？　居間の火のそば以外は、どこも寒いよ。もう一度言うけれど、すでに――」

ソフィアが部屋の端を歩いた。「二十年たっている、ええ、わかっているわ。さあ、一日じゅうこの暗い部屋に座って、すでに死ぬほど話し合った問題のまわりをぐるぐる回っているよりましでしょう。気晴らしをしているあいだは、クリスマスのことや、間に合うようにロンドンに帰れるかどうかを心配しなくて済むわ」

ヴェインは唇の端を引き上げてにやりとした。「ぼくが誘惑しそうだから怖いんだろう」

ソフィアが警告のまなざしを投げた。「あなたはしないはずよ。許されていないんだから。言ったでしょう、わたしには、頭をはっきりさせて考える時間が必要なの」

ヴェインは動く妻を眺め、ドレスが優美な曲線にまといつく様子に見とれた。

「きみがぼくに惹かれているのはわかっているんだ」ものうげに言う。「否定はするなよ」

ソフィアがこちらをにらんだ。「たくさんの女性があなたに惹かれているわ」

ヴェインは顔をしかめ、不機嫌なうめき声を漏らした。何か言うたびに、妻はふたりの関係を悪くしようとする。

「きみ以外の女性の話をするのはもうやめたんだ」

「わたしは話をするのに飽きたわ。ゲームをしたいの」ソフィアが肩にかかった髪を振り払い、一瞬胸を前に突き出した。どれほどヴェインを苦しめているか、気づいてもいないのだ。

「あなたは、わたしがゲームに勝ちそうで心配なだけでしょう」

「勝つ？　きみが？」ヴェインは片方の眉をつり上げた。胸の奥で、かつての競争心がぱっとよみがえった。「つまりきみは、ゲームの達人であるこのぼくと競争するほうを選ぶのか？　協力するのではなく？」

「そうよ」

ヴェインは肩をすくめた。「前もって警告しておくが、ぼくはものすごく競争に強いんだ」

「わたしだってそうよ」ソフィアが主張した。「ダフネとクラリッサは、わたしがいつだって勝つに決まってる、と文句を言うの」

「わかっているだろうが、規則はなしだからな」

ソフィアが首を傾け、緑色の目を輝かせた。「つまり、ずるをするということ？」

「いいや、戦略を練るのさ」

「好きにすればいいわ」ソフィアは言って、封筒をあけた。「次の手がかりを読みましょう」

ヴェインは椅子に座ったまま、ソフィアを眺めていた。暖炉と窓のあいだに立ち、二色の微妙な色合いの光に彩られている——ひとつは金色、もうひとつは雪の色だ。もしヴェインが画家だったなら、今の妻の姿を永遠にとらえようとするだろう。理想としては、服は着ていないほうがいい。しかし、その場面は記憶にとどめておくしかなかった。自分たちのあいだには未解決の問題がたくさんあるのに、くだらないゲームについて気軽に愛想よく話しかけられているのが苛立たしくてならなかった。もう取り返しがつかないほど、自分はソフィアを深く傷つけ、遠くへ押しやってしまったのだろうか？

ソフィアが声に出して読んだ。「自分の手で、砂糖衣をかけたレーズンケーキを十二個作ること。それをケトル夫人に届け、次の手がかりをもらうにふさわしいものかどうか決めてもらうこと」

ヴェインは黙って、ソフィアの反応を待った。

「あら、まあ」ソフィアが羊皮紙を下ろした。「砂糖衣をかけたケーキを十二個。小さな男の子ふたりへの指令として、これは予想外だったわ。木にのぼるとか、小枝で軍艦を作るとか、そういう任務だと思っていたのに」

「ほとんどは、確かにそういう任務だったよ」ヴェインは説明した。「でもときおり、母はぼくたち兄弟にさまざまな技能を学ばせようとした。さまざまな意味での自立と」肩をすくめる。「謙虚さもね」

「ふん」ソフィアが鼻を鳴らし、片方の細い眉を小憎らしく釣り上げた。「謙虚さですって？」

ヴェインは妻のあざけりを受け流した。「母は、ぼくたち兄弟が家をきちんとしておくための細かい仕事を手伝うのは重要なことだと考えていた。敬愛するケトル夫妻と、ぼくたちが将来雇うはずの使用人たちが負わされるむずかしい要求を理解するためにね。母の指令は、ときには流し場のメイド、ときには庭師への共感を教えるものだった。この場合は、料理人だな」昔を思い出して、くすくす笑う。「たぶん母かケトル夫人がケーキを焼くのを手伝ってくれたはずだ。ぼくたちが家を丸焼けにしないように」

ソフィアが長椅子の端に浅く腰かけ、修理された脚を疑わしげにちらりと見た。まるで、自分の真下から飛んでいかないか確かめているかのようだった。

「とても立派なお考えね。お母さまのことを知れば知るほど、尊敬の気持ちが強くなるわ」いたずらっぽく顔をしかめる。「でも、違う任務にしてくださったらよかったのに。ケーキを焼くのは、あまり得意ではないんだもの」

「ぼくもだ。でもどうでもいいさ」ヴェインは首を振った。「第二の手がかりを探すのはとてもいい気晴らしになったが、これ以上は続けられないと思うよ。あまりにも長い時間が過ぎている。ミセス・ケトルは、細かい内容を憶えていないだろう。もし憶えていたとしても、こんなに長いあいだ意味のない紙切れを保管しているとは考えられない」

ソフィアがうなずき、腕を伸ばして、長椅子の背もたれの枠に彫られた木の葉を指でなぞった。「あなたが気乗りしないのはわかるわ。わたしだって、がっかりするだけかもしれないのに、厨房で一時間以上も奮闘する気にはなれないもの。でも、やってみなくてはだめよ。お母さまの思い出のために、そのくらいはすべきじゃないかしら」

ヴェインは心から同意したわけではなかった。宝探しは長いあいだ忘れていた楽しい思い出を呼び起こしはしたが、ふたりが偶然見つけたのは子どもの気晴らしの名残《なごり》であって、アーサー王の墓ではない。とはいえ、ゲームに興奮する妻の姿に魅せられているのは確かだった。それ以上に、この発見のおかげで、自分の過去がふたりを隔ててしまう前の、無邪気な若い女性だったソフィアを垣間見ることができた。今朝のソフィアは、笑みを浮かべさえしている。その笑顔を消したくはなかった。

ヴェインはにわかに決意を固めて、立ち上がった。「今朝は、少しばかり煙草を手に入れるために村へ行こうと考えていたんだ。向こうで、ミセス・ケトルにきいてみよう」

「そうね。訪ねてみましょう」

「ついてくる必要はないいんだよ」むしろ、ついてきてほしくないような気もした。ゲームのおかげでくつろいだ雰囲気になっているものの、昨夜強要されて書いた女たちの名前がソフィアの頭に残っていることはわかっていた。ヴェインを信用してはいない。こちらに向けられる用心深い目つきに、それが表れていた。

「もちろんついていくわ」ソフィアが言った。「規則に従って戦うつもりはないと、あなたははっきり言ったんだもの。その警告は忘れないわよ。わたし抜きで進めて、不公平なやりかたで優位に立つようなことを許すと思うの？」蠟燭の炎を映すエメラルドのように、目を輝かせる。

そして、暖炉の前にいるヴェインのそばにやってきた。無意識に誘いかける女。火明かりが胸の谷間に濃い影を落とす。ヴェインの体は、歩み寄って誘惑したいという本能的な衝動でうずいた。

しかしソフィアはそんなふうに気を散らされる様子もなく、ゲームについてぺらぺらとしゃべっているだけだった。

「でも、手ぶらでミセス・ケトルを訪ねるわけにはいかないわ。そんなことをしては、ゲームの精神に反するでしょう。たとえここから先には進めないとしてもね。村にはパン屋があるはずよ。単純にそこでレーズンケーキか、何か似たものを買って、ミセス・ケトルに渡してはどうかしら?」

ヴェインはあきらめてうなずいた。「きみが満足できるやりかたなら、なんでもいいさ」


ふたりは、近くの馬預かり所に橇と馬を預けてから、ケトル夫妻の家を訪ねた。数分後には、小さな応接間に通され、座り心地のよい椅子に腰かけて茶で温まりながら、今朝早くマーティンデール家の子どもが生まれたという知らせに心和ませていた。誕生の知らせに、ソフィアは切ない思いを呼び起こされたが、両親のために喜びもした。そこで、ペンと紙を借りて、自分と公爵からの短い祝いの手紙を書いた。これはマーティンデール家の大切な家宝になるだろうと、ケトル夫人は請け合った。

ソフィアは、自分たちからの知らせを伝えるのが待ちきれない思いだった。公爵夫人エリザベスが書いた手がかりを見つけたことを伝え、ケトル夫人が第三の指令を今も持っているのかどうかを早く確かめたかった。

「主人があんな格好ですけど、許してくださいね」ケトル夫人が言った。「憶えてらっしゃると思いますけど、公爵さま、主人はひどいしもやけに悩まされてますの」

ケトル氏は暖炉のそばに座って肩に毛布を掛け、両足を足首まで湯につけていた。

「ああ、憶えているよ」クラクストンが言った。たくましい体には小さすぎるパッチワークの椅子に座り、優雅で堂々として見えた。「ぼくの上官だった将校のひとりは、オートミール粥《がゆ》を使っていくらかよくなった」

「ほんとうですか」ケトル夫人が叫んだ。

クラクストンがうなずいた。「大きな鍋を用意して、少し冷ましてから、両足を粥のなかに浸していた」

「まあ、おもしろいこと」

ケトル氏がうなずいた。「試してみるべきかもしれんな」

ソフィアは静かに座って、クラクストンとケトル夫妻の和やかな会話を聞いていた。そのやり取りは、思いのほか微笑ましく、そして――愉快だった。少なくとも、自分が公爵にしもやけの治しかたを尋ねるとは考えられないからだ。

「ヘイデンは訪ねて来たか？」クラクストンがきいた。「あいつは宿屋に泊まっている」

「いいえ。でも、ご兄弟でレイスンフリートを発《た》たれたとき、ヘイデンさまはまだ小さかったですからね。真っ先にわたしたちのことを思い出さなくても当然ですよ。主人がちょっと顔を見せにうかがって、家にご招待するつもりなんです」

クラクストンが暖炉のほうを向いてうなずき、にやりとした。「いまだにいたずらな〝無秩序卿〟を持っているんだな」立ち上がって、炉棚から慎重に、緑と金の道化師の服を着た木の人形を取る。その動きで、つま先に縫いつけられた小さな鈴がちりんと鳴った。

ケトル夫人が応じた。「ちょうど箱から出したところなんです」

「きみは普段から、ぼくよりだまされやすいからな。この人形に目を光らせておくほうがいい」クラクストンがソフィアに目配せした。「クリスマスのたびに、〝無秩序卿〟はありとあらゆる混乱を引き起こすんだ。ある年には、スプーンをすべて茶の瓶に隠してしまってね。見つけるまで、カスタードをフォークで食べなくてはならなかった」

ケトル夫人が鼻を鳴らして、片手をさっと口に当てた。「そう、そう！　憶えてますよ！　カスタードが固まってなかったから、わたしたちみんな、口に運ぶのにひどく苦労したわ」

毛布の下から、ケトル氏がうなずいて微笑んだ。

クラクストンが人形を小さな椅子に戻した。「別の年には、このいたずら者が、厨房のテーブルに置かれていた砂糖袋にいくつも穴をあけて、まわりじゅうをめちゃくちゃにした。ぼくとヘイデンは、こいつが小さい手に焼き串を握っている現場を取り押さえたんだ」

「ひどいならず者なのね」ソフィアは笑った。

そのとき、窓から、冬の帽子をかぶった赤い頬の小さな顔が三つのぞいた。子どもたちのくぐもった声が聞こえてきた。

「……ほらね？　言ったろ。公爵さまご本人だよ！」

「ロバートは、おいらたちが言っても信じないだろうね」

「それじゃ連れてこいよ！」

「おまえが行きな。おいらはここにいる」

クラクストンが静かに笑って、首から頬まで上気させた。ソフィアはそれを眺め、三人の少年たちに見つめられて気まずそうにしている夫に釘づけになった。

ケトル夫人がぱっと椅子から立ち上がって、人差し指を空中で振った。「お許しを。思い出したことがあるんです」

そして厨房に姿を消し、すぐに小さな磁器の皿を二枚持って戻ってきた。一枚をクラクストンの手に、もう一枚をソフィアの手に押しつける。

クラクストンが皿のなかをのぞいた。口もとに笑みが浮かんだ。青い目がさらに青くなったかに見えた。「憶えていたなんて、信じられないな」

ケトル夫人が蠟燭のように顔を輝かせた。

「ソフィア、ミセス・ケトルは最高においしい砂糖菓子《シュガープラム》を作るんだ」クラクストンが視線を向けた。ソフィアは夫の顔に表れた密やかな感情に息をのんだ。「いつも、クリスマスに食べる大好物はこれだった」

ケトル夫人がちらりとソフィアを見て、説明した。「アプリコットを多めに、プルーンは少なめにするんです――」指を折って、伝統的な作りかたとは違う部分を数え上げる。「そしていつも、キャラウェイシードは抜きにするんですよ」手を伸ばして、クラクストンの腕をぽんとたたく。「ヴェインさまはキャラウェイシードがお好きじゃなかったから」

クラクストンがじっくりと菓子を嚙んだ。

「記憶にあるとおりだ」そう言って口もとをほころばせる。「記憶よりもすばらしい。これは本物で、夢ではないからね。よくこれを夢に見たんだよ。クリスマスが来るたびに」

「おいしいわ」ソフィアは同意した。口のなかに、心地よい香辛料の香りと甘みが広がった。

ケトル氏が椅子の上で身を乗り出した。「じつは家内は、毎年作り置きしておいて、ひょっとしたら公爵さまがお戻りになるかもしれないと――」

「もう、黙ってちょうだい、あなた」ケトル夫人がしゃくり上げ、目にハンカチを押し当てた。

「そうだったのか？」クラクストンが明らかに感動した様子で、静かにきいた。頰を紅潮させ、口もとに浮かべた笑みは、これまでに見たものとはまったく違う――少年のような、心からの喜びを表す笑みだった。「ありがとう、ミセス・ケトル」

ソフィアも目をぬぐった。幸せそうなクラクストンを見てうれしかった。ここ二、三日は、ほんとうにひどい状況だったのだから。楽しいひとときを過ごすことで、元気がわいてきた。

ケトル夫人が落ち着きを取り戻し、ハンカチを身ごろにしまった。「バターつきマフィンもあるんですけど、おふたかたがミスター・ウッドールのお店から、何かすてきなものを持ってきてくださったみたいね」

わきの小さなテーブルから箱を持ち上げ、ふたをあけてなかをのぞく。

クラクストンが封筒を見つけたことを説明した。

「どこで封筒を見つけたとおっしゃいましたか？」ケトル夫人がかすかに微笑みながらきいた。

「亡きクラクストン公爵の肖像画の裏に留めてあったんです」ソフィアは答えた。「炉棚の上に掛かっていた絵の」

ケトル夫人が帽子のフリルに半分顔を隠しながらすばやく息を吸い、目に新たな涙をあふれさせた。

「ええ、確かに」夫人がもう一度大きく息を吸った。「そのことについては憶えがありますす」しわだらけの手を空中で振る。「奥さまが書かれた手がかりを持ってらっしゃるんですか？」

「まさしく」クラクストンが上着のポケットから封筒を出して手渡した。

ケトル夫人が自分のひざに視線を落とし、指先で封筒の上端をなぞって微笑んだ。「あのころはほんとうに、楽しかったですねえ」

ソフィアは、クラクストンが不意に下を向いて唇を引き結ぶのを見た。胸が締めつけられた。ケトル夫人の優しい言葉に、夫はつらい思いをしている。そのころは、まだ小さな男の子だったのだ。その瞬間ソフィアには、少年が愛情豊かな環境から引き離されたときに感じたはずの苦痛の大きさがちらりと見えた。そのつらい記憶は、決して薄れてはくれなかったのだろう。それでもソフィアは、あまり気持ちを寄せすぎて優しい感情を別の何かと取り違えないように気をつけていた。

ケトル夫人が便箋を開いて内容を読み、かすかにうなずいてから、唇をぴくりと動かして大きな笑みを浮かべた。便箋と封筒をパン屋の箱の上に置き、立ち上がって、炉棚から黒と金の缶を取る。そして指で中身を探り、最初のものと同じ封筒を引き出した。

「確かに、次の手がかりを持っています」

クラクストンが低い感嘆の声をあげ、椅子の上で前かがみになった。ソフィアは笑って、手袋をはめた手をたたいた。気晴らしのゲームがさらに続くことにわくわくしていた。

ケトル夫人が、きらきら光る目を不意に鋭くすぼめた。「でも、これはレーズンケーキじゃありません。クイーンケーキ（小型の干しぶどうを入れたケーキ）です」

「クイーンケーキとレーズンケーキはほとんど同じだよ」クラクストンがやんわりと反論して、眉根を寄せた。

家政婦が楽しげに鼻を鳴らした。「全然〝ほとんど同じ〟じゃありません。しかも、指令どおりに自分の手で作ったものではないでしょう」

クラクストンが椅子に背中を預けて、ソフィアに愉快そうなまなざしを向けた。「天気があまりにもひどくて……」

ソフィアはティーカップを持ち上げてひと口飲んだ。「必要な材料が何もなかったのよ」

「へたな言い訳ですね」ケトル夫人がちっちっと舌を鳴らして首を振った。「代わりにきちんとしたものをお持ちになるまで、次の手がかりはお渡ししません。それが、お母さまのお決めになった規則でしたから」封筒をエプロンのポケットに押しこむ。「とはいえ、これを味わうことはできますわね、奥さま？」あけた箱をソフィアに差し出す。ソフィアはちらりとクラクストンを見てから、ひとつ選んだ。

「とてもおいしいですね」ケトル夫人が言ってから、いたずらっぽくつけ加えた。「まあ、わたしが作ったもののほうが、もっとおいしいけれど」

クラクストンが立ち上がった。窓からのぞいている三組の目が、帽子の下で見開かれた。

「日暮れまでに任務をやり遂げるつもりなら、出発したほうがいいだろう」それからソフィアに向かって、慎重な口調で言った。「きみがこの件をすべて忘れたいなら別だが」

ソフィアはむっとして言い返した。「いいえ、この件をすべて忘れたくはないわ。次の手がかりの中身が知りたくてたまらないんだもの。雪が収まったらクリスマスまでにロンドンへ戻るから、その前にすべてを見つけなくてはならないわね」

ケトル夫人が尋ねた。「おふたりは協力するんですか、それとも競争するんですか？」

ソフィアはクラクストンを見てうなずいた。「競争するわ」

「公爵夫人の選択だ」クラクストンがため息をついて言い、降参のしるしに両手を上向きに広げた。

ケトル夫人がクラクストンに目配せした。「よろしい。おふたりがお持ちするものを楽しみにしていますよ。そのとき、どちらが最上のできかを決めます。どちらに対しても、えこひいきはしませんからね」

ケトル氏が足をふいてから、ブーツを手に取った。「この椅子に長く座りすぎましたよ。公爵さま、もしよろしければ、馬預かり所までおともします。あそこの馬丁にちょっとばかり用事がありますんでね」

「公爵さま」ケトル夫人が呼びかけた。戸口まで追ってきて、エプロンのなかから鮮やかな色で塗られたおもちゃのらっぱを三つ出す。

夫人がそれをクラクストンの手に押しつけて言った。「これを、外の三人のいたずらっ子たちに。あの年ごろに、クラクストン公爵からちょっとしたものをいただくのがどんなことか、想像できますか？　忘れられない思い出を作ってやってくださいな」

クラクストンが小柄な女性を見下ろした。「すばらしい心遣いをありがとう」

数分後、外からけたたましい歓声とらっぱの音が聞こえてきた。ソフィアとケトル夫人は、路地を歩いていくクラクストンとケトル氏を少年たちが追いかけるのを見ていた。

ソフィアはケトル夫人に言った。「あなたたちご夫婦に会えてどんなにうれしいか、言葉では言い表せないくらいよ」

ケトル夫人がソフィアの手を取って、握り締めた。「わたしもですよ、奥さま」

ソフィアは言った。「公爵があなたたちといるのを見ると……なんだか、これまで見たことのなかった夫の一面を見られる気がするわ」

「公爵さまは、とても威厳がありますものね。その点については、思ったよりお父さまに似てらっしゃるのかもしれません。でも、こう申してはなんですけど、おふたかたはとてもお似合いのご夫婦に見えますよ」ケトル夫人が席のほうへ行って、自分たちのティーカップにお代わりを注いだ。「公爵さまの大切なお母さまも、これ以上は望めないほどに」

「そんなふうに言ってくれてありがとう」ソフィアは下唇を噛み、椅子に腰かけた。不意に目に涙がこみ上げてきた。ケトル夫人に見られる前に、まばたきでこらえようとする。

「おや、まあ」ケトル夫人がとなりに座り、心配そうに額にしわを寄せた。「心から賛成というわけではなさそうですね」

ソフィアは咳払いをした。「最近、いろいろとうまくいかなくなってしまったの」

「まだご結婚されて間もないんですから」ケトル夫人が安心させるようにうなずいた。「それに新聞で読んだところでは、公爵さまはこの一年、ご旅行が多かったようですね。離れて暮らすのは、たやすくはなかったでしょう」

「二月に、子どもを亡くしたの」ソフィアは口走ってから、手で口を覆った。「ぶしつけなことを言ってごめんなさい。でもあなたは産婆だから、もしかすると――」

「どうか謝ったりなさらないでください」ケトル夫人が優しくソフィアの手を握ってから、手を離した。「お気の毒に存じます。子どもを亡くすのは、ほんとうにつらいですものね」

「そのあと、何もかもがぎくしゃくするようになって……。まだ元どおりにはなれないの」

ソフィアはひざを見つめ、人差し指で手袋の縫い目をなぞった。「この先どうなってしまうのか、よくわからない」

ケトル夫人が眉をつり上げた。「公爵さまは、お父さまからは優しさや思いやりを学べなかったのでしょうね」

「ええ、そうなんでしょう。聞いたところによると」

長い沈黙のひとときが過ぎるあいだ、ケトル夫人の顔にいくつもの感情がよぎった。「お母さまのお葬式のあと、お父さまがご兄弟を連れていったあの日、おふたりの顔に浮かんだ戸惑いの表情は、決して忘れられません。今でも、あのときのことをしょっちゅう夢に見るんです。ご兄弟の生活が、お母さまがご結婚当初に経験されたような生活だったとしたら、おふたりが永久に変わってしまうことはわかってました。先代の公爵さまはメイフェアの一等地にお住まいだったかもしれませんが、そのお屋敷が、波止場の卑しい売春宿より堕落して見える夜もありました」

ソフィアは胸が悪くなった。クラクストンが最悪の部分を省いて話したことはわかっていた。今なら、少なくとも想像はできる気がした。

「あなたたちご夫婦にとって、公爵夫人と男の子ふたりをいっぺんに失ったのは、ひどくつらいことだったでしょうね。そして、兄弟があなたたちを失ったことも。クラクストンは、ときどきこっそり抜け出して椿屋敷にいるおふたりを訪ねたと言っていたわ」

ケトル夫人がまっすぐ目を合わせた。「それなら、お父さまがその訪問のことを突き止めたあと、わたしたちを解雇して、お屋敷を閉めきったこともご存じですね」しわだらけの手を組み合わせて、ため息をつく。「それから間もなく、ヴェインさまが姿を消したことを知りました。逃げ出したんです！　お父さまに雇われた者がここに捜しに来ました。わたしはよかれと思って、その男に言ってやりました。いとしいあの子がここへ来たとしても、まあ、ありがたいことに来てはいないけど、絶対に教えやしませんよ、ってね」椅子の上で、体を後ろに傾ける。「わたしをひどい女だと考えたようだけど、その男が公爵さまの残酷さについて何を知ってるというんでしょう？　ヴェインさまは、十六歳だったあのとき以来、二度とお顔を見せませんでした。きのうまでは」

ソフィアはすばやくうなずいた。「クラクストンは、戻って来られないほど自分が変わってしまったと信じているようなの。昔とは違う人間になってしまったから、もうここの一員ではないのだと。それにどことなく、自分が生きてきた人生と今の自分の姿に、お母さまががっかりされるだろうと信じているようなの」

「お母さまはご兄弟を、感性の豊かな思いやりのある少年になるよう育ててらっしゃいましたよ。お父さまが、それを全力でつぶしてしまわれたんでしょう」ケトル夫人が目を落として首を振った。「でも、奥さま、お話ししておきたいことがあるんです。先代の公爵さまが亡くなって一週間もしないうちに、わたしたちは新しい公爵さまの領地管理人から手紙を受け取りました。わたしたちを家と土地の管理人として復職させるという内容の」ケトル夫人が胸に手を当てた。「手紙には、それまでの年月のお給料全額分の小切手も入ってました」

ソフィアは不意に、感動で胸がいっぱいになった。「ミセス・ケトル――」

「おわかりでしょう。公爵さまはずっと、ものごとを正せる日が来るのを待ってたんです。できるかぎり正せる日をね。心のなかは、あの日の優しい少年のままなんですよ」ふたたびハンカチを出して、両目をぬぐってから、ソフィアの目にもそっと押し当てる。「思い出すのに、少し時間が必要なだけです」

戸口から物音と男たちの声が聞こえ、会話は終わった。ケトル夫人はもう一度ソフィアの手をぎゅっと握ってから、厨房へと姿を消した。

クラクストンが部屋に入ってきた。ひと目見て、ソフィアは呼吸を奪われた。髪は雪できらめいていたが、目に温かな光を浮かべて、ケトル氏の言葉を受けて笑っている。たとえ自分とふたりでは真の幸せを見つけられないとしても、レイスンフリートで過ごすことで、つらい過去が少しでも穏やかなものになってくれることを願わずにはいられなかった。

「公爵夫人」クラクストンがこちらを見て声をかけた。「きょうじゅうにケーキを焼く任務をやり遂げたいなら、もう出発したほうがいい」

ケトル夫人が小さな袋を持って、厨房から現れた。「お屋敷までの帰り道のために、もう少しシュガープラムをね！　それから、お母さまのお料理の本ですよ。ケーキの作りかたが見つかるでしょう」

ヴェインは家に戻る前に、料理の本に書かれた必要な材料を買うため、馬に橇を引かせて村の食料雑貨店に向かった。店の外の雪道には、ほかの馬や荷馬車がつけた跡や、村のあらゆる方向からやってくるたくさんの足跡があった。

ふたりが戸口から入ると、店主のギルマイケル氏が、ふたりの年配の女性客に応対するのをやめて駆け寄り、公爵夫妻を出迎えて挨拶した。そこにいた人々はみんな、丁重にお辞儀をした。

「きょうはどういったご用向きで？」

「先にそちらのご婦人たちの相手を済ませてくれ」ヴェインは言った。「ぼくたちは終わるまで待つ」

分厚い帽子をかぶって黒っぽい羊毛の服を着た白髪の女性ふたりが感謝のしるしに会釈し、店主は元の場所に戻った。

そして低い声で言った。「さあ、おわかりですか、つけでお売りできるのはこれが最後ですよ。こんなに未払い金がたまってるようではね」

「はい、ミスター・ギルマイケル」女性のひとりがうなずきながら答えた。「ご親切に感謝いたします」

ヴェインは、ソフィアがその会話にじっと耳を傾けているのを感じ取った。ちらりと顔を見ると、確かに緑色の目には同情があふれていた。

数分後、店主は年老いた女性たちに小さなかご一杯の石炭を差し出した。ふたりは懸命に、それをカウンターから持ち上げようとした。

ソフィアがヴェインをひじで突いた。「かごをお宅まで運びましょう、と申し出るのよ」

「ぼくが？」ヴェインはきき返した。配達屋を演じる習慣はない。

女性たちがふたりがかりでかごを持ち、重そうに戸口まで運んだ。

「尊大な態度はやめて。いいから申し出るのよ」レディ・ソフィアが促した。

ちょうどそのとき、扉があいて、なんとレディ・メルテンボーンが入ってきた。

ソフィアがもう一度突いた。「クラクストン」

「その――失礼、ご婦人がた」ヴェインはふたりのほうに進み出た。どうやらびっくりさせてしまったらしい。女性たちが目を見開いて、かごを木の床に落としてしまったからだ。どすんと大きな音がした。

「はい、公爵さま」ふたりが押し殺した声で、同時に答えた。

「買われたものをお宅まで運ばせていただけたら、公爵夫人もぼくもたいへんうれしいのですが」

「まあ、まさか」背の高いほうの女性が、明らかに恥じ入った様子で言った。「そんなことはお願いできませんわ」

ソフィアが進み出た。「少しも面倒ではないのよ。橇がありますから。住所を教えてくだされば、買い物を終えたあと、ついでにお荷物を運びますわ」

女性たちが視線を交わし合った。ふたたび、同じ女性が言った。「それでは、できましたら、孤児院にかごを運んでいただけると、たいへんありがたいのですが」

女性が詳しい道順を教えた。ふたりは何度も礼を言ってから、扉を出て立ち去った。レディ・メルテンボーンはすでに店の反対側までぶらぶらと歩いていって、そこにある品物をじっと眺めているところだった。

「孤児院」ソフィアがささやき声で言って、手袋をはめた手を口に当てた。「こんなに寒い日に、たったあれだけの石炭しかないなんて」

きびきびとした態度で店主のほうに振り返る。「ミスター・ギルマイケル、つけの台帳を持ってきていただけるかしら？　公爵とわたしは、孤児院の未払いの負債をすべて支払って、子どもたちが必要なときに石炭や食べ物を買えるように、つけの限度額をじゅうぶんにしておきたいの」

「ぼくたちが？」ヴェインはきいた。

ソフィアがこちらに鋭いまなざしを投げた。「ええ、そうよ」

ギルマイケル氏が台帳を差し出し、ヴェインは目的に見合った清算金額を、ソフィアと相談して決めた。それからふたりは、女性たちが買ったその日の石炭を四倍にしたうえに、林檎とオレンジを数袋買って届ける荷物に加え、子どもたちが特別なごちそうをもらえるようにした。

「ところで、公爵さま、奥さま、お買い物については、いかがいたしますか？」

ソフィアが料理の本をちらりと見た。「まずはシトロンから始めましょう」

店主が背を向けて、茶色い紙とひもにくるまれた小さな包みを選び取り、カウンターに置いた。

「うちにあるただひとつの包みです」微笑んで言う。「とてもお値段が張る材料でして、レイスンフリートではあまり売れませんのでね」

しばらくたって、買ったものを橇に乗せ、店主が店のなかに戻ってふたりきりになると、ヴェインはソフィアに手を貸して席に座らせた。「ぼくの妻でいることには乗り気じゃないのに、ぼくの金《かね》はずいぶん気前よく使うんだな」

「あなたはここに領地を持っているのよ。つまり、レイスンフリートはあなたの村ということでしょう、クラクストン。そこに住む人たちに関心を持つのは当然のことだわ。お母さまだってきっと、生きていらしたころは同じことをしていたはずよ。それだけじゃなく、クリスマスでもあるわ。孤児たちが必要なものを手に入れられるように、わたしたちが手配しなければ、ほかに誰が手配すると思うの？」

もちろん、ソフィアの言うとおりだった。母もきっと同じことをしただろう。妻の心の広さに感心せずにはいられなかった。こういう慈善行為を自分で思いついたことはなかった。レイスンフリートでも、別の領地の近くにある村でも。なんと自分勝手で傲慢な公爵ではないか？

「宿屋の女将のミセス・ストーンが、ここ数年、村の人たちはとてもつらい日々を送ってきたと言っていたわ」ソフィアが熱をこめて言った。「あなたはそれを変えられる力を持っているのよ」

「ああ、でもきみが今提案していることは、単なる慈善を越えている」ヴェインは応じた。

「川の氷が解けたら、また屋敷を閉めきるほかに、なんの計画もないんだ。たとえ短いあいだでも、きみとここに住むことはないだろうしね。だが、村の利益のためにもっと土地を有効に利用できないかどうか、ミスター・ケトルと話してみよう」

ヴェインが橇の刃の上に立ったところで、食料雑貨店の店主があわてた様子で戸口から現れた。「おお、公爵さま、まだご出発されてなくてたいへん助かりました。孤児たちにおまけの贈り物があるんですよ」大きな紙袋をふたつ差し出す。「ペパーミントです。なかにいらっしゃる、メルテンボーン伯爵夫人からいただきました。ほかのものといっしょに届けてください、とのことです」

ヴェインは、ソフィアが袋を受け取り、ひざの上にのせた。

ヴェインは、ソフィアの頰が温かな色に染まるのを眺めた。それはどう見ても喜びの表情だった。ソフィアが袋を受け取り、ひざの上にのせた。

「伯爵夫人にお礼を言っておいてね」ソフィアが言い、ヴェインは手綱をぴしりと鳴らした。

ふたりは短い距離を移動して、石炭と果物とペパーミントを孤児院に届け、一時間ほど貴賓としてとどまり、茶を飲んだり子どもたちと会ったりした。世話人であるふたりの未亡人は、公爵夫妻の寛大な寄付について知らされると、ただハンカチに顔をうずめることしかできなかった。そのあとようやく、また新たに降り始めた雪のなか、ヴェインはソフィアとともに椿屋敷へ戻った。

ふたりは午前中を楽しく過ごし、ここ二日間の険悪な雰囲気は、忘れられてはいないものの、薄れてはいた。それでもヴェインの頭には、今朝ソフィアが口にした、もしかすると別居が最善の決断かもしれないという言葉が繰り返し響いていた。しかしヴェインには、自分たちがどれほど仲よくやっていけるかということしか見えなかった。悲劇がふたりを引き離す前とまったく同じように。今朝はとても楽しかったし、ソフィアとケトル夫妻が互いを好いてくれたことが何よりうれしかった。そして、孤児たちに対する善行も。贈り物をするという単純な行為に、これほど心を動かされたことはなかった。しかも、その贈り物はソフィアがいなければ与えられることはなかったのだ。

厨房で、ヴェインは火を焚く用意をし、ソフィアは包みをあけた。

「憶えているでしょう、店主は小麦粉をよく乾かすようにと助言してくれたわ」ソフィアがかまどのそばの小さなテーブルに金属皿をふたつ置き、なかに粉末状のものを薄く広げた。

「こちらがあなたの小麦粉で、こちらがわたしのよ」

ヴェインは、ソフィアに指示されて、焼き型を見つけようと戸棚を探っていた。「店主は、ぼくたちがどちらもケーキを焼くのに慣れていないことによく気づいたな」

「わたしを出し抜こうとしないでちょうだいね、ずる賢い悪魔さん」ソフィアがからかった。

柔らかな口調にすぐさま注意を引きつけられ、ヴェインは肩越しにちらりと振り返った。

「ずる賢い悪魔？」

「今朝のあなたの警告を忘れてはいないわよ」ソフィアがまっすぐこちらを向いた。ランプの明かりに照らされ、髪が深い色に輝いていた。疑わしげだが、茶目っ気のある目つきをする。「あなたのゲームのやりかたは信用ならないわ。きっと、お母さまやケトル夫人を手助けして、いくらか料理についての知識を身につけたんでしょう」

両手をリネンのタオルでふく。

ヴェインは肩をすくめて首を振った。「大昔のことだよ」

「どう言おうと」ソフィアがこちらを指さしてにらんだ。「あなたから目を離さないわよ」

「ぼくもさ、公爵夫人」ヴェインはものうげに言って、妻のなまめかしい体にゆっくり視線をすべらせた。「ただし、まったく違う理由でね」

「クラクストン、今はそういうのはやめてちょうだい」ソフィアがたしなめ、タオルをこちらに投げた。

「ぼくがそれをやめられるはずないだろう」

次にソフィアは、部屋の中央にある大きなテーブルに、同じ大きさのボウルをふたつ、並べて置いた。ふたりは向かい合って立ち、それぞれ十二個の卵を割り入れた。それが終わると、ヴェインは上着とベストを脱いで、クラヴァットを外し、袖を上のほうまでまくった。振り返って、ソフィアがこちらを見つめていることに気づき、激しい切望に襲われて息をのんだ。ぼくの姿が呼び起こしたのは賞賛だろうか、それとも嫌悪だろうか？　自分が書いたいまいましい名前のリストを、ソフィアがどうしたのかが知りたかった。知っていたら、見つけ出して燃やすのだが。そうすれば、あんなものは存在しなかったかのようにやっていける。

「もし待っていてくれるなら、着替えてきたいのだけど」ソフィアが言った。「きのう着ていたドレスのほうが、これよりずっと動きやすいわ」

「どうぞ。待っているよ」ヴェインは自分を抑えられずにつけ加えた。「手助けが必要なら別だが？」

「聞かなかったことにするわ」ソフィアが言って、戸口から出ていった。

ヴェインは口もとをゆるめた。結婚生活は危うい状況にあるものの、ソフィアとこうして厨房にいるのは楽しかった。最も生き生きとした母との思い出の多くは、この場所と関係がある。寒い冬の夜には、ヘイデンとふたりでかまどのそばに座り、母に本を読んでもらった。ふたりはよく、眠気でまぶたが落ちてくるまで、目隠し遊びや〝荒馬の蹄鉄《ていてつ》打ち〟（木材を天井からつるしてその上にまたがり、落ちないようにしながら蹄鉄を打つまねをするクリスマスのゲーム）をしたものだった。負けたほうは必ず、もう一回やろうと言い張った。どちらも、寝室へ行かされる前に、最後に負けた者にはなりたくなかったからだ。幼かったヴェインとヘイデンはいつも、ゲームと勝利を真剣にとらえていた。

宝探しについては、互いに邪魔をし合って、きびしい勝負をすることもあった。ときに争いはひどく無慈悲なものになったが、すべては思いきり楽しむためだった。

ソフィアに対しても、同じやりかたで挑むべきだろうか？　だめだ。

ヴェインはにやりとした。いや……いいかもしれない。ぼくは確かに、ずる賢い悪魔だ。

そう、厨房における腹黒い妨害行為。ヴェインはくっくっと笑いながら、一方の小麦粉の皿を、火の熱から遠ざけて、もう一方ほど完全に乾かないようにした。湿った小麦粉を使うと、がっかりするほど硬いケーキが焼き上がるのだ。

そういう方針をとることに決めたからには、この時点でどのくらい厨房での経験があるかをソフィアに教えるのは賢明ではないだろう。結婚後は、才能ある料理人と厨房の働き手たちの恩恵に浴していたし、なぜかそういう話題が出ることもなかった。

父は公爵夫人にケトル夫妻というたったふたりの使用人しか与えなかったので、たいてい食事の支度にはもっと人手が必要だった。少年のころのヴェインは、特にクリスマスなどの祝日あたりには、数えきれないほど何度も母とケトル夫人に手伝いを命じられ、串に刺した牛肉を裏返したり、ケーキ作りのためにアーモンドを砕いたりした。そして観察することで多くを学んだ。

のちに陸軍に入隊すると、働き手や使用人のいない田舎に赴《おもむ》いたり泊まったりするとき、しばしばその教えが役に立った。ほんのわずかな食材を使い、自分の創造力だけで口に合うものを作ることも多かった。単純に、ヴェインは食べることが好きで、よく食べる。食事を用意してくれる人が誰もいないなら、それなりにおいしい食事を自分で用意できた。

ヴェインは片方の卵のボウル――ソフィアに渡すつもりのボウル――を手に取って、使用人用の戸口をあけ、木のスプーンを使って卵を一個、二個、三個、雪の上に落とした。ブーツの先で、不正行為の証拠を隠す。そしてなかに戻り、泡立て器を見つけて、完璧な分量になっている自分の卵のボウルを思いきりかき混ぜ始めた。

十五分ほど過ぎると、ソフィアの足音が聞こえた。ヴェインは火のそばへ行き、かなり冷たくなった小麦粉の皿を、ふたたびかまどのほうへさっと引き寄せた。テーブルの上に卵のボウルを戻す。

ソフィアが入ってくると、ヴェインは微笑んだ。「よし。来たね。それじゃあ、始めよう」先ほどのボウルを持ち上げて、泡立て器をボウルのなかで回す。「きみの泡立て器も出しておいたよ」

「泡立て器？　それは何？」

ヴェインは自分のを持ち上げた。「こういう――」

ソフィアは自分のをこちらに振ってみせた。「泡立て器が何かは知っているわ。あなたも知っているということを確かめたかったの。それだけよ。大昔のことですって、まったく」

ヴェインは目配せしてみせたが、ソフィアは目をそらした。

「でも残念ね」ソフィアが続けた。「経験には関係なく、女性は料理やお菓子について生まれつきの才能を持っているのよ。正確に本の指示に従えばいいんだもの」

「そう、指示に従わなくては」ヴェインは料理の本を取り上げた。「作りかたには、卵を泡立てすぎないように気をつけること、とある」文字を読み上げる。というより、読み上げるふりをする。

ソフィアは動きを止め、ボウルの中身をじっと見た。「そう、それならもうじゅうぶんに泡立っているみたい」

「ぼくのもだ」ヴェインは言った。

料理じょうずな人なら誰でも、生地がほどよく膨らむように、卵をしつこいほど泡立てる必要があることを知っている。ソフィアが見る気になれば、作りかたにもそう書いてある。いやはや、疑うことを知らない素直な人が相手だと、驚くべきいたずらができるものだ。ヴェインはもう少しで、やましさを感じそうになった。もう少しで。

「ケーキを焼くのは面倒な仕事なのね」ソフィアがつぶやき、ドレスの身ごろを布でふいた。

ヴェインは戸棚から数枚のリネンを見つけた。ケトル夫人がいつも、エプロンとして使っていたものだ。ソフィアの後ろに回って、布を腰のあたりに巻きつける。腕のなかで妻が身をこわばらせるのを感じ、一瞬、首のわきにキスをしようかと考えたが……。

ヴェインはすばやく布の両端を結び、自分の服も同じように覆った。

ソフィアがまるで安堵したようにため息をつき、両腕を上げて髪のピンを整えた。その動きで胸の上の身ごろが引っぱられ、丸くすばらしいものが際立った。

ヴェインが見つめていることに気づいて、ソフィアがはっとした。しかし何も言わず、頬を真っ赤に染めてボウルに向き直っただけだったので、ヴェインは頭のなかで、もう少し見つめる許可を得たのだと考えた。

女性の服装には、好きなところと嫌いなところがある。簡素なドレスは女性の胸を最も魅力的に見せる——美しい妻がその完璧な例だ——が、ウエストの高い古典的な円柱形のスカートが、残りの曲線を隠してしまう。女性のウエストがどれほどほっそりしているかや、尻がどれほど豊かであるかは、想像することしかできない。しかし、間に合わせのエプロンをきつく結んでみると、すでに知っていることが確かめられた。ソフィアは女神のように美しい。

二時間後、ヴェインの女神は哀れっぽくボウルをのぞきこんでいた。頰には粉がまだらに貼りつき、髪はピンから半分こぼれ落ちている。

「料理人とその助手たちへの感謝の気持ちを新たにしたわ」ソフィアが疲れたように言った。「ねえ、クラクストン、十二個の小さなケーキのために、ばかばかしいほどの努力が必要なのね。もううんざりするほど、練ったり、泡立てたり、混ぜ合わせたり、たたいたりしたわ。もちろん、あのつらいみじん切りもね。この作業に終わりはあるの？」がっくりと肩を落とす。

疲れきってはいても、ソフィアは鷹《たか》のようにこちらを見張っていて、ヴェインはあれ以上妻のケーキに妨害行為を働くことはできなかった。しかし、もうすぐ運が向いてきそうだ。

ヴェインはぐっと身を寄せた。「髪にシトロンの切れ端がついているよ」細長い切れ端をつまみ取る。妻はどんなケーキよりおいしそうに見え、ヴェインはまるごと食べてしまいたくてたまらなかった。

「材料はあといくつあるの？」ソフィアがうめいた。

「ひとつだけさ」ヴェインは微笑んだ。この瞬間を辛抱強く待っていたのだ。テーブルから瓶を持ち上げ、コルクを外す。ぽん。「ブランデーだよ」

# 11

「地下室から四本取ってきたんだ。このなかから選べるように」公爵が言って、瓶を横一列に並べた。「どれも年代物だけど、ぼくたちの目的に合うのはこれじゃないかな。きみはどう思う？」

ソフィアは歩み寄って、テーブルの反対側に立った。自分たちのあいだになんらかの家具を置くほうが安全な気がした。クラクストンが手を伸ばしたり体をつかんだりしそうだからではない。理性の声などおかまいなしに、自分のほうがそうしてほしいと願い始めていたからだ。こうしてふたりで過ごす時間が、あまりにも楽しすぎた。

差し出された瓶を受け取り、あいた口を鼻に近づけてにおいを嗅ぐ。アルコールの強い香りに一瞬くらくらした。

「だめだよ」クラクストンが微笑みながらたしなめたので、胸がどきりと音を立てた。「味見をしなくては」

ソフィアは夫をもう一度ちらっと見た。かまどの火が顔を金色の光と暗い影で彩り、戦士らしい不完全な鼻と、三日分の無精ひげで縁取られた広い頬をくっきり浮き立たせている。ここ一時間で百回目だけれど、そのりりしさに気づかずにはいられなかった。

「わたしにブランデーを飲む習慣がないことは知っているでしょう」ソフィアは茶化すよう

に答えた。

そう、もちろん以前から夫は知っている。ふたりは互いをとてもよく知っていた。しかし、結局――思い違いだったことがわかった。そのことを忘れないようにしなくては。

「でも、それは酒が嫌いだからかい？」クラクストンが口もとをゆるめ、白い歯をちらりと光らせた。ソフィアはその唇から目が離せなくなってしまった。上唇は少し薄く、下唇はそれに比べるとふっくらとしていて官能的だ。以前から夫は魅力的だったが、どういうわけか、疎遠になった今のほうがもっと魅力的になったかのようだった。

惹かれる気持ちを感じれば感じるほど、苛立ちも高まっていった。

「行儀のよい淑女として、お酒にはほとんど手を触れないようにしてきたの」ソフィアは言い返した。「きっと、あなたが親しくしている淑女たちはいつも――」

「しーっ、鵞鳥《グース》さん」クラクストンが指先をソフィアの唇に当てた。

ソフィアは顔を赤らめて身を引いた。不意に触れられ、愛称で呼ばれたことに戸惑っていた。以前は、特別なあだ名で呼ばれたことは一度もなかった。〝ソフィア〟か〝いとしい人〟か〝最愛の人〟だけだ。どうして今になって？

クラクストンが四つ並べた小さな三角形のグラスのひとつに、少しだけブランデーを注いだ。「ほんの少し飲んだくらいでは、ぼくたちのどちらも影響を受けはしないよ。もしそのことを心配しているのなら」

「もちろんだいじょうぶよ」ソフィアは夫の唇を見つめながら、鼻先で笑った。ああ、うっとりしてしまう。ついきのう、この唇にあんなに情熱的にキスしたことを考えると。「そういうつもりで言ったんじゃないわ」

最初のグラスから慎重にひと口飲む。なんの反応も見せないでいようと懸命になったが、焼けつくような感触に喉が締めつけられた。咳払いをして、軽く喘ぐように息を吸う。クラクストンがほかの三本のブランデーも同様に少しだけ注ぎ、それぞれのグラスの後ろに瓶を置いた。ふたりは四種類すべてを味見した。というより、夫はそう信じている。ソフィアは最後のふたつを足もとのごみバケツに捨てたからだ。

「どれがいちばん上等だと思う？」クラクストンがきいた。

「わたしに鑑定は無理みたいね」ソフィアはにっこり微笑みながら言った。「わたしには、次のも、その前のも、同じくらい上等に感じられたわ」あんなにちょっぴりしか飲んでいないというのに、体じゅうが熱くなってゆるんできた。下唇を舐め、我慢できずにスペンサージャケットを脱ぐ。「ケーキを焼くだけなら、どれを使ってもかまわないんじゃないかしら」

「ぼくはそうは思わないな」クラクストンが二番めの瓶を持ち上げて、妙に熱心に言った。「これをもう一度飲んでごらん」

ソフィアは顔から一切の感情を消して、クラクストンを見つめた。

夫はわたしをどれほど愚かだと思っているのだろう？　子どものゲームに勝つために、わたしを酔わせようとしているの？　ボウルから卵が三つ取られていたことに気づかないほどわたしが不注意だと、ほんとうに思っているのだろうか？

どうやら、わたしのほうが機敏なのは間違いないようだ。クラクストンが背を向けたときに、ボウルにカップ一杯分の塩を入れてあげたのだから。夫はまったく気づかずに、向き直ってかき混ぜる作業を続けていた。ソフィアはくすくす笑った。

クラクストンがテーブルの向こう側から微笑みかけた。「何を笑っているんだ?」

「なんでもないわ」ソフィアはまたくすくす笑った。「あなたには話すつもりのないことを、ちょっと思い出しただけ」

クラクストンが目を丸くした。「本気で知りたくなってきたよ」

「たぶん知りたくないと思うわ」ソフィアは言った。

まったく、これまでに会話のなかで〝泡立て器〟や〝ふるい〟といった単語を使ったことのある公爵が何人いるだろう? 夫の口からそういう家庭的な言葉が出てきたとき、すぐさま疑いをいだいたのだ。ありがたいことに、ソフィアには非難を声に出さないだけの判断力があった。もし鋭い目を光らせていることがばれれば、卑怯《ひきょう》な戦いかたをする夫に勝てなくなる。

「もう一度ブランデーを飲む必要はないわ。あなたの判断を信じるから」ソフィアは明るく微笑んだ。「それを使いましょう」

クラクストンが一瞬、残念そうに顔をしかめた。ため息をついてグラスを持ち上げ、自分で中身を飲み干す。ソフィアはまた笑いがこみ上げてくるのを感じて、エプロンで鼻を押さえながらぷっと吹き出した。

「今のはなんだ？」クラクストンが不機嫌そうにきいた。

「くしゃみよ。ごめんなさい。小麦粉がちょっと鼻に入ったみたい」

クラクストンが唇に残ったブランデーを舐め取った。もしキスをしてもいいのなら、自分がその役をやりたかったのに。

わたしったら、今考えていたことは本気だろうか？　たったふた口のブランデーに頭を混乱させられている。だからお酒は飲まなかったのに。もっとよく考えるべきだった。よこしまな夫が仕掛けてくる次のたくらみを見抜くために、しっかり理性を保っておく必要がある。

ふたりはそれぞれ一カップのブランデーを測って生地のボウルに入れ、最後にもう一度かき混ぜてから、おのおのの焼き型を満たした。ソフィアのケーキはハート形、クラクストンのケーキはひだつきのメダル形に焼けるはずだった。ようやく焼き型をかまどに入れ終え、ふたりは顔を見合わせた。

「あともう少しだ」クラクストンが言って、両手をこすり合わせた。

それからボウルと金属皿とそのほかさまざまな道具を洗い、ソフィアが布でふいた。洗い物が終わると、ソフィアは厨房を歩き回って、スパイスや調理器具を元の場所に戻した。クラクストンがほうきで床に敷かれた油布を掃除した。

「疲れきって、これ以上何もできないわ」ソフィアは言って、ぐったりと椅子に倒れこんだ。

「それなら、座ろう」クラクストンが、となりに椅子を引っぱってきて座った。あまりにもぴったり寄り添ったので、太腿がスカートをかすめた。「残りはあとで片づければいいさ」

ソフィアはため息をついた。頬が火照り、けだるい気分がした。

「ブランデーの利点のひとつは、確かに全身を温めてくれるということね」

クラクストンがまぶたを半ば閉じて、じっとこちらを見つめた。「そのとおりだ」

そのまなざしを感じただけで、下腹部に熱い興奮が走り抜けた。ソフィアは夫の唇を見つめ、いつでも好きなときにキスできたころを思い出した。

まるでソフィアの心を読み取ったかのように、クラクストンが手を上げて顔に触れ、指先で頬と顎の線をなぞった。「きみにキスしたい」

思っていたことを声に出されて、必要以上の喜びを覚えた。しかし冷静でいなければ、多くのものを失ってしまう。「いろいろ考えると、あなたとわたしがキスをするのは無分別なことだわ」

「ぼくたちのあいだが完璧でないことはわかっている」クラクストンが顔から笑みを消した。ぐっと身を寄せ、不意にまじめな表情をして、指の背でソフィアの下唇をかすめる。「でも、ぼくたちが互いを気に入ってはいけないという規則はないよ、グース」

「気に入る」ソフィアはおうむ返しに言った。ある種の満足と心の平和を感じさせるとてもよい言葉。いいえ、〝気に入る〟では、クラクストンへの気持ちを表現できない。ソフィアの気持ちはとても激しく混乱し、熱く燃えていた。

「どうしてわたしのことをグースと呼ぶの？」ソフィアは尋ねた。どうしようもなく取り乱していたから、この話題に耳を傾けることで、ふたりのあいだで高まっている危険な熱を冷まそうと考えたのだ。

「以前から、心のなかできみのことをグースと呼んでいたんだ」クラクストンが指先で喉の中央を撫で下ろし、胸のほうへとたどっていった。「きみはほんとうに美しい……長い首をしているからね」

ソフィアは一日じゅう、きつく巻いたばねのように張りつめた気分だった。一年近く、家族が優しく抱き締めてくれるか、友人たちが愛情をこめて手や背中をぽんぽんとたたいてくれる以外の触れ合いは何もなかった。体はその違いを感じ取って、求めるままに反応した。

唇から小さな喘ぎ声が漏れた。公爵がじっと目を見つめて、うっとりさせた。

「ソフィア――」

距離を置いて息を吸うために、ソフィアは立ち上がって窓のところまで行った。カーテンを持ち上げて降りしきる雪を眺める。「あとどのくらい、ここに閉じこめられることになるのかしら？」

あと三十分でも延びれば、負けてしまいそうだった。すぐそばにいるクラクストンは、磁石のように強力にソフィアを惹きつける。もしふたりがロンドンにいるのなら、心の準備ができるまで家族の保護に身をゆだねて、自室に隠れることができるのに。

クラクストンが近づいてきてとなりに立った。ほんの数センチしか離れていなかったので、体の熱が背中を温めた。欲望の小さなさざ波が背筋のいちばん低い部分をくすぐり、両脚をぐらつかせた。

「なんとも言えないな」クラクストンが喉の奥から低い声を響かせ、まるで羽根でそっとかすめるかのようにソフィアを震わせた。「今は心配する気になれないよ。ここ以外に、きみといっしょにいたい場所を思いつかない」

クラクストンがソフィアの肩に両手を置いて、両腕を撫で下ろしてから、うなじのところで髪を分けた。ソフィアは息を吸った。動いたり、身をよじって逃れたりしたくなかった。

「きみの髪はほんとうに美しい。ずっと、もう一度触れることを夢見ていた」クラクストンが息を吸って、素肌に唇と鼻を押し当てた。「香りを嗅ぐことを夢見て、この髪が自分の肌をすべったことを思い出していた」

これがクラクストンだ。ヴェインだ。かつての欲望がそこにあった。決して消え去ってはいなかった。

胸が痛くなるほど、あまりにも長いあいだ夫を求めてきた。今、こんなふうに触れられて、優しく話しかけられていると、なぜだめと言わなければならないのか、思い出せなくなりそうだった。クラクストンが首のわきに唇を押し当てた。唇と、温かい吐息と、肌を撫でるざらりとした頬ひげの感触が、乳房とお腹の奥に激しい悦びを送りこんだ。くすぐられるかのような感触はあまりにも甘美で、つま先がきゅっと丸まった。

ソフィアはふらついてクラクストンの胸に寄りかかり、窓枠をつかんだ。部屋にはケーキが焼けるにおいが満ちていた。窓の外では雪が降っていた。何もかもが、とても自然だった。

「ソフィア」クラクストンがささやいて、手でソフィアの顎先を持ち上げ、頭を肩に預けさせた。その手をふたたび下ろし、首と鎖骨の素肌を軽くなぞる。「いとしいグース。きみが恋しかった」

「そういうことは……言わないでほしいわ」

クラクストンが低いうなり声を漏らして、両腕をソフィアのウエストに回し、力強さと熱さで体を包みこんだ。「どうして？」

ソフィアは眠い猫が温かさを求めるように、うっとり溶けていった。「そういう言葉が好きすぎるから」

「ぼくはきみが好きすぎるんだ」

クラクストンが首のわきに唇を押し当て、次に頰……それからこめかみにもキスをした。ソフィアの髪がふたりに垂れかかった。唇が素肌に触れ、手が撫でつけるたびに、欲望が体の内側で渦を巻き、ひとつのキスごとにさらに高まっていったので、喘いだり叫んだりしないよう、歯を食いしばらなければならなかった。

「きみの肌はとても柔らかい」クラクストンがささやいた。

温かな息に素肌をじらされ、身をくねらせる。クラクストンが両手でドレスをまさぐり、あらゆる部分に触れて、わき腹を撫で上げ、乳房を包んでぎゅっと握り――。

「ああ」ソフィアは喘ぎ、夫の手をつかんで止めようとした。

「しーっ」クラクストンがなだめた。

ソフィアは止めなかった。止めたくなかった。両手を夫の首の上にすべらせて髪に差し入れる。クラクストンが手を心地よく下へとすべらせて、脚のあいだのくぼみに触れた。手首のつけ根でさすられると、不意に激しい欲求が押し寄せて、ソフィアは腕のなかで身をひねり、むさぼるようなクラクストンの唇を受け止めた。ふたりはゆっくり小さくダンスを踊るように床を横切った。ソフィアのお尻がテーブルにぶつかった。

「キスだけよ」ソフィアは夫の唇に向かってささやき、ぎゅっとしがみついた。クラクストンの体は自分よりずっと大きい。その違いが、いつも快感を呼び起こした。「それ以上はだめ」

「キス。これがそうかい?」クラクストンがソフィアの口のなかを、温かく甘いブランデーの吐息で満たした。顔の両側の髪に指を差し入れて頭を優しく包み、唇で顎から口、鼻、まぶたへとたどっていく。「いいだろう。これでじゅうぶんだよ。今のところは」

クラクストンが話したり振り向いたりするとき、首のあたりにいつも心をそそられる部分があった。ソフィアは唇でその部分を見つけた。塩とシトロンと砂糖の味がする素肌。頭の片隅で、理性のかすかな声が、今すぐこんなことはやめなければならないと忠告した。なぜなら、キスしたり、触れたり、じらしたりすれば、必ず——。

「考えてはだめだよ」クラクストンがささやき、舌で押して唇を開くよう説きつけた。少しだけ広げたソフィアの脚のあいだに体を寄せて、腰の両側から両手をテーブルの上に突く。それから顔と唇だけで優しく押してソフィアの顔を上向かせ、先ほど指先でたどった首の中央を、もう一度キスでなぞっていった。ソフィアはその快感に我を忘れて、背中を反らした。

ヴェインはそれを利用して、ふたたび乳房を包んでぎゅっと握った。ソフィアがうめいて両手でヴェインのわき腹をつかみ、さらに興奮をかき立てた。女性の服が嫌いだと主張するとは、何を考えていたのだろう？　妻の体のありとあらゆる部分が、記憶よりすばらしかった。もっと魅惑的で、もっとかぐわしく、心を酔わせた。そして乳房はとても柔らかく、丸く、ふっくらしていた。肩からドレスをすべり下ろす。

「これはキスじゃないわ」ソフィアがヴェインの両手を押しのけてドレスを引き戻した。しかし体を押しのけはしなかった。半分テーブルに寝そべり、眠そうな目をして、膨れた唇を開いている。さらにキスを求める魅惑的な捧げ物。

「いいや、だいじょうぶさ」ヴェインは微笑んだ。指先で襟ぐりの縁を下へたどり、内側のビロードのような肌をなぞって、乳首のまわりをかすめる。「ここにキスをしたいんだ」

「クラクストン」ソフィアが喘ぎ、びくりと背中を反らした。頬を濃いピンク色に上気させている。

ヴェインの体じゅうが脈打って、目的地へ猛進する馬の一群のように、先へと駆り立てた。どう考えても、キスだけでは足りない。

両手でソフィアのひざから太腿の上まで撫でつけ、腰のところまでスカートをたくし上げて、ストッキングに包まれた脚と黒いガーターをあらわにした。後ろに手を伸ばして尻をつかみ、テーブルの端近くまで引き下ろして、ふたりの体がもっとぴったり重なるようにする。

ソフィアが大きな目に期待をこめて、こちらを見つめた。厨房のなかは熱に満たされ、かまでの淡い金色の光に包まれていた。ソフィアの背後にある頑丈なテーブルは、愛を交わすのにぴったりの高さだった。年代物の木の上に組み敷いて、まだ小麦粉や砂糖が散らばっている場所で体を交えることを考えると、すでに硬くなっていた部分がもどかしさに引きつった。くそっ、ソフィアはぼくの妻なのだから、当然――。

ヴェインは身をかがめて、キスを――。

「ケーキが」ソフィアが叫び、身をひねってヴェインから逃れた。両手を乳房のあいだに持っていき、コルセットをつまんで位置を整える。それから両手で頬をあおいで冷まそうとした。「どのくらい時間がたったのかしら？」

「焦がしておけばいい」自分が焦げているのと同じように。ヴェインはうめき、腕のなかからいきなりソフィアがいなくなったことによる体の苦痛に耐えた。「ぼくなら、大喜びでゲームを忘れるよ。別のことをして時間をつぶそうじゃないか」

淫らなことをして。

「競争心に欠けるあなたの態度には、がっかりするわ」ソフィアがこちらを見ずに言った。

「がっかり……するかもしれないね」ヴェインはつぶやき、ふたりのケーキの違いをソフィアが見たらどれほど落胆するだろうかと考えた。

「なんなら、あなたのは焦がしておけばいいわ。喜んでわたしがご褒美をもらうから」

ご褒美？　股間が脈打って不満を訴えた。もう少しで褒美を勝ち取れるはずだったのに。本能的な男の理屈では、愛を交わしてじゅうぶんに悦ばせ、身ごもらせさえすれば、妻は二度と自分から離れていかないはずだった。

ソフィアがぺちゃくちゃと何かしゃべりながら、厚い羊毛の布を二枚取って、かまどに近づいた。しかし目はどんよりして、頬は赤らんでいる。ヴェインと同じくらい欲情している証拠だ。

「見るのが待ちきれないわ」震える声で言う。「わたしのほうがうまくできていても、妬《ねた》まないでね」

「気をつけるよ」

ソフィアがかがんで、自分の焼き型をかまどから引き出した。ヴェインは親指の腹を噛んだ。きっと、このあとはもうキスを許してはもらえないだろう。くそっ。ふたたび胸を触ることを許されるまでには何日も、いや何週間もかかるかもしれない。何よりもそれが理由で、自分のしたことを恐ろしいほど悔やんでいた。

「ふうん」ソフィアが頬をぴくりと引きつらせて、こちらをにらんだ。「もっと膨らむと思っていたのだけど。でももしかすると、こういう見た目なのかもしれないわね？」

「ぼくのを出して、比べてみよう」ヴェインは布を受け取って慎重に自分の焼き型を引き出した。完璧にふっくらと丸く膨らんだ十二個のケーキが現れた。

ソフィアがぽかんと口をあけた。「あなたのはまったく違う焼き上がりね。どうしてなのかしら」

もちろん、まったく違うはずだ。ヴェインは乾いた小麦粉と、適切な数の卵を使ったのだから。

ソフィアの声には疑いの響きがあっただろうか？　しかし、もう遅すぎた。ヴェインは自慢げな顔をしないように気をつけた。じつはそれに加えて、ソフィアが十二個めのハート形の焼き型を捜して戸棚を探っているあいだに、自分の焼き型にバターを塗っておいた。なくなった焼き型は、ヴェインが戦略的に、いちばん遠くに並んでいる鍋の裏に隠したのだった。

ヴェインは楽々とケーキを金属の型から外して、粉砂糖を上に振りかけた。ケーキの熱ですぐさま砂糖が溶け、薄い砂糖衣になった。

しかしソフィアは、ケーキをひとつも外すことができずにいた。愕然としながら叫ぶ。

「どうしようもないほど、くっついているわ」

もちろん、くっついているはずだ。あのブランデーを飲んだあと、焼き型にバターを塗ることをすっかり忘れていた。もっと気をつけていればよかった！　しかしクラクストンはどこかの時点で、こっそりと自分の型にバターを塗ったのだ。

「何かにおうわね」ソフィアはつぶやいた。

クラクストンは皿から目を上げず、入念にケーキの仕上げをしていた。「たぶん、ケーキのかけらか何かが、かまどで燃えているんだろう」

いいえ、そういう意味ではない。まったくそういう意味で言ったのではない。ソフィアはナイフを使って、どうにか最初のケーキを削り取った。というより、ケーキの一部を。ハートの半分は焼き型のなかに残ってしまった。

「縁がぼろぼろでも心配しなくていいさ。砂糖衣をかければ、きれいに見えるようになるよ」クラクストンが請け合った。

「ええ、ミセス・ケトルは味で判断してくれるはずだもの」ソフィアはにらむような目つきをして言った。適切な数の卵を使っていなくても、クラクストンのひどく塩辛いケーキより、わたしのケーキのほうがずっとおいしいはずだ。

〝戦略を練るのさ〟夫は言っていた。そうね、クラクストン、わたしもよ。

ソフィアは続けて残りのケーキも削り取った。あのとき、クラクストンはブランデーをしきりに勧めた。それより悪いのは、キスだ。今になってようやく気づいた。ブランデーに惑わされていなければ、あんなに意欲的に応じはしなかっただろう。たぶんそれは嘘だが、そう考えるほうが気が楽だった。しかし、まだ終わってはいない。

ソフィアは崩れた破片をまとめて形にし、砂糖を振りかけて、できるかぎりおいしそうに見えるようにした。ほどなく、ふたりは出かける支度を整えた。ソフィアはふたつのかごにそれぞれのケーキを入れてひざにのせ、橇の座席に腰かけて、クラクストンが馬を御せるようにした。

「あら、いけない」ソフィアは叫んだ。「手袋を忘れてしまったわ」

クラクストンが橇から降りた。「取ってきてあげよう」

ペテン師にしては、立派な心がけだ。ソフィアはどこを捜せばいいか指示して、夫が家のなかへ姿を消すとすぐに急いで橇から降り、一瞬だけ立ち止まって自分のケーキのかごを柔らかい毛布にのせた。よこしまな笑い声をあげて、クラクストンのかごを雪の上に放り出す。そしてポケットから手袋を取り、手綱をぐいと引いて、橇の刃に乗った。ソフィアはケーキを焼くより、馬車を駆ったり馬を御したりするほうがずっと得意だった。橇を操ったことはないが、どれほどむずかしいというのだろう?

道の最初の曲がり角で、その答えがわかった。深い雪の吹きだまりで橇が大きく回ると、馬も橇もがくんと傾いて止まってしまうのだ。

「手袋は見つからなかったけど、ぼくが――」

ヴェインは声をしだいに小さくして黙った。目の前に残っているのは、雪に深く刻まれた橇の刃の跡だけだった。しかも、ヴェインのケーキはひっくり返ったかごの横で、雪のなかに散らばっていた。遠くから鈴の音が響いてきた。

丘のほうにちらりと目を向けると、ソフィアが巧みに刃の上に乗って手綱を持ち、褐色の髪を後ろになびかせて、馬と橇を操っているのが見えた。

ヴェインの胸の奥から笑いがこみ上げてきた。「このじゃじゃ馬め!」

手袋が見つからないはずだ。だまされたのだ。最初から、気力に満ちた若い妻は、ヴェインと同じくらい非情な戦いをしていたらしい。まあ、当然だろう。

しかし、ゲームはまだ終わっていない。ヴェインはにやりとしてかごをつかむと、冷たくなったケーキをなかに放りこんだ。

ソフィアは目の端で、ちらりと動くものをとらえた。クラクストンが道の反対方向へ走り、背後に雪を蹴立てながら放牧地を横切っていった。驚くべきことに、捨てられていたケーキのかごを持っているようだ。長い脚とブーツが憎らしかった。

クラクストンは、きのうふたりが渡ったのと同じ場所から、凍った川床を越えていった。遠くから叫び声と笑い声が聞こえてきた。村を見晴らす丘の上で、子どもたちが遊んでいた。数人の男の子たちは雪玉を投げ、別の集団は雪だるまの小さな軍隊を作っている。小さな橇や樽のふたに乗って、雪に覆われた丘をすべり下りている子どもたちもいた。

「そんな」ソフィアは夫の意図に気づいてうめいた。手綱をぴしりと打って、馬をふたたび前進させようとする。馬が甲高い声でいななき、足を高く上げて雪をかき分け、橇を引っぱった。

しかし遅すぎた。クラクストンが子どもの橇を取り上げて、外套の裾を風にはためかせながら丘をすべり下りた。ソフィアは馬を駆り立てて公道を進み、村を通り抜けて、ようやくケトル夫妻の家の前に橇を止めた。

道中にかごが傾いて、いくつかのケーキは座席の床に転がっていた。ソフィアはそれを拾ってよごれを吹き払い、急いでかごに戻した。

クラクストンの姿はどこにもなかったが、下に目をやると、階段に新しいブーツの足跡がついていた。ソフィアはがっかりした。ケトル氏が扉をあけ、客間に通してくれた。

「家内が何をしてるのか、見てきますよ」ケトル氏が言って、別の部屋へ向かった。

暖炉の前に立って両手を温めていたクラクストンが振り返り、楽しそうに満面の笑みを浮かべた。「おや、ソフィア」くっくっと笑いながら、からかいと賞賛が入り交じったようなまなざしを向ける。「じつにうれしいよ。きみがあんなことをするとは思っていなかった」

ソフィアは猛然と部屋に歩み入った。「わたしのケーキをだいなしにしたんだから、置いて行かれて当然よ」

「規則はないと言っただろう」クラクストンが途中で出迎えた。よこしまな笑みがすべてを告白していた。

「わたしを酔わせようとしたわね」

クラクストンがさらに歩み寄った。「非情な戦いをすると言ったはずだよ。勝つためにはなんでもすると」

「キスしたわね」

夫が喉の奥で低くうなった。「それ以上のことをした」

ソフィアはケーキを奪い取られるのではないかと思って、かごをしっかりつかんだ。

「最終的には、すべてについて謝る気になるかもしれない」クラクストンが身をかがめてソフィアを抱き締め、唇にしっかりキスをした。「きみにキスをして触れたこと以外はね。それについては、絶対に謝らない」

戸口から足音が聞こえてきた。クラクストンが手を離し、ウインクをして数歩退いた。

「ケーキがあると聞きましたよ」ケトル夫人が言った。クラクストンが罪深い笑みを投げてよこした。

「ええ、ここに」ソフィアはぼんやりと言った。クラクストンも暖炉のそばからかごを取り、同じように手渡した。

「それなら、見せてもらいましょうか？」

ソフィアはケトル夫人にケーキを手渡した。

「あなた、公爵夫人のコートをお預かりして。部屋が小さいから暖かくなりすぎたわ」

ケトル氏が手を貸してロングコートを脱がせてくれた。ケトル夫人とは違って、ソフィアは暖かすぎるとは思わなかった。それどころか、コートを着ていないとかなりの寒さを感じた。ソフィアは胸の前で腕を組み、さりげなく暖炉に近づいた。

ケトル夫人がケーキをじっくりと見た。「おや、まあ。ハートはばらばらになってるし、メダルは雪で凍ってしまったみたいですねえ」

クラクストンがソフィアをちらりと見てから、ケトル夫人に視線を戻した。「もしかすると、味で両者の違いがはっきりするんじゃないかな」

ケトル夫人は、あまり納得したようには見えなかった。「もしかするとね」

ソフィアのケーキを先に味見する。「生地はちょっと、残念なできですこと。とても硬くてぎっちりしてるわ」肩をすくめて、クラクストンのケーキをひとつまみ口のなかへ放りこむ。そして目をぱちくりさせ、咳きこんでから、ごくりと飲みこんだ。「塩だわ。塩の入れすぎですよ。ねえあなた、わたし、お茶のカップをどこに置いたかしら?」

「塩だって?」クラクストンが叫んだ。「まさか、そんなはずはない。ぼくは正確な分量に従って――」

さっとソフィアに視線を向ける。「きみのしわざだな」

「だまし合いね!」ケトル夫人が言った。「驚くまでもありませんわ。この勝負は引き分けとすべきかと思います」

「かまわないわ」ソフィアはクラクストンをちらりと見てから、ケトル夫人に向き直った。両手をわきに下ろす。「このあとの任務は、協力してやり遂げることに決めたから」

ケトル夫人が顔を上げて微笑んだ。しかし、視線は別の方向にそれ、ソフィアのドレスの前身ごろに落ちた。

「ええ、公爵夫人、そう決めたのは見ればわかりますよ」ケトル夫人がきっぱりと言って、うれしそうな笑い声をあげた。

ソフィアは視線を落とし、ケトル夫人が笑っている理由を悟った。両胸にくっきりと、白い粉でクラクストンの手形が印されていたのだ。

ヴェインは、恥ずかしがるソフィアを見て楽しまずにはいられなかった。とびきりかわいらしい姿だった。ソフィアはケトル夫妻に〝お休みなさい〟もろくに言えず、ヴェインの腕につかまらなければ、戸口から橇までまっすぐ歩くことさえできなかった。それでも、ふたりはケトル夫人が満足する形で第二の任務をやり遂げ、第三の手がかりをもらうことができた。その封筒は、椿屋敷に戻ってからあけることに決めた。

　空はすでに夕闇で薄紫色に染まっていたが、丘の頂上にたどり着くと、ヴェインは思わず、まだ橇遊びをしている村の少年たちのほうへ向かい、ソフィアを橇から降りるように促した。

「ここで待っていてくれ」ヴェインは言った。

「どこへ行くの？」ソフィアが眉をひそめてきいた。

　ヴェインはそれ以上答えずに、ソフィアを残して橇を丘のふもとへ戻した。馬をつないで留めてから、斜面をのぼる。ソフィアが丘の縁から下をのぞき、のぼっていくヴェインを見ていた。勘違いかもしれないが、妻の目にはしぶしぶながらの賞賛があるように思えた。ヴェインの力強さと身体能力に感じ入っている。ヴェインは思春期の愚かな少年のように、ソフィアを感心させることに大きな喜びを覚えた。

　それでも、妻は幸せそうだと言いきれば、ひどく誤った発言になるだろう。どこか、しっくりいかないところがあった。それは、両胸に残した手形にはまったく関係がなく、結婚生活の問題にこそ関係があるのだと感じざるをえなかった。どうすればいいのかわからない。ただ、自分がきょう、ソフィアとふたりで最高にすばらしい時間を過ごしたことだけは確かだった。それでも、あのいまいましいリストの存在が、黒い雲のようにふたりにつきまとっているのはわかっていた。あれを忘れさせるためなら、なんでもするつもりだった。

「疲れていて、寒いのよ、クラクストン。あなたが子どもたちと橇遊びをするあいだ、ここで待っていたくないわ」

「子どもたちと橇遊びをする気はないよ」ヴェインは笑った。「きみといっしょにすべるんだ」

「わたしと？」ソフィアの顔から無感動な表情が消え、緑色の目が好奇心に輝いた。

「きみがやってみたいかと思ってね」

やってみたいはずだ。坂を見下ろす様子や、きれいな口もとに浮かべた小さな微笑みで、それがわかった。

「転げ落ちたらどうするの？　ごろごろ転がって、あの少年たちの前でスカートを広げて、きょうすでに経験した以上の恥をかくことになったら？」ソフィアが目を閉じた。「ああ、クラクストン。ケトル夫妻はわたしをどう思ったかしら？」

気に病んでいるソフィアの姿がおもしろくて、ヴェインはくっくっと笑った。すかさず手袋をはめた手でソフィアの手を握り、指の背に唇を押し当てる。「ふたりはきみをとてもすてきだと思っているよ」

「あんなに恥ずかしかったのは、生まれて初めてだわ」

ソフィアがヴェインの唇に目を留めた。ヴェインがキスをすると、今度は目を見つめた。震える息を吐いて、下唇を嚙む。頰がピンク色に染まっていた。自分と同じように、あの情熱的な――しかし中断されてしまった――厨房でのできごとを思い出しているに違いない。

「恥ずかしがる必要はないさ。ぼくたちは夫婦なんだ。ケトル夫妻は、ぼくたちの幸せを望んでいる」腕のなかにソフィアを引き寄せ、顔をうつむけて――。

ソフィアが青ざめ、顔をそむけた。「子どもたちの前ではだめよ」

ヴェインは肩越しにちらりと振り返り、少なくとも七人の見物人がいることを知った。全員が目を丸くして口をぽかんとあけ、こちらを凝視している。ヴェインはしかたなく抱擁を解いて身を引いたが、ソフィアの片手は握ったままでいた。

「どう言えばいいんだ？」ヴェインは親密な口調でつぶやいた。「きみは我を忘れさせるんだよ」

「クラクストン――」ソフィアはまだ目を合わせようとしなかった。

不意に、ソフィアが言おうとしていることを聞きたくないと、はっきり悟った。

「ソフィア、ぼくはあの橇に乗って、丘のてっぺんから飛び出すつもりだよ」ヴェインは親指でソフィアの手首の裏をさすった。「たとえ向こう側に何があるかわからなくてもね。もしかすると、ときどきこぶにぶつかったり、がたがた揺れたりするかもしれないが、ほとんどはとても爽快《そうかい》だよ。約束する」

「向こう側に何があるかはわかっているでしょう」ソフィアが低い声で言った。「ほんの一時間前に、丘をすべり下りたじゃない」

ヴェインは目をしばたたいた。「たとえばの話だよ」

ソフィアが帽子のつばの下でまつげを伏せ、表情を隠した。

「わかっているわ」さりげなく答える。

ヴェインは横向きになって、ソフィアを橇のほうへ導いた。「さあ。いっしょにすべろう。転げ落ちたり、スカートが広がったりすることはないよ。ぼくが許さない」

ソフィアはようやく、うなずいて同意した。

クラクストンが、先ほどと同じ少年に合図した。また駄賃がもらえることを期待して、子どもが橇を引いて頂上までやってきた。近くでその姿を見たソフィアは、遠くからでは気づかなかったことに気づいた。少年のズボンと上着には穴があき、ブーツはぼろぼろだった。

「ありがとう、坊や」クラクストンが言って、少年の手に硬貨を押しつけた――ソフィアは開いた少年の手のひらを見て、それが半クラウンであることに気づいた。

不意に押し寄せてきた感情に、喉が締めつけられた。今朝のクラクストンは、恵まれない者たちに何かを与える慈善という考えには無関心に思えた。しかしこの少年には、家族全員に温かな服を買ってやれるほどの金《かね》を与えたのだ。

クラクストンが帽子を脱いで、少年に預けた。それから小さな木の台に座り、両足を前端に置いた。こちらを見て、手で合図する。「ここに座ってくれ。ぼくの脚のあいだに」

その瞬間、ソフィアの心がまた少し開いた。クラクストンは丘のてっぺんに座って、手招きしている。誘惑するためや、跡継ぎを産ませるためや、ゲームに勝つためではなく、ただ思い出を作るために。本人は気づいていないのかもしれないけれど、ソフィアは気づいた。

ケーキのことや、あのとんでもない手形のことでうろたえているのではないと、どうしたらクラクストンに説明できるだろう？　浮かない気分なのは、自分がもう一度夫にすっかり心を奪われてしまうのではないかと恐れているせいだ。だから、ただひとつの理性的な反応は、身を引いて、夫を愛することで必ずもたらされるはずの苦しみから自分を守ることだけだった。

誰かを愛するとき、ソフィアは心の底からその人を愛する。しかし、ここ三日でクラクストンについて学んだことを考えると、夫の心が同じだけの愛を返せないのも理解できる気がした。本人のせいではない。父親がありとあらゆる方法で、クラクストンの優しい面を損なってしまったのだ。

ソフィアにとっては、愛と体の結びつきはひとつの経験として絡み合っているが、夫にとってはそうではない。わたしを愛していないのと同じように、ほかの女性たちの誰ひとり、愛してはいなかった。何よりも恐れているのは、夫が差し出せる最上のものは〝気に入る〟という気持ち――たとえ誠実な気持ちではあっても――と、肉体的な満足なのかもしれないということだった。結婚前に、ほかの女性たちに差し出したものと同じだ。それではじゅうぶんではないが、結婚という法的な束縛のなかで子どもが欲しいのなら、折り合いをつける方法を見つけるしかなかった。

ソフィアはクラクストンの手を取って、橇の上に座った。

ぴったりと夫に身を寄せる親密さに、頬がかっと熱くなった。両側からたくましい両脚に支えられ、温かい胸に背中が包まれるのを感じた。スカートを脚の下にたくしこむ。

「両腕をぼくの脚に回して、しっかりつかまるんだ」クラクストンがかすれた声で耳にささやき、ソフィアは言われたとおりにした。腕をお腹に回された。羊毛に覆われた、筋肉の頑丈なバンド。

「準備はいいか？」クラクストンが静かにきいた。「一度てっぺんから飛び出せば、もう引き返せないからね」

「それが怖いのよ」

「怖がらなくていい」

クラクストンが励ますと同時に、少年が走ってきてふたりを押した。橇の刃が雪の上でしゅーっと音を立て、坂の縁で橇が下に傾き――。

冷たい風がソフィアの顔を撫で、帽子をかぶっていない髪をなびかせた。もっと速く。橇ががたがたと揺れ、景色が飛ぶように通り過ぎる。もっと速く！　うねるような荒々しい喜びがこみ上げてきた。純粋に楽しむ気持ちが、ほんの一瞬、ソフィアを少女時代のいちばん幸せだった日々に戻らせた。恐れも、苦痛や悲劇の予感も、何ひとつ心に抱えていなかったあのころ。ソフィアは笑い、それから叫んだ。クラクストンがしっかり抱き締め、顔をソフィアの顔の真横に押しつけた。夫の笑い声が背中を震わせた。

あまりにもすばやくふもとに着いてしまったので、残念なくらいだった。橇はどすんと音を立て、横すべりしてついに止まった。胸の高揚感が落ち着き、少年が後ろから跳ねるように下りてきて、公爵に帽子を返して橇を取り戻すと、ソフィアはもう少しでふたりに、もう一度すべらせてほしいと頼みそうになった。けれども、口を閉じたままでいた。少年は橇を引いて頂上に戻り、はやし立てる友人たちに迎えられた。

ソフィアはロングコートを整えて笑った。「あの危なっかしいものが、わたしたちの下でばらばらになりそうで心配だったわ。ものすごく揺れるんだもの！」

「楽しんだようだね」クラクストンは髪をまっすぐ後ろに吹き飛ばされた状態で、目を輝かせ、すっかり得意の境地にあるような顔をしていた。まるで雪景色のなかに立つ、誇り高くはつらつとしたロシアの王子のようだ。

「ええ。とっても」ソフィアは叫んだ。「いっしょにすべらせてくれてありがとう」

クラクストンがソフィアの腰のくびれに手を当てて、橇のほうへ導いた。ふたりのブーツの下で、雪がざくざくと音を立てた。大きな綿毛のような雪が激しく降り、寒さがブーツの底と服の外側から染み入ってきた。ソフィアは身を震わせた。

「寒いんだね」クラクストンがソフィアの肩に腕を回し、もう片方の腕をひねって自分の首から襟巻を外し、首にかけてくれた。「ごめんよ。無理やりこんなことを――」

「いいえ」ソフィアはさえぎった。「最高の寒さだわ。なんて楽しいんでしょう！　それに、あなたが上でしたことを見たわよ」

夫の横顔にちらりと目を向ける。

「なんのことだい？」クラクストンが尋ねた。真っ白な丘の斜面を背景に、血色のよい頬をして、とてもすてきに見えた。風が髪をくしゃくしゃに乱す。ソフィアは夫の唇を見ないようにして、厨房での情熱的な抱擁を忘れようとむだな努力をした。

「あの少年よ」ソフィアは言った。「ほかの子たちとはまったく違って、擦り切れた服を着て、ぼろぼろのブーツをはいていたわ。あなたは、たくさんあるなかでいちばん怪しげな、あの子の橇を使うことに決めて、半クラウンをあげたのよ」

「半クラウン？」クラクストンが、濃いまつげの下からちらりと視線を向けた。「まさか。一シリングだけさ」

ソフィアは夫の袖をつまんだ。「半クラウンよ、クラクストン」

「単なる間違いさ」クラクストンが帽子をかぶった。「あの少年がいちばん近くにいたし、いちばん熱心だったからね」

「信じないわ」

クラクストンが不意に燃えるようなまなざしで、ソフィアの目をのぞきこんだ。「ぼくのなかにもいい部分があると信じるのは、そんなにむずかしいかい？」

「いいえ、クラクストン」ソフィアは穏やかに答えた。「少しも」

短い間があいた。

「もうすぐクリスマスなんだ」クラクストンが言って、顎をさっと横に向け、村を見渡した。「もしかするとあの少年は、新しい靴か上着を買うかもしれない。でもたぶん、家族に何か食べさせるんじゃないかな」

そう言って腕を伸ばしたので、ソフィアはつかまり、橇に乗った。

橇はほどなく、暗がりに沈んだ椿屋敷に到着した。三十分後には、燃える炎と周到に置かれた衝立が、居間の寒さを消し去った。ケトル夫人のすばらしい食事を食べたのと同じ場所で、ふたりは前日に宿屋の女将にもらったホロホロ鳥を食べた。パンとチーズ、村で買ったクリスマスビールもあった。

「きみはチェスをするんだろう？」食べ終わると、クラクストンが言って、チェス盤に駒を並べ始めた。上着は脱いでいたがクラヴァットは外しておらず、いかにもくつろいでいる紳士らしく見えた。

「もうずいぶんやっていないわ。やりかたを忘れてしまったみたい」食事のあとは、すぐに部屋にこもるつもりでいた。

「いや、それは信じられないな」クラクストンが皮肉っぽく言って、顔をうつむけて疑わしげな視線を投げた。「チェスのやりかたを忘れる人はいない」

ソフィアの胸が、おなじみの重苦しさで満ちてきた。つらい思い出が詰まった重苦しさだった。

「そうかもしれないわね」と同意する。「じつは、家族のなかで、父とチェスをしていたのはわたしだけだったの。ダフネもクラリッサも、長いあいだじっと座って集中していることができなかったのよ。父が亡くなってから、誰とも対戦していないわ」

ソフィアと父は、どちらもチェスと本が大好きで、果てしない時間をふたりだけで過ごしたものだった。それは、これからもずっと忘れない特別な時間だ。現在のクラクストンとの気まずい関係について、父はどう思うだろうかと考えずにはいられなかった。優しい助言が欲しくてたまらないことがよくあった。

「むごいことだったな。きみのお父さまが亡くなったのは」クラクストンが穏やかな声で言った。「まさに冷酷な運命の一撃だった」

「誰に想像できたかしら？　立ち上がった馬に蹴られるなんて。いつだって、馬の扱いがとてもじょうずだったのよ」

クラクストンは黙ったまま、じっとこちらを見つめていた。「ぼくたちが初めて会ったあと、きみはそのことを話してくれたけれど、どうして事故が起こったのかを話したことはなかったね。二年が過ぎたあとでも、その悲劇はまだきみの心のなかでは生々しすぎるような気がしていたんだ。もちろん、ウォルヴァートン卿を含む、きみたち家族全員にとってね。きみは、その場にいたんだろう？」

ソフィアはゆっくり正確に、自分の側の白い駒を並べ直し、手の震えを隠そうとした。クラクストンの言うとおりだった。運命の一撃。三年余りが過ぎたというのに、今もその悲劇は、ついきのう起こったかのように感じられた。

「わたしたちは外で何時間も、ダフネとクラリッサが乗馬の練習をするのを見ていたの。そのとき急に、空が暗くなってきたのよ」ソフィアは言葉を切り、自分の人生を、母と妹たちの人生を永遠に変えてしまった宿命的な瞬間を思い出した。「ダフネはとても楽しんでいたから、戻りたがらなかったの。わたしたちの呼ぶ声が聞こえないふりをしていたと、あとで言っていたわ。だから父が、ダフネを迎えに行ったのよ。かすかに雷がごろごろと鳴り始めて、馬が驚いて跳ね出したの。ダフネは御せなくなって、父が馬具に手を伸ばした。そのとき、大きな雷鳴が、空をふたつに引き裂いたの」目を閉じて息を吐く。「ダフネのせいではないのよ。でも、あの子が決して自分を許さないことはわかっている。あれから二度と乗馬はしていないわ」

「気の毒に。痛ましい事故だ」クラクストンが首を振った。「しかも、ヴィンソンが海で亡くなってまだ一年だったというのに」

「ええ」ソフィアは、兄の名前を聞いてまぶたを閉じた。ヴィンソンは南太平洋へ研究旅行に出かけ、命を落とした。「あなたに話したことはなかったけれど、ヘイヴァリングはその旅行にいっしょに出かけたのよ。ヴィンソンが亡くなった夜、ヘイヴァリングは具合が悪くて船室に残っていたの。あの人が何かと世話を焼こうとするのは、そういうわけなのよ。もし自分があの場にいたなら、事態を変えられたはずだと信じているの」肩をすくめる。「海が兄をのみこむのをどうにかして止められたとでも言うようにね」

「きみは、従兄《いとこ》のミスター・キンクレイグを、お祖父《じい》さまの爵位を継ぐにふさわしい相続人だと思うかい？　ぼくは、自分たちの婚約パーティーでちらりと会っただけで、彼の人柄についてなんらかの意見を持つ機会がなかったんだ」

ソフィアは胸の内でぎくりとした。キンクレイグ氏は、ウォルヴァートン伯爵の爵位と領地の相続人に指名されて以来、家族のなかでは不愉快な話題の種になっていた。そのときまで、キンクレイグ氏は家族全員にとって見知らぬ人だった。みんなが当惑したことに、従兄はそのままの状態でいようと決めているらしかった。家族が長いあいだ名誉を持って守り、崇めてきた先祖の歴史を、ああいう人が所有することになるのは、まるで茶番劇のように思えた。

「うーん。なんて質問かしら」ソフィアは天井を見上げた。「儀礼的に答えるべき？　それとも真実を話すべき？」

「ぼくには、いつも真実を話してくれ、ソフィア」クラクストンがまじめな顔で言った。

ソフィアはキングの王冠の凹凸を指でなぞった。「ミスター・キンクレイグは、横柄で冷たい人という印象よ。それに、お祖父さまの好意や承認を得るためや、家族の一員になるための努力を何ひとつしないの。わたしたちのほうは何度も、彼を温かく迎えようとしたのだけど……。あの人は、ただ待っているように思えるわ。お祖父さまが――」不意にこみ上げてきた感情に喉が詰まり、それ以上は言えなかった。悲しいため息をつき、まつげを伏せて涙を隠す。「お父さまとお兄さまが生きていたらと心から思うわ。お祖父さまが逝ってしまったら、何もかもが変わるでしょうね」

「ああ、わかるよ」

「お祖父さまのいちばんの願いは、自分が逝く前に残るふたりの孫娘たちを嫁がせて、この先を安心して暮らせるようにすることなの」

「そうか、なるほど」クラクストンが椅子に深く座ってじっと火をにらんだ。ヘシアンブーツの革が縞瑪瑙《しまめのう》のように光った。「結婚はすべてを解決するからね。きみとぼくは誰よりもそれをよく知っている」

ソフィアはまたため息をついた。ああ、愚かなことを言って、自分で仕掛けたわなにはまってしまった。自分たちの結婚生活。頭の隅で一日じゅう、そのことを考えていた。ケトル夫妻を訪ねているあいだも、買い物をしたり、ケーキを焼いたり、橇ですべったりしているあいだも。ああ、そしてキスをしているあいだだって。

クラクストンが頭を横に傾けて、こちらをのぞきこんだ。「受け入れてくれと急かしすぎているとしたら、謝るよ。でもぼくたちは、前より親しくなりつつあると思ったんだ。いっしょに楽しい時間を過ごしたから。明らかに、きょうの午後は度を越してしまった。手を触れたときはきみが戸惑っているのが感じ取れたし、丘のてっぺんから飛び出そうとばかなことを言ったあとは――」

「クラクストン、わたしたちの結婚生活について、結論を出したわ」

クラクストンが目をしばたたいてから、姿勢を正し、すぐさまじっと耳を傾けた。不安と希望が入り交じった表情を浮かべている。夫は恐れているのだ、と気づいた。ソフィアが言うかもしれないことを恐れている。「結論というのは?」

「別居の要求を取り下げることに同意するわ」

「ソフィア」クラクストンが上体を乗り出して、長い脚を曲げ、大きなブーツをソフィアの小さなブーツの両側に置いて、両手を包みこむように握り締めた。「きみにはわからないだろうな……これがぼくにとってどれほどの意味を持つか」不意に言葉が出てこなくなったかのように、短く息を吐く。

「わたしの結論を聞いて幸せ?」ソフィアは尋ねた。

「もちろん」クラクストンが目を丸くした。「もちろんさ。きみは?」

「満足しているわ」嘘はつけなかった。このことに対する気持ちを〝幸せ〟とは表現できない。昨夜以来、危険な断崖の縁に立っているかのように感じていた——夫への高まる欲望が、二度と引き返せない場所へ引っぱっていこうとする。どうにか後戻りしなくてはならなかった。

夫との愛の行為は、完全に身を預けていた以前とは違うものになるだろう。同じであってはならない。自分の心を守れるように、規則を作る必要があった。そうでなければ、子どもを持つ計画を進められなくなる。

「満足しているだけかい?」クラクストンがさらに身を寄せ、片手でソフィアの顔を自分のほうに向けて、キスしようとした。

ソフィアは唇と唇が触れる前に、頰を差し出した。

「でもこういうことはやめるべきだわ」ソフィアは言った。

クラクストンが身をこわばらせた。「何をやめるべきだって?」

「キスとか、わたしを誘惑しようとする努力とか」

「きみはぼくの妻だ。ぼくはきみを誘惑したい」クラクストンが手を伸ばして、ひと房の巻き毛に触れた。「もっと重要なのは、グース、きみはぼくがいっしょに艪遊びをした唯一の女性だってことだよ」

「からかわないで」

「誰がからかっているって?」クラクストンがいぶかしげに尋ねた。見開いた目に、怒りがちらりと光った。「きみが欲しくて、半分おかしくなりそうなんだ。きみとベッドをともにしたい。愛を交わしたい」

「ほんとうに、クラクストン、そういうことを言う必要はないのよ。わたしは結婚生活を続けることに同意したわ。そして子どもを持つために、わたしたちはすべきことをするでしょう――」ソフィアは頬を赤くして、さっと目をそらした。「率直な方法でね。どのくらいする必要があるにしても、うまくいくように願うだけよ」

クラクストンがクッションにぐったりと背中を預け、不機嫌な顔をした。「まったく、なんてロマンチックなんだ」

「わからないの? まさに、わたしもそのことを言っているのよ。きょうの午後はとてもすてきな時間で――」厨房でふたりのあいだに起こったことを思い出すと、今でも頬が熱くなる。「――いっしょに楽しく過ごせることをうれしく思ったけれど、ロマンスや誘惑は必要ないの。キスもね」怖いのは、そういう親密さだった。理性的に考える能力が奪われてしまう。「たまたま結婚したから、恋愛のまねごとをしているだけでしょう。ほんとうに、そういうのは欲しくないの」

「ぼくたちのあいだのことを、そんなふうに考えているのか?」クラクストンがふたりのあいだの狭い空間を指さした。「子どもを失う以前のことさえ、まねごとだったと？」

ソフィアは目を閉じた。「以前のことは話したくないの」以前は子どもを失い、クラクストンを失った。もう一度ふたりとも失ったら、という絶え間ない恐れのなかで生きることはできない。距離が必要だった。安心感が。それが、平穏に過ごすただひとつの方法だ。「不快な思い出はぜんぶ忘れることにしましょう。わたしは今のことを話しているの。それに、お願いだから、わたしの言葉を誤解しないで。怒らせるつもりはまったくないのよ」

「きみはただ、子どもが欲しいだけなんだろう？」クラクストンが言った。怒りで声がしわがれていた。

「子どもが欲しいということは、最初からはっきりさせてきたわ」

「でも、ぼくを欲しくはないんだな」

ソフィアはぽかんと口をあけた。夫は何を言わせたいのだろう？　愛している、と言わせるつもり？　キスをして、この体を欲望で燃え上がらせて……きみを気に入っているという気持ちはこれからも変わらないよ、と言うために？

そんなふうに自分をさらけ出すことはできない。もう一度傷つきたくはない。あんなに深く。

だめ。そんなことは耐えられない。

やっとのことで答える。「あなたを縛りたくないの」

「というより、自分自身をだろう」クラクストンがつぶやいた。

ソフィアは頰を熱くしながら叫んだ。「ひどいことを言わないで」

「ひどいことを言っているのはきみだよ」クラクストンが言い返して、椅子から勢いよく立ち上がったので、木の脚が絨毯の上でがくんと揺れた。大股で歩み去り――それから戻ってきて、ソフィアが座っている場所のまわりをぐるりと回る。しばらくのあいだ、手で顔の下半分をさすり、しかめ面を隠していた。「ぼくたちのあいだにきょう起こったこと、きのう起こったことを否定する。そして、情熱なしで子どもを作ることをぼくに頼む。まったく、そんなことが可能かどうかもわからないな」

「可能なはずだわ」ソフィアは軽い口調と落ち着いた表情を保ったが、心臓は太鼓のように大きな音を立てていた。「わたしたちのような状況や立場にいる人たちは、いつだってそうしているもの」

「それなら、実際にきみが提案しているのは、非公式な別居だ。そうだろう、ソフィア？　子どもができれば、ぼくたちは別々の道を行くのか？　たとえそれが家の端と端であっても。互いに対する真の義務はなく、子どもに対する義務だけがあるというわけか？」

「あなたが求めるものすべてに同意したというのに、ずいぶん冷たい言いかたをするのね」

クラクストンが目を見開いて、あざけるように上唇をゆがめた。「きみの言うとおりなんだろう。早く始めればそれだけ、子作りという不愉快な仕事を早く終えられるよ」黒い頭を低く下げ、うやうやしく腕を曲げてお辞儀をしながら言う。「公爵夫人、必要な跡継ぎをもうけるという目的のため、今夜ぼくとベッドをともにしてくださるようお願いいたします」

「わたしを傷つけるつもりなのね。本気じゃないんでしょう」

ほんの数分前に、ソフィアは結婚生活を続ける意志を打ち明けた。ところが、ちらりと困難の兆候が見えただけで、クラクストンはすでに攻撃に転じて、わたしを傷つけ、押しのけようとしている。

「申し訳ない」クラクストンが立ち上がり、芝居がかった態度を消した。「秘書をこの屋敷に滞在させていないんだ。秘書がいれば、きみの許可を求める提案を書面にして――」雷のように声をとどろかせて言う。「公爵の封印とともに、正式な急使に届けさせるんだけどね」

「わたしの不安を、少しは気遣ってくれてもいいでしょう」ソフィアは叫んだ。「結婚生活を続けることには同意したけれど、まっすぐあなたのベッドに飛びこむ準備ができたわけではないのよ」

「ああ、それはきみのベッドだろう。ぼくにはベッドがないんだから」クラクストンが片方の黒い眉をつり上げた。こちらに数歩近づいて、横目でにらむ。「長椅子にもそれなりの魅力があるけどね」

ソフィアは落ち着いた表情を装って、すばやく答えた。「いいえ。じつは今朝、あなたの少年時代のものが置かれている部屋に、ベッドを整えておいたの。今夜はそこで寝ればいいわ。とても上等なシーツと、何枚かの毛布と、ベッドを温める道具もあるわよ。きっと気持ちよく眠れるわ」ふつうの会話に戻そうと、おしゃべりを続ける。「気持ちよさそうだと思わない？」

クラクストンが体をこわばらせ、きびしい目つきでこちらを見つめた。

「ぼくを閉め出さないでくれ」不意にわびしげな表情をして言う。「ソフィア、なぜそんなことをするのか理解できないよ。何を恐れているんだ？」

「わたしは、あなたがなぜそんなに不満なのかが理解できないわ」ソフィアは言った。「あなたは勝ったのよ。どうしてわからないの？　別居はしないし、子どもも作るつもりだわ。わたしはただ、この考えに慣れるためにもう少し時間が必要なだけよ」

「考えって？」

「あなたがいるという考えよ」

「きみには十七カ月もあったじゃないか」クラクストンが抑えた声で言った。

「いいえ、クラクストン。わたしには三日しかなかったわ」

# 12

「あのいまいましいリストのせいなんだろう?」クラクストンが食いしばった歯のあいだから言った。「言っただろう。名前を書けば、きみはぼくを軽蔑すると」

「軽蔑はしていないわ」ソフィアは答えた。「嫌ってもいない」

「放蕩者は永遠に放蕩者。そういうことだろう?」クラクストンがさっと頭を振り、顎を引き上げた。「ぼくはだめになった商品だ。すっかり壊れている。過去の所業によってよごれきっているから、きみの雪のように白いベッドには――」

「クラクストン」ソフィアは夫の辛辣な言葉に衝撃を受け、目を見開いた。

いつの間にか、クラクストンはすぐ横にいた。

「そのとおりのことを感じているのに、驚いたふりをするな」荒々しく言って、ソフィアを引っぱって立たせ、腕に抱く。「どうしてほしいんだ? いつも忠実でいると誓えばいいのか?」顔を傾けて、わざと優しい顔を装い、指先でソフィアの頬をかすめる。

「ひどいことを言わないで」ソフィアは警告し、夫の強烈なあざけりに息を弾ませた。

「それならあの言葉を口にしよう。たくさんの男たちがそうしているように」クラクストンがソフィアをぐっと引き寄せ、両手で腰をつかんだ。体を押しつけ、男らしい部分に気づかざるをえないようにする。まるで武器を振るうかのように。「ソフィア・ベヴィングトン、ひと目きみを見たときからわかっていた。きみはぼくにとって、ただひとりの女性だ。きみを決して放しはしないよ、いとしい人。生きているかぎり、ほかの女性のことなど考えも――」

「そういうことじゃないのよ」ソフィアは叫び、頬を火照らせながら身を引いて、クラクストンの怒りに満ちた愛撫から逃れた。あと数歩進めば、あいだに長椅子を置くことができる。夫はわたしを挑発しようとしている。でも、理性を失って同じくらいきびしく反撃するわけにはいかない――たとえ、ののしってやるのが当然なのだとしても。ソフィアはとにかく子どもが欲しかった。

「それならどういうことか教えてくれ」クラクストンが迫った。

「あなたに変わってほしいと期待はしないということよ。わたしたちは、わたしたちのままだわ、クラクストン。人はみんな、それぞれの痛みや思い出や失望や欲望からできているものでしょう。あなたもわたしも、自分がどんな人間になるかについては、どうにもできないのよ。ただ自分の欠点を認めて、それに応じて少しでも賢い決断をして、前へ進むしかないわ」

「きみはなんて成熟しているんだ」クラクストンが唇をゆがめて言った。明らかに、まったく褒め言葉ではない褒め言葉だった。

ぐさりと胸を刺され、ソフィアは口走った。「わたしをばかにしないで。守れそうにない約束をあなたにさせないくらいには成熟しているわ」

ヴェインは笑った。虚ろな声が暗がりに響いた。

「恐ろしいことに、ソフィア、きみが言っているのは真実かもしれない」ヴェインはいきなり顔をそむけた。頭を後ろに反らして天井を見つめ、両脚を大きく広げて立つ。もしソフィアが信じてくれないのなら――誠実な心を見てもくれないのなら――ふたりの将来にどんな希望があるというのだろう？　冷え冷えとした絶望が体を駆けめぐった。「ああ、そうさ、真実だ。正気の男なら誰だってとどまったはずなのに、ぼくは臆病者のようにきみを置き去りにした。置き去りにしたんだ。だから、きみは決してぼくを許さない。たとえ許したとしても、決して忘れないんだ」

ヴェインは肩を波打たせて荒い息をついたが、まだソフィアのほうには向き直らなかった。気を落ち着けるのに、もう少し時間が必要だった。

しばらくしてから、ソフィアが言った。「だから、わたしに腹を立てるのはやめてほしいの。現実的になろうとしているだけよ。わたしたちは子どもを作る努力をして、それがうまくいったら、どちらも自由になって、望みどおりの生活を続ければいいわ」

ここでヴェインは振り返った――ヘシアンブーツのかかとでくるりと向きを変える。

「でも、結婚したままでいるんだな」低い声で確かめる。暖炉の明かりがソフィアの顔に柔らかな曲線を描いていた。「そのときになっても、別居はしないんだな」

「それがわたしの望みよ」ソフィアが答えた。「多くの夫婦が、結婚したままでとても満足のいく別々の生活を送っているわ。必要なら今すぐ、そういう夫婦を五組挙げられるくらいよ。あなただって挙げられるでしょう」

確かにそうだ。しかしだからといって、妻の整然とした計画が気に入ったわけではない。まったく気に入らなかった。子どもを作ったあと別々の生活を送るとすれば、ソフィアは愛人を持つ可能性がある。そう考えると、ひどい気分になった。さらに不愉快なのは、その愛人がヴェインの子どもにとって、ある種の友人や指導者になれることだった。子どもは自分の一部であり、ソフィアの一部であり、ふたりだけのものだ。社交界では、ソフィアの言う筋書きはまったくめずらしくなかったが、ヴェインには耐えられなかった。独占欲にあおられた怒りが、血をふつふつとわき立たせた。ぼくは子どもにとって、ただひとりの父親になるつもりだ。その子が生を受けた日から、将来にわたってずっと。

ぼくはソフィアのそばにとどまる。望まれても、望まれなくても。

顔をしかめて言う。「次の子どもはどうする？　ふたり欲しくなったら？　それとも三人か？」

それとも四人？　六人？　八人？　身ごもらせ続けていれば、ソフィアをつなぎ止めておけるのか？

ソフィアが激しくまばたきをして、唇をぎゅっと結んだ。

「三人といえば、三番めの手がかりはどこにあるの？」ソフィアが穏やかな声できいた。

「あしたはどんなことが待っているのか知るために、読んでみましょうよ」

ソフィアは言いたいことを言い終え、話題を変えるつもりだ。しかし、こちらにそのつもりがないとしたら？　ヴェインはまだ、きょうの午後、ふたりのあいだで何が変化して、キスを受け入れてくれる温かく愉快な妻を、手も触れさせない冷たくよそよそしい者に変えてしまったのか探り出そうとしていた。

「ぼくはもうひとりのソフィアのほうが好きだな」ヴェインはうなった。

「もうひとりのソフィアって？」

「ぼくのボウルに塩をどっさり入れて、ケーキを持って逃亡したソフィア。ぼくといっしょに村の少年の橇に乗ったソフィア。恐れを知らないソフィア」

「あれは子どもの遊びでしょう」妻が眉をひそめた。「わたしの心の問題はそうはいかないの。お願いだから、もうキスはしないで」

ヴェインは上着をつかんで、恐ろしい形相をしながらポケットを探って封筒を取り、すばやくソフィアのひざの上に放った。ふたたびクッションに背中を預け、むっつりと言う。

「きみが読んでくれ」

ソフィアはかなり長いあいだこちらを見ていたが、ようやく封筒を開いて、なかから便箋を取り出した。

「〝トマス卿の鼻のなかには蜂がいる〟」目をぱちくりさせる。「それしか書いていないわ。トマス卿の鼻のなかには蜂がいる。どういうことか、あなたにはわかる？」

ヴェインはぼんやりと聞いていた。頭のなかに黒い雲が垂れこめていたからだ。

「ああ」立ち上がってテーブルのところへ行き、ワインの瓶を手に取る。しかし横に傾けると、がっかりしたことに、瓶は空《から》だった。「つまり、あしたは教会に行くということだ」

「いいわ、それじゃあ」ソフィアが立ち上がって、コートをたたんで腕にかけた。「あしたの朝会いましょう」

ヴェインは炉棚にひじを突き、顎をさすってうなった。「できればな」

「時間が欲しいという単純なお願いに、そんなに不機嫌になることないわ」ソフィアが階段の前に立って、親柱に手を乗せた。「あなたは以前とまったく変わらない生活を続けられるのよ。わたしにとっては、何もかもが違ってしまうわ。あなたは何も怖がらなくていい。怖がっているのはわたしよ」

いいや、そうではない。ヴェインは妻の目をのぞきこむたびにおびえていた。ミス・ソフィア・ベヴィングトンは、ヴェインが心から求めた唯一のものだ。この戦いには勝ったのだとしても、妻の心は永遠に勝ち取れないのではないかと思うと怖かった。

「だったら、行ってくれ」ヴェインは払いのけるように手を振った。

ソフィアがすばやく階段をのぼって行き、三日めの夜もヴェインをひとりにした。少なくとも、ベッドはある。しかし不運なことに、跡継ぎや束縛についての話のせいで、体はぴんと張りつめていた。きっと眠れはしないだろう。


一時間後、ヴェインは三杯めの熱い湯をバケツで階段の上に運んでいた。夜をともに過ごすようソフィアを説き伏せられないなら、せめて温かく心地よい風呂を用意してうらやましがらせてやりたかった。扉を閉めずにバケツの中身を腰湯用の浴槽にあけ、湯が金属を打つ音をソフィアが確実に聞くようにする。

今この瞬間も、間違いなく扉に耳を押しつけて立ち、ヴェインがひとりで楽しもうとしているぜいたくに羨望《せんぼう》を覚えていることだろう。あとは服を脱ぐだけだ。

ヴェインは少しばかり大きな音で扉を閉じて、裸になった。湯に体を沈めて楽な姿勢を取り、快い温かさのなかでくつろぐ。

胸と肩と顔を湯気に包まれながらも、ヴェインは苛立ち、ソフィアが裸でひざの上に乗り、濡れてなめらかになった金色の肌をさらしてくれたら、と願った。一年近くのあいだ、そういう空想に苛《さいな》まれている。とはいえ現実には、そういう方法で妻の体を楽しんだことはなかった。結婚当初の数カ月、ヴェインは愛の行為に計り知れない悦びを感じていたが、夜ごとの営みはいつも夫婦のベッドというきわめて上品な楽園で行われた。ソフィアはとても若く、未経験だった。ほかの悦びを教え、もっと大胆な舞台を試す時間はこの先たっぷりあるのだから、ゆっくり進めようと考えていたのだ。

一年近くのあいだ、ヴェインは妻の姿を夢に見続けていた。ウィーンやトプリッツの静かな自室にこもって、ありありとした想像のなかだけで、ソフィアを壁に押しつけて奪い、自分の名前を叫ばせたり、椅子にかがませて後ろから貫き、長い髪を床にまき散らしたりした。

達する瞬間、美しい妻ソフィアのなかに身をうずめたままでいることが、絶えず頭から離れない空想になっていた。ソフィアが体の交わりに同意しながら、距離を置くと決めたことは、期待をさらに苦しみに満ちたものにした。ソフィアが欲しくて半分おかしくなりそうだと言ったのは、誇張ではなかった。

ヴェインはソフィアが浴槽のなかで自分の上に乗って、きらめく乳房を顔に押し当てる姿を思い浮かべた。蠟燭の明かりに素肌を照らされ、微笑みながらうつむいて、激しくじっくりとキスをする。その唇に、疑いや不信のかけらはひとつもない。

〝ヴェイン〟想像上の誘惑の美女が喉もとでささやき、胸までたどってから、不意に叫び声をあげて背中を反らし、思いきり腰を押しつけたので、その動きで湯が床にはねかかった。

ヴェインは目を閉じ、頭を後ろにもたせかけた。唇から妻の名前が苦しげなささやきとなって漏れた。


ソフィアはドレッシングガウンと上靴という姿で、行ったり来たりしていた。これ以上、クラクストンの意地の悪いあざけりには耐えられなかった。バケツの行進。心地よい湯がぱしゃぱしゃとはねる音。ふん！　ここからでも、すばらしい温かさが感じられるようだった。肌寒い寝室の、とても冷たい扉の裏で、凍りつくような床に立っていても。

ああいうぜいたくを拷問《ごうもん》の手段として使い、機嫌を損ねた仕返しをすることからも、クラクストンがどれほど無神経な男かがはっきりわかる。こうなったら、面と向かって、意地の悪い駆け引きについてどう思っているかをはっきり言ってやろう。ただ、夫がいまいましい入浴を終えるまでは待たなくてはならなかった。

しかし……そのとき、廊下にクラクストンの足音が聞こえた。忍びやかな足音で、まるでソフィアに聞こえないようにこっそり廊下を抜けようとしているようだった。こちらにとって都合のいいことに、古い屋敷の床板がそれをあばいていた。

ぱっと扉をあけて飛び出す。

「石鹸《せっけん》でも忘れたの？」大声で責めるように言う。

クラクストンがこちらに突進してきた。

ところが、その人はクラクストンではなかった。

別人がこちらを見つめて目を丸くし、大きな冬の帽子の下で青ざめた顔をした。襟巻で口と顎を覆っている。ソフィアは悲鳴をあげた。

男がわきを走り抜けようとして、ソフィアの肩にぶつかった。ソフィアは倒れこんだ。男がよくわからない叫び声を漏らしてから、こちらに振り返った。暴力を恐れて、ソフィアは壁にもたれて縮こまった。

「やめて、お願い」と懇願する。

クラクストンがすばやく扉をあけた。「どうした？　また部屋に動物がいたのか？」

ソフィアを見て、はっと口をつぐみ、男に目を据える。男はすでに、廊下の外れの暗がりに包まれていた。

「おまえは誰だ？」クラクストンがすぐさま殺気立った表情になってうなった。

男は階段のほうへ走った。一歩ごとにブーツが大きな音を立てる。

「止まれ」クラクストンがどなった。

しかし男は止まらなかった。

クラクストンが廊下に飛び出してきて、ソフィアのそばにしゃがんだ。ほとんど全裸だというのに、気にしていないようだった。腰にタオルを巻いて、わきでつかんでいるだけだ。つやのある黒い毛がまばらに生えた太腿が、秘めた部分を覆い隠していた。

「何かされたのか？」

「通り過ぎるときにぶつかっただけよ」ソフィアはぼうっとしながら答えた。

「部屋に入って、扉の錠を下ろすんだ」クラクストンが助け起こした。「ほかにも仲間がいるかもしれない」

階下から、玄関扉が勢いよくあく音が聞こえてきた。

クラクストンが廊下の向こうへ駆け出した。長い脚と引き締まった筋肉がすばやく動く。ソフィアは背後からじっと見つめ、そのみごとな姿に侵入者のことをほとんど忘れそうになった。数秒後に、裸の野蛮人こと夫が戻ってきた。

「ちくしょう。服が必要だ」クラクストンが自室に消えた。すぐに出てきて、外套をまといながら、またわきを走り抜ける。「扉の錠を下ろせ」

ソフィアは、夫の体のわきに留められた火打ち石銃をちらりと見た。

命じられたとおりに部屋にこもって扉の錠を下ろし、懸命に落ち着こうとする。男が武器を持っていたり、自分たちに危害を加えたりしないことを祈る。永遠とも思える時間が過ぎたあと、クラクストンがノックをして声をかけた。

新しい雪が帽子と肩とブーツを覆っていた。激しい運動のせいで頬を上気させている。

「あいつはまっすぐ森のほうへ走っていった。しばらく足跡を追っていったんだが、きみと屋敷からあまり遠くへ離れたくなかったんだ。服を着るのに時間を取られなければよかったんだが」

「しかたないわ。裸で雪のなかへ出ていくわけにはいかなかったんだから」

クラクストンがもう一度深く息を吸って、にやりとした。そしてすぐさま、まじめな表情に戻った。「見覚えのある男だったか？」

「顔を襟巻で覆っていたけれど、わたしが見たところでは、これまでに会ったことはないと思うわ。村の宿屋でも、ほかの場所でも」ソフィアは下唇を噛んだ。「両腕に何かを抱えていたけど、それがなんなのかは見えなかった」

クラクストンが顔をしかめた。「何か盗んだに違いない」

「きのうの夜、寝室の窓があいていたのはそのせいだとしたら？　あの男は入ってきたの、それとも出ていったの？」自分たちが眠っているあいだも、見知らぬ侵入者が家のなかにいたのかもしれないと考えると、ソフィアはひどく動揺して、少なからずおびえた。もしあの男が戻ってきたら？　もし人殺しだったら？

クラクストンがうなずいた。「今は冬だ。もしかするとあの男は、単に嵐のなかで避難所を求めていた貧しい者なのかもしれない。この家がずっと空き家だったことは知られているだろうし、到着したあと屋敷内をきちんと点検していなかったからな」目を上げて、上の階をちらりと見る。「男はずっとここにいて、ぼくたちは気づかなかっただけかもしれない。あしたの朝村に行って、この件を夜警に報告しておこう。それが何かの役に立つかどうかはわからないが」

「階下《した》の司祭の隠れ部屋から入った可能性はないのかしら？」

「あの抜け穴を知っているのは、弟とケトル夫妻、そしてきみだけだ」クラクストンが首を振った。「ほかには誰もいない。弟とぼくは、抜け穴の存在について秘密を守ると誓った。ケトル夫妻も決して明かしはしない」

ふたりはランプを手に、階下からひと部屋ずつ、あらゆる扉と窓がしっかり閉じているか、暗がりに誰か潜んでいないかを確かめた。同時に、気づかないうちに誰かがこの屋敷に住んでいた形跡はないか調べた。三階分のいくつもの部屋を一時間近くかけて見たあと、ふたりは自分たちの部屋がある廊下に戻ってきた。最上階の小さなかまどに、まだ温かい燃えさしが見つかった。確かに、誰かが知らぬ間にこの屋敷にいた証拠だ。

「戸締まりはしっかりしてある」クラクストンが言った。「今は寝る以外にすることはないな」

ソフィアは廊下の外れの暗がりに目を凝らした。「一睡もできそうにないわ。目を覚ましたとき、枕もとにあの男が立っていたらと思うと」

クラクストンが青い目を熱く輝かせた。「喜んでいっしょに眠るよ」

その言葉には、これまでにないほど心をそそられた。家に見知らぬ人間がいたせいで、不安をあおられ、ひとりにはなりたくない気分だった。ロンドンの家なら使用人がおおぜいいるから、こんなにうろたえることはないだろうが、椿屋敷はぽつんと離れた私有地に建ち、暗闇に包まれたたくさんの部屋がある。わたしたちはここにふたりきりだ。

クラクストンの力強さと武器を扱う技能が、惹きつける力をさらに増していた。それでも、夫をベッドを招き入れるのは、怖いからという理由ではなく、そういう親密さをふたたび分かち合う心の準備ができたときであるべきだ。部屋はぜんぶ調べて、誰も見つからなかった。わたしはそんなに弱虫ではないはず。

「あなたには自分のベッドがあるでしょう」できるだけきっぱりと言う。

クラクストンが不意に猛然とこちらへ向かってきた。

「今夜、この家に見知らぬ人間がいた」抑えた声で言う。「どうやって入ったのかわからない。戻ってくるかどうかもわからない」無精ひげの生えた顔をして、外套の下でシャツの裾を垂らし、クラヴァットもつけていない姿は、公爵というより海賊のように見えた。浅黒い肌をした、りりしい海賊。「ばかなことを言うな、ソフィア。今夜はいっしょに寝るんだ」

夫の断固とした態度を見て、ソフィアは背筋にかすかなおののきと、否定しがたい興奮が走り抜けるのを感じた。部屋に逃げこんだが、クラクストンの目の前で扉を閉じるはずが、そうはしなかった。思っていたとおり、夫がついてきて、後ろ手に扉を閉じた。

クラクストンが鼻から息を吐き、目をきらりと光らせた。

「わかったわ」ソフィアは声の震えを抑えようと努めた。「いっしょに眠りましょう。あなたがここにいるとわかっていたほうが、ゆっくり休めるのは確かだもの」しかつめらしくドレッシングガウンの合わせ目をつかみ、乳房の上から刺繍のある襟を両手で押さえる。「その——わたしはしばらく本を読もうと思うの。あなたは？」

クラクストンが外套を脱いで、きちんと椅子の背に掛けた。「本を読むためにここにいるわけじゃない」

なめらかな動きで頭からシャツを脱ぐ。肩の力強い筋肉が盛り上がった。火明かりが肌を照らし、わき腹と胸と両腕を走る筋肉の深い筋をあらわにした。自分が美しいことを、自分でも知っているのだろう。その裸体は、まさに誘惑の象徴のようだった。

「ずっと、辛抱強くふるまってきた」クラクストンが穏やかな声で言って、こちらに歩を進めた。ソフィアは後ずさりしたが、壁のところまで来て、それ以上動けなくなった。夫が、冷ややかといえるほどゆっくりソフィアの体に視線を這わせた。「不器用なりに、思いやりを持って、気を遣い、理解しようと努めてきた。そうじゃないか？」

「ええ」ソフィアは小声で言った。「そのとおりだと思うわ」

「よかった。ようやく意見が一致することが見つかってほっとしたよ」クラクストンがソフィアの頭の後ろに手を当て、燃えるような目をして、ゆっくり顔を近づけた。体じゅうのあらゆる神経、あらゆる筋肉、あらゆる断片がとらえられてしまった。ソフィアは目を閉じた。唇が期待で熱く燃えてうずいた。

　クラクストンが不意に動きを止め、ソフィアの頬に息を吹きかけた。「忘れるところだった。キスは許されないんだったな。そういう恋愛感情を呼び起こすものは欲しくないし必要ないと、きみははっきりと言った。ぼくたちは、子どもを作るという仕事のためにここにいるんだろう、ソフィア？　それだけのために」身を引いて言う。「きみの規則では」

「ええ、言ったわ」ソフィアはささやいた。

　確かにそんなようなことを言った。今になって、気にしなくていいと言うのはまずいだろう。心のなかで、ソフィアは後悔を振り払った。ふたりは子どもを作る目的でここにいる。なんらかの……浮ついた心地よい営みをするためではなく。

「そうだ、きみは言った」クラクストンがソフィアの髪に触れ、頬にも触れた。そして困惑したような表情を浮かべた。「そういうきびしい制限のもとでは」眉をひそめて言う。「どうやって進めればいいのかよくわからないな」

　もちろん、冗談を言っているのだ。夫は経験豊かで、どう進めればいいかはよくわかっているはずだった。指先が羽根のように軽く鎖骨をたどっていく。ソフィアは何も言わずに落ち着いていようと懸命になった。愛撫にどれほどうっとりしているかを悟られたくなかった。しかし体の内側、ああ、体の内側では、神経の末端まで燃え上がりそうだった。

「どうやら」クラクストンがものうげに言った。「行き当たりばったりでやるしかないようだな」

　同じ指で襟の内側を探って持ち上げ、ガウンを肩から押しやる。さらにウエスト近くまで引き下ろし、キルト縫いの絹を足もとに落とした。部屋の冷たい空気が、肩と腕の素肌にひんやりと感じられた。

「間違っていたら言ってくれ」クラクストンが穏やかな声で言った。さらに身を寄せて、ソフィアの背中を壁に押しつける。両手で腕を撫で上げられると、温かさと力強さを感じた。なんて巧みな愛撫。「でも、確か制限を設けられてはいないよな……吸うことには？」

# 13

ソフィアはごくりと唾をのんだ。吸うこと。

なんて淫らな言葉だろう。とりわけ、クラクストンが口にすると。

夫がソフィアのひじのすぐ上をつかんで動けないようにしながら、顔をうつむけて、鼻と唇でこめかみを軽くかすめた。キスはしていない。代わりに、吐息と肌で愛撫している。

ソフィアはわななき、かすかな触れ合いに悦びを覚えた。

クラクストンが息を吐いて頬と首に鼻をすり寄せ、熱い吐息と軽い摩擦《まさつ》の軌跡を肌に残しながら、胸までたどった。ソフィアはまだシュミーズの上に短いコルセットを着けていた。その下着が乳房を押し上げ、まるでごちそうのように差し出している。ふうっとため息をついた。クラクストンがごちそうを味わい始めたからだ。

かがんで口をあけ、乳房を探って、素肌を覆う薄い生地を熱い吐息で湿らせる。それから丸い乳房の下側と谷間をなぞり、ようやくぴんと立った先端を口に含んだ。ソフィアは目を閉じてため息をつき、不意に脚がふらつくのを感じた。

さらに、ぐっと吸われた。

「クラクストン」ソフィアは叫び、壁から腰を跳ね上げた。

夫が容赦《ようしゃ》なくその場に押さえつけて、歯でシュミーズのレースの縁を下に引き、片方の乳房をあらわにした。

「すばらしい」クラクストンがつぶやいて、吐息で乳首をじらした。

「言ったでしょう。誘惑する必要は……ないのよ」

「確かに、きみははっきりそう言った」クラクストンが素肌に向かってつぶやいた。「だから、きみはぼくが出会った誰より美しい女性だと、言う必要はないんだな……たとえほんとうのことであっても」熱いまなざしで目をのぞきこみ、両手で崇めるように愛撫する。「だから、言わないようにするよ。初めてきみに会ったときから……もうほかの誰にも目を向けないと……わかっていたことは」

ソフィアは口を開いてささやいた。「クラクストン——」

「代わりに、きみ自身が設けた境界線のなかで全力を尽くすことにする」クラクストンが両手でソフィアのわき腹から腰までかすめ、ぐっと腰を引き寄せてから、ふたたび両腕をつかんだ。

「いいわ」ソフィアは喘ぎながら言った。腹部に夫の硬いものが当たるのをはっきり感じる。

「そうしなければならないなら」

「思い出したんだが」クラクストンが耳にささやいた。「舐めることを禁じる命令もなかったな」

ああ、そう。舐めること。

「そう……そうね」ソフィアはため息をついた。

クラクストンがふたたびさっと顔をうつむけて、今度はむき出しの乳房を舐め、下側から円を描くように舌でなぞってから、乳首を転がした。無精ひげの生えた顎が素肌をこする。ソフィアはその姿をぼんやりと眺め、しだいに耐えられなくなってきた。今すぐ奪ってくれなければ、おかしくなってしまう。

「クラクストン、もうじゅうぶんよ」

「いいや、そんなことはない」夫が喉の奥で笑った。「まだまださ」

ああ、ほんとうに、もうじゅうぶんなのに。体のどの部分が、どこへ行きたがっているかはわかっている。今すぐそのすべてを受け止めたかった。しかしクラクストンは容赦せず、ソフィアをピンで留められた震える蝶《ちょう》のように、なすすべもなく壁に押しつけていた。舌と歯で、乳首をとらえる。体の内側のあらゆる部分が、濡れて熱くなめらかになった。

「それから嚙むことも」クラクストンがつぶやいた。「禁じられていない」

ソフィアはすすり泣くような声をあげた。クラクストンがひざをついてようやく腕を放した。シュミーズの裾をウエストまで押し上げ、裸体を目の前にする。それから歯で感じやすい肌をついばみ、ウエストから腰、太腿へと進んで、背筋に小さな刺激を送りこんだ。ソフィアは半分無意識にうめいた。ひどく淫らな反応だったが、どうしようもなかった。それでもまだ夫に触れるのを拒んで、両手を壁に押し当てたり、カーテンをつかもうとしたり、自分の髪に指を差し入れたりする。

クラクストンが悪態をついて、ズボンのボタンを外した。下着を着けていなかったので、堂々とそそり立ったものが飛び出した。

両手で脚を撫でて、ふたたびシュミーズをたくし上げ、太腿をさすって開かせる。そしてようやく、夫の手がそこに触れ、撫でたりまさぐったりし、一本の指がなかへとすべりこんで、濡れた中心をもてあそんだ。前触れもなく、手の動きに唇が加わった。

「クラクストン、お願い」ソフィアは叫んだ。「耐えられないわ」呼吸が喉に引っかかった。ひざからくずおれてしまいそうだった。「ああ、そんな。それも吸うことなの？」

「きみはすてきな香りがする」クラクストンがささやいた。「神々しい味だ。砂糖よりも甘くておいしい。そうだとわかっていたんだ。もちろん、ただの事実に対する意見だよ。恋愛とはなんの関係もない」

次の瞬間、部屋が回転した。クラクストンがソフィアをベッドに運んでいき、そこでシュミーズを脱がせて裸にさせた。

ここまではソフィアをもてあそんでいたようだったが、今は違う表情を浮かべている。畏敬の念を押し殺しているかのような表情。

「寒いのかい？」クラクストンが静かにきいた。

「ええ」ソフィアは身を震わせて、胸に両腕を回した。愛撫を中断されてわびしく感じながらも、じっと体に注がれている視線を意識していた。クラクストンは、ソフィアを長くは放っておかなかった。ブーツとズボンを脱ぎ捨て、ベッドに入って覆いかぶさり、自分たちを毛布でくるむ。

暗がりとベッドカーテンにちらちらと映る火明かりに囲まれていると、まるでふたりだけで、ほかの世界から切り離された場所にいるかのようだった。温もりとリネンと素肌だけがある安息の地。ソフィアは大きな体に組み伏せられ、期待に酔いしれてしまいそうだった。体の内側で夫がどんなふうに感じられるかを憶えている。自分が悦びの声をあげることはわかっていた。

クラクストンがソフィアの髪を持ち上げて、枕の上に広げた。

「美しい」ささやき声で言う。「チョコレート色の絹のようだ」

それから毛布の下にもぐりこみ、乳房を口に含んで吸い、太腿を広げさせて、もう一度そこを味わった。両手と口で、膨らんだつぼみをきゅっとつまむ。以前は一度も、ここにキスされたことはなかった。こんなふうに愛撫されたことはなかった。こういう快感があることを、初めて知った。

ソフィアはぐっと体を伸ばして、頭板をつかんだ。けだるく、なまめかしい心地がした。淫らな女神となって、不死の愛人が与える悦びにふけっているかのように。

不意にクラクストンが舌をぐっと深く入れて、最も密やかな部分をすばやく何度も突き始めると、ソフィアは激しい興奮の渦にのみこまれた。自分からは触れないと誓ったことを忘れて、夫の頭をつかみ、髪に指を通す。

「クラクストン、欲しいの――」

最後まで言えなかった。自分の欲望をはっきり口に出したことは一度もない。

「お願い」ソフィアはどっと押し寄せてきた熱に駆られて、懇願した。腰を持ち上げてせがむ。「欲しいの――」

いつの間にかクラクストンが、がっしりと力強い姿でそこにいて、吐息をソフィアの頬に吹きかけていた。硬いものがふたりのあいだにあり、お腹に押しつけられるのを感じた。記憶にあるとおり、大きく心地よかった。

「言ってくれ、ソフィア。何が欲しいのか言ってくれ」

クラクストンが身を起こし、もっとぴったり体が重なるように位置を変えた。ソフィアは夫の両腕をつかんだ。

「これが欲しいの」

「見せてくれ」クラクストンがささやいた。

言われたとおりにするしかなかった。もう待てなかった。こんなに大胆に夫に触れたことはなかったが、今はそうしていた。ぎゅっと握って、熱い、ベルベットに覆われた鋼のような感触を手のひらで楽しむ。自分の入口まで導くと、不意に探るように押されるのを感じた。

クラクストンが身動きして、ソフィアのお尻を手で包み、少しずつ入ってきた。

ソフィアは息をのんだ。

「ああ、くそっ」クラクストンが両腕で抱き締め、こわばった苦しげな顔をした。煙るようなまなざしを浮かべる。「頼む、このまま――」体を動かし、さらに奥へと入った。ソフィアは懸命にじっとして、叫ばないようにした。長いあいだこういう侵入を経験していなかった体が、悦びと苦痛を訴えた。クラクストンが苦悶《くもん》のうめき声をあげた。「キスしないでいるなんて、できない」

両手をソフィアの髪に差し入れ、口もとに唇をためらいがちに押し当てて、許可を求める情熱的なしぐさをする。

「お願いだ」夫が言った。

なんの躊躇もなく体を奪いながら、手きびしく禁じられたキスを懇願する姿を見て、心のまわりに築いた壁の一部が壊れ、ソフィアは折れた。

「キスして」ささやき声で言う。

クラクストンがソフィアの唇をとらえて、唇と舌で熱烈にむさぼったので、息もつけないくらいだった。夫がうめき声をあげて、さらに奥へと身をうずめた。ソフィアは背中を反らして体を押しつけた。苦痛はどこかへ消えていった。

「キスを返してくれ」クラクストンが唇に向かって言った。

ソフィアはそうして、唇で撫でられ吸われるたびに、同じくらい情熱的に応じた。クラクストンが腰をゆっくり、それからすばやく上下させた。苦痛とともに、愉悦が高まっていく。ソフィアはマットレスに足をついて腰を上げ、その愉悦を追いかけ、強く求めた。

ソフィアの動きは夫を悦ばせたようだった。うなり声をあげて、さらに差し迫った動きをする。

「優しくはできない」クラクストンが喉もとに向かってささやいた。「許してくれ。ずっと待っていたんだ」

うめき声とともに、ひざをついて身を起こす。毛布が体からすべり落ちた。ソフィアのお尻を持ち上げ、さらに深く貫く。

突然、体の奥で悦びの鼓動が弾けて、全身に響き渡り、手足の先まで広がっていった。クラクストンが頭をのけぞらせて、激しくソフィアを奪い、歯の隙間から吐息を漏らした。ソフィアは叫んだ。これほどの高みを想像したことはなかった。心臓が止まり――きっと止まったはず――すみれとベルベットと星でできた楽園がちらりと見えた。

クラクストンが体の奥深くで脈打っていた。うめき声をあげて覆いかぶさり、腕を両側に突いて、青い目でソフィアの目をのぞきこむ。

その瞬間こちらに向けられた表情を見て、ソフィアは思わず、愛されていると信じそうになった。


翌朝ヴェインが最初に気づいたのは、不快なほどの肌寒さだった。目をあけずにソフィアを引き寄せ、ふたりの体を毛布で覆う。苛立たしいことに、ソフィアはナイトドレスを着ていた。なんだか、妙にがさがさして扱いにくい生地で作られたナイトドレスだ。香水のにおいが鼻孔を満たした。

何かがひどくおかしい。

ヴェインは目をあけ、悪夢のような現実のただなかにいることを悟った。

レディ・メルテンボーンが伸びとあくびをして、たった今目を覚ましたかのようなふりをした。「おはよう、クラクストン」

ふと、なぜ毛布も掛けずに寒い思いをしていたのかに気づいた。伯爵夫人は眠ってなどいなかったのだ。

「ちくしょうめ」

ヴェインはベッドの上を転がって、できるだけレディ・メルテンボーンから遠ざかり、枕を抱えて裸体を隠した。ありがたいことに、伯爵夫人はきちんと服を着ていて、重いマントまでまとい、そろいの帽子のひもを顎の下で結んでいた。巨大な毛皮のマフが、椅子の上に放り出されている。

「クラクストン公爵夫人はどこだ？」ヴェインはきいた。

ようやく妻をベッドに誘いこむことができたというのに。こういう、ソフィアを驚かせて遠ざけてしまうような事件は勘弁してほしかった。

レディ・メルテンボーンが、まるでソフィアがいないことに今気づいたかのように、目を丸くしてあたりを見回した。「知らないわ。わたしがここで眠りこんだときにはいたわよ」

「もっと重要なことがある」ヴェインは相手をにらんでうなった。「あなたはいったいここで何をしているんだ？」マットレスの上をすべるように後ずさりし、腰の前にベッドカーテンを引く。

レディ・メルテンボーンがだらりとベッドにもたれ、いたずらな猫のように微笑んだ。

「宿屋では、いろんなことが耐えられなくなってきたのよ。メルテンボーンは癇癪《かんしゃく》を起こしてばかりいるの。すごく困ってしまうわ。今朝早く、まだみんなが眠ってるうちに、弟さんとわたしであそこを出てきたのよ」

そう、この家は昨夜しっかり戸締まりを確認され、あらゆる侵入者から守られていた。レイスンフリートでただひとり、鍵を持っている人物を除けば。

「そうではなくて、なぜこの部屋にいる？」ヴェインは問いただした。「ぼくのベッドのなかに？」

レディ・メルテンボーンが無邪気に目をしばたたいた。「ここに着いたら、とっても寒くて疲れてしまったんだもの。暖かくして、もう一度眠りたかっただけよ。なぜ火を焚いたり部屋を用意したりする使用人がひとりもいないの？」

「気づいていないかもしれないが、このベッドはすでにふさがっている。廊下の反対側に、完璧に整ったベッドがもうひとつあるだろう。単純に見なかっただけか？」

伯爵夫人が肩をすくめた。「庶民はいつもこんなふうにしてるわ。三人とか、四人とか、もっとおおぜいとかでベッドに眠るのよ。特に寒い天気の日、ひとりでは凍えて眠れないときにね。まっとうな事情があれば、わたしたちだって同じようにしていいはずでしょ。だって、ここは田舎なんだから」

ヴェインはズボンのなかにシャツの裾を押しこんだ。ブーツをはき、上着をまとって、戸口へ向かう。

そして、レディ・メルテンボーンをにらみつけて言った。「あなたは度を越しているよ、伯爵夫人。完全に意図的にね。二度とこんなことはしないでくれ」

レディ・メルテンボーンが笑みを消して、ふくれ面をした。

居間で見つかったのは、ソフィアではなくヘイデンだった。長椅子の上で手足を伸ばし、いびきをかいている。思いきりひと蹴りすると、長椅子の脚が折れ、何も知らずに眠っている男の体が傾いた。弟がぱっと目をあけた。

ヴェインは上からにらみつけた。「いったいここで何をしている？　それになぜ、ふしだら女を連れてきた？」

ヘイデンが寝返りを打って横向きになり、手袋をはめた両手で外套を引き上げて顔を覆った。「連れてくるしかなかったんだよ。あの女からは逃れられないらしい」

「メルテンボーン卿が、若者といっしょに丘をのぼってくるわよ」

ヴェインはソフィアの声を聞いて、ぱっと振り返った。

ソフィアは手にティーカップを持って、窓のところに立っていた。紺色の羊毛のドレスをきちんと着て、髪をピンで留め、昨夜の誘惑の美女とはまったく違う姿をしている。

「しかも、村の半数の人たちが、伯爵を追いかけてきたみたいよ」茶をひと口飲む。「ああ、クラクストン。やっときちんとしたお茶をいれられた気がするわ」

ソフィアの口調は不自然なほど無感動で、冷たさが際立っていた。

ヴェインは大股で妻のほうへ向かった。弟に盗み聞きされないよう、低い声で言う。「ほんとうにすまない」

「何が?」ソフィアが微笑み、妙に明るく目を輝かせた。

「今朝、レディ・メルテンボーンがぼくたちのベッドにいたことだ」

ソフィアが目を見開いた。怒りに小鼻を膨らませて言う。「どうでもいいわ。あなたのベッドで起こることは、あなたの問題だもの」

「なんだって? まさか」ヴェインはあわてて言った。ソフィアの口調とほのめかしが気に入らなかった。妻の腕をつかんで引き寄せる。「本気で信じているわけじゃ――」

驚いたことに、ソフィアが表情を和らげてもたれかかった。「いいえ、信じてなんかいないわ。でも、今夜は、クラクストン――」

「今夜は、なんだ?」

「しっかり扉に錠を下ろしましょうね」

胸に安堵が広がっていった。「ああ、そうしよう」

ヴェインはソフィアの唇にキスをした。

「あの恐ろしいわめき声はなんだ?」

長椅子から問いかける声がした。ヴェインは振り返った。ソフィアとの関係を修復しようと懸命になっていたので、ほかの音は聞こえていなかった。確かに外から何か聞こえる。

「言ったでしょう。メルテンボーン卿よ」ソフィアが言って、窓の外に注意を戻した。「決闘がどうのこうのと叫んでいるみたいだわ」

「ああ、それか」くぐもった声が応じた。

ヴェインは長椅子のほうへ突進した。背もたれの枠をつかんで、荒々しく押しやる。ヘイデンが両腕と両脚をばたつかせながら、床に転げ落ちた。

「ああ、それか？」ヴェインはうなった。「いったいどういう意味だ？」

ヘイデンが服と髪をだらしなく乱して、絨毯の上の新たな位置からこちらをにらんだ。そして、明らかに気が進まない様子で言った。「そのせいで、今朝ここへ来たんだよ。でも本気だとは思わなかった。ぼくが宿屋から出ていけば、伯爵は落ち着くと思ったのさ。ただ、伯爵夫人がいっしょに行くと言い張ってね」

ヴェインは、怒りを爆発させたいという衝動をどうにか抑えた。ソフィアとふたりで迎える朝は、こんなふうに始まるはずではなかった。互いの腕のなかで静かに目を覚まし、昨夜のことは間違いではなかったと妻を納得させるはずだったのに。今夜は扉に錠を下ろそうというソフィアの言葉に励まされはしたが、今朝になって妻が一度も目を合わそうとしないことにはいやでも気づかされた。おそらく後悔しているのだろう。もしかすると、ヴェインほど深く心を動かされていないのかもしれない。生まれて初めて、自分の誘惑の能力に疑いを抱いた。心の底から求めるただひとりの女性がソフィアであることを考えると、それは気がかりなほど、完璧に自然なことに思えた。きょう雪が解けてしまい、ソフィアがまっすぐロンドンへ帰ると言い張ったらどうする？

ふたりにはもっと時間が必要だった。迷惑な侵入者たちを家から追い出すのが先だが。

「おまえが自分で、とんでもない事態を招いたんだろう」ヴェインは胸の前で腕を組んだ。「介添人をするのはお断りだからな」

ヘイデンが、目にかかったぼさぼさの黒髪をかき上げた。「まさにそこが問題なんだよ、公爵。伯爵が決闘したがってるのはぼくじゃない」ばつが悪そうな顔をする。「兄さんだよ」

「なぜクラクストンなの？」ソフィアがヴェインのとなりにやってきて、胸の前で片手の拳を握って尋ねた。

ヴェインは指先でまぶたを押さえた。目玉が今にも飛び出しそうだったからだ。「公爵夫人が言ったとおりだ。説明しろ」

「メルテンボーン卿は、何かの計略が進行中で、ぼくが兄さんによって、公爵夫人との不和を収めるために身代わりにされただけだと確信してるのさ」

ヴェインは弟をにらみつけた。「伯爵はどうしてそんなことを考えるようになったんだ？」

ヘイデンが長い脚を伸ばして立ち上がり、しわくちゃになった外套を振って広げた。「たぶん、レディ・メルテンボーンとぼくが、互いに我慢ならないことがあまりにもはっきりしてるからじゃないかな」息を吐いて、目をぐるりと回す。「まったく、クラクストン。あんなに面倒くさい女はほかにいないよ」ヘイデンは絨毯の上を歩いていき、ひざをついて暖炉に新しい薪を足した。

「わたしは面倒くさくなんかないわよ」階段から声が聞こえた。レディ・メルテンボーンが華やかな冬の服装で、腹を立てた女王のように階段を下りてきた。しかし、まつげには涙が光っていた。「ほんとうのことを言うと、わたしメルテンボーンに捨てられたの。ほかに行くところがなかったのよ」

「おまえのせいだぞ、ヘイデン」ヴェインは言って、窓のほうへ駆け戻った。

「いいえ、ぜんぶわたしのせいよ」伯爵夫人が言った。「わたしが、とんでもないふるまいをしたの！　不貞なことをしてたと、夫に信じさせたのよ。ほんとうは、してなかったんだけど。だって、夫に捨ててほしかったんだもの。あんな年寄りと結婚するなんて思ってなかったのに、父に無理強いされたからよ。でも、捨てられた今になってみると、す、すごく、すごく惨めな気分なの」レディ・メルテンボーンがわっと泣き出した。

ヴェインはヘイデンをにらんだ。「ここに連れてくるべきじゃなかったんだ」

弟が顔をしかめて言った。「ああ、よくわかったよ。でも伯爵のことはどうする？　誰かを撃つ気満々のようだ」

「ああ、ぼくをな」ヴェインは言い返した。

「伯爵に謝るのよ」レディ・メルテンボーンが言った。「それですべて丸く収まるわ。きっとだいじょうぶ」

ヴェインはかっとして、夫人のほうを振り返った。「何を謝るんだ？　伯爵の妻とのなんでもない関係についてか？」

「淑女に向かってどなるのは紳士らしくないわ」伯爵夫人が哀れっぽく言った。

「淑女に向かってどなっているとは気づかなかったな」思わず口から言葉が飛び出した。しかし、いったん口にしてしまうと、少なからず満足を覚えた。

「わたしったら、あなたのなかにいったい何を見てたのかしら」レディ・メルテンボーンがハンカチに顔をうずめた。「ひどい男！」

ヘイデンが窓のところから叫んだ。「あの若造が書きつけを持ってる。あいつが伯爵の介添人を務めるつもりらしいな」

ヴェインは玄関広間を歩いていって、ぐいと扉をあけた。うなり声とともに若者の手から折りたたまれた紙を取り、ばたんと扉を閉める。

それから書状を開き、声に出して読んだ。「〝交渉やうわべだけの謝罪は必要ない。とにかく死ね。死ね。死ね〟」紙を放り投げる。それはひらひらと舞って床に落ちた。ヴェインは憤然としながら、両手を握り締めて腰に当てた。「それしか書いていない」

「どうするつもり？」ソフィアが尋ね、心配そうに唇を結んだ。

ヴェインは窓の外をにらみ、集まっている野次馬たちを観察した。みんな厚着をしてひざまで雪にうもれていたので、人間らしく見えるのは目だけだった。「あの老いぼれに向かって一発撃ってやる以外に、もうどうしようもないだろう」

レディ・メルテンボーンが目を丸くした。「決闘の要求に応じるつもりなの？」取り乱した表情になる。「でも、夫は年寄りなのよ」

ヴェインはレディ・メルテンボーンのほうに向かっていき、隅に追い詰めた。伯爵夫人は後ずさりして、白い毛皮の裾につまずきそうになった。

「あなたはずっと前に、そのことを考えてみるべきだったんだ。まわりの人間の人生をおもちゃにし始める前に」一語一語にきびしい非難をこめて言う。「いまいましい決闘を申し込んだのはぼくじゃない。要求を拒む立場にはないだけだ」

まったく。全員どこかへ消え去って、またソフィアとふたりきりにしてくれないものだろうか。イギリスの人口の半分に邪魔されなければ、妻とふたりで雪に閉じこめられていることもできないのか？

ヴェインは襟もとのボタンを留めながら、険しい声で言った。「現在の危機を切り抜けるには、それしか方法はない。何年も前に、伯爵と狩りに行ったことがある。記憶が正しければ、伯爵の射撃の腕はひどいもので、たとえセント・ジェームズ宮殿の目の前に立っていたとしても、壁さえ撃てないほどだ。ヘイデン、おまえがぼくの介添人を務めろ」

「ぼくにできるのは、そのくらいしかないからね」ヘイデンが皮肉っぽく答えた。外套のボタンを留め、もう少しきちんと見えるように髪を撫でつける。

ヴェインは首もとでクラヴァットを結んだ。「入口の階段にいる紳士に、決闘に応じると伝えてくれ。それから、伯爵がぼくの人格に対して根拠のない誤った中傷を続けていることに、こちらからも決闘を申し込みたいと伝えろ。そのことに、ぼくと公爵夫人はひどく気分を害している。一発だけという条件だ」

レディ・メルテンボーンが激しく泣きじゃくり、握ったハンカチを鼻に押し当てた。「お願い、夫を傷つけないで」

ヴェインは重々しい表情でソフィアを見た。「もし決闘が予想外のまずい結果になったとしても、きみがきちんと世話されるように、すべての手配が整えてあることを知っておいてくれ。再婚する必要はないはずだ。きみが望まないかぎりは」

ソフィアが血の気《け》の引いた顔をして、ようやく緑色の目をこちらに向けた。

「なんでそんなことを言うんだ？」ヘイデンがその場に棒立ちになって、強い口調で尋ねた。

一瞬、ヴェインは目をしばたたいた。弟がいつものいたずらっぽい表情を消して、別人のように見えたからだ。

ソフィアがまつげを涙できらめかせ、唇を震わせた。「外へ出てほしくないわ」

ヴェインはソフィアの涙を見て動揺したが、同時に希望も感じた。昨夜の体の結びつき以上に。これは、妻がぼくを心から思ってくれているということだろうか？　ヴェインはソフィアのひじに手を当てて、わきへ連れていった。「怖がらせるつもりじゃなかったんだ。ただ、何が起こるかわからないというだけさ。きっと、すべてはあっという間に終わるよ」

ソフィアの額にキスをする。それから扉をあけて、ヘイデンのあとについて外へ出ていった。

ソフィアは、レディ・メルテンボーンのほうを振り返った。階段のいちばん下の段に座りこんでいる。「メルテンボーンを愛してるの。夫にも、ほかの誰にも、死んでほしくない」

「それがほんとうなら、アナベル、どうにかしなくてはならないわ。しかも今すぐ」

# 14

「アナベル、急ぐのよ」ソフィアは言って、遠くの平地へ向かって伯爵夫人を急き立てた。ふたりは雪のなかを走った。

レディ・メルテンボーンは扱いづらい華やかなマントをばたつかせて、よろめいた。

「もう遅すぎるわ」しゃくり上げながら言う。「今さら止められやしない」

「いいえ、止められるわ。急げばね」

凍えるような気温にもかかわらず、クラクストンは外套を脱いでいた。風が平地を吹き抜け、夫の髪を乱した。ブーツを雪にうずめて立ち、二連式の火打ち石銃をヘイデンに手渡す。ヘイデンは伯爵の若い介添人のほうへ歩いていった。伯爵が銃の薬室に弾丸がひとつしか入っていないことを確かめたあと、武器がそれぞれの持ち主に返された。

そのあと、介添人のふたりはわきへ退き、静かな見物人たちに加わった。みんな後ろへ下がって、流れ弾に当たらないよう広く場所を空けていた。ソフィアはいきなり激しい恐怖に襲われた。クラクストンが実際に伯爵を撃つとは、一瞬たりとも思わなかった。不意に圧倒的な確信とともにわき上がってきたのは、何かのはずみで伯爵の銃弾が夫の心臓を撃ち抜くかもしれないという恐怖だった。

もしクラクストンが死んでしまったら――。

世界がぐるぐる回り、石と灰色の空と氷の万華鏡になった。息ができなかった。

雪に覆われた芝生の上で、決闘者ふたりは背中合わせに立ち、数を数えるヘイデンの声に合わせて歩き始めた。

ソフィアはレディ・メルテンボーンのほうを振り返った。「もし伯爵がクラクストンを撃ったら、わたしは絶対にあなたを許さない」

伯爵夫人が肩からマントを落として、駆け出した。

「メルテンボーン」泣きながら叫ぶ。

ソフィアはあとを追ったが、伯爵夫人の頭越しに、ピストルが持ち上げられ、撃鉄が起こされるのが見えた。

「やめて、あなた!」レディ・メルテンボーンが叫んだ。「そんなことしないで。愛してるわ」

伯爵が妻のほうに頭を振り向けた。「アナベル? わたしに言ってるのか? それともあいつにか?」

「あなたによ!」

突然、伯爵が立っていた場所の雪が崩れた。

ほえ声とともに老人が姿を消し、腕だけが雪の上に突き出て見えた。節くれ立った手が、ピストルを握っている。銃弾が空へ放たれた。見物人たちが、どっと笑って喝采した。

クラクストンが無表情に、足もとから一メートルほど離れた雪に向かってピストルを撃った。

「ああ、よかった」レディ・メルテンボーンがすすり泣いて、ふたりの男のほうへ走っていった。ソフィアはあとについていったが、もう急ぎはしなかった。息を吸うたびに、まるで霜で凍りつくかのように胸が苦しかった。

クラクストンが雪のなかを大股で歩いていき、伯爵の手から銃を奪い取って、穴をのぞきこんだ。「さあ、もうこんなばかげたことはたくさんだ。これ以上、あんたの根拠のない非難に悩まされるつもりはないからな。ぼくだけでなく、公爵夫人もひどく感情を害しているんだ」

「さあ、さあ」数人の村人が叫んだ。

クラクストンが穴のなかに手を伸ばし、伯爵の腕をつかんで引き上げた。伯爵は赤い顔で明らかに気まずそうにしながら、天気や欠陥のある銃について早口で文句を言っていた。レディ・メルテンボーンが倒れこみ、夫を抱き締めた。

ソフィアはようやくその場にたどり着いた。「メルテンボーン伯爵ご夫妻、寒いでしょうから、家のなかに入ってくださいな。お茶をいれますわ」

クラクストンがさっと頭を振り向け、見開いた目に怒りをひらめかせた。「なんだって？」

「レディ・メルテンボーンは、ご主人に言いたいことがあるのよ」ソフィアは伯爵夫人を見た。「そうじゃない？」

アナベルが、メルテンボーン卿の首から泣き濡れた顔を上げた。「言いたいことがたくさんあるわ。あなたたちにもよ、公爵ご夫妻。わたし、ほんとうにばかな女だった。三人とも、わたしを許してちょうだいね」

屋敷に戻って、ソフィアは茶器の準備を整えた。それが終わると、家から逃げ出した。感情が高ぶっていて、これ以上なかにはとどまっていられない。みんなの前で泣き出してしまいそうだった。雪のなかを抜けて、墓地のほうへ向かう。ようやくひとりになって、果てしなく長いあいだ止めていたかに思える息を吐いた。白い雪を背景に、白い息がふわりと広がった。ソフィアは帽子を耳の上まで下ろした。

クラクストンが殺されなくて、ほんとうによかった。涙で視界がかすんだ。二日間、危険な断崖に沿ってダンスを踊っていたけれど、とうとう真っ逆さまに転げ落ちてしまった。心を切り離せるようになるまでベッドをともにするのは控えるという気の利いた計画は、谷底で燃えて灰になった。

その結果として、まるで心臓を胸からちぎり取られて、逆さまの状態で戻されたかのように感じていた。もし、肉体的にこれほど惹かれていなければ……あの端整な顔と、たくましい筋肉と、堂々とした――。

「もう！」ソフィアは雪を蹴って、まったく淑女らしくない悪態をついた。わたしは、クラクストンの魅力にはどうしても抗えないのだ。

しかし正直になるなら、ソフィアの気持ちはそれよりずっと深まっていた。ここ数日で、夫の目のなかにこれまでとは違う何かを見つけた。以前には気づかなかった、開かれた心を。

かつてのクラクストンはいつもとても冷静で、ものに動じなかった。公爵らしい外見が揺らぐことはなかった。まるでレイスンフリートが、夫の秘めた部分、失われた断片を解き放って、パズルを完成させたかのようだ。

そのことで、クラクストンは前より善良な人間になったのだろうか？　どんな試練や苦難に見舞われても、変わらずにいられるような？

クリスマスが終わって、魔法が消えたらどうなるの？　身ごもったとしても、また子どもを失ったら？　親友のレディ・ペイトンのように。彼女はこの三年で一度どころか四度も流産してしまった。ふたりを結びつける子どもがいないとしたら、結婚生活はどうなるのだろう？　以前と同じように、惨めな状態に変わってしまうの？

今朝、レディ・ソフィア・メルテンボーンが傍《かたわ》らに寄り添って眠っていることにびっくりして目を覚ましたあと、ソフィアは急いで服を拾い集めて、となりの部屋で着替えた。しかしどういうわけか、クラクストンのリストを手に取ることをためらった。その腹立たしい紙切れを暖炉に放りこんで燃やし、真っ黒な灰にしてしまおうかとさえ考えた。

でも……昨夜のあと、ふたりのあいだで何が変わったというのだろう。何も変わっていない。ただ、わたしがあんなに必死になって振るおうとした力の大部分を放棄してしまい、その喪失を心細く感じているというだけ。

たとえ愛の行為が地を揺るがすような経験だったとしても、ふたたびベッドをともにしただけで、夫や自分たちの関係に奇跡的な変化が起こったと信じるほど愚かにはなれない。信じれば、以前と同じ無防備な立場に戻ることになる。

結局、ソフィアは折りたたんだ紙を取り上げた。心臓《ハート》を恋人の手のなかではなく、小さく安全な壁の裏の、適切な位置に保っておくためのお守りとして。

「公爵夫人」呼びかける声に、はっとした。

ヘイデンが馬にまたがって、厩からこちらへ向かってきた。

ソフィアは急いで目をぬぐった。「ヘイデン卿」

ヘイデンがなめらかな動きで馬を降り、ブーツで雪をざくざくと踏んでから、帽子を脱いだ。手綱を引いて歩み寄り、咳払いをしたあと、笑い声をあげる。

「いやはや。どうにか丸く収まってよかった」

傍らで馬が足を踏み鳴らし、鼻で荒い息をついた。

「ほんとうに」ソフィアは微笑み、その瞬間、ヘイデンがあまりにも夫によく似ていることに胸を打たれた。くっきりとした冬の光が、義弟の髪をクラクストンの髪より淡い色合いに見せていた。兄弟ははっとさせるような青い目と高い背丈がそっくりだが、ヘイデンの顔と体つきはクラクストンのたくましい風貌より明らかに細くて鋭く、優美な印象だった。

「ぼくは――あの――その――」ヘイデンがみごとなくらい口ごもり、まるで少年のようにはにかんでこちらを見つめた。「兄さんにはもう謝りました。あなたにも謝りたいと思って」

「なかで謝ってもらったわ」

「まだ、じゅうぶんじゃありません」ヘイデンが両手で帽子を回した。「最初の晩、ぼくがレディ・メルテンボーンを連れてきたりしなければ、こんな決闘やその他もろもろは起こらなかったんです」

「あなたは確かに、雪に閉じこめられたわびしい四日間を、刺激的なものにしたわね」

「あなたは寛大すぎますよ」ヘイデンがブーツを見下ろした。「ここ一週間のぼくのふるまいは、いや、それどころかこれまでの人生はずっと、向こう見ずとしか言いようがなかった」唇をゆがめる。「しかも軽率だった。どこかの時点で、ぼくたちはみんな、そろそろ大人になる時だと気づかなくてはいけないんでしょう。ぼくは二十八歳だ。とっくに期限は過ぎてると思うけど、変わるべき時が来たんだ」

「そう言ってくれてありがとう、ヘイデン。そしてもちろん、謝罪は受け入れるわ」

ヘイデンがうなずき、もぞもぞと足を動かした。手袋をはめた手で、手綱を強く握る。

「あなたのような女性と結婚できて、兄は幸せだな」

「そんなことを言ってくれるなんて、とても思いやりがあるのね」

「いや、思いやりじゃないですよ」ヘイデンが首を振って、ウインクした。「ただの真実さ。いつかぼくも、同じくらい幸せになれることを願うのみです。ずっと留守にしてたことはわかってるけど、これからはもっといい弟になりたいと思ってるんだ。クラクストンにとってだけじゃなく、あなたにとっても」

熱意をこめて話す姿に、ふと義弟の存在がとても大切に感じられてきた。「もっと頻繁に会えたら、とてもうれしいわ」

ヘイデンが頬を赤らめた。「すばらしい。って言うのは、あなたに、とても美しくてすごくかわいらしい独身の妹さんがふたりいるからってだけじゃないですよ。ダフネとクラリッサ――ふたりとも元気で……まだお相手はいませんよね？」

「ええ、確かに」ソフィアは笑った。妹たちや友人の誰かの結婚相手として勧めるには、ヘイデンは放蕩者すぎると思ったが、本人には言わないでおいた。縁結びの役を務めるつもりはないものの、義弟のことはとても好きになれそうだった。

ヘイデンがくすくす笑った。「それじゃ。ぼくは行きます」帽子をかぶり、雪の上で引きずっていた手綱をたぐり寄せる。「アナベルとメルテンボーン卿のあいだがまずいことになった場合、ここにいたくないですからね」またくすくすと笑う。「あのふたり以外の誰かがぼくを捜していたら、波止場にいると伝えてください。そこでいまいましい氷が解けるのを待って、最初の渡し船に乗って出ていくつもりです。じゃ、ロンドンで会えますね？」

「ええ、もちろん」

ヘイデンが足をあぶみに掛けて、さっと馬にまたがった。馬が踊り跳ね、ひづめで雪と氷を押しつぶしながら数歩進んだ。

「ヘイデン卿」ソフィアは後ろから呼びかけた。

ヘイデンが手綱を引いて、くるりと振り返った。「はい、公爵夫人？」

「クリスマスイブに、祖父の家にいらして。お待ちしているわ」

「はい、お伺いします」ヘイデンが温かく微笑んだ。「お招きありがとう」

ひとり残されたソフィアは、ゆっくりと墓地のほうへ歩いた。たくさんの墓石が雪の下からのぞいていた。傾いているものや、時の経過で表面がでこぼこしているものもある。墓地のいちばん奥の、森に近い区画に、釣り鐘形の霊廟が建っていた。正面に刻まれた文字にはこうあった。〝エリザベス。母にして、娘にして、妻〟不意に、ソフィアの胸に切ない気持ちがあふれてきた。三つの簡素な単語では、今でも息子たちや村の人々の命にその影響が印されているすばらしい女性の遺産を表現しきれていないように思えた。しかしそれと同時に、ソフィアは自分も、墓標に同じ三つの単語が刻まれるような、恵まれた人生を送れることを願った。

ふと、霊廟の石段の上にぼんやりと見える鮮やかな色に目を引かれた。最初はそこに鳥が留まっているのかと思ったが、そうではなかった。近づいてみると、花びらの縁がほのかにピンク色をしたバターイエローの薔薇《ばら》が、三本供えられていた。冷気でほとんど完全に凍りついている。

「ここにいたのか」ブーツが雪を踏む音がした。「そこらじゅう捜し回って、もう少しで村へきみを捜しに出かけるところだったよ」

ソフィアは振り返った。

クラクストンが小道に立って、心配そうに小さく笑みを浮かべていた。「だいじょうぶかい？」

泣いていたことに気づかれないといいけれど。ソフィアは微笑んだ。「決闘をするのは、初めてじゃなかったんでしょう?」

「その質問に答えるのは、控えさせてもらってもいいかな?」

「ええ、いいわ」ソフィアはエリザベスの墓のほうに向き直った。「あなたがお母さまのために、この美しい薔薇を供えたの?」

クラクストンが横に並んで立った。敬意をこめて霊廟を眺め渡す。「薔薇?」お供えに触れるのは失礼な気がして、ソフィアは花を手で示した。

「花については何も知らないな。不思議だ。誰が供えたんだろう」

「ヘイデンがここから出発するのを見たの。もしかすると彼が供えたのかと思ったんだけれど、花は石みたいに凍っているものね。数日間はここにあったはずよ」ふたたび薔薇に目を向ける。「美しい霊廟ね。到着してから、一度も来ていなかったの?」

クラクストンが革手袋に包まれた指先で、母の名前の頭文字であるEをなぞった。

「なぜ? 話してちょうだい」ソフィアは穏やかな声で頼んだ。

「母はきっと、この地を離れてからのぼくの生きかたに失望していたはずだ。母は、もっと強くなるようにぼくを育てた。間違いなく、子どもを亡くしたときのぼくの行動をきびしく叱っただろう。きみがぼくをいちばん必要としていたときに、置き去りにしたことを。王室に対する義務などくそくらえ。たぶんそう言っただろうね」クラクストンがかすかに口もとをゆるめ、喉の奥で静かに笑った。「ただ、〝くそくらえ〟という言葉は使わなかっただろうな。母が悪態をつくのは聞いたことがなかったから」

「失望したかどうかはともかく、あなたのお母さまなのよ。何があっても、あなたを愛するのをやめるはずはないわ」

クラクストンが屋敷を振り返ってから、谷間のレイスンフリートの方向を見やった。「ぼくには、こういうものを受け取る資格はないんだ」

「椿屋敷のこと？」

「すべてさ」

「どうしてそんなことを言うの？」

クラクストンがエリザベスの霊廟のてっぺんを見上げた。「寒いな」つぶやくように言う。

「なかに入ったほうがいい」

ソフィアは気が進まず、動くのをためらった。「メルテンボーン夫妻が何を話し合っているにしても、立ち聞きしたくないわ。こんなことを言うのはもてなし役としてひどいと思うけれど、きょうはもう、あのふたりにはうんざりなの」

「なのに、ぼくたちの家に招き入れたのか？」クラクストンが手を伸ばして、ソフィアのほつれた巻き毛を引っぱった。「なぜ？」

ぼくたちの家。その言葉に、ソフィアはぞくりとした。寒さによる震えとはまったく違っていた。素直に認めるなら、それは喜びの震えだった。ソフィアはクラクストンに、先ほどアナベルから聞かされた、夫以外の男性と戯れてみせた理由を話した。

クラクストンが、うなり声をあげて顔をしかめた。「ぼくたちのことを放っておいてくれるなら、伯爵夫人がそんなことをする理由などたいして気にならないな。彼女は、自分が他人にどんな損害を与えているかなどまったく考えないわがままな女だ。氷が解けたら、もう二度と、あのふたりのどちらとも顔を合わせたくないね」

「レディ・メルテンボーンは、自分の道を見つけるわ。自分が目に見えない存在ではなくて、妻として尊重されていることを知る必要があっただけよ」

クラクストンがそっけなく応じた。「注意を引く方法なら、ほかにあるだろうに」

微笑んで何も言わずにいるほうが簡単だろう。ほかに何も言うことはないかのように、ただ並んで歩いていくほうが。しかし、ふたりがこれほど疎遠になってしまったのは、沈黙のせいなのだ。

「あんなふうになりたくないわ、クラクストン」ソフィアは口走った。「アナベルみたいには」

「きみが？」クラクストンが驚いて眉をつり上げた。「いったいどんな状況で、きみが伯爵夫人と比べられることになるのか、さっぱりわからないな」

「欲張りな女だと思われたくないの。あなたの注目をせがむような」

クラクストンが、信じられないという表情で目を見開いた。「だいじょうぶ、きみは決してせがむ必要などないさ」

ソフィアは夫に追いつき、ふたりはいっしょに家へ向かった。「ここにいるあいだは、そう言うのは簡単だわ。あなたもわたしも、世界から切り離されていることを知っているもの。

わたしを見るしかないでしょう」こんな言葉を口にして、疑いを声に出すのはいやだった。幼いころ、ソフィアと妹たちは母に、女性の美しさの大半は、自分自身に対する自信と敬意から生まれるものだと教わった。誰かに保証を求めるのは自分らしくない。「ロンドンに戻れば、すべては変わってしまう。以前とまったく同じ人たちがいて、以前とまったく同じ困難があるのよ」

クラクストンがソフィアを引き寄せて自分の影のなかに立たせ、体で強い風をさえぎった。次の突風が、夫の髪を耳のまわりに巻き上げた。

「昨夜のあとでも、ぼくたちの将来を不安で曇らせたいのかい？」ソフィアの手を取り、手のひらを自分の心臓の上に当てさせて、眉をひそめる。「そんなことはするな。もう一度、ぼくをきみの夫にしてほしい。きみを幸せにする機会を与えてくれ」

昨夜のことを言われて、ソフィアは顔を赤らめた。「そんなロマンチックなこと、以前は言わなかったでしょう」

「今は言うようになったのさ」クラクストンが熱をこめて答え、自分の手をソフィアの手に重ねた。

こうしていとも簡単に、ソフィアの決意は揺らいでしまった。「あなたの鼓動する心臓の上に手を当てながら、どうして拒絶できるかしら？　ええ、いいわ。わたしを幸せにしてちょうだい」自分のなかで、いちばん勇敢で誠実な笑みを浮かべてみせる。「わたしも、あなたを幸せにするよう努力するわ」

幸せにはなれるだろう。たとえ、いつか夫をあきらめることになったとしても。今のところは、これでじゅうぶんだ。じゅうぶんでなくてはならない。子どもが欲しいのなら。もしかすると、すでに身ごもっている可能性だってある。

クラクストンが両手でソフィアの肩をさすってから、指でロングコートの襟をかすめた。それからそっと襟の両側をつかんで体ごと引き寄せ、キスをした。唇で甘く優しく撫でつけてソフィアの唇を開かせ、舌を差し入れる。そして両手で顔を包み、自分の顔を傾けて、さらに激しくキスをした。瞬く間に、まるで魔法のように体が反応した。子どもが欲しいからというだけではない。夫が欲しいから。

「二階へ行こう」クラクストンが唇に向かってささやき、下唇をついばんだ。「今回は、扉の錠を下ろすことにする」

「ええ」ソフィアは同意した。今は、夫とともに温かい毛布の楽園にもぐりこんでいたいだけだった。とにかくクリスマスイブまでは。そのときになったら姿を現して、一路ロンドンへと急ぎ、家族を驚かせて、クリスマスキャロルを歌ってツリーの飾りつけをしたかった。

ふたりは厨房の入口前の階段にたどり着いた。「あなたがなかに入って、メルテンボーン夫妻が話を終えたかどうか確かめてみて」ソフィアは言った。「もしまだ折り合いがついていなかったら、邪魔したくないわ」

クラクストンが階段をのぼり、扉に手を伸ばした。「あのふたりには、前庭か、なんなら宿屋で話し合いをさせるべきだったんだ」苦々しくつぶやく。「この家から出ていってもらいたい」かがみこんでもう一度、口を開いて性急にキスをした。「誰も彼も追い出して、きみとふたりきりになりたい。あのふたりが出ていったら、家具をぜんぶ入口の前に押しやって、あらゆる扉を釘づけにするつもりだ」

ソフィアは頬を熱くしながら夫を待った。一分もたたないうちに、厨房の床を踏む足音が聞こえ、クラクストンが駆け戻ってきた。奇妙な表情を浮かべている。「ええと……まだなかには入れないよ」

ソフィアはがっかりした。「ふたりはまたけんかしているの?」

クラクストンが眉をつり上げた。「聞こえた物音からすると、仲直りの真っ最中なんだろうな」

「ああ、よかった」ソフィアは両手をこすり合わせて少しでも温めようとした。「とにかく、まだ話し合っているのね」

「ふたりがしていることを〝話し合い〟とは呼べないな」クラクストンの顔が、赤くなったり青くなったりした。「正直、なかで何が起こっているのかははっきり言えないが、それがなんであれ、ぼくたちの一方もしくは両方が生涯残る傷を負うことなく、中断させることはできないだろう」

「まあ」不意に状況を悟って、ソフィアは言った。「まあ、どうしましょう」

「だけど、見てはいないよ。ありがたいことに」クラクストンが笑った。「聞いただけだ。恐ろしくて見られなかった」

ソフィアは下唇を噛んだ。「どう考えても、もっと時間が必要よね」

「でも、あとどのくらいかかるか、誰にわかる?」

落胆がソフィアの熱意を冷ましていった。それから、凍えるような天気も。「どうやって時間をつぶしましょう?」

クラクストンがくるりと向きを変えて、ソフィアの真横に立った。腕を回したわけではなかったが、外套の袖が触れている部分から温かさが伝わってきた。「いろいろな騒ぎのせいで、解決すべき三つめの手がかりがあることを忘れるところだったよ。トマス卿の鼻のなかには、今も蜂がいる。ぼくといっしょに教会へ行く気はあるかい?」

ソフィアは微笑んでうなずいた。「これが最後の手がかりかもしれないわね」

そう口にしたことで、思いも寄らない寂しさが胸にこみ上げた。永遠にこの宝探しが続いてほしいと願わずにはいられなかった。

クラクストンが厩のほうへ歩き出した。「橇を回してくるよ」

静けさを破るのは、馬のひづめが地面を踏む規則的な音と、しゅーっという橇の音だけだった。ヴェインは頭のなかに居座るひとつの問題について、じっくり考えていた。ソフィアとの結婚生活について。

満足してしかるべきだ。ソフィアの微笑みを取り戻した。ベッドをともにし、これから幾度もともにするだろう。将来について明るい雰囲気で話しさえした。しかし、墓地でソフィアの顔をちらりとよぎった悲しげな表情が、心を悩ませていた。単にぼくをなだめるために、将来の幸せについて同意したのだろうか？　もしそうなら、これ以上急き立てるべきではないだろう。ソフィアがどこか自分を抑えているのではないかと考えずにはいられなかった。長いあいだ同じことをしてきたぼくに、それを責められるのか？

ヴェインは視線を落としてソフィアを見た。橇の座席のなかで体を丸め、手袋をはめた両手をひざの上で重ねている。あの込み入った小さな頭のなかをどんな考えが占めているのか、知ることができたらいいのだが。たとえ知ったとしても、疑う余地のない信頼を求める権利はなかった。もちろんそのすばらしい贈り物が欲しかったが、辛抱強く待つべきだと自分に言い聞かせた。単純に、きょうという日をふたりで楽しむべきだ。この地を発《た》ってロンドンでの生活に戻る前の、最後の一日かもしれないのだから。

道路の大きなカーブを曲がったあと、ふたりは教区教会に着いた。母が愛していた場所だ。ヴェインと弟は、そうでもなかった。何もかもが記憶にあるとおりだった——堂々としたゴシック様式の建物で、長い窓と、とがったアーチと、壮麗な片蓋柱《かたふたばしら》と、子どものころにはもう少しで天国に届くかに思えた尖塔がある。

「もう一度、計画をおさらいしよう」ヴェインは言って、ソフィアに手を貸して橇から降ろした。

ソフィアは陰謀を巡らす者のようにあたりを見回し、人目がないことを確かめた。「わたしは気を散らす役として行動するのね。牧師さまはすぐに、あなたに疑いの目を向けるはずだから。子どものころ、あなたと弟がとんでもないいたずらばかりしていたせいで」

「そのとおり」クラクストンが言って、押し殺した凶悪そうな笑い声を漏らした。

ソフィアはクラクストンから、バリッジ師が教区牧師であるだけでなく、ときどき母に雇われて兄弟の家庭教師としてさまざまな学科を教えていたことも聞いていた。どうやらヴェインとヘイデンは、かなり腕白な少年だったらしい。

ソフィアは先ほど与えられた指示を復唱した。「バリッジ師の気を散らすのに欠かせない言葉は、歴史ね」

「そのとおり」

ふたりは拝廊に足を踏み入れた。暗がりと石でできた狭い部屋だった。クラクストンが帽子を脱いだ。ふたりが入っていくと、厚着をした羽根のように細い男性が、賛美歌集を積み重ねる手を止めて、節くれ立った足でよろよろと立ち上がり、祭壇近くでクリスマスの飾りつけをしている別の男性に呼びかけた。

「緑葉に交ざっているのは宿り木かね？　いかん、いかん、ドルイド教（古代ケルト族のあいだで信仰された原始宗教で、宿り木を神聖視していた）の雑草をこの教会に持ちこんではならん。まるごと外へ出して、その葉を一枚残らず取り除きなさい」

それからふたりに目を留め、身廊のなかほどで出迎えた。洞穴のような空間の凍える寒さで、一歩進むごとに吐息が白い雲になった。

「公爵さま」年配の教区牧師が軽く会釈して、高い鼻を上向け、クラクストンを見下ろすようにした。公爵より五十センチは背が低いことを考えると、かなり興味深いわざだった。

「なんと思いがけない驚きでしょう。あなたが滞在されていることは耳にしていました。長い年月ののち、ようやく戻られたわけですな」

クラクストンが、一分《いちぶ》の隙もない上品な貴族紳士らしく、親しみのこもった口調で答えた。

「一時的にではありますけどね。尋常でないほどの雪と氷で、ここに閉じこめられてしまったので」

「まったく不都合な天気ですな」バリッジ師がふんと鼻を鳴らした。「きのうの朝は、教区民のうち三人しか礼拝に出席しませんでしたよ。ほかの人々は家に閉じこめられていましてね」

「牧師さま、クラクストン公爵夫人を紹介させてください」クラクストンがソフィアを自分の前に進ませ、牧師に紹介した。

「なんて美しい教会でしょう」ソフィアは半円筒形の天井を見上げた。「長い歴史を感じますわ」

「おお」バリッジ師が白い眉を上げて、額にしわを寄せた。「それでは、公爵夫人は深遠な学問を解する生徒なのですな？　わたくしの記憶では、公爵さまは授業に身を入れることがどうしてもできないかたのようでしたが」まるでなじみの古い敵に目を留めたかのように、クラクストンをにらむ。

「まさか！」ソフィアは驚いたふりをして叫んだ。「クラクストン、嘘だと言ってちょうだい」

クラクストンが決まり悪そうな顔をしてみせた。

ソフィアは牧師に注意を戻した。「わたしのほうは、輝かしい過去の歴史に興味をそそられていますの」

バリッジ師が目を輝かせ、うれしそうに頬を赤らめた。「それでは公爵夫人、どうか、この礼拝堂の最も意義深い見どころをご案内させていただけないでしょうか」

クラクストンが牧師の頭越しに大喜びでうなずき、そのまま続けるようにソフィアに合図した。

ソフィアはバリッジ師に愛想のいい笑みを向けた。「なんてうれしいお申し出かしら」

牧師が手袋をはめた手で、前方を示した。「それでは、身廊の洗礼盤から始めましょう。あれはオスマン帝国の大理石から切り出されたものです。天使の彫刻をよくご覧ください」

トマス卿から案内を始めてもらうのは、望みすぎというものだろう。クラクストンの事前の説明によると、トマス卿は反対側の拝廊近くにある石のテーブルに置かれているからだ。

三人は果てしなく長い時間をかけて身廊を歩き、あらゆる記念碑や紋章や彫像や墓碑銘をじっくり見るために立ち止まった。そのうちソフィアは、あまりに長時間にわたって勤勉なふりを続けたせいで、気を失うのではないかと思い始めた。

クラクストンはぶらぶらとその場から離れようとしたが、むだな試みに終わった。後れを取るたびにバリッジ師がきっぱりと、子どものころの授業で憶えなかったはずの詳細を聞き逃さないように見学に戻りなさい、と言い張った。何度か逃亡に失敗したあと、クラクストンはむっつりと顔をしかめて両手を後ろで組み、従順にあとをついてきた。

「ほんとうに、退屈なさってはいませんかな？」バリッジ師がしつこいほど繰り返し尋ねた。この上なくめざとい人物である牧師は、生徒の進歩を確かめるために、絶え間なくうなずいたり、微笑んだり、請け合ったりすることを求めた。

「いいえ、まったく」ソフィアは応じた。同じような礼儀正しい返事をあまりにも何度も繰り返したせいで、喉がからからになってきた。「なんだか、それぞれの宝物を見るたびに、ますます興味深くなっていくようですわ」

牧師がうれしそうにため息をついた。「わたくしも、まさにそう思っておるのです。わたくしと同じくらい審美眼のあるかたと芸術品を鑑賞できる機会は、めったにないことでしてね」

ようやくクラクストンが歩み寄り、ソフィアのとなりに立った。あまりに近かったので、伝わってくる体温にぞくりとさせられた。ソフィアの背中に手を当て、目をのぞきこむ。

「ぼくが思うに、いとしい人」クラクストンがわざとらしい抑揚をつけて言った。「次の彫像には、ほかのどれよりも興味をそそられるはずだよ。そうでしょう、牧師さま？」

バリッジ師は、クラクストンが急に見せ始めた熱意を信用していいものか判断しかねるように、首を傾げた。

「ええ、そうですとも。わたくしもまったく同感です」牧師が言って、ゆっくりうなずいた。

やっとのことで、三人はトマス卿と思われる彫像に近づいた。クラクストンの母によると、この人の鼻のなかには蜂がいるはずだ。それがどういう意味であろうと、ソフィアは答えを知るのが待ち遠しくてならなかった。

「このすばらしい卓上の記念像は、十六世紀の軟石でできておるのです。ご覧のように、こちらにはふたつの彫像がございます。一方は、武装した騎士です。剣の細かい細工を、じっくりご覧になってください。息をのむほどみごとですからな」彫像の中央に手を伸ばす。「そしてそのとなりが、騎士の奥方です。美しいではありませんか？」

「ふたりの顔を見てちょうだい。まるで生きているみたいだわ」騎士とその奥方は天を見上げ、永遠に変わらない穏やかな安らぎをその顔にとどめていた。ソフィアは、騎士が洞穴のようなふたつの立派な鼻孔を持っていることに気づかずにはいられなかった。彫像の頭上の石には文字が刻まれていた。ソフィアは読み上げた。「トマス・ロングミード卿とその妻」

ちらりとクラクストンのほうを見ると、自分と同じ安堵を覚えているのがわかった。ようやく、ここまでたどり着いた。

ソフィアはトマス卿とその花嫁について、なんの疑いも招かないくらいたっぷりと感嘆してみせてから、別の興味深い点を見つけてバリッジ師をその場から遠ざけようとした。「あら、あそこのひざまずいている天使と、羽の細工をご覧になって。あの彫像には、どんな逸話がありますの？」

ソフィアは側廊を進み、バリッジ師がすぐあとに続いた。もちろん、クラクストンは後ろでぐずぐずしていた。

しかし、何かがバリッジ師をちらりと振り返らせた。おそらく消えない疑念のせいだろう。ソフィアが猛烈な恥ずかしさを覚えたことに、折しもクラクストンは、トマス卿の仰向いた顔の上にのしかかって、大理石の鼻に指を突っこんでいるところだった。

# 15

「何か問題でもおありですかな、公爵さま?」バリッジ師ががみがみと言った。細い体が怒りでこわばっていた。

クラクストンがぎくりとして、すぐさまヘシアンブーツを床に下ろし、どすんという音を響かせた。目を丸くして口をあけ、いたずらを見つかった生徒そのままの表情をしている。

ソフィアは一瞬、扉に向かって逃げ出そうかと考えた。

しかし、クラクストンの顔に落ち着きが戻ってきた。「ぼくは——その——トマス卿の鼻を掃除しようとしていたんですよ。煩わしいほこりが鼻の穴のあたりに浮かんでいたので」上着のポケットからハンカチを取り出す。そしてもう一度手を伸ばし、先ほどのぎこちない姿勢を再現して、トマス卿の鼻をこすり、実在しないほこりをぬぐった。「何しろ、トマス卿の威厳を保つのは、ぼくたちの義務ですからね。ほら。すっかりきれいになった」

ソフィアは口に手を押し当てて、喉の奥にふつふつとこみ上げてきた笑いを必死にこらえた。

ちょうどそのとき、若い女性と小さな子どもが、それぞれに木の箱を抱えて拝廊に入ってきた。

バリッジ師がとがめるようにクラクストンをにらんだ。「少しばかり失礼いたしますよ」

牧師は訪問者たちを出迎えたが、明らかにクラクストンを監視できる場所に身を置いていた。夫はじっと見張られながら、いかにもやましいところのあるならず者のような顔をして、ソフィアに歩み寄った。

はらはらする状況にもかかわらず、ソフィアは不意に、クラクストンの上着の襟をつかんでキスをしたいという激しい衝動を覚えた。神聖な場所にいることを考えると、ひどく不適切なふるまいだろう。しかしここで、教会の窓から射しこむ金色の光に包まれていると、いつまでもこんなふうにすばらしく幸福に生きていけると信じるのもたやすいことに思えた。

ソフィアはささやき声できいた。「それで？　トマス卿の鼻のなかには蜂がいたの？」

クラクストンが狡猾《こうかつ》そうに口もとをゆるめた。「ああ、確かに鼻の穴のいちばん奥に何かがある。奥方に近いほうの側だ」身を寄せて耳にささやく。「でもぼくの指では太すぎて、それをつまみ出せなかった」

「まあ、いやだ。ということは――」

「そうさ！」クラクストンがうれしそうに目を輝かせた。明らかにこの新たな面倒ごとを、さらなる冒険として歓迎しているようだ。「ソフィア、きみが蜂を取らなくてはならないよ」

「でもどうやって？」ソフィアはうろたえて尋ねた。「牧師さまがわたしのそばから離れようとしなかったら？　あなたのそばからもよ。だって、あなたはほこりを払うことに奇妙な執着がある、監視なしでは古代の芸術品に近寄らせるわけにはいかない人物なんだから」

クラクストンがにやりとした。「一瞬、牧師に横っ面をひっぱたかれるんじゃないかと思ったよ。子どものころ、されたみたいにね」

「牧師さまはもう、あなたの横っ面には手が届かないと思うわ」

バリッジ師が、積み重ねた箱を両腕に抱えて近づいてきた。

「急いで」クラクストンが警告した。「気を散らす別の方法を考えるんだ」

「途中になってしまって申し訳ありません、公爵さま、奥さま」バリッジ師が不信の入り交じった表情で言った。「村人たちが、クリスマスを祝って寄付やそのほかの贈り物を持ってくる季節なものですからね」

寄付や贈り物。確かに、今はそういう季節だった。ソフィアは会計帳簿を見て、クラクストンが年に一度、会計士を通じて寄付金を支払っていることを知っていた。どういうわけか、村人たちがバターやジャムや鶏肉《とりにく》――自分たちの大切な必需品――を贈り物として直接持ってくることのほうが、はるかに心がこもっているように感じられた。不意にソフィアは、レイスンフリートに着いてから一度も、教会の鐘の音を聞いていないことを思い出した。

直感的に尋ねる。「牧師さま、教会の鐘についておききしたいんです。ここでは、どういう機会に鳴らすのですか？」

「おお」バリッジ師が小さなため息をついた。「わたくしたちの鐘は、ふた冬前に、ほとんど真ふたつに割れてしまったのですよ。付け替えるための資金の援助を申し出てくださる寄付者は、まだ現れないのです」

絶好の機会がやってきた。あまり見え透いたやりかたでなく、クラクストンを適切な方向へ導くにはどうしたらいいだろう？

「公爵」ソフィアは慎重に言葉を強調しながら言った。「ちょうどきのう、ふたりで考えていたでしょう――」

「そう、ぼくの母の名誉を称えるには何をすればいいか、だろう」クラクストンが、不意にこちらをじっと見つめながら言った。まさに口から出かかっていた言葉を言われたので、ソフィアはびっくりした。

クラクストンが顔を上向け、頭上のアーチ形の梁を視線でたどった。「母はこの教会を、ほんとうに愛していた。新しい鐘は、完璧な記念品になる」

ソフィアには、この瞬間の夫の申し出が宝探しにはなんの関係もなく、母親の思い出と、レイスンフリートとその住民に対して育ちつつある愛情から生まれたものであることがわかった。

「ええ」ソフィアは穏やかな声で応じて、まばたきで涙を払った。「同感だわ」

牧師の目がランタンのように輝いた。「あなたのお母さまは、聖人のようなかたでした」

ソフィアは言った。「牧師さま、公爵に鐘楼《しょうろう》を見せていただけるかしら。どのくらいの寄付が必要かわかるように」

牧師の先ほどの疑いは、すべて消え去ったようだった。それどころか、今にも涙をこぼしそうに見えた。「おお、新しい鐘は、この古き教区教会を生き返らせてくれることでしょう」

「すばらしいわ」ソフィアは言った。「わたしはここでおふたりを待っています。しばらくこの窓を眺めて過ごしたいの」

いちばん近くにあるステンドグラスの窓のほうへ移動する。窓の基部に真鍮の札が貼られていて、そこに〝ガースウッド〟という家族の名が刻まれていた。その下の床に置かれた磁器の鉢に、薔薇がたくさん供えられているのが目に留まった。

ピンク色の縁取りがある黄色い花びらの薔薇だった。

三十分後、ふたりは雪のなかを、橇が置かれた場所に向かった。ソフィアは教会で起こったさまざまなできごとを思って、まだ微笑んでいた。ひと呼吸ごとに、ふたりの口から白い息が吐き出された。

「手に入れたかい？」クラクストンが尋ねた。

「もちろんよ」ソフィアは握っていた手を開いた。色あせたはぎれで結ばれた小さな巻物が、手袋をはめた手のひらにのっていた。

「きみは国のために働く密偵になるべきだな、グース」クラクストンが腕をソフィアの肩に回した。まなざしと言葉にこめられた賞賛は、どんな火よりも温かかった。「ほんとうに、あそこでのきみの活躍は並外れていたよ。実際、牧師さまはすっかり魅了されていた。宿屋に行って、簡単な食事をしよう。次の指令はそこで読めばいい」

ほどなく、ふたりは暖炉のそばのテーブルに着いた。先日と同じように、宿屋の休憩室は村人で込み合っていた。きょうはみんな、気後れせずに公爵の存在を歓迎しているようだった。なにしろ公爵は今朝早く、宿屋で最も評判の悪い泊まり客と、雪に覆われた自宅の前庭で決闘をしたのだから。

数人の女性たちが、ソフィアに微笑みかけた。満足そうにうなずいたり、ウインクしたりする者さえいた。どうやらソフィアは、夫の愛情をめぐる戦いで、図太いあばずれ女レディ・メルテンボーンに勝利したと思われているようだ。それについて、ソフィアはいくぶんか満足を覚えた。きょうの午後はあまりにも楽しかったので、ふたりの将来や昨夜のできごとの意味について深く考えるのは、意図的にずっと避けていた。それでも、体を重ねたときの記憶は常に頭から離れなかった。とにかく、ものごとを客観的にとらえて、夫に限界があることを許し、自分の心を守り続けなければならない。

女将が食事を運んでくるのを待つあいだ、クラクストンはエールを、ソフィアは温かい茶を飲んだ。

「それじゃ、長年のあいだトマス卿の鼻のまわりを飛び回っていた蜂を見てみようか」クラクストンが椅子をソフィアのほうへ引き寄せた。ふたりは共謀者たちが慎重に略奪品を調べるかのように、並んで座った。クラクストンが片腕をソフィアの椅子の背にもたせかけ、自分の体と壁で囲むようにした。ソフィアはそれを意識して、肌が熱くなるのを感じた。高い位置にある肩、クラヴァットとベスト、投げ出された男らしく形のよい脚。その向こうは何も見えない。

ソフィアははぎれのひもを解いて、小さな巻物をテーブルの上に広げた。クラクストンが長く美しい指で小さな四角い紙のふたつの角を押さえ、ソフィアは残りのふたつを押さえた。なじみ深い夫の香りがじらすように鼻をくすぐり、いつまでも消えない火薬のにおいが複雑な思いをかき立てた。

それよりも、手がかりだ。いちばん上の隅で、かわいらしい小さな蜂の絵が歯を見せてにっこり笑っていた。

「まあ、お母さまったら」ソフィアは思いきってちらりとクラクストンを見たが、はっとするような青い目に呼吸を奪われてしまった。手がかりではなくソフィアを見つめている。

「かなりの芸術家でいらしたのね」

クラクストンがそっけなく同意した。「ふむ。ああ、そうだったな」

テーブルの下で、ソフィアのひざに触れる。

ちょっとした愛撫に息を詰まらせながら、ソフィアは手がかりを読み上げた。「〝空腹な猟師は、もっとシチューをよこせとわめく〟ねえ、見て」紙を逆さにして、クラクストンに絵が見えるようにする。「ずいぶん恐ろしい男が描かれているわよ」

「猟師さ」クラクストンが言った。

「トマス卿と同じように、その人についても何か知っているのね」

クラクストンがうなずいた。「森のなかに、古い小屋がある。ずっと昔には、領地の猟師が住んでいたんだろう。ぼくと弟はそこでよく遊んだ。ときには、母もいっしょに来ることがあった」

「そしてシチューを作ったの？」ソフィアはもっと聞きたくて、夫のほうに身を乗り出した。思わず息をのむほど突然、クラクストンが煙るようなまなざしをして、ソフィアの唇を見つめた。まだひざに置いていた手をぎゅっと締めつける。「そうだ。じつは、古い鍋に、ぼくたちが集めた材料を入れたものだったのさ。森で拾ってきた石や、葉や、小枝。ひどく子どもじみた遊びだよ」

「でも楽しそうだわ」ソフィアは椅子にゆったりもたれたが、クラクストンが追いかけるように数センチの距離を縮め、指先でうなじを軽く撫で上げた。「ここを出たら、猟師の小屋に行けるかしら？」

「まずは別の場所に行きたいな」クラクストンが思わせぶりにささやいた。

「次の手がかりを見つけたあとでね」

「当時も、小屋はひどい状態だった。すでに屋根が落ちていてもおかしくはない。宝探しがそこで期待外れの結果に終わる可能性は高いな。時の経過で、最後の手がかりだったはずのものが消えてしまったかもしれない」

「そうでないことを願うわ」ソフィアは言った。「ここまで来たからには」

若い娘がシチューを運んできて、ふたつのボウルをテーブルに置いた。湯気を立てる香りのよい羊肉のシチューだった。ヴェインはしぶしぶ、ソフィアのすらりとした太腿をじりじりと撫で上げていた手を離した。ソフィアが娘をシャーロットと呼んで挨拶し、きれいな髪を褒めそやしたあとでようやく、ヴェインは見たことのある娘だと気づいた。

「公爵夫人、いただいたヘアピンは、魔法のヘアピンだったに違いないです」娘がうなじの上できっちり巻いた髪に触れた。

「あら、そう?」ソフィアが言った。「どうしてなのか教えてちょうだい」

「あたしに、求婚者が現れたんです」シャーロットが恥ずかしそうな笑みを浮かべた。

ソフィアが驚きにぱっと顔を輝かせた。「長いブーツをはいている農夫?」

「いいえ、奥さま、すてきな家を持ってる雑貨商なんです」娘の顔が真っ赤に染まった。

ふたりはしばらくおしゃべりを続け、とうとうストーン夫人が陽気な調子で娘を追い払った。シャーロットが立ち去ったあと、ソフィアは輝く笑みでヴェインの目をくらませた。

「すばらしいことを聞いたわ」ささやき声で言う。頰が魅惑的なピンク色に染まっているのは、火のすぐそばに座っているせいだろう。「シャーロットが永遠の幸せを見つけられるといいんだけど」

ヴェインは手を伸ばしてソフィアの頰に触れ、まじめな口調で言った。「永遠の幸せ。数日前なら、そういうものは信じなかっただろう。その言葉は、まるでおとぎ話のなかだけに存在するように聞こえないか? 平凡な人々の暮らしのなかには存在しないかのように。でも、考えが変わったように思う」

ソフィアがまっすぐこちらを見つめ返した。「そう言ってくれて、とてもうれしいわ」

ヴェインは、ソフィアがどれほど完璧にレイスンフリートに似合っているかを考えずにはいられなかった。ロンドンで見ていた妻は、社交界の最も高貴な人々のなかですっかりくつろいでいるかに思えた。素朴な村人たちとその静かな暮らしかたにこんなにもなじむとは、予想もしていなかった。

ふたたび出発する準備が整うと、ヴェインは食事代をテーブルに置き、ソフィアのあとを追って戸口へと歩いた。部屋の中央まで来て、衝動的に妻の袖をとらえ、ゆっくり引き寄せてこちらを向かせる。いきなり唇を重ねると、ソフィアが驚いて目を丸くしたが、すぐに腕のなかで力を抜き、ため息をついてキスを返した。それから、どこにいるかを思い出したかのように、さっと身を引いた。しかしヴェインは完全には放そうとせず、手を握り締めた。

「きわめて適切なふるまいだよ」ヴェインは言って、頭上の宿り木を指さした。

部屋のあちこちで、常連客の歓声や笑い声が起こった。

「ほらね」ヴェインは言った。「ここにいる善良な人々も、同意すると思ったんだ」

ほどなく、ふたりは凍った川のそばを通りかかった。ソフィアは興味をそそられて身を乗り出し、村人たち、おもに若者たちが凍った川面をすいすいとすべるのを眺めた。クラクストンが手綱を引いて橇を止めた。てきぱきとポケットから数シリングを出し、ふた組のスケートを借りる。

すべりかたを教えてもらわなくても、ソフィアはすでによく知っていた。昨年十二月の新婚当時、ロンドンの凍ったサーペンタイン池でスケートをした楽しい思い出がよみがえった。ブーツの底にスケートの刃を固定して、まだ自分のブーツに刃を留めている最中のクラクストンを置いていく。

ソフィアは優美にくるりと回ってみせてから、叫んだ。「急いで」

すぐにクラクストンが追いついた。あまりこの運動に慣れているわけではなさそうだが、もともと活発で力強く、平衡感覚に恵まれているので、こういう娯楽ならなんでもこなすことができるのだった。

ふたりは氷の上に並んで立った。ソフィアは川を越えたレイスンフリートの先を見渡した。遠くのほうに、ロンドンの城や尖塔のかすかな輪郭が見えた。

「向こう岸までずっとスケートで行けるかもしれないわね」

「無理だ。危険すぎる。向こう岸まで渡れるほど、氷は厚く張っていない」レイスンフリートを離れることを考えただけで、またヴェインの体に密かなおののきが走った。まるでロンドンがテムズ川のように流れの速い川となって、ソフィアをこの手から奪い去ってしまうかのように。

ソフィアがこちらを見上げた。「家族と離れてクリスマスを過ごしたことは一度もないわ。まるで子どもみたいに聞こえると思うけれど、ヴィンソンとお父さまが亡くなって以来、わたしたち全員にとって、この祝日をいっしょに過ごす時間がますます大切になっているの」

「きみたち家族はお互いがいてよかったな。みんなとても仲がよくて」十歳以降のヴェインは、そういう家族の結びつきには恵まれなかった。

「それだけじゃないわ」ソフィアが足首を回転させて、ヴェインのまわりに小さな半円を描いた。「あなたも知っているとおり、お祖父《じい》さまはずっと体の具合が悪いのよ。元気な姿を見れば、安心できるのだけど」

「わかっているよ」

「そうは言っても」ソフィアが静かに言って、足を止めた。「ここであなたと雪のなかに閉じこめられている状況について、ひとつでも何かを変えられる自信はないわね」

「ひとつもかい？」ヴェインはからかい、手を伸ばしてソフィアの手を取り、腕の下で優しくくるりと回転させた。「メルテンボーン卿はぼくたちを撃とうとするし、目を覚ましたら頭のおかしな女がぼくたちのベッドで寝ているし、前庭で決闘までする羽目になったのに？」

「そうね、いくつかは変えられたかもしれないわ」ソフィアがにんまりとした。

そして、子どもたちの集団の中央へとすべっていった。子どもたちがソフィアのまわりで輪になった。あすにでも渡し船が自分たちをレイスンフリートから元の世界に連れ戻そうとするまさにその場所で、こののどかな場面が展開しているのは、なんて皮肉なことだろう。ヴェインの頭のなかで、時計がかちかちと時を刻んでいた。一秒ごとに大きく脅すような音になっていく。自分が準備を整える前に、じゅうぶんに強くなる前に、周囲でものごとが崩れていくような気がしてならなかった。

ソフィアがそばに戻ってきた。「男の子たちが、早くスケートを返してほしくていらいらしているみたいよ」

ふたりは橇のところへ戻り、椿屋敷の方向へ進んだが、行きに通ってきた丘を越える道をとる代わりに、さらに四百メートルほど先まで公道を走り続けた。生け垣が途切れている場所で、ヴェインは馬を狭い小道に向けて森に入った。やがて、地面を覆う草木のせいでそれ以上進めなくなり、そこから先は歩くしかなくなった。密生した木々の枝にたっぷり雪が積もり、地面の雪が少なめだったからだ。

「ここはとても静かね」ソフィアは言って、首もとに襟巻をしっかり巻いた。

「夏はそうでもない。太陽の光と、緑の葉をいっぱいにつけた木々を想像してごらん。鳥もいるし、地面には動物たちが走り回っている。たぶん、きみが見つけたオコジョ氏もね。ロンドンのヴォクソールガーデンズよりにぎやかなくらいさ」

ソフィアが、ヴェインの描いた絵に魅了されたかのように笑った。「ぜひその様子を見てみたいわ」

「それじゃ、夏に来よう」

そのとき、ソフィアが氷の上でブーツをすべらせてよろめいた。腕につかまったソフィアを、ヴェインは腰に手を回して支えた。高い木と輝く氷の聖域に囲まれ、ぐっと引き寄せてキスをする。ソフィアがうっとりと満足そうな笑みを浮かべて、それを受け入れた。しかしそのあとすぐに身を引いて、ヴェインとのあいだに数十センチの距離を置いた。

ふたたびヴェインの胸に、疑念から生まれた炎が燃え上がった。今度の火は、もっと大きく熱かった。ソフィアはぼくをなだめるだけのために、キスや愛撫を許しているのだろうか？　ほかに道がないかのように感じているから？　欲しいのは子どもだけで、ぼくではないとしたら？

女性を惹きつけることに少しも苦労してこなかった男として、その可能性には動揺させられた。明らかに、ふたりはとても気が合う。少なくともこの二日間はそうだった。それ以上に、ベッドでもお互いに楽しむことができる。なぜソフィアは、感情的に距離を置き続けようとするのだろう？

「どちらの方向？」ソフィアがきいた。「遠くはないよ」

「あっちだ」ヴェインは指さした。

はっきりしない小道は、もつれて密生する木々のなかへ消えていくようだった。しかしヴェインは、小道のあらゆる石や、あらゆる倒木やくぼみを鮮明に思い出した。ここでヘイデンとふたり、どれほどの楽しみを味わったことだろう。いつの日か母の死がもたらすことになる苦しみを恐れることも、予感することもなく。ヴェインはソフィアのひじに手を当てて導きながら、むき出しになった木の根や倒れた幹を越えていった。ようやく、なじみのある影、古い建物の輪郭が目に留まった。

「あそこだ。見えるかい？」ヴェインはきいた。

予想していたとおり、小屋の屋根は木々の破片と雪の重みでたわんでいた。しかし奇妙なことに、煙突からはかすかに煙が立ちのぼっているようだった。

女性の声が、静けさを破った。喉から絞り出すような悲鳴。ヴェインは息をのんだ。思わずソフィアと顔を見合わせる。その顔から血の気《け》が引いていった。

「クラクストン」ソフィアがささやいた。「今のはなんだったの？」

また聞こえた。女性のすさまじい叫び声。まるで死にかけているかのような。ヴェインは外套をぱっと開いて、ピストルを取り出した。

すばやく巧みに二連発銃の準備を整える。「きみは橇に戻っていろ。ぼくが五分たっても姿を見せなかったら、ひとりで出発するんだ」

「あなたを残して出発なんてしないわ」

「しなくてはだめだ」ヴェインはきびしく言った。「村へ行って、ミスター・ケトルを見つけろ。すべきことをわかってくれるはずだ。約束してくれ」

ためらったあと、ソフィアはしぶしぶうなずいた。「約束するわ」

ヴェインはソフィアをその場に残し、どんな状況に出くわすかわからないので、木から木へと身を隠しながらゆっくり進んだ。女性がすすり泣き、慈悲を求めた。ヴェインはできるかぎりこっそりと、ガラスや鎧戸のない窓の開口部からのぞいた。ぼんやりした明かりのなかで、男がしゃがんでいるのが見えた。女性は意志に反して押さえつけられ、暴力を振るわれているに違いない。

ヴェインは戸口から飛びこみ、銃で男に狙いを定めた。

「そこのおまえ」大声で叫ぶ。「やめろ」

男がくるりと振り返った。見覚えのある顔。椿屋敷に侵入した男だった。その前には、女性が両ひじを突いて仰向けになっていた。凍えるような寒さにもかかわらず、顔を上気させ、汗をかいている。ちっぽけな暖炉に、小さな火がくすぶっていた。

「ぼくの妻です」男が叫んだ。「子どもが生まれそうなんです。でも、何かがおかしいんだ。子どもが出てこないんです。どうか、助けてください」

ヴェインはピストルを下ろした。「なんてことだ」

# 16

十分後、ソフィアは橇の前を行ったり来たりして、クラクストンが無事に戻るよう小声で祈っていた。遠くから、男性の大きな声が聞こえてきたが、銃声はしなかった。

いきなり、クラクストンが森から飛び出してきた。その後ろから若い男性が現れた。昨夜の侵入者だ、とソフィアは気づいた。腕に女性を抱えている。女性は頭を男の肩にぐったりもたせかけていた。ふたりともみすぼらしい身なりをして、半分凍えているかのようだった。

クラクストンが手短に、落ち着いた口調で説明した。「こちらはブラニガン夫妻だ。ミセス・ブラニガンは子どもが生まれそうなんだが、むずかしい状態らしい。椿屋敷に連れていって、ミセス・ケトルを呼んでこようと思う」

ソフィアは座席から毛布をはがした。「急いで」

ブラニガン氏が妻を下ろすと、ソフィアはすばやくその体を覆った。

「連れていって」ソフィアは促し、橇から身を引いた。「いいからこの人を連れて出発して。わたしたちはあとから追いかけるわ」

クラクストンがうなって身を寄せ、ソフィアの手首をつかんだ。「あの男ときみをふたりで残すわけにはいかない。あいつが何者なのか、わからないんだ。ぼくの前で、橇の刃に乗ってくれ」

しかし、あまり遠くまでは走れなかった。重すぎて、明らかに馬が苦しそうだったからだ。ソフィアはクラクストンの両腕を押しやって、橇の刃から飛び降りた。

「ミセス・ブラニガンを家に運んで」きっぱりと言う。「わたしはすぐ後ろをついていくわ。それほど時間はかからないから」

丘の斜面を懸命に歩いていると、後ろからブラニガン氏がやってきて、距離を縮めるのが見えた。ようやく正面の石段にたどり着くと、ふたたび出ていくクラクストンとすれ違った。

「できるだけ早く戻ってくる」夫が橇のほうへ走りながら言った。「彼女はぼくの部屋にいる」

ソフィアが驚いたことに、玄関で出迎えたのはアナベルだった。「帰ってきてくれてうれしいわ。出産のことなんて何も知らないから、呼ばれたらどうしようかとびくびくしてたの」

「あの女性のそばには、誰がついているの？」ソフィアは尋ね、急いで帽子と襟巻を外した。

「あら、メルテンボーン卿よ」アナベルが、まるで当たり前のことのように応じた。

ソフィアは階段を駆けのぼった。確かに伯爵がベッドのそばに座って、ひざのところで脚を組み、田舎の医者そのものといった顔つきで女性の手を握っていた。

「さあ、いい子だね」伯爵が言った。「息む必要があると感じたら、息まなくてはならないぞ」

女性が叫んだ。「できない。できないわ。何かがおかしいのよ。わたしの赤ちゃんが」

直後に、ブラニガン氏が部屋に飛びこんできた。

「リディア」ベッドのそばに、ひざからくずおれる。「公爵さまが、産婆さんを呼びにいってくださった。すぐに来るよ。そうすればすべてうまくいくからね。産婆さんはすべきことを知ってるはずだ」

ちょうどそのとき、アナベルが扉から顔をのぞかせた。「その人、だいじょうぶ？」

ソフィアは戸口まで戻った。「アナベル、厨房に行って、お湯をわかし始めてもらえるかしら？」

「お湯を……わかす？」アナベルがうろたえておうむ返しに言い、目を見開いた。「何を、な、鍋を使うの？　水はどこに行けばあるの？　かまどの火はついてるのかしら？」

メルテンボーン卿が立ち上がって、穏やかな口調で言った。「わたしがお湯をわかしましょう、公爵夫人。厨房にはリネンがありますよね？」

「ええ、大きな戸棚のなかに」

「わたしは、五人の娘全員が生まれる場に立ち会いましてね」伯爵が訳知りの笑みを浮かべた。目はいつから飲酒を続けているのかわからないほど血走っていたが、今朝前庭に現れて決闘を求めた人物とはまったく別人に見えた。「お手伝いできることなら、喜んでなんでもしますよ」

今の状況を考え、ソフィアは快く許す気になった。五人の娘！　ふと、伯爵の存在に父親がいてくれるような心強さを覚え、ほんの一瞬だけ自分の父を思い出して、悲しみと感謝を同時に感じた。伯爵の落ち着いた物腰が手本になった。ソフィアは息を吐いて、あわてずにことを進めようと誓った。

メルテンボーン卿が部屋を出ていくと、ソフィアはアナベルに鍵を持たせ、この仕事ならじゅうぶんにできるはずだからと請け合って、リネン室からもっと毛布を持ってくるように頼んだ。

ブラニガン夫妻と三人で残されると、ソフィアは自分にできる唯一のこととして、精いっぱい女性を励まそうとした。ブラニガン夫人はとぎれとぎれに泣いたり悲鳴をあげたりしていた。背中の後ろを枕で支え、額に冷たい布を当ててやる。自分の知識不足を考え、クラクストンがケトル夫人を連れて戻るまでは、赤ん坊が顔を出さないことを祈った。自分は悲劇的な形で子どもを失ったけれど、ブラニガン夫人の難産は、経験豊かな産婆が解決してくれると信じたかった。

今はあれこれ尋ねている場合ではなかったが、ソフィアの頭にはたくさんの質問が渦巻いていた。昨夜ブラニガン氏は、なぜ椿屋敷にいたのだろう？　この夫婦は、わたしとクラクストンが到着する前、誰にも見つからずに屋敷に住んでいたのだろうか？　ふたりにはどういう事情があるのだろう？　明らかに、ほかに行くところがないから、猟師の小屋に身を寄せていたに違いない。もし犯罪者だったら？　しかも危険なほどの？

その点については、少しも心配する気にはなれなかった。とても若く弱々しく見えるブラニガン夫人が、ソフィアの手をぎゅっと握り締めていたからだ。そしてかわいそうなその夫は、ベッドのそばにひざまずき、痛ましいほどの恐怖に顔をゆがめていた。

三十分たっても、状況はほとんど変わらなかった。アナベルが追加のシーツと毛布を運んできた。メルテンボーン卿が、わかした湯を入れた鍋をいくつか持ってきたが、ソフィアはそれをどうすればいいのかわからなかった。やっとのことで、ケトル夫人がきびきびとした有能そうな顔つきで扉から飛びこんできた。

「奥さん、わたしはケトルといいます」夫人がマントを脱いで袖をまくった。「赤ちゃんをできるだけ苦労なくこの世に迎えるために何ができるか、見てみましょうね」

ソフィアは安堵のあまり気を失いそうになった。すばやくクラクストンが歩み寄り、両腕を回した。「気分が悪いのかい？」

「いいえ、ほっとしただけよ。あなたたちが到着して。もっとはっきり言えば、ミセス・ケトルが到着して」

ケトル夫人はすぐさま、ソフィアとアナベルだけでこの仕事はじゅうぶんできると言って、クラクストンとメルテンボーン卿、そして若いブラニガン氏まで部屋から追い出した。

アナベルは少しうろたえているようだった。「何かの間違いだと思うわ。わたしはなんの役にも立てないはずだもの」

「冗談じゃありませんよ、奥さま。その時が来たら、ミセス・ブラニガンの脚を押さえるのに、おふたりとも必要になるんです」

伯爵夫人が青ざめた。

出産の手伝いをすることを考えるとソフィアも少し怖かったが、尻込みしてはいられなかった。いつか、できれば近いうちに、自分も子どもを産むつもりなら、その時が来ても取り乱さないように心の準備をしておきたい。

ケトル夫人が、事前に準備されたものを点検し、じゅうぶんだと判断したようだった。それから優しくブラニガン夫人に質問をして、痛みが始まってどのくらいか、自分や子どもの健康にこれまで何か不安はあったかを聞き出した。次に、妊婦のスカートを持ち上げ、状態を診た。

それを終えると、ケトル夫人は心配そうに顔をしかめ、唇を結んだ。「逆子だわ。そこまでは、はっきりしてるわね」

「それはどういう意味？」ソフィアは尋ねた。

「赤ん坊の頭以外の部分が見えてたら、逆の姿勢で生まれて来ることになるんですよ。夫人の服を脱がせてシュミーズだけにさせて、体を起こして歩かせましょう。もしかするとそれで、赤ん坊が頭を下にしてくれるかもしれないから」

三人はふたりずつ交替で、ブラニガン夫人の腕を両側から肩で支え、部屋を歩かせた。妊婦が強まる痛みを訴えると、励ましたり、おだてたりして、できるかぎり気を楽にさせ、すぐに生まれると信じさせようとした。

しかし、一時間にわたってさまざまな方法を何度も試したにもかかわらず、進展は何もなく、痛みと苦しみだけが続いていた。ブラニガン夫人は疲れきって無気力になり、とうとうどんな指示にも従わなくなってしまった。

ソフィアはずっと握っていた若い妊婦の手を離して、ベッドわきの椅子から立ち上がり、ほかのふたりのところへ行った。絶望の空気が部屋を満たしていた。

隅の、ブラニガン夫人には聞こえない場所で、ケトル夫人がむっつりとベッドを見つめながら言った。「赤ん坊は、もう長いあいだ動いてません」

「どうしたら助けられるの？」ソフィアはきいた。

ケトル夫人が小声で答えた。「残念ですけど、もうできることは何もありません」

「なんですって？」恐怖で胸が締めつけられた。

ケトル夫人の目が涙で曇った。「こんな悲劇は、あってはならないわ。クリスマスの季節だというのに」

アナベルが口に手を当てて、ささやき声で言った。「かわいそうに」

「そんな」ソフィアは喘いだ。その瞬間、ふたたび自分の心が粉々に砕け散った気がした。わたしの赤ん坊は失われてしまった。母親の腕に抱かれることなく。母親の愛や父親の誇りを受け止めることなく。

何よりも、この若い女性に同じ苦痛を味わわせたくなかった。でも、これ以上どうすればいいの？　これほどの無力感を覚えたことは一度もなかった。

ケトル夫人がハンカチを目に押し当てた。「誰かが階下《した》に行って、ミスター・ブラニガンを連れてこなきゃなりません」

自分がすべきことだとわかっていたソフィアは、うなずいた。「わたしが行くわ」

「まだ行かないで、お願い」アナベルが訴えた。「母親と子どものために祈るか、ふたりのために願いごとをするか、何かすべきよ。まだあきらめるわけにはいかないわ」ソフィアとケトル夫人に手を差し出す。

「そうね。今はもう、ふたりを救えるのは奇跡だけだと思いますから」ケトル夫人が言った。

三人は輪になって立ち、手をつないだ。

「お願い」アナベルがささやき、頬に涙をこぼした。「ミセス・ブラニガンと赤ちゃんを生かしてください。どうか、お願いします」

「クリスマスの奇跡を起こしてください」ソフィアは熱をこめて言った。

ベッドの上で、ブラニガン夫人がうめいて身もだえした。

アナベルが肩越しにそちらを見た。「ミセス・ブラニガン？」

ソフィアはベッドに歩み寄り、手を伸ばして女性の肩に触れた。「どうしてほしい？」

ブラニガン夫人が叫び、両手でお腹をつかんだ。

ケトル夫人が両手を組み合わせて、懇願するように天を仰いでから、ベッドのそばにやってきて、ふたたび状態を確かめた。

「まあ、驚いた」ほっとした表情で頬を上気させる。「赤ん坊が出てこようとしてるわ。わたしたちのために、でんぐり返りをしてくれたのね。公爵夫人、タオルを。伯爵夫人、手を握って励ましてあげてくださいな。そんなに長くはかからないはずよ」

一時間もしないうちに、赤ん坊は生まれた。丸々とした元気な男の子だった。

小さなかわいらしい体が最初にちらりと見えた瞬間、ソフィアの目からどっと涙があふれた。アナベルはすすり泣いていた。ふたりは互いに腕を回して抱き合った。

ケトル夫人が叫んだ。「ご婦人がた、ハンカチをお願い。誰かわたしの目をぬぐってくださいな」ソフィアは急いで従った。「これはまさに奇跡ですよ。慈悲深い神さまがご覧になっていて、赤ん坊を母親の腕のなかに連れてきてくださったんです」ケトル夫人が言った。

ソフィアが、指示されたとおりにうぶ湯を使わせ布でくるんでやると、赤ん坊は大声で泣いた。ケトル夫人がブラニガン夫人の世話を焼くあいだ、アナベルは隅の椅子にぐったりと座りこんでいた。役に立とうとする力も尽きてしまったようだ。

赤ん坊を母親の腕のなかに返してから、ソフィアは居間に下りていき、女性の夫がクラクストンとケトル氏、メルテンボーン卿とともに立っているのを見つけた。ブランデーの瓶が、半分満たされた四つのグラスとともにテーブルに置かれていた。

ソフィアの姿を見て、ブラニガン氏がさっと進み出た。その突然の動きで、脚がテーブルの角にぶつかり、ブランデーの瓶が傾いて倒れ、茶色い液体が絨毯と床にこぼれた。メルテンボーン卿が広がっていく液体の上に枕を投げ、暖炉の火に届く前に止めた。

「家を燃やして、この特別な時をだいなしにしたくないからな」伯爵が目を輝かせて叫んだ。

ブラニガン氏がソフィアに尋ねた。「ぼくの大切なリディアは？　だいじょうぶなんですか？」

ひどくおびえながらも期待をこめた顔をして、今にも泣き出しそうだった。

「とても元気よ」ソフィアは微笑んで答えた。

「赤ん坊は？」ブラニガン氏がソフィアの笑みにつられて、ぼんやりと口もとをゆるめた。

「泣き声を聞いたような気がしますが」

ソフィアは口もとをほころばせた。「ご自分で見にいったらどうかしら？」

「ありがとうございます、奥さま」ブラニガン氏が頭を下げた。「ほんとうに、ありがとうございます。お礼の言いようもありません。それから、すみません。昨夜、突き飛ばしてしまって、ほんとうに申し訳ありませんでした」

「謝る必要はないのよ」

ブラニガン氏が階段のほうへ姿を消した。

「ああ、メルテンボーン」アナベルがすべるように部屋に入ってきて、夫の腕のなかに飛びこみ、またわっと泣き出した。「あんなに恐ろしいことと美しいことが、いっぺんに起こるのを見たのは初めてよ」

伯爵がうなずいて、妻の背中を優しくたたいた。「ああ、わかっているよ」

アナベルが夫の手を引いて導いた。「来て、赤ちゃんを見てちょうだい」

ふたりが行ってしまうと、クラクストンが腕のなかにソフィアを引き寄せた。

「だいじょうぶかい？」穏やかな声できく。

ソフィアは夫にもたれて深いため息をつき、シャツの胸もとで指を丸めた。その瞬間、寄りかかれる人がいるのはとてもよいことだと悟った。妹たちとのあいだでは、長女という立場もあって、たいていは励ましや慰めの言葉をかけてやる側にいた。今は、夫の腕のなかにいるのがとても自然なことに感じられた。

「今回ばかりは、アナベルと同意見よ」ソフィアはくすくす笑った。「恐ろしいことと美しいことが、いっぺんに起こったの。よく赤ん坊は奇跡だと言うけれど、ほんとうなのね。しかも、あの子はクリスマスの奇跡だわ」

クラクストンは何も言わなかった。ソフィアは息を吐いたり吸ったりして胸を波打たせた――ひと息ごとに苦しくなってくる。どうしてこんなにうれしいと同時に、こんなに悲しくなるのだろう？　口もとから笑みが消えていった。

「ただ、思うの――もしわたしの――」不意に激しい感情が喉にこみ上げて声がかすれ、両手で夫の腕をつかむ。

「ああ。ぼくもそう思うよ」クラクストンが耳もとでささやき、さらに引き寄せた。ソフィアは夫の胸に頭をもたせかけ、喘ぐようにその香りを吸いこんだ。

涙があふれてきた。「わたしたちをめぐる何もかもが、変わっていたでしょうね――」

「そう、変わっていただろう」クラクストンが頭のてっぺんに唇を押し当てた。

「とても悲しいわ」

「ぼくも悲しいよ」

その言葉で、ソフィアの心のなかの堰《せき》が切れた。子どもを失ったあと、もう何カ月も前にすべきだったことだが、夫の胸に身を預けてすすり泣き、慰めを見出した。クラクストンはシャツがぐっしょり濡れるまでソフィアを抱き締め、優しい言葉でなだめてくれた。

ソフィアは身を引き、渡されたハンカチで目をぬぐった。「クラクストン、ブラニガン夫妻って、どういう人たちなの？」

「待っているあいだ、たくさん話す時間があったよ」クラクストンが答えた。「ふたりはロンドンから来た。どちらもそこで仕事を失ったんだ。妻は、子どもができたと雇い主に気づかれたから。夫は、その後間もなく、働いていた桶屋《おけや》が火事で全焼してしまったから」

ソフィアは思い出して息をのんだ。「そうだわ、セージモント通りの桶屋よ。先月、倉庫が火事になったのを憶えているわ。夜空が、燃える火で煌々《こうこう》と照らされていたのよ」

クラクストンがうなずいて、ソフィアのほつれた髪を耳の後ろに撫でつけた。「十一月で、新しい仕事を見つけるのにはむずかしい時期だった。ふたりはすぐに生活に困るようになった。救貧院で子どもを産むのはいやだったから、有り金をはたいて、渡し船の代金を支払った。この村で、遠い親類の慈悲にすがれることを期待してね。しかしたどり着いてみると、その年老いた女性は亡くなっていることがわかったんだ」

ソフィアはびしょ濡れのハンカチをポケットにしまった。「そんなふうに、どうすることもできず誰にも頼れない人がいる一方で、わたしたちのように幸運に恵まれている者もいるのね」若い夫婦のことを思って、胸が痛んだ。「なんて不公平なのかしら。ふたりには、ここ以外に行くところがどこにもなかったのよ」

「ところが、びっくりするような事実があるんだ。ぼくはミスター・ブラニガンを知っている。というより、かつて知っていた」

ソフィアはぎょっとして言った。「まさか！」

クラクストンが微笑んでうなずいた。「母が、ひと夏の短い期間、たぶん二週間ほど、庭と厩の世話をするミスター・ケトルの手助けとして、彼の父と母を雇ったんだよ。それは、生活費でまかなっていくには大きすぎる出費だった。母が夫婦をやめさせることを悔やんでいたのを憶えている」

「そのご夫婦には、息子さんがいたのね」

「そうだ。両親とはほとんど接触がなかった。正直に言うと、彼らの姓も思い出せなかったくらいなんだ。でも息子の名前はアダムで、ときどきヘイデンと三人で遊んだんだよ。ぼくたちは、この屋敷や村や森の至るところを走り回って、ありとあらゆる厄介ごとを引き起こしていた」

「猟師の小屋を知っていたのは、あなたたちとあそこで遊んでいたからなのね。当ててみましょうか。〝邪悪な暗い幽霊の部屋〟から家のなかに入る方法をあの人に教えたのは、あなたたちなんでしょう？」

クラクストンが唇をぴくりと動かした。「ああ、そうだ——すっかり忘れていたけどね、——そのせいで、ふたりとも夕食抜きで寝ることになった。家の秘密の入口は——そう、秘密にするようにと、母に数えきれないほど何度も警告されていたんだ。この屋敷で、きちんとした保護も受けず、ほとんどひとりで暮らしていることは、ときに母の心に重くのしかかっていた。何か生活を脅かすようなことがあった場合、あの穴に隠れたり、家から逃げ出したりできると考えていたんだ。母は寛大ではあったが、ブラニガン一家はほとんど他人だったからね」

「家の鍵を渡したようなものだから、お母さまとしては歓迎できなかったのよ」ソフィアは夫の腕をきゅっと握った。

クラクストンがソフィアの手に自分の手を重ねた。「アダムはずっとこの屋敷を懐かしく思っていて、それでここへ来たんだ。上の階に数日間泊まって、日中はあちこち歩いて仕事を探していた。煙突から煙が出ているのを見とがめられないように、夜だけほんの小さな火を焚いていたそうだ」

「そして、わたしたちが到着したのね」ソフィアは言った。

クラクストンがうなずいた。「おととい まで屋根裏に隠れていたけれど、見つかるのが怖かったらしい。ぼくたちが村へ出かけたときに、猟師の小屋に逃げこんだ。しかし急いでいたので、なくてはならない推薦状やら何やらが入った小さな箱を忘れてしまったんだ」

「それを取りに戻ったミスター・ブラニガンを、わたしが驚かせたのね。そういう状況なら、ばつが悪くて古い知り合いだと名乗れなかったのも無理はないわ」

「まさに、そういうことだったのさ」

「このままふたりを追い出すわけにはいかないわ、クラクストン。たとえ村の宿屋に部屋があるとしても、ふたりをそこへ行かせることはできない。生まれたばかりの赤ちゃんがいる状態で、しかもクリスマスに」

クラクストンがうなずいた。「朝になったら、ふたりには昔の厩管理人の住まいに移ってもらおう。雪がやんで、ミセス・ブラニガンが移動に耐えられるくらいに回復するまでは、そこにいてもらえばいい」

その日の夕方以降は、すばやく過ぎていった。数時間おきに、赤ん坊の泣き声が静けさを破るだけだった。声がすると、ケトル夫人が手助けをしに行った。特に許可を求めることもなく、メルテンボーン夫妻は予備の寝室のひとつに落ち着いた。ケトル夫妻は、かつて使っていた部屋に収まった。ソフィアが収納室の鍵を出し、ほどなく必要な数のベッドがすべて整えられ、全員が居場所を確保した。

夜遅くなってようやく、ヴェインはソフィアとともに自分たちの部屋に退いた。

ヴェインは扉の内側に寄りかかって、両腕を後ろで組んだ。ソフィアが髪のピンを外すのを眺め、あらわになった首の曲線とその白い肌に見とれ――。

とにかく、髪を下ろしたソフィアの姿は楽園そのものだった。ヴェインはごくりと唾をのみ、妻をベッドに引き入れたくてたまらなくなった。

「ミスター・ケトルが、あしたには氷が割れるだろうと予測していた」静かな声で言う。

「レイスンフリートを発《た》つ準備はいいかい？」

「ミスター・ケトルの予測が正しいことを祈るわ。ああ、クリスマスに家に帰れるのね」ソフィアが微笑んだ。「でも、まだ最後の手がかりを見つけていないわ。それをやり遂げるまでは発てないわね」

できるだけ早く遠ざかりたいと思われているわけではないと知って、ヴェインは大きな安堵を覚えた。ようやく、子どもを亡くしたことについて互いに気持ちの整理ができた気がしていたが、ソフィアのまなざしとためらいがちな態度には、まだ不可解な距離があった。ヴェインは罪の意識にとらわれた。きょう一日で達成できたことに、感謝しなければならない。しかし、もっと多くのものが欲しかった。もっと多くのものを求めていた。

「あしたの朝、もう一度小屋に行こう。最後の手がかりを見つけるのに、それほど時間はかからないはずだよ。もう決闘やら赤ん坊やらには邪魔されないだろうから」

ソフィアがこちらに振り返った。「三日前には、わたしたちは雪に閉じこめられて、ほかの世界から完全に切り離されてしまったと思っていたのよ。なのにその日以来、あとにも先にも二度とないほどの、忘れがたい人たちにたくさん出会って、めずらしいできごとをたくさん目撃したわね」

「忘れがたい人たち？　めずらしいできごと？」ヴェインはくすくす笑った。「ぼくが見たところ、それはとても礼儀正しい描写のしかただな」

ソフィアがブラシで髪をとかした。「振り返ってみると、これまでの人生でいちばんおもしろい四日間だったような気がするわ。でも、これが永遠に続くわけではないのよね。もうすぐクリスマスだし」

ヴェインはベッドのところへ行き、枕にもたれかかって、ブーツをはいた脚を横に伸ばした。「きみの家族は、ぼくを家に入れてくれるだろうか？」

「もちろんよ。昨年と同じように、クリスマスイブはお祖父《じい》さまの家で過ごしましょう。クリスマスの大薪を燃やして、キャンドルをともして、ツリーの飾りつけをするの」

「ほかには？」ヴェインは目を閉じて、ソフィアの話す声に耳を傾け、これほど心和む音はほかにないと考えた。

「鵞鳥《がちょう》の丸焼きと、料理人特製のレーズン入りプディングもあるわ。いつもお祖父さまが主人役を務めて、プディングにブランデーをかけて火をつけるのよ。そしていつも半分は使用人の部屋に届けて、彼らも楽しくお祝いできるようにするの。それから、水に浮かべた林檎をくわえ取ったり、燃えているブランデーのなかからレーズンをつまみ取ったりするたわいないゲームをして、歌を歌うの」

「すごく楽しそうだ」ヴェインはつぶやき、スペンサージャケットを脱ぐソフィアを、薄目をあけて見つめた。「歌ってくれと言われないかぎりはね。みんなの耳をおかしくさせてしまうから」

ソフィアは肩越しに振り返って、クラクストンがじっとこちらを見つめていることに気づいた。衝立の裏にある飾り箪笥《たんす》のほうに向き直って、コルセットから四角い紙を取り出し、たたまれたストッキングの下にそれをすべり入れる。このリストは、クラクストンに対して新たに芽生えた大波のような抗しがたい気持ちにのみこまれないでいるためのものだった。

これはソフィアにとっての岩であり、錨《いかり》だった。地に足を着けておくための唯一のものだった。

しかし、ブラニガン夫妻の子どもが生まれる場面を目《ま》の当たりにして、自分の子どもを持ちたいという決意がさらに固まった。つまり、ふたりで過ごすときには、できるかぎり何度も愛を交わしたほうがいい。

服を脱いだクラクストンのことを考えるだけで、脈が速くなって、めまいがしてきた。キスや誘惑なしで進めるべきだという、きのうのばかげた理屈がすっかり粉々になってしまった今、ソフィアは考えかたを変えた。生きているかぎり愛の行為を楽しみ、情熱とともにその思い出を大事にしていくのは、妻としての権利ではないかしら?

美しいナイトドレスは一枚も持ってこなかった。椿屋敷に滞在するための荷造りをしたときは、三日間ずっとひとりで、さえない灰色のフランネルを着て、ふさぎこんだり、泣いたり、手紙を書いたりするのだろうと思っていた。手持ちのもので間に合わせなくてはならない。

暖を取るために、火のそばで服を脱いだ。ドレスとコルセット、そしてシュミーズをはぎ取る。すぐさま乳首がぴんと立った。肌寒さだけではなく、クラクストンがベッドの上から見つめているせいでもあった。全裸になると、芳香《ほうこう》オイルを少し肌に塗った。肌の柔らかさを保つために、冬の夜にはいつもしていることだった。しかし今夜は、自分の両手が自分の肌を撫でる感触と、夫の熱いまなざしに官能的な悦びを覚えた。大胆な気分になって、さらに手のひらにきらめく液体を注ぎ、両脚と腹部、わき腹にもすりつける。胸にたどり着いたとき、ベッドの暗い片隅から、はっきりとした音が聞こえた。荒く息を吐く音が。

ソフィアは聞こえなかったふりをした。しかし、自分が夫に対して行使できる力に気づき、こんな反応を引き出せることに、思いも寄らない興奮を感じた。子どもが欲しいのなら、夫の注意を惹きつけておくために、自分ができることはすべてするのが当然だろう。

勇気づけられたソフィアは乳房にオイルを塗り、意図的に乳首のまわりに大きく円を描いてから、ようやく手のひらを膨らんだ乳首の上にすべらせた。カーテンの後ろから、低いうなり声とベッドのきしむ音が聞こえた。夫の欲情に反応するかのように、脚のあいだが熱く湿ってきた。昨夜、クラクストンがその部分を唇と舌で味わったときの、あの感じ。今夜も同じ愛撫をしてくれたら、と願う。昨夜の交わりで気づかされたのは、結婚当初の夫が、おそらく無垢なソフィアを尊重して、自分を抑えていたらしいということだった。先ほど隠したリストは、まだ苦痛を呼び起こしはしたが、ソフィアはクラクストンが女性の体を悦ばせることに幅広い経験を持つことを証明していた。ソフィアは、自分の香りを感じるために太腿のあいだに一瞬手をすべらせ、今夜夫が、もっと深い経験を与えてくれることを願わずにはいられなかった。脚を震わせながら、もうすぐその時が来るのだと悟る。

首からつま先までをフランネルのナイトドレスで覆ったが、前の深いスリットに沿ったリボンをわざわざ結びはしなかった。内側の乳房の膨らみが見えるように、生地を開いたままにする。絨毯の上を歩き、夫のいるベッドに入った。すでに抱かれることへの期待と、受け入れることへの欲求で体が脈打っていた。しかし、クラクストンは前腕を頭の後ろで組んで枕の上に横たわり、ほとんど目を向けもしなかった。

少し前までうっとりこちらを見つめていたことはわかっているのに、奇妙なふるまいだ。ソフィアは横に寝そべって、夫が覆いかぶさってくるのを待ち受けた。クラクストンは小さくあくびをして、手の甲で口を押さえただけだった。

「長い一日だった」ざらついた声で言う。「きみもくたびれただろう、わかるよ」

ソフィアは目をぱちくりさせた。「それほどは、くたびれていないわ」

「ふむ、それなら、たぶんぼくだけだな」クラクストンが、さらに深くマットレスに身をうずめた。

ソフィアの首筋のうぶ毛が驚きで逆立った。疲れすぎて愛の行為ができない？　ヴェインが？　三晩のあいだ、わたしを誘惑しようと懸命になっていたのに。なぜ急に方針を変えたのだろう？

「ヴェイン」ソフィアは声をあげた。

「ヴェイン、なんだって？」夫がまるで今にも眠ろうとするかのように、目を閉じた。

「愛を交わしたくないの？」ソフィアはやんわりと尋ねた。

夫は声のなかに落胆を聞き取っただろうか？　それとも、子どもを身ごもるのに必要なことをしてくれない苛立ちだけ？

「愛の行為が当然期待されているみたいに思ってほしくないんだ」クラクストンが答えた。

「積極的に子どもを作ろうとしているからには、しなくてはならないことのように」

「当然期待されているなんて思っていないわ」ソフィアは言い返した。「とにかく、あなたがほのめかしているような意味では」

「いいや、思っているさ」クラクストンが言った。「そうに決まっている。そうでないはずがあるか？　きみが昨夜、結婚しているからといって、情熱的なふりや恋愛のまねごとはしたくないと言ったことが忘れられないんだ」少し間を置いてから続ける。「そのあと、ぼくは自制を失って、きみがそうせざるをえないようにした。でも、ぼくを悦ばせるだけのために、お芝居をする必要はないんだ。もしかすると、しばらくのあいだ様子を見るべきかもしれない。すでに身ごもっている可能性もあるし」

ヴェインはまぶたの隙間から、ソフィアが口をぽかんとあけて、目を怒りで光らせるのを見た。薄暗い明かりのなかでも、頰が薔薇色に染まるのがわかった。

「お芝居なんかしていないわ」ソフィアが手を伸ばして、ヴェインの腕をつねった。「クラクストン。わたしを怒らせるつもりね」

ヴェインは妻をにらんだ。「ぼくは理解しようと努めているだけなのに、なぜ怒るんだ？」

「わたしはしたいからよ」ソフィアが静かに答えた。

ヴェインの胸が締めつけられた。「何をしたいって？」

ソフィアが見開いた目に訴えるようなまなざしを浮かべた。「愛を交わしたいの」

ヴェインの体が反応した。欲望が、肌から筋肉、骨、骨髄に至るまで、体のあらゆる層に雷のように響き渡った。

しかし、聞きたかった言葉を口にされても、まだ何かが足りなかった。

「ぼくが欲しいから？」ヴェインは歯を食いしばって言った。「それとも、子どもが欲しいから？」

ソフィアはしばらくのあいだ黙っていたが、呼吸は苦しげになっていった。「両方よ」

今すぐソフィアを奪うこともできた。ああ、どれほどそうしたかったことか。しかし一日を通してソフィアは、まっすぐ信じるわけにはいかないいくつもの小さな理由を示してきた。ヴェインは全身の力を振り絞って無関心を装い、また枕に身を預けた。「もしかすると、説得が必要なのはぼくかもしれないな」

ソフィアが、あっけにとられたかのように小さく息を吐く音がした。しばらくたってから、マットレスの上で身を起こし、ひざをついて座る。それから両手を伸ばして、ヴェインの太腿の両側に置いた。その手は小さく、ヴェインの脚はがっしりしていたが、指を開いて、できるかぎり強くつかむ。

ゆっくり……意図的に、手を上へとすべらせ、円を描いて、撫でさすり……膨らんだズボンの股の上にたどり着く。ヴェインはごくりと唾をのみ、絶対に動いてはならないと自分に命じた。

ソフィアがかがみこむと、ナイトドレスの首もとがずれて、丸く豊かな片方の乳房とピンクの先端があらわになった。「悪いけれど、クラクストン、説得が必要なようには見えないわよ」

ずいぶん長いあいだ聞いていなかった生意気な口調のせいで、ヴェインの口のなかがからからに乾いてきた。ベッドカバーを両手で握り締めて、妻に触れるのをこらえる。

ヴェインは自分を覆っている両手を見下ろしながら、しわがれ声で言った。「ぼくを説得するのと、ぼくの分身を説得するのは別なのさ」

「あなたはこれをそう呼んでいるの？」ソフィアがピンク色の唇を舐めて、目をきらりと輝かせた。「あなたの……分身？」

ヴェインは荒い息を吐いた。ソフィアが淫らなことを言うのを聞いて、問題の部分が二倍の大きさになった。少なくとも、そんなふうに感じられた。こちらの反応に気づいたかのように、ソフィアがズボンに覆われた脈打つ部分をぎゅっと握り締めた。「もしかすると、あなたの分身とわたしとであなたを説得して、考えを変えさせられるかもしれないわね」

すでに説得されていたが、それを教えるつもりはなかった。

ソフィアが胸の上にかがみこんでキスをした。唇と吐息で、ヴェインの口を温かく奪う。体の熱とオイルの独特な花の香りが、ナイトドレスの下から漂ってきた。ヴェインはくらくらと酔わされたような気分になったが、自制するよう自分に強いた。キスは拒まなかったものの、あからさまに情熱をこめて応じはしなかった。

「これでも心を動かされないのね。わかったわ」ソフィアがぴったり顔を寄せたまま言った。目には決意の光があった。

女らしい悦びの小さなため息とともに、唇で首から胸までたどり、両手でシャツを開く。そしてさらに下へたどって、リネンの生地を持ち上げ、ぐいと押しやった。舌で腹の敏感な肌に触れ、抑えようと努めてきた炎を燃え上がらせる。ヴェインはもう少しでソフィアの体をとらえて組み敷きそうになったが、妻の努力をあまりにも楽しんでいたので、ことを急くのはやめた。

幸いにも、ソフィアが手を太腿のあいだに戻し、ズボンのひもをすばやくほどき始めた。ヴェインは目を閉じ、熱い分身が冷気に包まれるのを感じた。ソフィアの指先が大胆な正確さで、あらわになった部分をなぞったあと、優しくズボンから引き出し、根元を握った。

くそっ、なんてことだ。ヴェインは両ひじを突いて身を起こした。「ソフィア」

「男の人はみんな、あなたと同じくらい大きいの？」ソフィアがささやき、手のなかの硬いものを見つめた。

「もちろん、違うさ」ヴェインはうなって、妻を眺めた。

「以前はずっと、恥ずかしくて見られなかったの」ソフィアが言った。ヴェインの上に乗って、乳房を半分あらわにしていると、まるで尾を体の下で丸めた麗しい人魚のように見えた。

「どうしてだかわからない。だって、あなたはガンターのお店の西瓜《すいか》アイスみたいに美しくて、しかも熱いわ。味見してみたいくらい」

ヴェインは死の苦しみに見舞われた男のように、荒い息をついた。

ほんとうに死にそうだった。人生最大の官能的なひとときを経験したのだ。生きているかぎり、その言葉を忘れはしないだろう。

固唾《かたず》をのんで見つめていると、ソフィアが首を傾け、褐色の滝のような髪を肩から払いのけて、ゆっくりこちらに身をかがめた。「いいかしら……味見しても？」

意志の力がひとつ残らず崩れ去った。

「止めさせないでくれ」かすれた声で言う。

ソフィアが小さな舌を突き出して、膨らんだ先端と、そこで光る滴を舐めた。ヴェインはベッドカバーを思いきり握り締めた。ためらうような様子はすぐに消え去り、さらにじっくりと舐めたり味わったりする。

ヴェインは歯の隙間から悪態をついた。

「悪態をついているのは、わたしのしていることが気に入ったという意味かしら？」ソフィアが、絹のような髪のカーテン越しにきいた。髪はふたたび、ヴェインの腹部に垂れかかっていた。

「そうだ」

ソフィアが髪を波打たせて、さらに頭を下に向けた。柔らかく湿った熱が、先端を包みこんだ。体じゅうの筋肉が締めつけられ、活気づいた。きっちりと保っていた自制心が粉々になり、ヴェインはうめき声とともに頭を後ろに反らした――しかし一瞬だけだった。なぜなら、見なくてはならないからだ。ソフィアがゆっくり頭を上下させるたびに、新たな悦びの波が押し寄せた。無意識に腰を跳ね上げたが、ソフィアは口を大きくあけて、さらに奥まで受け入れた。なめらかな舌をすべらせる。

ソフィアが顔を上げて、湿った唇を光らせ、ぼんやりと輝く目を向けた。

「ほんのひと滴も、むだにはしたくないのよ」ヴェインの両肩を押して、枕にもたれかからせる。

「こういうやりかたを、どうして知ったんだい？」ヴェインはしわがれ声できいた。

「あなたの図書室でそういう本を見つけて――」

「本だって？」

「興味深い挿絵がとてもたくさんあったわ」ソフィアがズボンを下げようとし、ヴェインも手伝った。「こんなふうなのも――」

まだズボンもブーツも脱ぎ終わらないうちに、ソフィアがまたがった。ヴェインは応じた。

「確かに」

ヴェインはほとんど一語でしか返事ができなくなっていた。

「どうやるのか教えて」枕もとのランプの明かりが、ソフィアの太腿と顔をちらちらと照らした。

ヴェインはナイトドレスを押しやり、ウエストまでたくし上げた。暗い影に覆われた恥丘が、そそり立つものの上に近づいた。ソフィア。ぼくの妻。あらゆる空想が現実になった。

「ぼくを、きみのなかへ入れてくれ」ヴェインはざらついた声で命じた。

「ええ」ソフィアがふたたび分身を握って導き、温かな入口に押し当てた。ふたりの体が結びつく光景は、あまりにも刺激的だった。ヴェインはこらえきれずに突き上げ、ソフィアと自分の唇からかすれた叫び声を引き出した。妻は、まるで純潔な乙女のように引き締まっていた。位置を調整してヴェインの肩をつかみ、体を広げて少しずつ受け入れていく。ヴェインは下からその動きに合わせた。ようやく根もとまで収まると、ナイトドレスをつかんではぎ取り、肩と乳房と腹部をあらわにして、貪欲な目で見つめた。

ソフィアが身をかがめて唇を重ね、両手の指を広げてヴェインの胸に押し当てた。膨れたピンクの唇でささやく。「義務なんかじゃないわ。もうわかったでしょう」

ヴェインは信じたかった。しかし、その勇気があるか？　ふたりの体が親密に結びついているこの瞬間、確かにわかっていることはひとつ——ふたりが互いに悦びを与え合えるだろうということだけだった。

心臓が激しく打つのを感じながら、キスを返す。しかしソフィアはぐっと身を引き、腰を揺り動かして、顔を天蓋《てんがい》のほうに上向けた。その動きで、さらに奥までヴェインを受け入れる。

「ソフィア」ヴェインは両手で妻の乳房をつかみ、親指で乳首をまさぐった。

「ああ、ヴェイン」体の内側でぎゅっと締めつける。

ソフィアが両手をヴェインの手に重ね、脚を曲げて体を少し引き上げてから、またぐっと沈みこんだ。ヴェインは妻の腰をつかんでその動きをあおった。ふたりは互いの悦びを高める呼吸を見つけ出した——それは甘くゆっくり始まったが、ほどなくふたりの激しい情熱とともにベッドをきしませ、大きく揺らした。

「ううっ――」ヴェインは喉の奥でうめいた。もう我慢できない――。

「今よ」ソフィアが叫んだ。

不意に火打ち金に石が打ちつけられたかのように、ヴェインは弾けた。世界を揺るがすような大音響が、次から次へと体を走り抜けた。ソフィアが胸の上にくずおれ、肩の回りに髪をまき散らした。

そのあと、シーツのなかで互いの手脚を絡ませて横たわりながら、ヴェインは胸の内で、朝の明るい光のなかでもソフィアが心を開いてくれることを祈った。影に包まれた夫婦のベッドのなかで、体を開いてくれたのと同じように。


ソフィアは薄闇のなかで目を覚まし、力強い男の体に抱かれていることに悦びを感じた。ようやくひとりで眠ることに慣れてきたときに、夫がベッドに戻ってきたわけだ。暗がりのなかで、背後にヴェインの感触があるのは心地よかった。背中に、規則正しく波打つ胸が接している。たくましい太腿が自分の太腿にぴったり寄り添い、腕は腰にきつく巻きついていた。まるで二度と放すつもりがないかのように。この瞬間は、何もかもが完璧に感じられた。守られ、慈しまれている気がした。ふたりの結婚が運命であるかのように。しかし、後ろ暗い秘密のごとく、あのリストが、隠された場所からささやきかけてきた。今すぐベッドから起き上がって、あの不愉快なものを燃やすべきだ……しかしそうはしなかった。このぜいたくな温かさから離れることを考えただけで、ソフィアはさらにヴェインにすり寄り、毛布より温かい体を楽しみたくなって……。

そこで不意に、長く太く熱いものが、お尻に押しつけられるのを感じた。

「眠っていなかったのね？」ソフィアはささやいた。

「なぜばれてしまったんだろう？」ヴェインが喉の奥で低く笑った。背中に触れる胸が震えた。身動きして手をソフィアの腰に当て、そっと仰向けにさせる。夜のなかで黒く見える目が、じっとこちらを眺め下ろした。「眠れなかったんだ。考えずにはいられなくて……」

「何について？」ソフィアは穏やかに尋ねた。

将来について急き立てられないことを願った。確かに、ふたりの関係は変わりつつある。とても急速に。決めるべきことがあった。ヴェインが自分を求め、大切にしてくれることはわかっていたが、同時に公爵家の秩序を保とうとしていることにも気づいていた。公爵夫妻としての生活は、周囲にいるあらゆる人々――貴族、使用人、そして一般社会――に隅々まで観察されている。細かいことを話し合う必要があった。社交行事への出席について。寝室をどうするかについて。しかし、夫の腕のなかに裸で寝ているときに、そういうことを決めるのは賢明ではないだろう。体はすっかり誘惑に屈していたが、頭は――もっと重要なのは心も――まだためらいを隠していた。

なぜ、あすの現実についての話で、ふたりの夜を包む魔法を壊してしまうの？

しかし、ソフィアはすぐに不安を忘れた。夫が片方のひじで体を支えて、ゆっくりソフィアの体に掛かったシーツを下に引っぱり、乳房を自分のまなざしと部屋の冷気にさらしたからだ。乳首がぴんと硬くとがった。ソフィアは身動きして、こんなに素肌をあらわにしていることに甘い苦悶を覚えながら、お尻に当たる硬いもののぶしつけな要求を感じた。足もとの暖炉の火は弱まり、今では赤く輝く燃えさしだけになっていた。

「ぼくの図書室にあったそういう本についてさ」ヴェインがゆっくり指先で両方の乳房に円を描き、乳首をじらした。それから頭を低くして、その片方を吸った。湿って光る乳首が、きゅっとすぼまった。ソフィアは身をよじったが、夫にひざでベッドに押さえつけられた。

「淫らな本だ」

ソフィアはため息をついた。欲しいものはもっとあったし、それが得られることは確信していた。

「確かに、とても淫らな本だったわ」ささやき声で答える。

ヴェインが手のひらをすべらせ、お腹からシーツの下へとたどっていった。

「そういう本を見てびっくりしたかい、ソフィア？」先端が角張った長い指が脚のあいだにすべりこみ、すでに欲求にうずいて濡れている部分を撫でたり、じらしたりした。ソフィアは猫のように喉を鳴らして体を伸ばし、少しだけ太腿を開いて指がなかへと入るのを許し――。

それが入ってきた瞬間、うめき声をあげた。

「教えてくれ」ヴェインがさらに奥を撫でつけると、ソフィアは指の動きに合わせてベッドから腰を浮かせた。「その挿絵を見て、びっくりしたかい？」

ソフィアは息を弾ませた。「思ったほど……びっくりは……しなかったわ」

ここまで自分を解き放ったことは、これほど奔放《ほんぽう》に自分の悦びを求めたことは、一度もなかった。今はこの心地よい興奮と、ふたりでいること以外はどうでもよかった。ヴェインが頭を低くして唇を奪い、ソフィアはその口に向かって、またうめき声をあげた。

しかしヴェインは身を引いた。「そういう絵を見たとき、ぼくのことを考えたか？」

不意に指が脚のあいだから離れ、ぼんやりと見えるシーツと暗闇と輝く燃えさしのなかで、横向きにさせられ、枕にもたせかけられる。ヴェインが背後にいて……また指で撫でつけてまさぐり、とうとう、分身がそれに代わった。「こういうことをぼくがするのを、想像したか？」

ヴェインが片手でひざの後ろをとらえた。それを持ち上げて脚を広げさせ、すばやく深く身をうずめる。

「ヴェイン！」ソフィアは叫び、夫に体を広げられ、完全に満たされている悦びにのみこまれた。

「どうなんだ？」ヴェインが、あのうっとりさせる低くよこしまな声でささやいた。なめらかな抑制された動きで、ゆっくりと腰を上下させる。

「ええ、いつもよ」それはほんとうだった。心の奥底の密かな空想にさえ、夫のほかは誰も登場しなかった。

ヴェインが身をうずめたまま優しくソフィアの姿勢を変えさせ、両手と両ひざを突かせた。ソフィアが肩越しにちらりと振り返ると、夫は雄馬のように身を起こし、たくましい胸にくっきりとした筋肉の影を浮かび上がらせていた。しかし次の瞬間には前かがみになり、体でソフィアを包みこんで、片腕をウエストに巻きつけた。

「記憶にあるとおりなら」ヴェインがかすれ声で耳にささやいた。「ほかにもたくさんの絵があったはずだ。まだ……すぐには寝なくてもいいだろう？」

# 17

翌朝、雪はやみ、村から川の氷が解け始めたという知らせがあった。ヴェインはほかのみんなと同じように微笑み、喜んでいるふりをしたが、心のなかでは自分の不運に悪態をついていた。

身勝手ではあるが、あと数日与えてほしいと願っていた。そして自分に正直になるなら、あと数晩。ロンドンのぜいたくな屋敷は多くの人にうらやまれるとはいえ、あまりにもたくさんの訪問者や、使用人や、期待される任務や……一方、ここ椿屋敷では、ものごとは単純で温かく、嘘偽りとは無縁だ。しかし、永遠にここにソフィアをとどめておけはしない。妻には帰りを待つ家族がいる。その家族とクリスマスを過ごすことが、心からの望みなのだ。

この肌寒い十二月の朝、ヴェインの記憶では初めて、ケトル夫人が広々とした正式な大食堂の扉をあけ放った。母は一度も使ったことのない部屋だった。母とふたりの息子だけで住んでいたときには、必要なかったからだ。

しかしケトル夫人は、生まれる予定の赤ん坊は全員生まれたと言って、たぐいまれな熱意を持って、クラクストン公爵夫妻と滞在中の客に食事をさせる仕事に専念した。彼らはともに、テーブルいっぱいに並べられた料理を楽しんだ。どんなロンドンの屋敷で出される料理にも劣らないほど、いやそれ以上においしい、とヴェインはケトル夫人に請け合った。

その場にいないのは、メルテンボーン夫妻を避けたいという明白な理由で村の宿屋にとどまっているヘイデン、それからブラニガン夫妻だけだった。夫妻は、これ以上公爵夫妻に迷惑はかけられない、最初に顔を合わせたときの状況を考えれば、すでに親切に甘えすぎているのだからと言い張って、自分たちの部屋で朝食をとっていた。ソフィアがぜひにと言って、料理のトレーをふたつ持っていかせた。

食べ終わると、ソフィアはケトル夫人に手を貸して厨房を片づけ、屋敷をまた数カ月、少なくとも夏までは閉じるための準備について話し合った。ヴェインは外套と手袋と帽子を身に着け、ケトル氏とブラニガン氏を伴って屋敷の裏手の雪に覆われた中庭へ行き、かつての厩管理人の住まいを点検した。川の氷は解けてきたとはいえ、空気はまだ冷たく、上空は灰色だった。

三人は厩に入り、狭い階段をのぼった。ケトル氏が扉の錠をあけ、連れ立って小さな住居に足を踏み入れる。ほこりの膜がテーブルや椅子、ベッド、その他たくさんの家具を覆っていた。

「ありがとうございます、公爵。なんとお礼を申し上げたらいいのかわかりません」ブラニガン氏が言った。希望に満ちた表情でいくらか顔に若さが戻り、かつて知っていた少年の面影がよみがえった。「ここのところ、ぼくたちの人生はどんどん悪いほうに向かってたんです。妻とぼくに住む場所を与えるという寛大なお申し出をしてくださるとは、しかも、お屋敷に忍びこんだうえに、あなたと奥さまをおびえさせてしまったというのに——ほんとうに、恐縮です」

ヴェインは、ブラニガン夫妻が初めから椿屋敷に戻ってくるつもりだったのだろうと考えずにはいられなかった。四日前、ヴェインが冷たく暗い戸口に到着して以来、古い屋敷は息を吹き返した。ある意味、自分自身も息を吹き返したような気がした。「感謝の気持ちだけでじゅうぶんだよ」

ブラニガン氏が、たこのできた両手で帽子を握り締めた。「気づいたんですが、お屋敷には、修理しなくちゃならない場所が山ほどあります。誰かが座るたびに折れてしまう長椅子の脚を始めとしてね。父と同じく、ぼくも大工仕事がとても得意です」

ヴェインは静かに耳を傾け、この男に話す機会を与えた。

「もちろんケトル氏の監督のもとで、ぼくに修理をやらせていただけないでしょうか？　ここに置いていただくお返しとして」

「必要ないよ」ヴェインは言った。「放浪者やら何やらの立ち入りを防ぐためにも、誰かが敷地内に住んでいれば助かるからね」

ブラニガン氏が、顔を赤らめて恥じ入った。ヴェインはにやりとした。ケトル氏が若者の背中をたたき、三人は笑った。

「信頼してくださってありがとうございます。でも、どうしても何かお返しがしたいんです」ブラニガン氏が言い張った。「お願いします、公爵。ぼく自身の誇りのために」

ケトル氏が励ますようにうなずくのを見てようやく、ヴェインは同意した。

深紅のものがちらりと見え、ヴェインは屋敷のほうに目を向けた。瞬く間に、体じゅうが期待で温かく満たされていった。外出用に身支度を整えたソフィアが手を振った。ふたりは今朝、残っている手がかりを探しに行くことに決めていた。ブラニガン氏が馬を橇につなぐと言い張り、手早く器用に作業をこなしてみせた。

ヴェインとソフィアは硬くなった雪の上を進み、前回と同じ木の生い茂った森の小道をとって、猟師の小屋にたどり着いた。ヴェインは凍りついた木の枝を持ち上げて、ソフィアがその下を通れるようにした。弱々しい冬の光が、傾いたひと部屋だけの建物を照らしていた。

「気をつけて」戸口に並んで立ちながら、ヴェインは言った。「屋根や床板がどのくらい頼りになるかは、わからないからな。少なくとも、探すべき場所はごく限られている」

ソフィアが慎重に、きしむ床板に足を置いた。「探しているのは、鍋でいいのかしら？」

「憶えているかぎりでは、鋳鉄製《ちゅうてつせい》で、取っ手と重いふたがついている」上体をかがめていても、ヴェインの大きな体が狭い部屋をますます狭く感じさせた。

ソフィアが、今にも倒れそうな戸棚のなかを見た。「あれみたいな？」奥のほうにある鍋を指さす。

「そうだ」ヴェインはしゃがんで、鍋を取り出した。「外へ出て、見てみよう」

古い切り株がテーブル代わりになった。ヴェインは取っ手をつかんだ。「ふたがくっついているな」

「いいえ、蜜蠟で封じてあるんだと思うわ」ソフィアが薄黒くなった縁を指さした。

ふたりの目が合うと、ソフィアが頰を赤らめた。今朝は何度もそうしていた。おそらく、ヴェインと同じように、昨夜分かち合った官能の悦びを思い起こしているからだろう。影に覆われた夫婦のベッドで、ふたりは表面的な礼儀正しさや抑制をすべて捨て去り、夜明け近くまで互いの情欲をむさぼり続けた。ソフィアの飽くなき欲求のおかげで、自分に欲望を感じていないのではないかという不安は収まったが、まだ愛を勝ち取ったわけではないような気がした。

ヴェインは小型ナイフの刃をふたの周囲にすべらせてから、つまみを引っぱった。ぽんと音がして、ふたが外れた。なかには、ひもできつく縛られた小さなリネンの包みが入っていた。ヴェインはひもを切って包みをあけた。

「ふむ」

「それは何？」

「詩の本のようだが」

ヴェインは小さな革装の本をソフィアに差し出した。何かが落ちた。濃い色の蝶が、雪に舞い降りたかのようだった。ソフィアが、かがんでそれを拾った。

「薔薇よ」目を丸くして、花を光にかざす。平らに押され、年月によって色あせてまだらになっていたが、その花びらはかすかな色彩の名残をとどめていた。ピンク色で縁取られた黄色。

「この薔薇は見たことがあるわ、クラクストン」ソフィアが差し迫った声でささやいた。「憶えている？　きのう、あなたのお母さまのお墓にあったのよ。同じめずらしい品種の薔薇を、教会でも見たわ」

ヴェインは戸惑って肩をすくめた。「どういう意味なのか、よくわからないな。詩の本。薔薇の押し花。手紙も指令もない。もしかすると、本が褒美なのかな？　母はたいてい、おめでとうと書いた短い手紙をつけていたが」

「あの札に書いてあった名前は、なんだったかしら？」ソフィアが手袋をはめた指の背を、額に押し当てた。「確か、Gで始まる名前だったはずよ。グレアム。ガーネット。ガーナー」

ヴェインは本から顔を上げた。表紙を開いて、最初のページに色あせたインクで走り書きされた名前をソフィアに見せる。〝ロバート・ガースウッド〟

「それよ」

「でも、いったいどういう意味だろう？　ロバート・ガースウッドとは誰だ？」

「疑問の余地はないわ」ソフィアは言った。「その人に会いに行って、謎を解くのよ」

ヴェインは困惑して、返事ができなかった。宝探しは、驚くべき展開となっていた。今回見つかったものは、母が少年であるヴェインのために残すような〝手がかり〟とは違う。ひどく奇妙な気分がした。母は、大人になったクラクストンにこれを見つけさせるつもりだったのだろうか。

「何があるにしても、その男は何者で、ぼくにどんな話があるというんだろう？　この手がかりが残されてから、何年もたっているんだ。ロバート・ガースウッドはもう生きてさえいないかもしれないよ」

しかしじつのところ、ロバート・ガースウッドは健在だった。

教区牧師は今も、クラクストン公爵が教会の鐘を寄贈してくれるという約束に大喜びしていて、必要な情報をすぐに教えてくれた。ロバート・ガースウッドは地元の紳士階級の人間で、村からさほど遠くないささやかな領地に住んでいた。

すでに正午を回り、雪が解け始めて、橇の進みが遅くなってきた。しかしようやくふたりは、穏やかな谷間にあるジャコビアン様式の広大な田舎屋敷にたどり着いた。

「なんだか、ひどく落ち着かない気分だな」クラクストンが顔をしかめた。

「落ち着かないのは、わたしたちが同じ場所に立ったまま、少なくとも十五分は丘のふもとをじっと見下ろしているということよ。寒いわ、ヴェイン。玄関まで歩いていって、自己紹介をしましょう」ソフィアは夫の態度に戸惑っていた。どうしてこんなに気が進まない様子なのだろう？　明らかに、お母さまはヴェインに、ガースウッド氏と会って話をしてもらいたがっていたはずだ。

「もしかすると、帰るべきかもしれない」クラクストンが陰気な声で言った。「もしかすると、ロバート・ガースウッドが何者で、何を言うつもりなのか、知りたくないかもしれない」

「どうしてそんな想像をするの？　理解できないわ」

しかし、クラクストンは説明しようとしなかった。

ソフィアは優しく促し、やっとのことで夫に同意させた。ほんの少しだけ待たされたあと、ふたりは従僕に案内されて短い廊下を歩き、見覚えのある黄色とピンク色の薔薇で満たされた七宝焼きの花瓶のわきを通り抜けた。背が高い、こめかみあたりに銀髪が交じった黒髪の男性が、暖炉のそばに立っていた。青い外套と黄褐色のズボンと長いブーツを身に着け、待ち受けていたようにふたりを出迎える。ソフィアの目には、六十歳前後に見えた。さっそうとした頑健な体つきで、田舎の紳士そのものといった様子だ。杖にしっかり寄りかかって、あからさまな驚きと喜びの表情でふたりを見つめる。

「公爵さま、奥さま」ガースウッド氏が満面の笑みを浮かべて、それぞれに向かってお辞儀をした。クラクストンに視線を据えたまま、歩み寄る。「確かに、よく似ていらっしゃる。どうぞ、なかへお入りください」

ぜいたくな暗紅色のカーテンに縁取られた大きな窓があり、眼下の谷間と、雪に覆われた芝地の向こう端にある大きな温室を眺めることができた。たくさんの本が部屋のあちこちに置かれ、本棚にも並んでいる。ほとんどは、イギリスの植物に関する本らしかった。

「あなたはぼくの母をご存じなんですか？」クラクストンが厳粛な口調できいた。ソフィアはそこに、少しだけ恐怖が含まれているような気がした。

「存じております。あなたのお父さまのことも」

クラクストンが、外套のポケットから詩の本を取り出した。「母が、これをぼくに残したんです。どういう意味か、あなたにはわかりますか？」

「ええ、わかります。あなたが十歳だったとき、妻とわたしがその詩の本を、黒く古い鍋に入れたんです。あなたの大切なお母さまに指示されたとおりに」ガースウッド氏が、また微笑んだ。「それでも、あなたにお会いできたことはたいへんな驚きだと言わざるをえません。お母さまが亡くなられて、わたしたちがお手紙を受け取ったとき、正直なところ、あなたがわが家の戸口に足を踏み入れることがあるとは思っておりませんでした。しかし、その宝探しと、あなたがそれを――成長されたあとに――やり遂げることは、お母さまにとって、とても重要な意味があったようです」

クラクストンがソフィアを見た。「最初の手がかりを見つけたあと、妻が残りもやり遂げようと言い張ったんです。ぼくは、そうするしかなかった」

クラクストンは顎を引き締め、肩をこわばらせたままだったが、ソフィアに向けられたまなざしからは感謝が伝わってきた。

「だとしたら、よくやりましたね、公爵夫人」ガースウッド氏が温かい声で言い、ソフィアに向かってうなずいた。楽しそうに目を輝かせる。「おふたりがここにいらしたことを知ったら、エリザベスはとても喜ぶでしょう。なんとなく、今でさえ、あの人は知っているような気がするのですよ」

「なぜぼくたちはここにいるんです？」クラクストンがずばりときいた。

ガースウッド氏が顎先を胸のほうに引き下げ、長いあいだ絨毯を見つめてから、視線をクラクストンに戻した。高まる感情に声をひそめて言う。「なぜなら、お母さまは、あなたが真実を知ることが重要だと考えたからです。すべての真実を。あなたが大人になったあとで」

真実？　不意にソフィアの胸に、夫を守りたいという強い気持ちがわき上がってきた。この人はヴェインに何を言うつもり？　この先それがどんな影響を与えることになるの？　夫には、これ以上傷ついてほしくなかった。

「真実」クラクストンが言って、目を閉じた。「ええ、それがどんな意味であろうと、聞かせてください」

「奥さまには席を外してもらいたいと思われるかもしれませんね。聞きづらい部分もありますから」

ソフィアはふたたび身をこわばらせた。席を外す？　なぜ？　でも、もちろん、ヴェインがそうしてほしいと思うなら――。

「いや、妻にはここにいてもらいたい」クラクストンは青ざめた顔をしていたが、確信に満ちた声で答えた。

その言葉を聞いて、ソフィアはうれしくなった。レイスンフリートでともに過ごした時間と、分かち合った親密さが、ふたりの距離をぐっと縮めたことが証明されたからだ。クラクストンはこちらに手を伸ばさず、目を向けようともしなかった。それでもソフィアは、夫に歩み寄らなければならないような気がした。この優しい目の見知らぬ人が明かす話を聞くあいだ、そばに立っていなければならない。

「いいでしょう」ガースウッド氏がうなずき、くるりと向きを変えて、窓の前を歩き始めた。「あなたのお母さまは、ここからそう遠くない場所で育ちました。じつはかなり近くにある、叔父さまの領地です。この領地とは、境を接しています」

「それは知らなかった」ヴェインは言って、ソフィアを窓のほうに導き、冬景色を眺めている屋敷の主人のとなりに立った。「母の血筋については、あまりよく知らないんです。母は、少女時代のことはほとんど話しませんでした」

ヴェインは、自分でもうまく説明できない気持ちになった。ガースウッド氏の話を聞くのが怖くもあったが、この男性の家にいることが自然で心地よくさえ感じられた。まるで長い年月がたったあと、懐かしい友人と旧交を温めているかのようだった。

ガースウッド氏がヴェインの肩に手を置き、愛情をこめてぎゅっと握った。「それでは、わたしたちの物語をお話ししましょう。わたしは子どものころから、あなたのお父さまを知っていました。互いの父が友人同士だったので、わたしたちも仲よくなったのです。幼い少年だけが持てるような、親友同士でした。しかし、あなたのお父さま、当時はフォレットと呼ばれていた少年は、たった八歳で実習生として海軍に入隊させられました。それは、心に深い傷を負わせるできごとでした。すぐさま、ハバナの港で行われたスペインとの戦闘のただなかへ放りこまれたからです。フォレットが乗船していた英国軍艦〈スターリング・

キャッスル〉号は、ほかの軍艦とともに、モロ要塞《ようさい》からの大砲による攻撃でひどく損傷し、その後沈没しました」

「幼すぎるわ」ソフィアが割って入った。同じ境遇に置かれたどんな子どもを思いやるときとも変わりなく、悲しげな表情を浮かべている。「当時はそういうことがよくあったのはわかっているけれど、八歳よ。どれほど恐ろしい場面を目撃したことでしょう。何度も、ひどく怖い思いをしたでしょうね」

「年月がたつにつれ、フォレットはめったにこの地を訪れなくなりましたが、訪れたときには必ず立ち寄ってくれて、ふたりでとても楽しい時を過ごしたものです」ガースウッド氏が続けた。「しかし、ある年、多くの人の命を奪った恐ろしい流感で父親と兄たちを亡くしたあと、フォレットは爵位を継ぐために戻ってきました。現在は、あなたが継がれている公爵位を。言っておかなければなりませんが、そのころには、明らかに異なる人間になっていました。成長したのはもちろんですが、どこか陰気になっていたのです」

「陰気になっていた？」ヴェインは相手にじっと視線を据えて、きき返した。自分は父の陰気な性質を目《ま》の当たりにしてきたが、ガースウッド氏によれば、その影は昔からそこにあったわけではないらしい。

ガースウッド氏がうなずいた。耳の上の白髪が、冬の光を受けて銀色に輝いた。「知り合いの海軍将校によると、若き将校フォレットは、軍務中になんらかの負傷をしたそうです。頭を強打して、それ以後は別人のようになり、長期間にわたってふさぎこんだうえに、いきなり怒り出す傾向があったというのです。もちろん、そんなことは問題にはなりませんでした。わたしは友人として、彼の帰郷を歓迎しました。いっしょに狩りを楽しんだり、パーティーや舞踏会に出席したり」

「負傷」ヴェインはつぶやくように言った。子どものころは、なんとかしてほんの少しでも父の善良な面を見つけようと努め、何度も何度も失望させられた。しかし、もしかすると負傷によって、先代のクラクストン公爵の精神状態は、ずっと昔に変わってしまったのかもしれない。長いあいだ恐れていたのとは違って、生まれつき邪悪だったわけではないのかもしれない。それを知ったことで、物心ついたときからずっと求めていた心の平和が、少しばかり得られた気がした。「そのことは初めて聞きました」

「人々は、そういう話はしませんからね。偉大さを期待されている男性の、弱さに関する話は……。おや、わたしは何を考えていたのでしょう。窓のそばは寒いですね」ガースウッド氏が、二脚の椅子を示した。「おふたりとも、もっと火に近い、暖かいところにお座りください。少し時間がかかるかもしれませんから」

ヴェインは従い、ソフィアを暖炉のほうへ導いた。ふたりはそれぞれ肘掛け椅子に腰かけたが、屋敷の主人は立ったままでいた。こちらに身をかがめ、話し手らしい落ち着いた口調で先を続ける。

「さて、ほどなく、フォレットとわたしは互いが知らないうちに、同じ若い女性に恋をしました」ガースウッド氏が、小さなラッカー塗りの収納箱のほうを振り返った。向き直って、手のひらにのせた何か小さな丸いものを差し出す。繊細な金めっきの額縁で囲まれた小型の肖像画だった。手に取るように、ヴェインを促す。

ヴェインは息が詰まりそうになった。二十年近くのあいだで初めて、母の姿を目にしていた。

「そう、母です」厳粛な声でささやく。「記憶にあるとおりだ」

ヴェインと父は黒い髪と浅黒い肌をしていたが、エリザベスは金色の髪だけでなく、輝く瞳や優しげな口もとからも、光を放っているかのようだった。

「美しいかただったのね」ソフィアがささやいて、涙を浮かべながらヴェインに微笑みかけた。

ガースウッド氏が手を差し出して肖像画の返却を求め、ヴェインはしぶしぶ従った。もちろん、ヴェインが母の肖像画を一枚も持っていないことを、この男性は知らない。

ガースウッド氏は、束の間だが明らかな愛情をこめて肖像画を眺めてから、その思い出の品を収納箱に戻した。「わたしがエリザベスへの関心を明らかにして、求愛を始めたころ、フォレットも彼女を好いていることがはっきりしてきました。エリザベスは気づいておらず、そのときはわたしも言いませんでした。エリザベスがきっぱりとわたしのほうを選ぶことで、彼に恥をかかせたくなかったからです。わたしはそれについてフォレットと話そうとしましたが、そのころにはクラクストン公爵となっていた彼は、考えや気持ちを打ち明けようとはしませんでした。ただ、わたしたちの友情が終わったことをはっきりさせただけでした」

ガースウッド氏がヴェインのとなりの椅子に深々と腰を下ろし、片方の脚をまっすぐに伸ばした。「たいへん名誉なことに、あなたのお母さまとわたしは婚約しました。ところがほどなく、わたしの連隊に招集がかかりました。当時わたしは、誇り高くがむしゃらな騎兵連隊の大尉だったのです。しかし、あなたのお母さまは、夏の結婚式を望みました。おわかりでしょう。わたしは彼女に夢中で、若者ならみんなそうであるように、二、三カ月で戻れると信じていました。そうしたら、すぐにでも結婚できるだろうと」

「そうはならなかったんですね」ヴェインは言った。

ガースウッド氏が、杖の取っ手の上で両手を重ねた。「わたしは負傷したのです。何カ月ものあいだ、ドイツの病院で意識を失ったまま横たわっていました。家族は、わたしが死んだものと思いこんでいました」ふと、まなざしが揺らいだ。「ぶしつけにも、こんな私的なことを申し上げて恐縮なのですが、わたしはそうとは知らずに、お母さまを……身重にさせていたのです」

「なんてことだ」ヴェインは口走った。「公爵が言ったことはほんとうだった。あなたがぼくの父親なのか」

「なんですって？」ソフィアが息をのみ、衝撃に真っ青になった。手を伸ばしてヴェインの腕をぎゅっとつかむ。

ガースウッド氏が表情を和らげ、低い声で笑った。「いいえ、公爵さま、違います。もしそうだったなら、どのようなことになっていただろうと、しばしば考えはしましたが」

いきなりヴェインは、ソフィアのそばを離れて火の前に立った。指にはまった公爵の指輪をじっと見つめる。十歳のころから自分をむしばみ続けていた疑念を捨て去るのが、恐ろしいことにすら思えた。二十年間、その疑念とともに生きてきたのだ。それは自分の一部となっていた。

「確かですか？」激しい感情がすばやく体を駆けめぐって、頭がくらくらした。徐々に腐敗していく疑念の種を、あまりにも長いあいだ心に抱えていたのだ。「父はずっと、ぼくが自分の息子ではなく、別の男の隠し子なのだと言っていました。あばずれ女である母がしたことのせいで、自分の子として認知せざるをえなくなったのだと」

ガースウッド氏が目に怒りをよぎらせた。「それはまったくの嘘です。もちろんフォレットは、エリザベスを醜聞から救うために結婚しました。しかし、エリザベスはその後間もなく、わたしたちの子どもを失ったのです。クラクストン公爵、あなたは好むと好まざるとにかかわらず、気質も容姿もお父さまに生き写しです。この部屋に入ってこられたとき、あまりにもそっくりなので、わたしは息をのみましたよ」

ヴェインはうなずいた。「たぶん、ある意味で、父の言うことがほんとうであってほしいと望んでいたんだ。父の息子ではなく、母だけの息子になりたかった。だが、偽物としての人生を送り、自分ではない誰かのふりを続けているという考えにも――」意図的にソフィアのほうをちらりと見ると、その目には涙が光っていた。「ぼくはどうしてもなじめなかった」

「お父さまは、そんなことを言うべきではなかったのです」

「あなたと母は——」ヴェインは、その先を口にする気になれなかった。

ガースウッド氏は頬を赤らめたが、首を振った。「ふたたび関係を持つことはありませんでした。公爵夫人は高潔な女性でしたから、どれほどひどくあなたのお父さまに苦しめられても、誓いを破りはしなかったのです」

「あそこに置かれた肖像画の女性は」ソフィアが尋ねた。「あなたの奥さまですか?」

ヴェインはソフィアの視線をたどって、豪華に描かれた肖像画に目を留めた。野薔薇の花束を握った鳶色の髪の女性が微笑んでいた。

「そうです。ヴァイオラはすばらしい女性で、若者の初恋にとても理解がありました。じつのところ、あなたのお母さまを捜し出して、友人になったくらいなのです」

ヴェインは椅子の上で身を乗り出し、ガースウッド氏のほうを向いた。「見たことのある女性だと思っていました。憶えていますよ。ときどき家を訪ねてきて、いつも母に花や本を持ってきてくれました」

ガースウッド氏がうなずいて、寂しげな笑みを浮かべた。「エリザベスが亡くなったときには、姉を失ったかのように嘆き悲しんだものです」声を落として言う。「妻は、昨年の五月に亡くなりました」

「お悔やみ申し上げます、ミスター・ガースウッド」ヴェインはつぶやいた。

「あのふたりを知ることができたわたしは、最も幸運な男のひとりに数えられると思いますよ」

「話してくださって、ありがとうございます」

ガースウッド氏がうなずいた。「お父さまの魂はむしばまれてしまったのです。嫉妬に。お母さまへの愛は、初めは心からのものだったはずですが、最後には妄執のようになっていました。妻がかつて別の男を愛したという事実を、受け入れられなかったのです。その相手が、昔の友人で、やがて敵と信じるようになった男であるわたしだったことが、お父さまを苦しめたのでしょう」

ガースウッド氏が杖をぐいと押して、やっとのことでふたたび立ち上がった。ゆっくりサイドテーブルのほうへ歩いていって、ふたつのグラスにブランデーを、ひとつにシェリーを注ぎ、めいめいに配る。

「わたしが傷からじゅうぶんに快復してイギリスに戻ると、エリザベスはここを訪ねて来ました。ただ、わたしの幸福を祈るためと、わたしたちの子どもに何があって、なぜ別の人と結婚したのかをじかに説明するために」ガースウッド氏が、自分のグラスの中身を飲み干した。「しかし使用人の告げ口のせいで、公爵はすぐさま、わたしたちがふたたび関係を持ったと信じたのです。そのあいだに、名誉ある結婚のきずなのもと、あなたはすでにお母さまのお腹に宿っていらっしゃいました。どの程度かはわかりませんが、ふたりは和解して、あなたとヘイデン卿をもうけるまではなんとかやっていたようです。しかし、ただの憶測にすぎなかったにもかかわらず、お父さまは決して妻の裏切りを許しはしませんでした。ふたりの関係は常に波乱含みでしたが、とうとうお父さまはエリザベスを見捨てました。しかし、まるで自分自身を拷問にかけるかのように、あの椿屋敷という、わたしの家のごく近所に妻を置いたのです」

三人はもうしばらく、永遠に絡み合った彼らの物語の細かい事実について話した。ようやくヴェインは椅子から身を起こし、ソフィアの手を取って立ち上がらせた。

ガースウッド氏に向かって言う。「お礼の申し上げようもありません。長い年月のあいだ、ぼくは疑いの小さな種とともに生きてきた。常にそれを心に抱えて、ひどく陰鬱な気分になったときには、自分に先祖の名前を名乗る資格はないと考えていたんです。それに、父が負った傷のことを知って……父が邪悪そのものだったわけではなく、意志に反して何かを永久に変えられてしまったのだとわかって、いくらか心が安らぎました」

「ものごとをきちんと正すことができて、うれしいですよ」ガースウッド氏が、眉をつり上げた。「しかし、この老人とその物語が、あなたへのご褒美というわけではないのです。少なくとも、その最高の部分ではありません」

机の引き出しから、小さな木の箱を取り、ヴェインに手渡す。

「これは、その宝探しに関する指令とともに届けられたものです。中身のひとつは、お母さまが亡くなる直前にあなたに書かれたお手紙です。弟さんのヘイデン卿に当てたものもあります。あなたが最後の任務をやり遂げたということであれば、わたしはこれをお渡しするだけですよ」

椿屋敷へ戻るには、ガースウッド氏の屋敷へ向かったときの二倍近く時間がかかった。この数日間、目的地から目的地へすばやく運んでくれた橇の刃は、解けた雪のなかに沈んで下の地面に触れるほどで、荷馬は以前よりさらに力を出さなくてはならなかった。ヴェインは手綱を握って馬を駆り立てながら、しきりにソフィアのひざに視線を落としていた。ひざの上でソフィアが抱えているのは、母の手紙とヴェインの過去の記念品が入った大切な箱だった。あと数分もすれば、すべてをじっくり眺められる。最初の発見のひとときを、ソフィアと分かち合うのが楽しみだった。なんて奇妙ですばらしいことに気づいたのだろう。ガースウッド氏が次から次へ秘密を打ち明けていくあいだ、この男性が何を言おうと——その話がどれほどヴェインを驚かせ、足もとを揺るがそうと——ソフィアがそばに立っているかぎり、何も心配することはないとわかったのだ。

　屋敷に戻ると、ヴェインはふたたび火を焚いた。ふたりは大きな毛布を暖炉の前に広げ、まんなかにあの箱を置いてゆったり座った。

　数時間前、メルテンボーン伯爵夫妻は、ロンドンへ向かう最初の渡し船を待つために村へ戻っていた。ブラニガン夫妻と赤ん坊は、厩の上の新しい住まいに心地よく身を落ち着けた。ケトル夫妻はといえば、ここ数日の騒ぎでかなり疲れてしまったようだった。今はソフィアに促されて、厨房のとなりにある昔の住まいで休んでいた。夫婦は、あしたクラクストン公爵夫妻が発《た》つまでは、椿屋敷から離れるつもりはないと言い張った。

　ソフィアが箱のふたをあけて、いちばん上にのっている封筒を見下ろした。「さあ、ぐずぐずしないで、ヴェイン。お母さまの手紙を読んでちょうだい」

最愛のヴェイン

あなたの母が、予想どおりに行動したことがあったかしら？　このわたしが、あのおぞましい肖像画を自分の家の壁に掛けるだなんて、信じられる？　わたしが逝ってしまったら、あの人はわたしが残したものをすべて処分するでしょう。でも、壁に掛かっている自分の肖像画は、決して処分しないはずです。そんなことをするには、自尊心が強すぎるから。

いつか、あなたがあの絵を壁から外すだろうと、わたしは確信しています。あれがわたしにとって不快であることを、あなただけは理解してくれると信じているから……。そんなふうにして、わたしの最高の戦士であるあなたは、きっと最初の手がかりを見つけてくれるはずです。どれほど長いあいだ離れて暮らしたあとでも、それはあなたを母のもとに連れ戻してくれるでしょう。

この単純なゲームは、たとえどんなことが起こったとしても、あなたが今もわたしのヴェインであることを証明するために思いついた、ただひとつの方法でした。わたしの優しく愛情深い男の子、成長して高潔な男性になったはずのヴェイン。

それが真実であることはわかっています。だってその高潔な男性が、今この手紙を手に、わたしの言葉を読んでいるんですもの。わたしの知っているヴェインだけが、亡き母の思い出に敬意を払うために、たわいない宝探しを最後までやり遂げてくれたはずです。過去から心を解き放って、わたしがあなたに託したすべての希望を胸に、未来を生きてください。

いつまでも永遠に、愛するあなたの母
エリザベス

ヴェインは手紙をじっと見つめてから、ようやくそれを木の箱のなかに戻した。そこには、これから調べるべき古い日記や小型の肖像画や手紙がぎっしり詰まっていた。どうやら、母の死によって途絶えた家族の歴史がまとめられているらしい。まるで、頭のなかで母の声を直接聞いているかのような気がした。

ソフィアがヴェインの手に触れた。「何もかも、なんてすばらしいのかしら。ほんとうによかったわね」

ヴェインは驚嘆に目を丸くしながら立ち上がった。

ソフィアがこちらを見上げた。「お母さまの手紙を読んで、どんな気分？」

「ばらばらになった」ヴェインは息を吐いて、背筋を伸ばした。「そして癒された」

ソフィアの手を引いて、となりに立たせる。

「それなら、すべての苦労は報われたわね。だいなしになったケーキとか」ソフィアがにっこり笑った。「レディ・メルテンボーン、決闘、突然やってきたブラニガンの赤ちゃん」

ヴェインは両手で妻の腕を撫で下ろした。誘惑の愛撫ではなく、愛情を示すしぐさだった。

「あした、ぼくたちはロンドンに帰る」

「ええ、ぎりぎりでクリスマスに間に合うわね」

「出発する前に、きみに言っておくべきことがあるんだ」

「何かしら？」

ヴェインはソフィアの顎先を持ち上げて、目を合わせた。心が解き放たれた気がした。どういうわけか以前はひどくむずかしく思えた言葉が、今は自然に口にできた。

「こんなに強く求めたものは、きみのほかにひとつもないよ」穏やかな声で言う。「初めてきみを見た瞬間からずっと」

ソフィアは何も言わなかったが、柔らかなまなざしをして、小さく息を吐いた。

言いたいことが、まだまだたくさんあった。ヴェインは続けた。「書類上では、ぼくはきみの夫となるにふさわしい爵位も富も、すべて持っている。でも、内側の心と頭のなかでは、詐欺師になったような気がしていたんだ。これまで生きてきた人生と、自分は何者なのかという疑念のせいでね。きみほどすばらしい女性には、自分はまったくふさわしくないと信じていた。奇妙に聞こえるかもしれないが、幸せになればなるほど、いつかきみがぼくの正体に気づくんじゃないかと怖くなった」

ソフィアがヴェインの目を見つめた。「あなたの正体は、善良な男性よ」

「でも、あのときはそうじゃなかった。あの日、すべては崩れ去った。ぼくたちは子どもを失い、ぼくはきみまで失ったと信じこんだ。そばにいて、きみを抱き締めて、ぼくが以前とは別の人間になったことを証明すべきだったのに……そうはしなかった。ぼくは間違っていた」ヴェインはソフィアの顔に触れ、いつもうっとりさせられる緑色の目を見下ろした。

「記憶と痛みをぬぐい去ることはできないけれど、きみを愛していると言うことはできる。これまでもこれからも、ずっときみを愛しているよ」

# 18

〝わたしもあなたを愛しているわ〟その言葉は、舌の奥に引っかかっていた。ヴェインを愛していた。心の底から。ずっとそうだった。しかし、ソフィアはためらった。なぜ？　夫に抱きついてキスをして、まっすぐ幸せを受け入れたいのに。永遠を受け入れたいのに。

「いいんだよ」ヴェインが言った。「同じ言葉を返してもらえるとは思っていない。たった数日しかたっていないんだ。ただ、レイスンフリートを発《た》つ前に、とにかく今、ぼくの気持ちを知っておいてもらいたかった。ソフィア、もしきみがいなかったら、ぼくは母が手紙で描写したような高潔な男にはなれなかっただろう」木の箱を指さす。

「それは嘘よ」

〝わたしもあなたを愛しているわ〟まだ、その言葉は出てこなかった。

泣きたい気分だった。自分がひどく出し惜しみをしていることや、長いあいだ胸に抱えてきた恐怖をあっさり手放せないことがつらかった。

夫のことは許している。なのに、どうして忘れられないの？

「ほんとうだよ」ヴェインがソフィアに腕を回して、きつく抱き締めた。夫の目には耐えがたいほどの、包み隠しのない賞賛があった。心からそれを求めているのに、この魔法に満ちた場所を離れてしまえば、その光が消えてしまうのではと怖かった。もう一度ヴェインを失ったら、もう生きていけない。自分の疑いに、過去に別れを告げられるようになるには、あと数日、夫とこんな日を過ごす必要があった。そうすれば、ようやくすべてに屈することができる。ふたたび夫に心を捧げることができる。「グース、きみがここにいなければ、最初の手がかりを読みもせずに、父の肖像画といっしょに火のなかに放りこんでいただろう。苦痛から逃げる臆病者のように」

ソフィアは首を振った。「あなたはまったく臆病者なんかじゃないわ。実の父親に、つらい目に遭わされたんだもの。あなたを宝物のように大切にすべきだった人に。わたしだったら、とても耐えられないわ」

「哀れみは必要ないよ」ヴェインが唇を重ね、呼吸を奪うほど熱烈にキスをした。

「ヴェイン」ソフィアはささやいた。「違う、哀れみなんかじゃないわ」

ヴェインは自分との戦いに勝ったのだ。

「今すぐきみが欲しい」夫がささやいた。熱い唇が、首から胸までたどっていく。

ソフィアはヴェインの目をのぞきこんだ。言葉では言い表せないほどの愛で胸がいっぱいになった。あまりにも強く切実だったので、その力に恐怖を覚えるほどだった。「ヴェイン、わたし――」

夫が指先をソフィアの唇に当てた。「いいんだ。何も言う必要はないんだよ。心の準備ができるまで」

ソフィアは腕のなかで溶けていき、愛撫に我を忘れた。ヴェインがこめかみと頬にキスを浴びせ、喉へと進んだ。

「今すぐきみと愛を交わしたい」素肌に向かってかすれた声で言う。「出発する前に、もう一度だけ……それから、ロンドンのベッドでまた始めよう」

「お願い」ソフィアは懇願し、夫のシャツをつかんで引っぱった。

「静かにしなくてはならないよ」ヴェインが喉の奥でくっくっと笑った。両手で乳房を包み、ぎゅっと握ってから、身ごろの中央の小さな真珠のボタンを外す。「ケトル夫妻が――」

「ええ、静かにね」ソフィアはシャツの裾をズボンから引き出し、頭を傾けて、首にキスを受け止めた。

不意に、ヴェインが腕のなかで身をこわばらせた。唇から、低く荒い息が漏れた。

「ヴェイン？」

胸のところに何かがあるのを感じた。夫の指先がかすめる感触、そして――。

いけない、いけない、どうしよう。

ヴェインが、身ごろから折りたたまれた紙をむしり取った。

「これはいったいなんだ？」四角い紙をソフィアの顔に突きつける。「あのいまいましいリストか？　きみはこれを心臓の上にまとっているのか？　ぼくを退けるお守りとして？」

青ざめた顔から感情が消えていった。不意に手首をさっと動かし、折りたたまれた紙を開く。

「ヴェイン、不公平なことはしないで。それに誤解しないでほしいの。何もかもがあまりにも目まぐるしくて、すごく怖かったのよ。頭のなかを冷静に保っておく必要があったの。わたしの心は――」

「不公平？」ヴェインがどなった。「これだけのことがあったあとに？　昨夜のことがあったあとに？　ぼくにとってそれがどんな意味を持っていたか、きみにはわからないのか？　ぼくたちがどんなことをしたか、きみは理解していないのか？　今朝目覚めて、まだこういうぼくのことを考えていたのか？」

「わたしはただ――わたしはただ、もう少し時間が欲しいだけよ。まだたった四日しか、実際にはもっと短い時間しか……わたし、すっかり圧倒されて――」

ヴェインが怒りに震えた。「きみは、ぼくが何も感じないと思っているのか？　ぼくには人は愛せないと？」

前に飛び出して、リストを火のなかへ放りこむ。

「だめよ」ソフィアは説明のつかない理由で泣き叫んだ。自分がひどく無力に感じられる今、力を与えてくれる唯一のものを手放す準備はできていなかった。それをいつ燃やすかは、ヴェインではなくわたしが決めなくてはならない。それがなくなってしまえば、完全に夫を愛するしかなくなる。また悲嘆に暮れることになるかもしれないという、恐ろしい危険を冒すしかなくなる。

ソフィアは、丸まっていく四角い紙を火かき棒で拾い上げた。しかしその衝動的な行動を、すぐに後悔した。すでに炎に包まれていた紙が灰色の亡霊のように空中を漂い、スカートに貼りついたのだ。

両手で払い落としたが、遅すぎた。炎がモスリンをつかまえた。ソフィアは悲鳴をあげた。ヴェインが悪態をついて、ソフィアを床に引き倒し、スカートを脚から破り取った。

「あそこにまだ火が」ソフィアは叫んだ。「あそこに」

炎が絨毯の上をさざ波のように広がり、古い織物と、その下の年月を経《へ》た床板をのみこんでいった。しかし何より恐ろしかったのは、そこにヴェインの母親の家宝と、まだ読まれていないヘイデンへの手紙が入った小さな木の箱が含まれていたことだった。

ヴェインがこちらに視線を投げた。ほんの一瞬だったが、そのまなざしは、はっきりとこう叫んでいた。

〝ぼくはきみに愛を捧げたのに、きみが返すのはこれなのか?〟

その瞬間、ソフィアは悟った。この世の何より、ヴェインを愛していることを。〝あなたを愛しているの。さっきの言葉は取り消すわ。お願い、許して〟

しかし、遅すぎた。夫だけでなく自分自身さえ疑い、そうすることで求めていたものすべてを粉々に壊してしまったのだ。

ケトル夫妻が部屋に駆けこんできた。恐怖に顔を引きつらせている。ソフィアの鼻は煙で満たされ、心臓は恐ろしさに激しく暴れた。なんてすばやく、火は手に負えなくなるのだろう。考えられるのは、この人たちをこんな目に遭わせたのは自分だということだけだった。

椿屋敷が火に包まれている。心から愛するようになった場所が、無意味な紙切れを取っておくというわたしのつまらないこだわりのせいで、破壊されようとしている。

ヴェインがソフィアの体を持ち上げ、ロングコートをつかんだ。恐ろしい熱さのそばから運んでいき、玄関広間を抜けて、扉の外へ出る。そして雪が積もった場所まで下り、腕からソフィアの体を振り落とした。

「行け」ヴェインが目に荒々しい怒りを湛えて命じ、コートを投げつけた。「外に出ていろ。戻ってくるな」


ソフィアは戻らなかった。ブラニガン夫人とともに厩で待っていた。火が消えるまでは、ふたりとも気が気ではなかった。そのころには、村人たちが手助けをするために庭に集まってきていた。解けかけた雪をブーツが踏み荒らし、地面をひどいぬかるみに変えた。

ようやくブラニガン氏が戻ってきた。顔はすすでよごれ、悲痛なまなざしを浮かべている。それでも、不幸中の幸いがあったことをソフィアと夫人に説明してくれた。その日の早いうちに氷が解け始めたおかげで、ケトル氏がポンプにホースをつないで作動させることができた。水が使えたうえに、クラクストン公爵がすばやく分厚いカーテンで炎を覆ったので、火は消し止められた。居間がひどく損傷したとはいえ、屋敷の残りの部分はほぼ無事だったそうだ。

「誰も怪我をしなかった？」ソフィアは涙を流しながら小声できいた。

ブラニガン氏がうなずいた。「ええ、誰も」

よかった。でも、あんなことをしてしまったからには、もう二度とヴェインとは顔を合わせられない。夫は愛を捧げてくれたのに、わたしは密かに疑いをいだき続けた。そのせいで、ふたりのあいだに生まれた新たな信頼だけでなく、お母さまの家までだいなしにしてしまった。ヴェインのいちばん楽しかった子ども時代の思い出が詰まった場所を。それと同じくらいつらいのは、これまで知りえなかった家族の記念品が入った大切な箱を、夫が失ってしまったことだ。あれほどの貴重な品は、新しいものに取り替えることも、元どおりに直すこともできはしない。そういうものすべてを、わたしはヴェインから奪ってしまった。

すべては、あのばかばかしいリストのためだ。書かれたその晩に焼き捨てるべきだったのに。罪は過去に葬るべきだったのに。あのときのヴェインの愕然とした顔つきは、永遠に頭から離れないだろう。

どうしたら許してもらえるの？　どうしたら許してもらえるなんて思えるの？

これほど大きな悲しみに胸をふさがれ、寒々しい無力感に襲われたのは初めてだった。

「ミスター・ブラニガン」ソフィアはぼんやりと言った。「レイスンフリートまで連れていってくださる？」

若者は、公爵を怒らせることを恐れて気が進まない様子だったものの、涙をこぼすソフィアを前にして、気の毒に思ったらしかった。クリスマスまでに家に帰れるのは確かだが、これほど惨めな気分で、絶望に打ちひしがれて帰ることになるとは想像もしていなかった。

ほどなく、ふたりは村の宿屋に到着した。ソフィアはすすと炎でだいなしになった服以外、何ひとつ持っていなかった。

「奥さま」宿屋の亭主が叫んだ。「ご無事だったようで、ほっとしましたよ。わしたちみんな、煙を見ました。たった今、お知り合いだというこちらの紳士が、公爵ご夫妻のお宅について尋ねてらしたんです。ちょうど、恐ろしいできごとをお伝えしようとしてたところでね」

そのときようやくソフィアは、亭主のとなりに立っている男性を見た。子ども時代の友人の、懐かしい顔と金色の髪に目を留める。

「ああ、フォックス」ソフィアは叫び、わっと泣き出してヘイヴァリング卿の腕のなかに倒れこんだ。「わたしを家に連れて帰って」

すぐに、フォックスの馬車は、ふたりをモーブレーの船着き場まで運んでいった。馬車は止まり、ちょうど向こう岸から到着した渡し船が荷馬車や馬を降ろすのを待った。川は解けた氷と雪で膨れ上がり、桟橋《さんばし》をのみこみそうなほどだった。

「ぼくは、きみの家族の代わりに来たんだよ」向かいの席に着いたフォックスが説明した。「みんな、お祖父さまの誕生パーティーの晩以来きみからなんの連絡もないのを心配して、川が渡れるようになりしだい、きみが元気でいるかどうか確かめたがっていたんだ」

わたしが元気でいるかどうか。もう二度と、元気にはなれそうにない。昨夜ヴェインに言ったことはほんとうだった。この四日間は、これまでの人生でいちばん愉快な日々だった。しかしこれからは永遠に、その日々に暗い影がつきまとうだろう。ソフィアはふたりが失ったもの、ヴェインが失ったものを、誰かの死のように嘆き悲しんだ。

「ソフィア」フォックスがハンカチを差し出した。ソフィアはありがたく受け取って目に押し当てた。「何があったのか、話してくれ」

「話せないわ」ソフィアはかすれた声で言った。「あまりにも恐ろしすぎて」

ヘイヴァリング卿が窓のカーテンをあけると、向こうの丘のてっぺんに立つ椿屋敷が真正面に見えた。この距離からでさえ、大きく空いた穴と、美しいファサードから立ちのぼる黒い煙が目に入った。ソフィアはうめき声をあげ、両手で頭を抱えこんだ。

フォックスが不意に、冷静な表情を崩した。

「なぜあいつは、きみのそばにいない？」激しい口調できく。「なぜきみは、付き添いもなく、着の身着のままでこんなふうに立ち去らなければならなかったんだ？　まるで人目を忍ぶみたいに？　まるで逃げるみたいに？」

ソフィアは首を振った。不意に涙がどっとあふれて、答えられなかった。フォックスが向かいの席から飛び出してきて、腕に抱き締めた。ソフィアは激しくすすり泣いた。

「話してくれ、ソフィア。クラクストンはきみに何をした？　もしヴィンソンがここにいたら、きっと知りたがるはずだ。あいつはいないから、代わりにぼくがきく」

そのとき、馬車の扉がさっとあいた。開口部から、ヴェインの顔が現れた。険しい目をして、肌と服はすすで黒くなり、まるでここまでずっと走ってきたかのように、荒い息をついて表情をこわばらせている。ブーツで昇降段を強く踏み、取っ手をつかんで、今にもなかに飛びこんできそうに見えた。

「こんなふうにぼくのもとから立ち去るのか？」ヴェインがしわがれた声で言って、一瞬だけヘイヴァリングをちらりと見てから、ソフィアに視線を戻した。なんらかの感情に体を震わせ、顔つきをさらにきびしくする。それから後ずさりして、佇んだままこちらを見つめた。「以前、きみを置き去りにしたぼくは臆病者だった。ふたりのためにもっと必死で闘うべきだったのに、そうしなかった。だが、間違えるなよ。きょう臆病者だったのは、ソフィア、きみのほうだ」

ヴェインが怒りに小鼻を膨らませて、扉をばたんと閉じた。

「ああ、フォックス」ソフィアは泣いた。「クラクストンがわたしにひどいことをしたんじゃないのよ。わたしのほうがしたの。もう永遠に許してもらえないわ」


二日後、街に戻ったヴェインは、クラブではなくロンドンの屋敷に身を落ち着けた。ソフィアと出くわすことは心配していなかった。どう考えても、ソフィアはいっときも夫婦の家で過ごすことなく、待ち受けている家族の腕にまっすぐ飛びこんでいくはずだからだ。ウォルヴァートン伯爵が、ふたりの別居について話し合うためにヴェインを呼び出すのも時間の問題だろう。

「公式に〝晩《イブ》〟になったな」ヘイデンが時計を見ながら言った。「つまり、クリスマスイブだ。ということは、もうすぐ出かける時間だな」

ヴェインは食いつかなかった。ヘイデンは夕方からずっと、どこかから招待を受けた話をヴェインの鼻先にちらつかせていた。これまでも社交行事やパーティーに関心を持ったことなどないし、とりわけ今はそんな気分ではないというのに。

「きみは、今夜はどこへ行くんだ、クラクストン？」従弟のレイブがきいた。すでに出かける支度を整え、帽子と手袋を身に着けている。

「ベッドだろうな」ヴェインは、祝日ということで使用人たちに二日間の休暇を与えていた。ひとりになりたかった。火事があって以来、ソフィアがヘイヴァリングとともにレイスンフリートを去って以来、二日間まったく眠れなかった。もし、無理にでも眠ることができたなら、永遠にあそこにとどまっていたかもしれない。

「ベッドだって？　でも、きょうはクリスマスイブだよ」従弟が眉をひそめた。

「だから？」ヴェインは無関心にきいた。

窓の外の舗道で、聖歌隊が歌う声が聞こえてきた。平凡な人間に向けられた希望と善意の歌。どちらも気持ちも、自分のなかには呼び起こせなかった。

「ぼくといっしょに、母さまの家に行こう」レイブが誘った。

「ありがとう」ヴェインは応じた。「でもやめておくよ」

ヘイデンが割りこんできた。「ぼくは、とある寛大な家族の伝統的な祝祭行事に招待されたんだけどね」

ヴェインはテーブルに朝刊を広げて、読んでいるふりをした。クリスマスイブに、たったひとり残された肉親を殺すのはよくないことだろう。だが、あしたならいいかもしれない。

「で？」ヘイデンがしつこく言った。

「で、なんだ？」ヴェインは険悪な声でき返した。

「クリスマスイブをいっしょに過ごすようぼくを招待してくれた人が誰か、きかないのかい？」

「ああ、きかないね」ヴェインはうなり声で言った。頭が爆発しそうな気がした。

「きみたちふたりはどうしようもないな」レイブがあきれ顔をした。「言えよ、ヘイデン。誰に招待されたんだ？」

ヘイデンが胸を張ってにんまりとした。「クラクストン公爵夫人さ」

レイブが歯の隙間から口笛を吹いた。

ヴェインは弟をにらんで、新聞を握り締めた。「いいや、嘘だ」

ヘイデンがいたずらっぽく眉をつり上げた。「いいや、ほんとうだ。決闘が済んだあの朝さ。まだ、あの招待は有効だと思うよ」金縁の壁鏡のほうを振り返り、陽気に口笛を吹きながら、柊の小枝を襟に留める。

「もし、ぼくがおまえなら」ヴェインは息巻いた。「その招待は無効になったと考えるよ」

「前回確認したときには、ぼくはまだ公爵夫人の義弟だった。もしよかったら、兄さんも――」

「言うな」ヴェインは警告した。

ヘイデンの顔から楽しそうな表情が消えていった。「好きにすればいいさ。でも、永遠にここで惨めなままじっとしてはいられないだろう。公爵夫人と話しさえすれば——」

「おまえは宿り木でも飲みこんで窒息してろ」ヴェインはどなった。

おもしろいことを言っているつもりはなかった。宿り木の節くれ立った細い枝を喉に突っこめば、ものすごく痛いだろう。実に毒があるのも、弟にとっては好都合だ。

「ふむ、宿り木といえば」ヘイデンが考えこむように言った。「公爵夫人には、きれいな妹がふたりいるな」

「あしたまた来るよ、クラクストン」レイブが言った。

「かまわないでくれ。眠る計画だから」あるいは酒を飲むか。

ヘイデンとレイブが苛立ちの表情で視線を交わした。ほどなくふたりは外へ出て、ヴェインは玄関扉を閉じた。ようやく、静けさが戻った。

いまいましいことに、ソフィアの美しい顔の記憶も戻ってきた。拳を固めて額に押し当て、不意に悲痛なほど激しくソフィアを求め——。

突然、玄関扉をたたく音がした。

ちくしょう、ヘイデンのやつ。ヴェインは従僕が応じるのを待ったが、そのとき思い出した——使用人はいないのだ。扉をたたく音は強くしつこく続き、頭に釘を打ちこまれているような気分がした。

ヴェインは扉の錠をあけてどなった。「次回からは、鍵を忘れ——」

そこでは、別の顔が待っていた。ヴェインはうなった。戸口に立っていたのがヘイヴァリングだったからだ。まるで戦いに備えるかのように、目を燃え立たせている。

「きみとぼくは話をする必要がある」ヘイヴァリングが言った。

奇妙なことに……後ろにヘイデンとレイブも立っていた。

シルクハットをかぶって襟巻を着けた三人が、ヴェインを押しのけるようにして勢いよく玄関広間に入ってきた。ヴェインは外套も帽子も身に着けずに夜のなかへ歩み出ようかと考えた。もう歩けなくなるまでただ歩き続けて、一夜を明かす。あるいは一カ月ほど、どこかの名もない宿屋で過ごすのだ。

しかしここは自分の家なのだから、出ていきはしない。ヴェインはしっかり扉を閉じて冷気をさえぎり、元の場所へ戻った。三人は書斎のアーチ形の戸口で待っていた。帽子を脱ぎ、いかめしい決意の表情を浮かべている。おそらくヘイヴァリングは、ウォルヴァートン卿の代理で、別居の条件を提示するために差し向けられたのだろう。そして血縁の者たちは、証人となり、示された条件にヴェインが応じなかった場合、必要なら仲裁するために起用されたのだろう。間違いなくヘイヴァリングは、べらべらとしゃべりまくって、耳を傾けさせるつもりだ。

「聞いてくれ、クラクストン」予想どおり、ヘイヴァリングが切り出した。「きみと公爵夫人との、そのつまらない揉めごとは、今夜で終わらせるべきだ」

「きみにとっては、クラクストン公爵だよ」ヴェインは言って、大股でわきを抜けた。「それに、〝そのつまらない揉めごと〟はきみにはなんの関係もないだろう」

　もちろんヘイヴァリングは、ほとんど背中にのしかかるようにしてついてきた。「公爵夫人の友人として、ぼくには関係がある。もしヴィンソンが生きていたら、ここに来ているだろう。あいつはいないから、ぼくが来た」

「でも、きみはソフィアの兄ではないだろう？」ヴェインはうなった。「ぼくたちの結婚が破綻《はたん》して、うれしいか？　そうなるのをずっと陰で待っていたことを、ぼくが知らないとでも思うのか？」

　ヴェインは机の前の椅子にどさりと座って、手紙の束を取り上げ、読んでいるふりをした。何カ月も留守にしていたのだから、すべきことが山のようにある。こいつらには、忙しいのがわからないのか？

　ヘイヴァリングがヴェインの手から封筒を引ったくり、机の上に放った。「ソフィアが幸せになること以外、ぼくにはどうでもいい――彼女はきみを愛している」

　ヴェインは大声で笑って、首を振った。

「ぼくは、きみたちふたりが引き合わされた夜、その場にいたんだ」ヘイヴァリングが声を抑えて言った。「ソフィアは、最初の瞬間から魅了されていた。きみが現れたあと、ぼくに勝算はなくなったのさ」

「ぼくが聞いたところでは、その前からきみに勝算はなかっただろう」レイブがつぶやいて、本棚の前をゆっくり歩き、背表紙の文字を眺めた。「クラクストン、こういう淫らな本をいまだに持ってるとは、信じられないな。あの裏通りの店でこれを買ったとき、ぼくたちはいくつだったっけ？　十三歳か？」

「淫らな本って言ったか？」ヘイデンが尋ねた。

「ここにあるよ」

「なんて言った？」ヘイヴァリングが険しい口調できいた。

「本がある場所を教えたんだよ」レイブが本棚の二段めを指さした。

「その前だ」

「その前……ああ。ぼくが聞いたところでは、ウォルヴァートン卿が、孫娘の誰ともきみを結婚させないと言ったそうじゃないか」

ヘイヴァリングが身をこわばらせて、胸の前で腕を組んだ。「協力して動くべきときに、どうでもいい情報を持ち出すものだな」歯を食いしばってうなり声で言う。「教えてくれ。どこでそれを聞いた？」

レイブは、まるで自分の言葉が明白な真実であるかのように、肩をすくめて眉をつり上げただけだった。

「もしソフィアがぼくを愛しているなら」ヴェインはつぶやいた。「それを示す確実な方法があるだろう」

「ヘイヴァリングが言うには、公爵夫人は打ちひしがれてるんだよ」ヘイデンが口を挟んだ。「兄さんに軽蔑されて当然だと話したそうだ。家に損害を与えたことだけじゃなく、火事の直前に起こったことのせいで」

「ソフィアはそのことを、きみに話したのか？」ヴェインはヘイヴァリングに向かって険しい声で言った。ソフィアが別の男とふたりきりで座って、不幸な結婚について打ち明けている姿を想像するだけで、半分おかしくなりそうだった。

「そういうわけじゃない」ヘイヴァリングが答えた。「話のその部分になるたびに、ソフィアはただ泣いているだけだから」

ヴェインは目を閉じて、押し寄せる感情と後悔をできるかぎり抑えこもうとした。ソフィアを泣かせたくはなかった。

「それならなぜ、ソフィアは立ち去ったんだ？」ヴェインは言った。「とどまっているべきときに？」

「きみの口から、その質問が出てくるとはな」ヘイヴァリングが切り返した。

「紳士諸君」ヘイデンが言って、懐中時計を見た。「ほんとうに、ぼくはもう出かけなくちゃならないんだ。きみたちふたりには、ちょっと席を外してもらえないだろうか。兄とふたりきりで話したいことがある」

「酒でも飲むさ」ヘイヴァリングが歯を食いしばりながら言って、ヴェインをにらんだ。レイブがにやりとした。「幸いにも、クラクストンがどこに酒をしまってるか、知ってるぞ」

ヘイヴァリングとレイブは連れ立って廊下へ姿を消した。

ふたりが行ってしまうと、ヴェインは鼻から息を吐いた。「おまえに言えることなど何もない――」

「ああ、ないさ」へイデンがぴしゃりと言った。「兄さんが強情すぎて聞く耳を持てないならね」

「ぼくは強情になっているわけじゃない」ヴェインは言い返した。「ものごとがおかしな方向へ行きすぎてしまっただけだ。ぼくはソフィアを取り戻そうとしたが、失敗した。ソフィアはすでに、ウォルヴァートン卿の弁護士たちに指示して、別居の正式な提案書を作成させているさ」

「ほう、よかったな。それなら、兄さんはこれから順調に年を取って、憎しみを募らせて、あの人そっくりになることができるわけだ」

今のヴェインに投げつけるには残酷な言葉だったが、すでに自分自身に投げつけていない言葉はひとつもなかった。

「この問題に、父のことを持ちこまないでくれ」ヴェインは弟のわきを抜けて、机の表面に両手を突いた。

「ヴェイン、あしたはクリスマスだよ」弟が穏やかな声で言った。「長いあいだ、それはぼくにとってなんの意味もなかった。でも、レイスンフリートで過ごした数日間が、偶然ではあったけど、兄さんとぼくが子どもだったころの思い出を呼び起こしたんだ。ぼくたちが親しかったころのね。何十年も離れて暮らしてたから、兄がいたことさえ忘れかけてたよ」

ヴェインは目を閉じた。

ヘイデンが続けた。「ぼくがもう母さまの顔を思い出せないって、知ってたかい？　ずいぶん長いこと思い出せなかったんだよ。でも、あそこに、椿屋敷にいたときは、もう少しで姿が見えそうだった」

「卑怯だぞ」ヴェインは言った。

「母さまがぼく宛に書いた手紙を上着のポケットに入れてくれていたこと、ほんとにありがたいと思ってるよ。おかげで、母さまのぼくへの最後の言葉が、火事から守られたんだ」ヘイデンが机を回って、まっすぐ向き合った。「でも兄さんは、そのことについてきかなかったね。母さまが何を書いたか、知りたくないのか？」

「さあな」ヴェインは背筋を伸ばした。「ぼく宛の手紙ではないし」

「母さまは、兄さんがあの人を忘れる手助けをしなくてはなりません、と書いていたよ」弟が、青い目をランプの明かりで輝かせた。「そしてぼくは、母さまの言うとおりだと思う。たぶん、ミスター・ガースウッドが話したとおり、父さんは頭を強く打って、その怪我のせいで永久に変わってしまったんだろう。ヴェイン、ぼくたちは生まれてからずっと、あの人を憎んで生きてきた。あの人を打ち負かして、自分たちのほうが強いんだと証明しようとしてきた。なあ、今ぼくたちがすべきなのは、許すことだよ」

ヴェインは息を吐いて、目を閉じた。

ソフィアは憂鬱な気分で階段を下りた。一時間前、母に、ベッドから出てクリスマスイブのために身支度するようにと強いられたのだ。今はただ、いつまでもベッドに寝たまま老女になり、ついには悲しみの理由を忘れてしまえたらと願っているだけなのに。

ソフィアは、深紫色の絹のドレスを着た。肩のところでひだを寄せたパフスリーブで、袖口にはフリルがついている。仕立屋で仮縫いをしているあいだは、これを着られるのがとてもうれしかったものだ。みんなが生地のみごとな光沢に目を見張り、ソフィアの肌の色を最高に引き立てる色合いだと言ってくれた。きれいなドレスがいくら喜びを与えてくれても、喪服を着ているほうがまだましな気がした。ダフネとクラリッサが髪型を褒めそやして、元気づけようとしてくれたが、ソフィアはどうにか優しくふたりを追い払った。

階段の下の角を曲がったところから聞き覚えのある声がして、ソフィアは最後の段近くで立ち止まった。薄暗いランプの明かりのなかに、ふたりの人影が見えた。

「あなたったら、しおれてしまったそんなものをまだ持ち歩いているの？」レディ・ダンドークが少し不機嫌そうに言った。

となりには、キーズ卿が杖に寄りかかって立ち、だいぶ小さくなった丸い宿り木を手からぶら下げていた。

「あとひと粒、実が残っているのだよ」陽気な声で答える。「最高のものを最後にとっておいたのさ」

「今回の、幸運な若い女性は誰かしらね？」レディ・ダンドークがおどけて言った。

「もちろん、あなただよ、いとしい人」キーズ卿がゆっくりと宿り木を伯爵未亡人の頭上に掲げた。「もし、わたしを受け入れてくれるならだが」

「おお、アルフレッド」レディ・ダンドークが穏やかな声でささやいて、手袋をはめた手でキーズ卿の頬を軽く撫でた。「なぜこんなに長くかかったの？」

キーズ卿が身をかがめてキスをして、ふたりは抱き合った。

ほどなく母が現れ、階段に座っているソフィアを見つけた。「ソフィア、また泣いているの？」

「レディ・ダンドークと――」ソフィアはむせぶように言った。「キーズ卿が、お互いを見つけたのは、ほんとうにすばらしいことね」

「ほんとうに」母の口もとに、夢見るような笑みが広がった。「愛を見つけるのに、年を取りすぎることはないのよ」

「わたしは一生、手に入れられそうにないわ」ソフィアはため息をついた。「いっしょに年を取って、ふたりの生涯が幕を閉じるまで、愛してくれる人を」

母が首を傾けて、かすかなため息をついた。ソフィアの心に、また小さなひびが入った。当然、自分の言葉に母は傷ついたはずだ。たったひとつの真実の愛を、母は失ってしまったのだから。

「ああ、お母さま。ほんとうにごめんなさい。こんなこと、言うべきじゃなかったわ。ただ、わたしにはその資格がないということなの。お母さまにはあったわ。今だってあるわ！」

「あなたに資格がないとは少しも思いませんよ」マーガレッタがソフィアの背中をぽんぽんとたたいた。まるでソフィアが、何かにがっかりして泣いている幼い子どもであるかのように。「クラクストンとのことは、まだやり直せるわ。あなたたちは話す必要があるだけよ」

「もう二度と顔を合わせられない」ソフィアは首を振って、ひざを両腕で抱えた。「あんなことをしてしまったんだもの。クラクストンはできることはなんでもして、わたしを愛しているとわからせてくれたのに、わたしは過去を忘れられなかったの。忘れないことで、彼を裏切っていたのよ、お母さま。ぞっとするほどひどい形で。今ではもう、遅すぎるんじゃないかと思うの」

「そんなふうに感じるのは、今もあなたがクラクストンを心から大切に思っているからでしょう」母が賢明な忠告をした。「そして、彼を愛しているんでしょう？　そうでなければ、傷つけてしまったことに、あなたがそんなに傷つくはずがないわ。さあ、涙をふいて。階下《した》で仲間に加わってちょうだい」

マーガレッタがソフィアをその場に残して去った。数分後、気持ちを落ち着かせてから、ソフィアは応接室をのぞいた。キーズ卿とレディ・ダンドークが、暖炉のそばに置かれた緑色のベルベットの長椅子に座って、祖父と話していた。近くのテーブルでは、ダフネとクラリッサが、あとでツリーに飾る林檎とオレンジとキャンディーとクッキーを並べていた。ソフィアはそのまま、食堂のほうへ進んだ。テーブルは、クリスマスイブのごちそうのために用意が整えられていた。祖母の持ち物だったクリスタルや銀の皿や磁器が、雪のように白いテーブルクロスの上で輝いている。厨房のほうから、廊下を伝ってすばらしい香りが漂ってきた。

完璧なクリスマス！　しかし、この光景を見ても心が安らぐことはなかった。となりにヴェインがいなくては、何ひとつ完璧にはならないだろう。

「みなさん」ダフネが叫んで、応接室から駆け出してきた。「玄関の前に、聖歌隊がいるわ」

クラリッサが、祖父の車椅子を同じ方向へ押していった。ウォルヴァートン卿がソフィアに目を留めてウインクした。マーガレッタも彼らについていき、手を伸ばして義父の肩を羊毛の襟巻で包んだ。

母がちらりと振り返って呼びかけた。「ソフィア、オレンジを持ってきてくださる？」

オレンジ。そう、母は昔から、聖歌隊にオレンジをあげることにこだわっていた。とてもめずらしい果物だし、その伝統を大事にしていたからだ。ソフィアは廊下のテーブルから、ものうげにかごを持ち上げ、玄関までみんなについていった。

扉の外に出て、ダフネの後ろでぼんやりしていると、クラリッサがひじで押して前に進ませた。聖歌隊員は四人いたが、誰ひとりこちらに顔を見せず、しっかり前に楽譜を掲げていた。クリスマスキャロルの歌詞を知らない人がいるだろうか？　この世はいったいどうなってしまったの？

「いいか？」聖歌隊のひとりがつぶやくのが聞こえた。「一、二、三」

あとに続いたのは、男性の声による、旋律をまったく無視した、これまでに聞いたなかで最悪の不協和音だった。

「……雪に！」

「橇に乗って！」

「鈴が鳴る」

「天使は歌う」

まんなかの聖歌隊員が、不意に声の調子をあげた。「クリスマスイブ・サプライズ！　ぼくですよ！」

その人が誰だかわかって、ソフィアの息が止まった。ヘイデン卿。そう、確かに招待していた。でも、今の状況からして、まさか来るとは思っていなかった。ヴェインと同じくらい、ヘイデンにも軽蔑されて当たり前なのだから。

クラリッサがうれしそうに笑った。「ヘイデン卿」

ダフネもくすくす笑った。ふたりを責めることはできない。たぶん義弟は、ヴェインに次いで、ロンドンで二番めにハンサムな男性だろう。

「そして、この男もいる！」ヘイデンがとなりの聖歌隊員の楽譜をつかむと、そこに現れたのは――。

ヘイヴァリング卿？　ソフィアはびっくりして目をしばたたいた。ふたりが知り合いだということも知らなかった。ヴェインとの結婚式の朝に、挨拶を交わしていたことを除けば。

「だましてすみません」ヘイデンが笑った。「ぼくたちは歌えないし、ほんとうは楽譜も持ってないし、誰も、どんなキャロルの歌詞も憶えてないんですよ。ただ、確実に扉をあけてもらいたかっただけなんです。ぼくたちの何人かは、きちんとした招待を受けてませんから」

三人めの聖歌隊員から楽譜を奪い取る。現れたのは、ヴェインの従弟のグリシャム氏だった。「とりわけ、この男はね」

「みなさん、大歓迎ですよ」祖父が寛大に言った。

ソフィアの顔から血の気《け》が引いた。不意に恐ろしい確信とともに、とても背が高く肩幅の広い四人めの聖歌隊員が誰であるかに気づいたからだ。まだ顔を楽譜で隠していたが、どこにあろうとあの指と、男らしい四角い形の爪は見分けがついた。四日間、この男性をひたすらうっとり見つめていたのだから、必要とあればおそらく耳たぶさえ見分けられるだろう。

ソフィアはすぐさま逃げようとした。家に向かって後ずさりしたが、不意にクラリッサが立ちふさがり、ダフネが優しくソフィアを押しやりながら、オレンジのかごを取り上げ――。

みんながソフィアを押しのけるようにわきを抜けていった。困惑したことに、ヘイデンが同じようにわきを抜けながら、ソフィアの頬に弟らしいキスをした。「メリークリスマス、公爵夫人」

ソフィアも振り返ってついていこうとしたが、目の前で扉がばたんと閉じた。

ゆっくりと向き直る。

ヴェインが黙ってこちらを見つめていた。背が高く、見目麗しく、優雅な姿。ソフィアの全身がかっと熱くなり、もう寒さは感じなくなった。

「こんばんは」ソフィアは暗い声でささやいた。「クリスマスイブおめでとう」

「きみのせいではなかったんだよ、ソフィア」ヴェインが早口で言った。息が夜の冷気のなかで白く見えた。「あの日の前日、ブラニガンの赤ん坊が生まれたあとのことを憶えていないかい？ ブランデーの瓶が倒れて、絨毯と床に中身がぜんぶこぼれただろう？ ぼくは怠惰で無精な男だから、掃除しようと思わなかったんだ。あまりにもいろいろなことが起こったしね。火が広がったのは、そのせいだったんだよ」

「いいえ」ソフィアは首を振って、何百回も頭に浮かべた猛烈な炎の広がりかたを、ふたたび思い起こした。時を戻して事態を変えられたら、どんなにいいだろう。「ブランデーのせいじゃないわ。あなたのせいでもない。わたしが悪いのよ。決して自分を許せないわ」

ヴェインが肩をすくめた。「家は古かったし、放置されていた。修理が必要だったんだ。ミスター・ブラニガンは腕のいい大工らしい。仕事を探しているところでもあるから、修理を引き受けてもらうのにうってつけの人材だ。春には、村の何人かの男たちに協力を求めることになるだろう」

ソフィアの胸にのしかかった石は、少しも軽くならなかった。

「ミスター・ブラニガンが、あなたの大切なお母さまの手紙を取り戻せるわけではないわ。あなた宛のも、ヘイデン卿宛のも」あの宝物が失われたことを口にすると、また新たな後悔の念がわき上がってきた。声がかすれて、なかなか言葉にならなかった。「あなたの大事な思い出の箱。わたしのせいで、すべてなくなってしまったのよ」

「ああ、あれか。ヘイデン宛の手紙はもう上着のポケットに入れてあって、翌日弟に渡したよ。残りについては、いちばん重要なものはどうにかここに取っておくことができた」ヴェインがポケットから、金のリボンでくくられた小さな四角い箱を出した。そっと振ってみせる。なかで何かがすべって、箱の側面にぶつかる音がした。「これはほんとうに、ぼくのいちばん貴重な宝物なんだ。見てもいいよ」

ソフィアは抗いがたい好奇心に駆られた。どうしても箱のなかを見て、何が救い出されたのか知る必要があった。あの日からずっと抱えている息苦しいほどの罪悪感が、少しでも軽くなる何かだろうか。

「ほんとうにいいの？」ソフィアは歩み寄った。

「ああ。見てごらん」ヴェインが箱を自分の手のひらに置いた。

ソフィアは後ずさりした。「いいえ。わたしには見る資格はないわ」

ヴェインがまた箱を振った。「どうしても見てほしいんだ」

夫の手のひらに箱をのせたまま、ソフィアはリボンを解いてふたをあけた。

箱のなかには小さな鏡が、表を上にして入っていた。自分の顔がこちらを見返した。

「鏡」ソフィアはささやき声で言った。あまり気分はよくならなかった。いろいろな手紙や、肖像画。すべては失われてしまった。「少しも焦げていないのね。それで、誰の鏡だったの？　お母さまの？」

「違うよ、ばかだな」ヴェインがつぶやき、もの問いたげなまなざしでじっと見つめた。「鏡は、ここに来る途中、小間物屋から二ペンスで買ったものだ」

夫の言葉の意味がわからず、頭が混乱した。「理解できないわ」

「ぼくのいちばん貴重な宝物は、鏡ではないよ、グース。きみだよ」

聞き間違いだろう。いいえ、そうではない。だって、その言葉はまだ耳のなかに響いていたから。

ソフィアは後ずさりした。「そんなこと言わないで」

ヴェインがついてきた。家の明かりが、その顔と髪、肩に降りかかる雪片を照らした。「言っておくけど、きみは所有物というわけではないよ。でも、ぼくのいちばん特別な人なんだ。燃えてしまった箱には、ぼくの過去が詰まっていたんだよ、ソフィア。だから、もうそれはそれでいい。過去は消えてしまった。きみが、ぼくの未来だ」

ソフィアは、耳を傾けていることしかできなかった。呆然として、どう感じればいいのか、何を言えばいいのかよくわからなかった。

「ところで、きょうはクリスマスイブだね。箱の鏡の下に、きみへの贈り物がある」ヴェインがもう一度箱を持ち上げ、ふたりのあいだに差し出した。

ソフィアは首を振った。「贈り物なんて受け取れないわ」

「もう遅すぎるよ」ヴェインがきっぱりと言った。「せめて見てくれなければ、ぼくの気分を害することになる」

ソフィアは眉をひそめて、鏡を持ち上げた。下に、折りたたまれた紙片が隠されていた。

まさか、リストではないでしょう？　あのリストは燃えて、わたしの夢とともに椿屋敷をだいなしにしたのだから。

「それは何？」用心深く尋ねる。

「リストだよ。きみのために、別のを書いたんだ」

まさか。ソフィアは息をのんだ。そんな残酷なことはしないでしょう？

「開いてごらん」ヴェインが促した。

「いやよ」ソフィアは言って、恐怖のあまり夫に背を向けた。石壁と向き合っているほうがましだった。

背後から、二ペンスの鏡と紙を、箱のなかで動かす軽い音が聞こえた。

ヴェインが咳払いをした。「ヴェインがソフィアを愛する理由。それが、このリストの題名さ」

ソフィアは口に手を当てた。ヴェインがソフィアを愛する……あんなことをしたわたしを、どうして愛せるというの？

「ぼくと違って、ソフィアはいびきをかくから」ヴェインが少し間を置いて、すばやく息を吸いこんだ。「ソフィアはとてもきれいなつま先をしているから。ぼくが〝グース〟と呼んでも文句を言わないから」

ソフィアはくるりと向き直った。見開いた目に、涙があふれてきた。

「まだ終わっていないよ」ヴェインが言って、二枚の紙を持ち上げた。「だって、このリストは別のやつよりずっと長いからね」

熱く輝く瞳を見て、ソフィアは息をのんだ。「ヴェイン」

「もちろん、もっと書くこともできた。でも、あのばか者たちが、書き終える前にぼくを馬車に乗せたんだ」ヴェインが手を伸ばして、ソフィアの涙をぬぐった。「ヘイヴァリングが、ゲームを逃すんじゃないかと心配してね」

ソフィアはヴェインの手に頬を預けた。「どうしたらわたしを許してくれる？」

「もう許しているよ」ヴェインが目を潤ませて、箱をポケットに入れ、紙をソフィアの手に押しつけた。「問題はただひとつ、いとしい人、きみはぼくを許してくれるかい？」

「許さなくてはならないことなんて、何もないわ」ソフィアは叫んだ。「あなたを変えようなんて思わない。現在についても、過去についても。わたしが無理やり書かせたあのひどいリストのことは、もう二度と考えないわ」

ヴェインがソフィアの両手を握って、唇を押し当てた。「ソフィア、家に帰ってきてくれ。ぼくはずっと眠っていない。きみがいないと眠れないんだ」

「家？」

「そうだ。ロンドンのぼくたちの家。レイスンフリートの家。ぼくがいるところならどこでも、いつでも、いっしょにいてほしい。愛しているよ、ソフィア。きみを愛している」両手を上にすべらせ、顔を包んでキスをする。「もう一度ぼくを選んでくれるかい？」

ソフィアはしゃくり上げながら笑った。「ええ、選ぶわ、ヴェイン。千回でも、あなたを選ぶわ」夫の腕のなかに飛びこむ。「これまでも、これからもずっとよ。わたしもあなたを愛しているわ」

ヴェインがソフィアの鼻と頰に唇を押し当てた。「メリークリスマス、いとしい人」

「ソフィアがヴェインを愛する理由」ソフィアは夜に向かって叫んだ。「ヴェインはわたしのもの。すべてわたしのもの」

# エピローグ

## 一年後

「おはよう、メリークリスマス、いとしい人」

ソフィアは鼻に触れた唇を感じ、温かい男性の素肌と何層もの毛布でできた楽園のなかで目覚めた。

「うーん」口もとをほころばせる。「メリークリスマス」

寝そべったまま伸びをしてから、不意に思い出した。「わたしたち、寝坊していないわよね？」

「ああ、まだ朝早いよ。時間はたっぷりある」

ウォルヴァートン卿を含むソフィアの家族全員が、レイスンフリートを訪れていた。教会の新しい鐘の献納式に出席するためだ。その鐘は、ヴェインの母を追悼《ついとう》して、クリスマス当日に初めて鳴らされることになっていた。そのあと、ソフィアとヴェインと家族たちが、椿屋敷で孤児院の子どもたちのために昼食会とゲームを主催する予定だ。バリッジ師やガースウッド氏を始め、たくさんの村人たちも招待客としてやってくる。

ソフィアはまたゆったりくつろいで、満足のため息をついた。「ヴィンソンを連れてきてくれる？　きっとお腹を空かせているでしょうから」

ベッドがきしみ、ヴェインがそばを離れて揺りかごのほうへかがみこんだ。ほのかな朝の光がカーテンを通して射しこみ、ヴェインのわき腹の波打つ筋肉をくっきり浮かび上がらせていた。腰の低い位置にリネンの下着を引っかけている以外は裸だ。ソフィアが早めのクリスマス祝いとしてナイトシャツを贈ったのだが、昨夜はほんの一瞬しかそれを身に着けなかった。リネンのシャツをナイトテーブルの上に脱ぎ捨てたあとに与えてくれた悦びを思い出し、ふと考え直して、赤ん坊を連れてくるように頼まなければよかったと思った。むずかっている様子もなく、すっかり落ち着いているようだ。

「もし眠っているなら起こさないで、ベッドに戻ってきて」ソフィアは急いで言い直した。

赤ん坊の寝具がごそごそ動く音と、夫の低い笑い声が聞こえた。「さっきから、どうしてこの子はこんなに静かにしていて、ぼくたちはめずらしいくらい遅くまで寝ていられたのかと考えていたんだよ」きつく巻かれたうぶ着を持ち上げて、あいた部分の向きを変え、ソフィアになかが見えるようにする。色鮮やかな〝無秩序卿〟の木の顔が、こちらを見返した。

「今、その理由がわかった」

「ダフネ！」ふたりは同時に叫んだ。

この一週間ずっと、妹が喜々として〝無秩序卿〟の次なるいたずらを計画していたのはわかっていた。

三十分後、ヴェインはまだ情熱で頬を紅潮させながら、ソフィアにドレッシングガウンを手渡した。「さあ、ぼくたちの赤ん坊を、きみの妹たちから救出しに行こう」

本来の壮麗さを取り戻した椿屋敷には、家と敷地の手入れをするためにじゅうぶんな数の村人が雇われていたが、部屋から廊下に出たふたりは、誰ともすれ違うことなく、磨かれた木の壁と新しい絨毯に囲まれて歩いた。クラクストン公爵夫妻は新しい使用人たちに、村にいる家族とクリスマスを祝えるよう二日間の休暇を与えていた。それを毎年恒例の慣習にするつもりだった。ブラニガン夫妻はそのままここで暮らし続け、ケトル夫妻と同じように、家族に近い存在となっていた。

ソフィアとヴェインは手をつないで階段を下り、途中でしばし立ち止まって、最愛の客人たちの姿を眺め、にぎやかなおしゃべりに耳を傾けた。ウォルヴァートン卿が火のそばの椅子に座って、三カ月のヴィンソンを抱いているのを見て、ソフィアは満ち足りたため息をついた。

祖父の背後の炉棚には、切りたての月桂樹が飾られ、青々とつやめいていた。きのうは、おおぜいで騒がしく森へ入っていき、緑葉を集めたり、クリスマスツリーを切ったりしたのだ。

屋敷そのものも、新たな命の輝きを放っていた。ブラニガン氏と村の熟練した大工たちが、春に必要な修理を行ったので、昨年十二月の火事の痕跡はまったく残っていなかった。しかしもっと重要なのは、十月初旬にソフィアが公爵のベッドでヴィンソンを産み、椿屋敷に新たな命をもたらしたことだった。ケトル夫人とブラニガン夫人が、産婆の役を務めてくれた。

「メリークリスマス、お祖父さま」ソフィアは言って、かがんで祖父の頬にキスをした。

「メリークリスマス、ソフィア」祖父が答えた。ヴィンソンが母親を見て、身をくねらせた。ウォルヴァートン卿がしょぼしょぼした目を見開き、肩に赤ん坊を抱え上げて、なだめるように背中をそっとたたいた。「わたしはもう、最高の贈り物を手に入れたよ。ほうら、ヴィンソン。いい子だね」

しかし、丸顔の赤ん坊はむずかり出した。

祖父の足もとに座って本を読んでいたダフネが、手を伸ばした。「もう一度わたしに抱かせて、お祖父さま。この子は、ダフネ叔母《おば》ちゃまにクリスマスキャロルを歌ってもらいたいんだと思うわ」

クラリッサが、ブラニガン家の一歳になった男の子、ウィリアムと遊んでいた場所から振り返った。「大好きなお姉さま、あなたが歌うと子どもはおびえるだけよ。その子はどう見ても、クラリッサ叔母ちゃまにだっこされたがっているわ」

ヴェインがソフィアのこめかみにキスをしてささやいた。「今すぐかわいそうな息子を助け出したほうがいい」

ソフィアは手を伸ばした——。

が、マーガレッタがさっと割りこんできて、赤ん坊を腕に抱き上げた。「この子は、お祖母ちゃまを呼んでいただけよ」赤ん坊の鼻にキスをする。「わたしのかわいい小さなヴィンソン。お祖父ちゃまと伯父ちゃまが生きていたら、どんなにあなたをかわいがったことでしょうね」

「朝食の準備ができました」ケトル夫人が厨房のほうから大声で言った。「ミセス・ブラニガンが、クリスマスの朝食用の特製ミートパイを焼きましたよ」

「でも、まだ何人か、顔を見せていない紳士たちがいるわ！」クラリッサが応じ、眉をひそめた。

「そのぶん、わたしたちがミセス・ブラニガンのパイをたくさん食べられるわ！」ダフネが言って、いたずらっぽくにんまり笑った。

背の高い男性が、亡き公爵夫人エリザベスの大きな肖像画が掛かった近くの壁の前から振り返り、食堂へ向かうみんなの列に加わった。

「あれを見るたびに、驚かずにはいられないな」ヘイデンが寝癖で髪を乱したまま声をあげた。「びっくりするほどよく似てる。ソフィア、あの肖像画を完成させてくれたこと、お礼の言いようもないくらいだよ」

その肖像画は、ソフィアが七月の誕生日にヴェインに贈ったもので、ガースウッド氏が持っている小さな肖像画をもとに、画家が想像を膨らませて描いた作品だった。一年前、ソフィアがこっそり屋根裏に隠した亡き公爵の壊れた肖像画はといえば、キャンバスが丹念に修復されたあと、今ではロンドンの屋敷の洞穴のような回廊に、ヴェインの曾祖父と、ヴェイン自身の肖像画に挟まれて飾られていた。

食堂に入ると、ダフネが窓のところへ歩いていき、新しい青緑色のカーテンから外をのぞいた。そのカーテンは、ほんの一週間前、ブラニガン夫人が仕上げて誇らしげにつるしたものだった。「やっとだわ！　クラリッサ、わたしたちのハンサムな夫たちが、ミスター・ケトルとミスター・ブラニガンといっしょに、散歩から戻ってきたわよ」

クラリッサがウィリアムを抱えたまま、ダフネのとなりにやってきた。「ふたりともハンサムよね？　それに、見て。追加の宿り木を取ってきたみたいよ」

ふたりは声をそろえて、うれしそうにくすくす笑い出した。

「ふたりとも！」母がたしなめ、一瞬だけ、笑っているヴィンソンの顔から目を上げた。「朝食の席ではやめてちょうだい」

ヴェインが椅子を引いてくれたが、ソフィアは夫の横に立って、見慣れたふざけ合いを楽しんでいた。この幸せな場所で、ヴェインとともに自分の家族と過ごせることは、ソフィアにとって何よりも大きな意味があった。ヴェインがソフィアの背後に移動して、両腕を腰に回して抱き締めた。

「もし母がここにいて見ていたら、とても幸せな気持ちになったはずだよ」ヴェインが言って、頬に鼻をすり寄せた。

「ええ、わたしもそう思うわ」

「これまでで最高のクリスマスだな」ヴェインがささやいた。

ソフィアは口もとをゆるめた。「あなたは去年も同じことを言ったわ」

「きみがそばにいるかぎり、クリスマスが来るたびに、それがぼくの最高のクリスマスになるのさ」ヴェインがこめかみに優しく唇を押し当てた。「愛しているよ。メリークリスマス、グース」

# 訳者あとがき

わたしはもうあなたの妻ではないわ――。

子どもを失ったあと、自分を置き去りにして外国へ去った夫に、正式な別居を求めた公爵夫人。しかし、雪に閉ざされた椿屋敷《カメリアハウス》で、ふたりは過去からの不思議な伝言に導かれ、もう一度心と体を寄せ合って――。


ソフィアは、公爵夫人として幸せな結婚生活を送っていました。ところが、ある冬の日、突然の悲劇に襲われます。夫のかつての愛人から届いた手紙を目にして、ショックのあまり屋敷を飛び出し、凍《こお》った石段で転んでお腹の子どもを失ってしまったのです。

クラクストン公爵ヴェインは、十歳で母を亡くし、その後は横暴で不道徳な父の悪い影響を受けて、乱れた放蕩《ほうとう》生活を送ってきました。ソフィアとの結婚で生まれ変わったような気がしていたものの、過去のふるまいのせいで子どもを失い、自分を恥じるあまり妻と向き合えなくなります。ぎくしゃくした夫婦関係をそのままにして、外交官の任務を受けて外国へ行ってしまったヴェイン。いちばん夫にそばにいてほしいときに置き去りにされたソフィアは、深く傷つきます。

七カ月後、クリスマスの一週間前に突然帰国したヴェインは、ソフィアとよりを戻そうとしますが、もちろん、そう簡単にことは運びません。ソフィアはひとりになって考えを整理しようと、レイスンフリートという小さな村にある椿屋敷にやってきます。そして、追いかけてきたヴェインに、正式な別居の要求を突きつけました。ところが、その晩の大雪で、ふたりはレイスンフリートの外へ出られなくなります。

じつは椿屋敷は、ヴェインが十歳まで、優しい母とふたつ年下の弟へイデンとともに暮らした家でした。母の死後、父の手で閉めきられた無人の屋敷は、ヴェインのいちばんすばらしい、そしていちばん悲しい思い出が詰まっている場所だったのです。

温かい家族の愛情に包まれて育ったソフィアは、つらい子ども時代を送り今も暗い秘密を抱えているヴェインの気持ちがよく理解できません。心からの愛を捧《ささ》げたのに、同じ愛を返してはもらえず、夫をまっすぐに信じられなくなっていました。久しぶりに再会した夫に強く惹《ひ》かれる気持ちと、また愛におぼれて傷つくことを恐れる気持ち。揺れ動くソフィアの心情は、とてもリアルです。

ヴェインのほうは、なんとかソフィアの信頼を取り戻したいと考えますが、妻をベッドに誘いこもうとする以外、どうしたらいいのかよくわかりません。そのうえ、お調子者の弟へイデンや、ちょっとふしだらなレディ・メルテンボーンや、その夫の短気なメルテンボーン伯爵が、何かにつけて邪魔をします。ときに静かな、ときに騒がしい屋敷のなかで、ふたりの気持ちはすれ違ってばかりでした。

そんなとき、居間に飾られた亡父の肖像画の裏から、ヴェイン宛の封筒が見つかります。

それは母が、二十年以上前に書いた宝探しの手がかりでした。昔、母はよく手がかりをいろいろな場所に仕込んで、ヴェインと弟を楽しませてくれたのです。気晴らしに、軽い気持ちで宝探しを始めたふたり。ところが、第二、第三の手がかりが見つかるにつれ、それは数々の意外な展開をもたらしていきます。この宝探しが、物語をうまく引っぱる役割を果たし、ヴェインの心の解放につながる大きな鍵にもなっています。

雪に閉ざされた四日間でふたりが経験したのは、ロンドンの豪華な屋敷で暮らす公爵夫妻の身には絶対に起こらないようなできごとばかりでした。小さな村で出会った人たちのつらい境遇を知って、自分たちにできることを考え、手を差し伸べることに意外な喜びを覚えたり。少し迷惑な人たちにも、他人を思いやる気持ちや、変わっていこうとする前向きな意志があることに気づかされたり。こうして奇跡のような四日間を過ごすあいだに、ソフィアはこれまで知らなかったヴェインの一面を見て、夫の心の奥底に隠されたものを理解していきます。ヴェインも、かつての優しい記憶を思い起こし、人を愛するとはどういうことかをもう一度考え直すのです。

誰かを心から信頼し、正直に気持ちを伝えること。過ちを許して先へ進むこと。どんな関係にも通じるテーマを、著者は初めての作品で、楽しく情感にあふれた物語にまとめてみせました。

著者のリリー・ダルトンは、二〇一三年に本書でデビューを果たすと同時に大きな注目を集め、二〇一四年RITA賞ヒストリカル・ロマンス部門のファイナリストとなりました。

今年七月の受賞作発表を楽しみに待ちたいと思います。この作品は、〈人騒がせなシーズン（One Scandalous Season）〉シリーズの一作めに当たります。間もなく本国で発売になる二作めの *Never Entice an Earl* では、ソフィアの妹ダフネがヒロインです。著者らしい波瀾万丈のロマンチックな物語のようで、訳者も楽しみにしています。近々ラズベリーブックスでご紹介できそうですので、ぜひご期待ください。

二〇一四年四月　桐谷知未

カメリアハウスでもう一度
2014年5月17日　初版第一刷発行

著 ……………………………… リリー・ダルトン
訳 ………………………………… 桐谷知未
カバーデザイン …………………… 小関加奈子
編集協力 …………………… アトリエ・ロマンス

発行人 ……………………………… 後藤明信
発行所 ……………………… 株式会社竹書房
〒102-0072 東京都千代田区飯田橋2-7-3
電話：03-3264-1576(代表)
03-3234-6383(編集)
http://www.takeshobo.co.jp
振替：00170-2-179210
印刷所 ………………… 凸版印刷株式会社

定価はカバーに表示してあります。
乱丁・落丁の場合には当社にてお取り替え致します。
ISBN978-4-8124-9994-8 C0197
Printed in Japan

# ラズベリーブックス

甘く、激しく――こんな恋がしてみたい

**大好評発売中**

---

## 「見知らぬあなたと恋に落ちて」

エマ・ワイルズ 著　大須賀典子 訳／本体 952円+税

**とらわれた伯爵令嬢と放蕩子爵――**
**不名誉な状況の行方は……?**

伯爵令嬢エレナは目を覚ますと、シュミーズ一枚の姿で見慣れない部屋のベッドの上にいた。しかも、隣には半裸のハンサムな男性が!　記憶は前の晩に劇場を出たところで途切れている……。男性は、社交界で有名な放蕩者の子爵ランドルフで、彼もまた昨晩の記憶がないという――。美しい令嬢と危険な子爵。ふたりはなぜ閉じこめられたのか? そしてこの不名誉な状況の行方は……?

---

## 「麗しのレディが恋に落ちて」

エマ・ワイルズ 著　大須賀典子 訳／本体 952円+税

**誰も愛してはいけないのに、あなたを愛してしまった――**
**『見知らぬあなたと恋に落ちて』の続編!**

身に覚えはないものの、“似たような病”で夫ふたりを立て続けに亡くしたアンジェリーナは、心ない噂を避け、田舎で静かに暮らしていた。ところが、ロウ男爵クリストファーを真剣に愛しはじめてしまった。もし誰かが自分への悪意から夫たちを殺したのなら、彼にも害が及ぶかもしれない。アンジェリーナはヒーストン伯爵ベンジャミンに助けを求める。妻アリシアと日々愛を深めていたベンジャミンは、また妻が首を突っ込まなければいいがと思いつつも、調査を引き受ける。そんな時アンジェリーナに不穏な手紙が……。

---

## 「誘惑の海を渡って」

エマ・ワイルズ 著　桐谷知未 訳／本体 886円+税

**わたしが奪ってほしいと思っているとしたら――?**
**エマ・ワイルズが描く、ホットなリージェンシー短編集!**

美貌の伯爵令嬢カッサンドラは、スルタンのハーレムにさらわれるが、危ういところでクリストファーという男性に救われる。彼は男爵家の三男でウェリントン公の部下だった。親の決めた婚約者をどうしても愛せないカッサンドラは、イギリスへと向かう船の中で、命を賭して自分を救ってくれたクリストファーに惹かれる気持ちを抑えられない。そして彼もまた……。船上での許されない恋の駆け引きがはじまる――。

(〈ロンドンの海賊たち〉シリーズ2編、ほか1編収録)